Bella Ellis est le pseudonyme d'une romancière à succès. Bella a eu l'occasion de visiter la demeure des sœurs Brontë quand elle avait dix ans. À l'instant où elle en a franchi le seuil, elle a été happée par leur univers, et cela a marqué le début d'une belle histoire d'amour littéraire avec Charlotte, Emily et Anne. À travers ses romans, Bella Ellis s'emploie à faire renaître de leurs cendres ces trois sœurs aux vies incroyablement romanesques.

De la même autrice :

Une enquête des sœurs Brontë :

1. *La Mariée disparue*
2. *Les Os du diable*
3. *Le Monarque rouge*
4. *Le Cadeau empoisonné*

Ce livre est également disponible
au format numérique

www.editions-hauteville.fr

Bella Ellis

La Mariée disparue

Une enquête des sœurs Brontë – 1

Traduit de l'anglais (Grande-Bretagne) par Karine Forestier

Hauteville

Hauteville est un label des éditions Bragelonne

Titre original : *The Vanished Bride*
Initialement publié en Grande-Bretagne
par Hodder & Stoughton,
une entreprise du groupe Hachette UK.

ISBN : 978-2-38122-643-9

Bragelonne – Hauteville
60-62, rue d'Hauteville – 75010 Paris

E-mail : info@editions-hauteville.fr
Site Internet : www.editions-hauteville.fr

Pour ma mère, Dawn Coleman, passeuse de livres,
raconteuse d'histoires et amoureuse de littérature.

Cher lecteur,

La première fois que ma mère m'a emmenée voir la demeure des sœurs Brontë, le *Parsonnage* – le presbytère – de Haworth, j'avais à peu près dix ans et je n'imaginais rien de pire que de visiter une vieille bâtisse lugubre où avaient vécu des écrivains morts. Bref, j'avais pleurniché tout le long du trajet.

Pourtant, sitôt franchi le seuil de ce qui avait été la maison de la famille Brontë, je suis tombée sous le charme et je me suis embarquée dans une histoire d'amour qui dure encore avec Charlotte, Emily et Anne, leur vie, leur littérature et le remarquable héritage qu'elles nous ont laissé.

Quand j'ai commencé à lire leurs romans et à en apprendre davantage à leur sujet, je me suis mise à les considérer non pas comme de lointaines auteures d'histoires poussiéreuses et impénétrables, mais comme des femmes qui se battaient pour leur droit à mener une vie aussi riche et aussi remarquable que celle de leurs homologues masculins, en refusant de croire que leur sexe les condamnait, elles ou leur talent, à une existence polie et paisible que tout le monde finirait par oublier.

L'idée de *La Mariée disparue* est née de la conviction que la courte vie des sœurs fut tout aussi fascinante et passionnante que leurs romans. Et, bien que nous en sachions déjà beaucoup sur elles, il reste aussi beaucoup de choses que nous ignorons.

C'est cet espace imaginaire qui a permis aux *Enquêtes des sœurs Brontë* de voir le jour. Bien sûr, il n'existe absolument aucune preuve que les sœurs Brontë aient jamais été détectives à leurs heures perdues. Cela dit, rien ne prouve le contraire non plus.

Tout n'est pas purement fictif dans *La Mariée disparue* : une bonne partie du roman est soit basée sur des éléments biographiques, soit librement inspirée de ceux-ci.

En août 1845, par exemple, c'est la première fois que toute la fratrie est réunie sous le même toit depuis plusieurs mois. Branwell vient de quitter son emploi à Thorp Green après un scandale dans lequel la femme de son employeur était impliquée. Sa conduite a contraint Anne à quitter le poste qu'elle occupait au sein de la même entreprise. Charlotte, qui souffre profondément de l'amour à sens unique qu'elle éprouve pour son précepteur bruxellois, M. Héger, est également rentrée chez elle. C'est au mois de septembre suivant qu'elle persuadera ses sœurs d'envisager l'écriture comme une activité professionnelle.

Dans *La Mariée disparue*, Patrick Brontë écrit une lettre à une mère célibataire, dans laquelle il lui déconseille de se marier trop vite, en tout cas pas avant que son futur époux et elle ne soient financièrement établis. Cette attitude peut sembler improbable et bien trop moderne de la part d'un pasteur victorien, pourtant elle est basée sur une lettre authentique que Patrick a écrite en 1855 à Eliza Brown, sœur de sa servante Martha Brown, qui s'était retrouvée avec un enfant sans être mariée.

« Pour ce qui concerne votre situation et celle de votre ami James, vous avez tous deux agi très correctement. Vous avez tout fait avec honnêteté et sagesse, ce qui est la meilleure façon de procéder. Comme les temps sont durs et le resteront probablement, il ne faut pas trop se hâter de se marier pendant l'hiver. Ne convolez pas avant d'avoir la certitude de pouvoir vivre sans contracter de dettes, à l'abri de la pauvreté. »

Pour ce qui est de la scène où l'on voit Emily acheter du tissu pour une robe aux motifs de nuages d'orage et d'éclairs – ce qui peut sembler trop beau pour être vrai –, nous savons, grâce aux souvenirs de la bonne amie de Charlotte Brontë, Ellen Nussey, qu'Emily a effectivement acheté quelques longueurs d'un tissu imprimé de ce merveilleux motif. Selon Ellen : *« Emily a choisi une étoffe blanche aux motifs de tonnerre et d'éclairs couleur lilas, malgré l'horreur à peine dissimulée de ses compagnes adeptes de tissus plus sobres. Et elle était fort jolie dedans : une grande créature svelte et gracieuse mi-reine, mi-sauvage. »*

La Mariée disparue est avant tout un roman écrit avec tendresse, chaleur et reconnaissance pour trois auteures légendaires et révolutionnaires qui ont eu un impact durable sur ma vie et sur celle de tant d'autres. J'espère accessoirement que c'est une bonne histoire.

Je vous embrasse,
Bella Ellis

Le cœur humain renferme des trésors cachés
Gardés en silence, scellés en secret ;
Des pensées, des espoirs, des rêves, des plaisirs,
Dont les charmes seraient brisés s'ils étaient révélés.

« Apaisement du soir », Charlotte Brontë

Presbytère de Haworth, décembre 1851

Resserrant un peu son châle, Charlotte rajusta l'inclinaison de son écriture et replongea sa plume dans l'encrier, la tête penchée sur le papier. Pourtant, comme elle en avait déjà souvent fait l'expérience, sa main planait au-dessus de la page blanche sans qu'il lui semble possible de jeter des mots sur cette feuille, dans une maison peuplée seulement des fantômes de ceux qu'elle aimait.

Un grand calme avait pris possession des lieux, même le feu dans l'âtre paraissait étouffé et muet, au point qu'on ne pouvait plus espérer une quelconque chaleur des flammes dansantes, et il lui semblait être déjà un fantôme elle-même.

Père se trouvait dans son étude, il y passait à peu près tout son temps ces jours-ci. Tabby et Martha s'affairaient dans la cuisine, fermant les volets pour la nuit, même si l'horloge de la cage d'escalier n'affichait guère plus de 19 heures. Dehors, l'obscurité se recroquevillait sur la petite maison, son poids grinçait contre le carreau de la fenêtre. Pourtant, alors même que le vent hurlait dans le conduit de la cheminée, Charlotte n'entendait que le silence. Tout ce qu'elle ressentait, c'était l'absence. Tout ce qu'elle savait, c'était que la vie lui manquait.

Même Keeper, le chien bien-aimé d'Emily, n'était plus là pour lui tenir compagnie avec ses reniflements et ses aboiements, ses jeux, sa manie de mordiller et de tirer sur l'ourlet de ses jupes. Au moins, maintenant que le chien avait disparu, Charlotte n'avait plus à supporter la vue des yeux implorants de l'animal tandis qu'il cherchait sa maîtresse chaque fois que quelqu'un se présentait à la porte, ni à faire face à son propre désarroi chaque fois que l'air froid s'engouffrait dans la maison, apportant avec lui la promesse du retour d'Emily de quelque promenade à travers la lande. Oh, combien elle se languissait de cette compagnie qui lui avait jadis paru aussi naturelle que le fait de respirer !

Il y a peu, elle partageait encore cette table, cette demeure, toute sa vie, avec ses frère et sœurs ; et pourtant, il lui semblait qu'ils avaient quitté la maison depuis une éternité. Leur monde s'était longtemps résumé à cette maison, où tous trois avaient parlé, écrit. Entre ces murs, ils s'étaient fâchés, connus et aimés avec une force si inébranlable qu'elle se sentait désormais capable de tout supporter.

Ici, ils avaient ri et argumenté tandis qu'elle écrivait *Jane Eyre* et que ses sœurs s'étaient à leur tour attelées à leur grande œuvre, sans qu'aucune d'entre elles ne devine le tourbillon qu'elles invitaient dans leur humble petite vie. Maintenant, Emily, Anne et Branwell étaient tous partis vers un monde meilleur et, pour la sœur qu'ils laissaient derrière eux, cette existence mortelle était presque inhumainement solitaire.

Et pourtant…

Le faible écho d'un sourire passa sur les lèvres de Charlotte tandis qu'elle se remémorait les aventures qu'ils avaient inventées ensemble, les dangers qu'ils avaient affrontés, les mystères sidérants qu'ils avaient révélés et les secrets qu'ils avaient gardés.

Des salons à la mode de Londres aux soirées de New York, le monde avait parlé de ces « sœurs Brontë », qui avaient jeté tant de passion sur leurs pages. Certains se demandèrent d'abord si elles n'étaient pas des hommes, puis d'autres refusèrent de croire qu'elles puissent être des femmes.

Charlotte sourit à cette idée : ces personnes ne savaient pas grand-chose d'elle et de ses sœurs, l'essentiel leur échappait.

À présent, ses sœurs et son frère Branwell étaient tous morts. Aucune autre âme vivante sur cette terre ne savait toute la vérité. Pas un seul souvenir des merveilles et des horreurs qu'ils avaient découvertes n'avait été consigné sur papier, et Charlotte s'était chargée personnellement de brûler toute correspondance susceptible de révéler leurs secrets.

Lorsque viendrait le jour où Charlotte rejoindrait ses frère et sœurs dans la grâce de Dieu, tout ce qui s'était passé pendant ces quelques années glorieuses et palpitantes – les dernières qu'ils avaient passées ensemble – disparaîtrait avec elle. Personne ne saurait rien de leurs aventures. De l'autre côté de cette fenêtre qui tremblait dans son cadre alors qu'elle était assise seule à table, l'humanité vibrait aussi fort que le vent tourbillonnait, dans une incessante spirale de vie et de mort. Et il suffisait, pour découvrir ses plus sombres secrets, de savoir où chercher exactement. On pourrait même dire, songea Charlotte avec un sourire, alors que sa plume se posait enfin sur le papier et que son encre faisait éclore de nouveaux mondes, que personne n'avait jamais vécu de vie aussi aventureuse, dangereuse et passionnante que ces trois femmes ayant grandi dans un village dont nul n'avait jamais entendu parler, non loin d'une lande désolée balayée par le vent.

Ces secrets-là seraient bien gardés, mais… quels merveilleux secrets !

Prologue

La première chose que vit Matilda French, ce fut le sang. Une telle quantité que, pendant de longues minutes, elle ne parvint pas à identifier la flaque de liquide noirâtre qui se répandait lentement sous la porte fermée, jusqu'à ce que l'odeur métallique la saisisse et lui rappelle instantanément le jour où sa propre mère était morte et l'odeur de son sang mêlée à celle des violettes fraîchement coupées.

Alors seulement, l'inévitable brutalité de ce qu'elle avait sous les yeux commença à faire sens : un événement terrible s'était produit, et ce constat se propagea dans ses veines comme une infection.

Et pourtant, il était si inattendu, si étrange de faire une telle découverte dans le calme parfait d'une maison avant l'aube que, sur le moment, elle ne cria pas et ne perdit pas connaissance. Le choc la tenait prisonnière. Comme hypnotisée, en transe, le corps séparé de l'esprit. Elle fit alors ce qu'elle faisait d'habitude quand elle ne savait plus quoi faire : elle frappa deux coups à la porte.

— Madame ?

Les planches étaient poisseuses sous ses pieds, la pièce encore plongée dans l'obscurité et pleine d'ombres. Dehors, l'aurore n'avait pas encore déchiré le ciel. Sa voix était à peine plus qu'un murmure, et ses paroles ne reflétaient en rien la vision d'horreur qui hantait son esprit.

— Madame Chester, vous allez bien ?

Lorsqu'elle poussa le battant, elle trouva la chambre silencieuse et déserte, mais éclaboussée d'une telle quantité de sang qu'elle redouta de s'y noyer rien qu'en respirant l'air qui y flottait.

Alors que ses yeux s'accoutumaient à la lumière, elle constata que le lit de sa maîtresse était vide, imbibé de ce qui ressemblait à une gigantesque tache d'encre s'étendant vers l'extérieur à partir du centre, comme un papillon monstrueux.

Tremblante, retenant son souffle, Mattie traversa jusqu'à la fenêtre, dont elle ouvrit les lourds rideaux et desserra le loquet pour laisser entrer l'air froid et humide du dehors dont elle inspira de profondes bouffées. La première lueur du matin leva le voile sur la pièce et, quand elle se retourna enfin vers le lit, Mattie comprit l'affreuse vérité.

Un meurtre.

1

Charlotte

Haworth, 1845

— Tu ne peux pas t'arrêter comme ça, Emily, la réprimanda Charlotte en riant, alors qu'elle se heurtait contre le dos de sa sœur, plus grande qu'elle. On ne peut pas se permettre de s'arrêter.

C'était devenu le rituel des sœurs ces dernières semaines : elles faisaient les cent pas autour de la table de la salle à manger pour exprimer leurs idées en les faisant tournoyer en l'air jusqu'à ce qu'elles puissent voir les mots se former au-dessus de leur tête, éclairés par la lumière du feu et façonnés par la fumée.

Ce n'était pas une vaste salle à manger : elle était même plutôt exiguë, presque entièrement remplie de la jolie table et d'un canapé noir assez élimé. Charlotte avait choisi le papier peint, dans des tons sombres de rose et de gris, aussi sobre et discret que le plumage d'un pigeon. Au mur était accroché un portrait de lord Horatio Nelson, héros national et génie militaire, toujours vénéré au presbytère quarante ans après sa mort glorieuse au combat. Charlotte aimait se le figurer en train de les observer de haut, de surveiller leurs allées et venues. Elle trouvait cela réconfortant.

Emily se tourna légèrement pour poser ses si jolis yeux gris-bleu sur sa sœur.

— J'ai eu une idée, Charlotte. Et une bonne. Si bonne que je dois la noter immédiatement avant qu'elle ne m'échappe. Laisse-moi passer.

Horrifiée, Charlotte vit sa cadette frotter furieusement sa plume sur une feuille de papier buvard posée à même la surface polie de la table.

— Vraiment, Emily, lança-t-elle, n'as-tu pas suffisamment maltraité cette table ? Notre pauvre tante se retournerait dans sa tombe si elle voyait à quel point tu fais peu de cas de ce qui représente la moitié d'une vie en cire d'abeille et huile de coude.

— Charlotte, l'incident « E » remonte à des années et je n'étais qu'une enfant, répliqua Emily, qui déplaça néanmoins obligeamment le buvard sur son écriture penchée.

Charlotte regarda le pouce de sa sœur chercher l'initiale, grossièrement gravée à la surface de la table avec un couteau à fruits, des années plus tôt, et passer son doigt dessus, comme pour se porter chance.

— D'aucuns pourraient considérer que mon initiale sculptée sur une table serait une forme d'ornementation…

— Pas tante Branwell, intervint doucement Anne, sans lever les yeux du journal qui l'absorbait. Tu te souviens, Charlotte ? Emily a essayé de camoufler son forfait en laissant sa main dessus pendant toute une matinée. Te souviens-tu des cris d'orfraie de tante Branwell quand elle a vu les dégâts ?

— Il me semble me rappeler que papa était très impressionné par moi, murmura Emily, déjà à moitié perdue dans son écriture.

— Nous pouvons nous estimer chanceuses d'avoir un père assez dévoué à notre éducation pour qu'une table abîmée soit moins importante à ses yeux que les efforts de sa fille pour apprendre à écrire, fit remarquer Charlotte avec tendresse. Un autre père t'aurait battue comme plâtre, comme notre tante l'aurait sûrement souhaité, n'est-ce pas, Anne ?

En quête de distraction, Charlotte s'efforçait d'attirer l'attention d'Anne, mais sa benjamine ne se laissait pas aisément détourner de sa lecture. Désormais uniquement accompagnée de Flossy, la petite chienne d'Anne, pour continuer le défilé, Charlotte poussa un bruyant soupir et poursuivit seule, en observant jalousement Emily en train de tracer ses lettres sur le papier avec cette indomptable énergie et cette ardeur qui n'appartenaient qu'à elle. Si seulement Charlotte pouvait puiser en elle la même inspiration pour détourner son esprit du grand malheur qui la préoccupait… Si seulement elle parvenait à se laisser distraire par les conversations de ses sœurs…

Elle aurait dû être contente, voire heureuse. Cela faisait des années qu'ils n'avaient plus vécu tous sous le même toit, dans cette maison qu'ils aimaient tant. Le feu crépitait joyeusement dans l'âtre, jetant une lumière chaude sur les murs de la petite pièce, douillette et légèrement enfumée, éclairée par une seule lampe à huile. Dehors, la pluie tombait à verse, s'abattant contre les fenêtres du presbytère comme des poignées de cailloux. En contrebas, Haworth se blottissait pour résister aux bourrasques.

C'était un été typique du Yorkshire.

— Rien ne vient ce soir.

Charlotte laissa échapper un soupir, s'arrêtant pour observer la foule de pierres tombales qui dévalaient la colline en direction de l'église et du village au-delà, comme si les morts étaient pressés de rentrer chez eux.

— Ma tête est aussi vide qu'une page blanche, et tout aussi inutile. Il y a beaucoup trop de… sentiments qui se mettent en travers de ma pensée et me rendent incapable d'écrire ne serait-ce que deux lignes potables. Je n'y arrive pas.

— Alors peut-être devrais-tu essayer d'écrire sur les sentiments, lui conseilla en vain Emily.

Les mots se déversaient de la plume de sa sœur, dans le gribouillis chaotique et les éclaboussures d'encre qui désespéraient la méticuleuse Charlotte. Les carnets d'Emily étaient noircis de vers jalousement gardés.

— Toi, tu trouves peut-être encore une inspiration infinie dans la fantaisie de l'enfance, Emily, rétorqua sèchement Charlotte avant de pouvoir s'en empêcher. Moi, je suis sortie de nos royaumes imaginaires de Gondal et d'Angria. Ma vie est alourdie par des préoccupations plus matures.

— Des « préoccupations plus matures », voilà une façon très originale de décrire une « peine de cœur », murmura Emily sans lever les yeux. Et peu importe ce que tu penses de moi, Charlotte, car les troupes de Gondal sont au milieu de leur première guerre. Je dois donc les mener à la victoire, sans quoi beaucoup périront.

— Tu es impossible, Emily…, conclut Charlotte sans colère.

En vérité, elle regrettait les jours où elle ressemblait davantage à sa sœur, car où qu'Emily se promène, où que se pose son regard, l'univers de Gondal se dressait tout autour d'elle, son peuple de papier signifiant au moins autant pour elle que les êtres de chair et de sang qui l'entouraient.

Son imagination la rend libre, pensa Charlotte avec envie.

Elle aurait bien aimé, elle aussi, être capable de laisser derrière elle la douleur incessante de cette existence terrestre et banale pour un monde où tout se conformerait à ses désirs. Dans ce monde, son cœur ne serait jamais brisé.

— Fais une pause et repose-toi, chère Charlotte, dit Anne en déposant enfin son journal.

Et elle adressa à Charlotte un regard empreint d'une telle compassion qu'il était presque insupportable d'être ainsi prise en pitié. Charlotte savait qu'Anne ne mentionnerait jamais le nom de celui qui tourmentait son cœur, et elle-même veillait à ne jamais le prononcer à haute voix. Malgré cela, il résonnait constamment en elle.

— Viens donc t'asseoir avec moi et lis le *Times* de Londres : il ne date que de quelques jours et il regorge de nouvelles intéressantes. Le paquebot à vapeur de Brunel, le *SS Great Britain*, a entamé sa traversée de l'Atlantique jusqu'à New York et espère terminer le voyage en deux semaines seulement ! Tu imagines un peu, être à l'autre bout du monde en moins de deux semaines ? (Anne se tut un instant, ses jolis yeux brillants à la pensée de pareille aventure.) On raconte aussi que depuis trois ans maintenant, à Londres, huit policiers spécialement formés se consacrent entièrement à la profession de « détecteur », pour résoudre des crimes en employant leur intelligence et leur esprit de déduction pour arrêter les coupables. Leur succès est tel que le *Times* insiste pour former d'autres personnes à ce métier, alors que les opposants affirment qu'un pays libre doit rester libre de la tyrannie du maintien de l'ordre. C'est à se demander si ces prétendus défenseurs de la liberté ont commis des crimes qu'ils préfèrent laisser dans l'ombre. Attends, je vais te retrouver l'article. Ah, tu vois ici ?

— Ça a l'air très intéressant, Anne.

Charlotte hocha la tête, s'assit à la table en face d'Emily et tira le journal vers elle, mais même ainsi les mots n'arrivaient pas à s'assembler clairement sous ses yeux. Car elle ne pensait qu'à une chose : sa dernière lettre à son ancien précepteur, M. Héger, et la façon dont elle s'y était épanchée. Sans pour autant recevoir de réponse. En dépit du soin avec lequel elle y avait dessiné les contours de son cœur brisé et imploré une miette, rien qu'une miette de miséricorde, il n'avait jamais répondu. Comment avait-il pu ? C'était un homme marié, certes, et pourtant...

Fermant les yeux, elle s'appliqua à réprimer les émotions douloureuses qui menaçaient d'exploser à tout moment et, au prix d'un certain effort, elle dompta ses sentiments, les rendit aussi minuscules que les livres que ses sœurs et elle fabriquaient dans leur enfance, et les relégua derrière le mur épais de la sérénité qu'elle s'imposait. Si elle échouait à le faire, son chagrin l'engloutirait. Elle n'avait d'autre choix que d'endurer dans un silence parfait la douleur d'aimer un homme qui ne l'aimait pas en retour.

— Tenez-vous bien, mes sœurs !

Porte ouverte à la volée, Branwell entra dans la pièce, apportant dans son sillage une bonne partie de la pluie du soir qui gouttait de son nez, ses cheveux roux plaqués contre sa peau pâle, charriant dans son sillage des effluves de bière et de tabac. Il avait les pupilles brillantes, signe qu'il avait fait provision de commérages.

— Cessez vos inutiles bavardages de bonnes femmes, car j'ai une histoire terrible à vous raconter !

— Ils sont encore en panne de gin au *Bull* ? marmonna Emily, sans lever la tête, alors qu'il prenait la chaise à côté d'elle et s'ébrouait comme un chien mouillé.

— Préparez-vous, car en tant que demoiselles, vous trouverez peut-être la nouvelle que je dois vous rapporter à la fois terrifiante et méprisable. Il se peut d'ailleurs que vos âmes sensibles ne s'en remettent pas.

Charlotte se rua sur cette distraction comme une femme assoiffée qui découvre un puits.

— Raconte-nous, Branwell. Qu'est-il arrivé ?

— La nouvelle vient de parvenir à Haworth : une tuerie sanglante. (Les yeux noirs de Branwell luisaient d'un plaisir macabre tandis qu'il parlait.) Et cet acte barbare a été perpétré à deux pas de chez nous.

Anne fronça les sourcils.

— Un meurtre ?

— Un meurtre des plus violents, chère sœur.

Branwell se pencha vers Anne qui ne put réprimer un mouvement de recul, dégoûtée par son odeur. Charlotte n'était pas si aisément écœurée.

— Raconte-nous, l'enjoignit-elle. Ne nous épargne aucun détail.

— Je l'ai appris par le tonnelier, qui tient cette histoire du cocher, qui la tenait lui-même de l'aubergiste d'Arunton, non loin du lieu où le meurtre a été commis.

— Arunton, répéta Charlotte, pensive. Je suis sûre que nous avons des connaissances du côté d'Arunton. Quand est-ce arrivé, Branwell ?

— Hier, un meurtre absolument glaçant, de l'avis général, et à deux pas de chez nous. Alors, vous êtes mortes de peur ?

— La seule chose dont j'aie peur, c'est que tu ne parviennes jamais au bout de ton histoire, intervint Emily, qui reposa enfin sa plume. Qui a été tué, et par qui ?

Branwell ignora la question d'Emily.

— Le criminel s'est enfui, emportant le corps avec lui. Il n'est pas impossible que l'assassin rôde dans la lande autour de notre maison en ce moment même.

Ce fut au tour d'Emily d'afficher une mine perplexe.

— En traînant un cadavre ? Drôle de façon de prendre la fuite. Dis-moi plutôt qui est la victime ?

Branwell se cala contre le dossier de sa chaise.

— Une dame, mère de famille. On n'en a pas la certitude, mais il est probable qu'elle a été tuée.

Anne porta une main à sa poitrine.

— Quelle horreur ! Il nous faut demander à papa d'inclure cette pauvre femme et sa famille dans ses prières.

— C'est « probable » ? insista Charlotte, irritée. Soit la pauvre femme est morte, soit elle est vivante. Il faudrait savoir !

— C'est là que le bât blesse, chère Charlotte, reprit Branwell en lui agitant un doigt sous le nez. Car il semble qu'aux premières lueurs de l'aube, ce matin, on ait découvert un véritable bain de sang dans la chambre de la seconde Mme Chester, sans aucune trace de la jeune femme, cependant. Son cadavre a disparu. On suppose qu'elle est morte, bien sûr, mais on ne peut pas en avoir la certitude tant qu'on n'aura pas retrouvé son corps.

— Enlevée chez elle ? C'est terrifiant ! marmonna Anne en frissonnant. J'ai très froid, tout à coup.

— Comme c'est intéressant, ajouta Emily, les yeux animés par la curiosité.

Charlotte oscillait entre fascination et horreur quand une autre pensée la frappa.

— La femme dont tu parles est bien Mme Elizabeth Chester ? De Chester Grange ? (Elle saisit la main d'Emily.) Chester Grange est l'endroit où Matilda French occupe son poste de gouvernante ! Elle vit à Arunton. Tu te souviens de Mattie, Emily ? Elle a souffert à l'internat de Cowan Bridge, tout comme nous, jusqu'à ce que papa nous sorte de là. Nous nous sommes écrit depuis, mais les nouvelles se sont faites plus rares depuis qu'elle a pris ses fonctions.

—Maintenant que j'y pense, il me semble que c'est la gouvernante qui a découvert la chambre ensanglantée, précisa Branwell.

—Oh, mon Dieu ! s'exclama Charlotte, mortifiée. Pauvre Mattie… Tu te rappelles comme elle était fragile, Emily ?

—Matilda… jolie, timide, à peu près bonne à rien. Oui, je me souviens d'elle, confirma Emily. Imaginez, apprendre que pendant que vous dormiez dans votre lit, un meurtrier rôdait dans les couloirs devant la porte de votre chambre en brandissant un couteau ! C'est tout bonnement terrifiant.

Emily ne semblait toutefois pas terrifiée le moins du monde.

—Pour le moment, rien ne permet d'affirmer qu'il s'est servi d'un couteau, nuança Charlotte en levant les yeux vers le ciel. Oh, mon Dieu… pauvre Mattie ! Elle doit être bouleversée. Je dois lui écrire tout de suite.

Tendant la main vers une plume, Charlotte hésita, puis fut parcourue d'un frisson alors que lui venait un plan d'action alternatif.

—Non, je vais faire mieux qu'écrire. Je lui rendrai visite demain matin à la première heure.

—Et je t'accompagnerai, décréta Emily. J'ai toujours apprécié cette chère Martha French, moi aussi.

—Matilda, ma chérie, rectifia Charlotte. Chester Grange n'est qu'à deux heures de marche à travers la lande de Penistone. Toute personne souhaitant m'accompagner est la bienvenue, à condition qu'elle ne vienne pas simplement pour se délecter de l'atmosphère macabre.

Par la fenêtre, Emily s'abîma avec nostalgie dans la contemplation de la pluie, qui tombait si fort qu'elle semblait envelopper le village d'un voile de larmes. Même si l'été se poursuivait, quelque part au-dessus des nuages, on avait du mal à le croire.

— J'en ai assez d'être prisonnière de la pluie et j'en ai assez de rester dans cette maison. Libérez-moi, que je puisse aller me tremper et me geler les pieds !

Charlotte se tourna vers Anne, assise, les mains soigneusement croisées sur les genoux, l'air aussi docile et humble que la plus sage des jeunes filles. C'était exactement ainsi que la voyaient ceux qui ne la connaissaient pas. Charlotte pensait souvent qu'elle portait sa douceur comme une sorte de déguisement pour cacher la guerrière en elle.

— Eh bien, je ne peux tout de même pas vous laisser partir à l'aventure toutes les deux, dit Anne. Je me sens dans l'obligation de veiller à ce que vous conserviez votre respectabilité.

— Et je vous accompagnerai aussi, annonça Branwell, magnanime. Vous aurez besoin qu'on vous protège du dément qui joue du couteau, après tout.

— Mon cher frère, reprit Anne d'un ton sarcastique, si tu nous accompagnais, je ne sais pas vraiment qui protégerait qui en cas d'attaque. En l'occurrence, nous sommes tout à fait capables de nous rendre seules sur place.

— Tu m'en veux toujours, Anne, n'est-ce pas ? s'enquit Branwell.

À l'écouter, on aurait pu croire que son incartade, qui avait coûté à Anne sa place de gouvernante à Thorp Green, où ils avaient tous deux été employés, remontait à mille ans. L'humiliation causée par l'affaire avec Mme Robinson éclaboussait toute la famille Brontë, surtout leur père. L'idée de Branwell se liant avec la femme de son employeur pour commettre des actes répréhensibles au-delà de toute mesure écœurait profondément Charlotte. Et bien sûr, dès l'instant où le scandale avait éclaté et où Branwell avait été licencié, Anne, pourtant irréprochable, avait dû démissionner de son poste. Elle n'avait, semble-t-il, toujours pas digéré l'injustice dont elle avait été victime par la faute de son frère.

Alors oui, Anne avait de bonnes raisons d'en vouloir à Branwell, entre la perte de ses revenus, et l'opprobre qu'il avait jeté sur la famille. Pourtant, dès qu'elle vit l'expression de remords et de tristesse de leur frère, Charlotte comprit en se tournant vers Anne que celle-ci regrettait ses propos.

— Vous me détesterez donc toujours d'être tombé amoureux ? s'écriait-il à présent. Je vous en prie, je vous en supplie, aidez-moi à m'éloigner autant qu'il m'est possible de cette histoire qui m'a brisé le cœur et laissez-moi vous accompagner dans vos expéditions comme avant. Puis-je venir ? demanda-t-il en regardant ses sœurs tour à tour.

— Oui ! répondit aussitôt Emily.

— Je ne pense pas, refusa immédiatement Charlotte.

Emily lui lança un regard noir, et Charlotte comprit sa désapprobation. Récemment, la faiblesse de Branwell face aux séductions du *Black Bull* en particulier, et des débits de boissons de Haworth en général, s'était considérablement aggravée. Emily était d'avis que toute diversion permettant d'éloigner Branwell de l'alcool fort pendant quelques heures serait bonne à prendre. Elle n'avait sans doute pas tort. Toutefois, Charlotte hésitait encore.

— Pourquoi pas ? protesta Emily en prenant la main de Branwell. Malgré ce qu'affirme Anne, nous ne sommes que trois femmes vulnérables prêtes à nous lancer dans une longue expédition sans aucune protection.

— Comme si tu t'étais déjà souciée de cela, Emily !

Charlotte s'esclaffa et, d'une voix radoucie, elle ajouta à l'intention de Branwell :

— Cher frère, pas cette fois. Tu aurais pu nous être utile, c'est vrai, mais ta présence signalerait notre visite comme sortant de l'ordinaire, or nous ne souhaitons pas nous faire remarquer. Un homme aussi bien fait de sa personne que toi ne passe pas inaperçu, c'est ainsi. En revanche nous, trois filles de la campagne, personne ne nous remarquera… Et, pour une fois, cela jouera en notre faveur. Peut-être même qu'à nous trois nous parviendrons à faire toute la lumière sur ce qui est arrivé à Elizabeth Chester.

Charlotte évita le regard d'Anne, sachant que sa petite sœur l'évaluait à ce moment précis, tâchant d'établir dans quelle mesure cette visite chez Matilda French était due au souci qu'elle se faisait pour une amie. N'avait-elle pas plutôt désespérément besoin d'une distraction ? Charlotte estimait pour sa part que l'on ne pouvait pas raisonnablement ne pas soutenir une amie en des circonstances aussi malheureuses, et cette visite pourrait accessoirement s'avérer fascinante.

— Eh bien, dans ce cas…, soupira Branwell en se laissant tomber sur le canapé, sur l'accoudoir duquel il posa l'une de ses longues jambes. Je vais devoir me trouver une autre occupation en votre absence. Peut-être le *Black Bull*…

— Et pourquoi pas l'église ? suggéra Charlotte.

— Peut-être le *Black Bull* est-il mon église, tout compte fait, gloussa Branwell alors que les yeux de sa sœur s'écarquillaient d'horreur.

— Suis-je vraiment monstrueuse de me réjouir à l'idée que nous allons nous mettre en quête de la vérité, toutes les trois ? intervint Anne d'un ton grave pour détourner l'attention de sa sœur. Je crois que nous serions les premières détectrices de l'histoire.

— Des détectrices ? s'étonna Charlotte. Quelle curieuse expression !

— Eh bien, cette expression vient de l'article du *Times* dont je vous parlais tout à l'heure. Le féminin de « détecteurs », ce serait « détectrices ». Voilà, mes chères sœurs, ce que nous serons.

S'ensuivirent bien des discussions ce soir-là, des histoires et des éclats de rire qui retentirent longtemps après que l'horloge de l'escalier avait sonné minuit. Et, à force de bavarder, d'écrire et de rire, aucune des sœurs ne remarqua que l'obscurité cernait leur petite maison, menaçant de l'engloutir.

2

Emily

Chester Grange s'élevait sur une lande sauvage qui l'entourait comme une vieille bête : cornue, hérissée de piques et récemment réveillée de plusieurs siècles de sommeil.

Emily tomba immédiatement sous le charme de cette propriété. Bien que celle-ci soit installée sur de majestueux jardins en terrasses qui avaient jadis été à la dernière mode, la nature avait repris ses droits sur cette extravagante construction humaine.

Les hautes herbes poussaient, longues et chargées de graines, à l'endroit où il y avait sans doute eu une pelouse soignée autrefois, et le seul chemin visible menant encore à la maison était l'allée parsemée de pissenlits et de fleurs sauvages que les trois sœurs remontaient. Les terrasses, naguère élégantes, étaient couvertes de liseron et de lierre, de petites pervenches tenaces et des myosotis s'invitant dans la moindre fissure, brouillant les contours des sculptures de l'époque élisabéthaine et effritant les remparts à force de s'enrouler autour de la vieille demeure, dans un étranglement progressif qui menaçait d'obscurcir la plupart des fenêtres.

C'était l'endroit rêvé pour Emily qui devinait une histoire dans chaque recoin, car le mystère pouvait se tapir partout : depuis les tours et les créneaux gardés par une série de gargouilles inquiétantes, prêtes à s'abattre sur la pauvre âme qui s'aventurerait en ces lieux, jusqu'aux énormes pierres éparses qui l'observaient depuis les herbes folles et semblaient avoir appartenu à un palais bien autrement plus grandiose autrefois. L'on se serait cru dans l'une des interminables histoires de Tabby, où folklore, mythes et coutumes anciennes se mêlaient, des contes qu'Emily avait entendus toute sa vie.

Dans ce lieu grouillaient mille voix qui lui chuchotaient à l'oreille. Et, à mesure que ses sœurs et elle se rapprochaient, le sourire d'Emily se précisait ; l'aventure était désormais à portée de main.

— Tu peux nous épargner ce sourire de démente, s'il te plaît ? la rabroua Charlotte.

Elle arrêta Emily en lui posant une main gantée sur le bras. Sous sa bonnette, Charlotte arborait une expression si guindée et si sérieuse que le sourire d'Emily s'élargit encore.

— Je ne plaisante pas, insista Charlotte. C'est très déplacé. Tu ne peux pas avoir l'air de te délecter à ce point de la situation dans de telles circonstances. Je doute que ton attitude soit d'un grand réconfort pour Mattie. Souviens-toi, Emily, nous sommes les respectables filles du pasteur. Essaie de faire un effort pour jouer le jeu, je te prie.

Emily haussa les épaules et se remit à trotter derrière sa sœur, avec un enthousiasme un brin inconvenant.

L'autre côté de la maison n'était pas moins délabré que sa façade, mais elles trouvèrent Mattie assise sur un banc devant la cuisine, la tête baissée, les doigts croisés. Elle semblait plongée dans une prière ou dans ses pensées, Emily n'aurait su trancher.

— Mattie ! cria Emily, juste pour le plaisir de voir se colorer les joues de Charlotte.

Matilda French leva brusquement sa tête blonde et bondit aussitôt de son siège pour se précipiter vers ses amies.

— Ma chère Charlotte ! hoqueta-t-elle, un peu essoufflée, en prenant les mains de la jeune femme dans les siennes. Oh, comme il est bon de voir des visages amis ! Emily et Anne, quel soulagement que de vous savoir ici ! Je ne sais plus à quel saint me vouer dans ces circonstances épouvantables.

— La nouvelle nous est parvenue à Haworth hier soir, l'informa Charlotte. Nous avons décidé de venir te voir sur-le-champ.

Emily endura une étreinte, remarquant au passage que les boucles d'or pâle de Mattie étaient mal entretenues et que des cernes violets soulignaient durement ses yeux bleus.

Visiblement, Charlotte avait eu raison de penser que Mattie serait profondément affectée par les récents événements survenus à Chester Grange. En venant ici, leur aînée avait raconté à ses sœurs l'histoire de la pauvre jeune femme. Mattie avait vécu la première partie de sa vie en fille unique et chérie, mais lorsque sa mère mourut en couches et que son père, vicaire, fut emporté par le choléra, son oncle fit de son mieux pour se débarrasser une fois pour toutes du fardeau qui lui était échu : il l'envoya à l'école pour qu'elle soit formée au métier de gouvernante, une vie qu'elle n'avait jamais souhaitée. Et, pour couronner son infortune, un crime odieux se produisait sous le toit qui l'abritait. Malgré les difficultés qui avaient émaillé son existence, la pauvre Matilda n'avait pas les épaules assez larges pour supporter un tel drame, leur avait confié

Charlotte, inquiète, alors qu'elles cheminaient à travers la lande boueuse constellée de bruyère.

Ayant perdu leur mère depuis des années, les enfants Brontë savaient que, quand leur père viendrait à disparaître, ils pourraient aussi dire adieu à leur maison et à leurs moyens de subsistance. Presque dès leurs premiers pas, il les avait éduqués à survivre de manière indépendante. En fait, Branwell et ses sœurs avaient tous travaillé comme enseignants et précepteurs jusqu'à ce que le destin les réunisse à la maison cet été-là. Emily aimait son père de tout son cœur pour sa clairvoyance. Elle rechignait à penser au jour où elle devrait quitter sa maison bien-aimée, espérant secrètement que cela n'arriverait jamais.

— Venez dans la cuisine, proposa Mattie en entraînant Charlotte par la main. Je suis tellement contente de vous voir. Vous êtes mes premiers visiteurs et, en des circonstances plus heureuses, j'aurais été ravie de vous faire visiter la maison. Dans cette situation, il n'en est pas question, vous comprendrez pourquoi...

— Pourquoi ? s'enquit Emily en faisant abstraction du regard noir de Charlotte.

— La disparition de son épouse a jeté M. Chester dans une immense détresse, d'autant plus qu'il ne comprend toujours pas ce qui a pu lui arriver. Vous dites que la nouvelle vous est parvenue hier soir ? Qu'avez-vous entendu, au juste ? Mon employeur est très inquiet des rumeurs qui circulent sur les événements. Parfois, les faits sont déformés et nuisent au bon déroulement des enquêtes, voyez-vous.

Sa voix était brillante comme une flamme nue, mais tendue, alors qu'elle les précédait dans la cuisine rustique, étonnamment vide pour une si vaste demeure. Peut-être le personnel avait-il été renvoyé chez lui le temps de l'enquête, supposa Emily, qui se demandait ce que cachait la porte menant au reste de la maison.

— Nous avons entendu dire que Mme Chester était introuvable, déclara Charlotte à Mattie, mais que sa chambre était couverte de sang, ajouta-t-elle, tout en délicatesse.

— C'est… exact, admit Mattie d'une voix tremblante en redressant les épaules. Je vais vous préparer du thé. Merci beaucoup pour votre visite, je suis si heureuse de vous voir. Je n'ai personne à qui parler, voyez-vous, personne vers qui me tourner. Ma seule amie ici, eh bien, c'était Mme Chester et je ne vois pas comment elle pourrait être encore en vie, après avoir perdu une telle quantité de sang.

— Vous n'êtes pas tout à fait seule, mademoiselle French.

La voix grave les surprit et Emily scruta l'obscurité, où elle discerna à peine une masse sombre. Une femme plus âgée, entre cinquante et soixante ans, entra dans la lumière. Elle rivait sur le groupe ses petits yeux perçants et enfoncés dans leurs orbites avec l'attention singulière d'un corbeau.

— Je suis toujours dans les parages, ne l'oubliez jamais.

— Bien sûr que non, madame Crawley. (La voix chevrotante, Mattie inclina la tête à l'intention de la femme, qui s'assit près de la cheminée éteinte pour mieux les observer.) Pardonnez mes manières et permettez-moi de vous présenter mes amies Charlotte, Emily et Anne Brontë du presbytère de Haworth. Ayant appris la nouvelle, elles sont venues me rendre visite et me réconforter en ces temps terribles.

— Des commères, alors.

Mme Crawley s'enfonça plus profondément dans son siège, tel un crapaud sur un rocher, en tenue de deuil avec un voile de veuve épinglé dans ses cheveux gris acier et une paire de gants en coton blanc. Sur le côté droit de son visage cireux, on distinguait la boursoufflure disgracieuse d'une blessure cicatrisée. Avec un dédain mal dissimulé, la vieille femme jaugea les sœurs qui la saluaient d'une révérence et estima en un regard qu'elle avait affaire à des personnes sans importance. Cela n'échappa pas à Emily. Et même si c'était vrai, ce n'était guère agréable à constater.

— Je peux vous assurer, madame Crawley, répliqua Charlotte, le rouge aux joues, que mes sœurs et moi n'avons aucun intérêt à la spéculation. Nous sommes simplement venues réconforter notre amie dans un moment de détresse.

— Restez dans la cuisine et au rez-de-chaussée, ordonna Mme Crawley à Mattie.

Et, aussi brusquement qu'elle s'était mise à l'aise, la femme extirpa de son fauteuil sa masse considérable, ses vêtements amidonnés bruissant comme la cime des arbres dans le vent. Emily s'étonna de la voir porter des mitaines dans la maison, un usage pour le moins inhabituel.

— Et utilisez la vaisselle des domestiques, ma fille ! Vous êtes attendue auprès des enfants à 16 heures. Ce n'est pas le moment de faillir à votre devoir.

Sur ces mots, Mme Crawley se dirigea vers une petite pièce intérieure qu'Emily aperçut par la porte ouverte. L'endroit était tapissé d'étagères contenant non pas des livres, mais des ornements et des objets qui n'appartenaient sans doute pas à une femme aussi colérique : une bergère en porcelaine qui gardait son troupeau, des dés à coudre en argent étincelant et un bouquet de fleurs sauvages dans un vase en cristal. Plus curieux encore, il y avait une photographie ; un objet singulier, presque magique, qu'Emily n'avait vu que très rarement. Celle-ci représentait un bébé endormi, peut-être mort. Emily brûlait de savoir, mais pas assez pour tenter d'engager la conversation avec le crapaud.

— Je serai dans mon salon, si vous avez besoin de moi, leur annonça Mme Crawley d'un ton plus menaçant que réconfortant.

À quoi Emily répondit par une petite révérence, dont elle était la seule à savoir qu'elle la lui adressait avec un profond irrespect.

— Quelle femme délicieuse ! commenta-t-elle à mi-voix en s'asseyant.

Elle se servit d'une des tranches de pain beurré que Mattie, contrite, avait disposées en éventail pour elles sur une assiette blanche toute simple.

— Alors dis-nous, reprit Charlotte en prenant place à la table, avec un coup d'œil sur les joues rebondies d'Emily. Comment te sens-tu, mon amie ?

Mattie jeta un regard à la chambre de Mme Crawley et sourit.

— Eh bien, c'est une période très difficile et très éprouvante pour M. Chester et ses enfants.

Elle versa le thé fraîchement infusé d'un geste tremblant, et une goutte ambrée atterrit sur le dos de sa main.

— Charlotte, tu te souviens de Cowan Bridge ?

— Bien sûr, répondit l'interpellée d'une voix grave.

Emily était certaine que sa sœur se souvenait de Cowan Bridge aussi clairement qu'elle-même. L'établissement où leur père les avait envoyées, leurs sœurs et elles, peu après la mort de leur mère, resterait gravé pour toujours dans leur mémoire.

Charlotte prit la main d'Emily.

— Cowan Bridge était un endroit méprisable, plein de ténèbres et de cruauté, où la réflexion était réprimée et toute expression de joie soufflée comme la flamme d'une bougie. C'est là qu'Emily et moi t'avons rencontrée pour la première fois, chère Matilda, et c'est là, dans ce lieu terrible, que nos chères sœurs aînées, Elizabeth et Maria, ont été poussées à bout de forces avant d'être chargées dans une calèche et ramenées chez elles pour y mourir.

Charlotte n'avait pas besoin d'en dire davantage pour que toutes les trois se remémorent en silence les horreurs qu'elles avaient vécues dans ce lieu qui se prétendait à tort une maison de Dieu, alors que les jeunes filles qui y étudiaient étaient affamées, battues, et châtiées jour après jour. Aujourd'hui encore, il y avait des nuits où Charlotte se réveillait en sursaut en appelant Emily, en sanglots. Elle se rappelait le corps glacé de sa sœur qui agonisait dans le lit à côté d'elle.

Aucune d'entre elles n'oublierait jamais Cowan Bridge. Mais il ne s'agissait pas là pour Mattie d'engager poliment la conversation, se rendit compte Emily. C'était sa façon de leur signifier à quel point elle était effrayée et désespérée, tout comme elle l'avait été dans cet effroyable pensionnat. Emily ne s'était effectivement jamais sentie aussi désespérée, ni aussi seule, qu'en ces jours sombres et terribles. Si tel était l'état d'esprit de Mattie, alors elle devait être morte de peur.

— Nous sommes là maintenant, Mattie, la rassura-t-elle en posant une main réconfortante sur l'épaule de son amie. Nous allons t'aider.

Cette journée avait commencé comme une aventure, un prétexte pour aller se promener librement, Emily l'admettait bien volontiers. Mais, alors que Mattie s'appuyait à son bras, Emily se rappelait à quel point les femmes comme elles avaient peu de moyens de se défendre contre la cruauté du monde. Cette pensée se reflétait d'ailleurs dans la détermination tranquille peinte sur le visage de ses sœurs.

Les guerres de Gondal allaient devoir cesser pendant un certain temps, aussi longtemps que Mattie aurait besoin d'elles. Elle pourrait compter sur le soutien des trois sœurs jusqu'à ce qu'elle se sente en sécurité.

Et malheur à qui se mettrait en travers de leur chemin.

3

Anne

— Dis bonjour, Archie. Dis bonjour à ces jeunes demoiselles !

Mattie avait beau implorer le bébé qu'elle berçait contre son sein, l'enfant aux cheveux d'or enfouit son visage dans le cou de la gouvernante et serra encore plus fort ses bras dodus autour d'elle, pleurnichant même en voyant la villageoise qui, leur avait expliqué Mattie, venait de temps à autre s'occuper des enfants. Anne croyait se souvenir qu'elle se prénommait Jane ; elle paraissait à peu près aussi émue par la scène que si Mattie avait dorloté un sac de sucre.

Mattie appela l'autre garçonnet, plus âgé, qui était presque invisible parmi les hautes herbes autour d'un étang envahi par les joncs. Il se tenait parfaitement immobile, à observer les bois, comme s'il pouvait voir parmi les arbres quelque chose que les adultes ne voyaient pas.

— Francis ! Francis, veux-tu venir dire bonjour à mes amies comme on te l'a appris ?

Mais Francis ne semblait pas l'entendre et gardait le regard fixé sur les ombres de la forêt. Il ne leva pas même les yeux lorsque Emily alla se poster à côté de lui pour jeter quelques cailloux dans l'eau saumâtre. Charlotte était restée légèrement en retrait pour savourer le chant d'un oiseau qui gazouillait dans un cerisier.

— La situation doit être terriblement éprouvante pour les enfants, commenta Anne alors que Mattie remettait le bébé à Jane, qui s'éloigna vers Francis. Pour ce petit garçon, en particulier, même s'il n'était qu'un nouveau-né quand sa mère est morte. Et voilà qu'il perd aussi sa belle-mère… L'endroit ne paraît guère convenir à de jeunes enfants en ce moment, les exposer à une telle violence et à une telle incertitude… Ils ont parfois l'air de ne se rendre compte de rien, mais les jeunes enfants sont bien plus sensibles à leur environnement que nous ne le sommes.

Anne baissa les yeux un instant pour se plonger dans ses souvenirs.

— J'étais très petite quand nous avons perdu maman. Je me souviens qu'on m'avait demandé de me taire pendant des jours et des jours. J'étais assise par terre, dans la plus petite chambre, à découper des bouts de papier et à dessiner pour passer le temps, bien trop jeune pour comprendre que ma mère vivait ses derniers instants.

— J'étais au chevet de ma mère, dit Mattie d'une voix à peine plus audible qu'un murmure. Elle criait de douleur. Moi, tout ce que je voulais, c'était que ce cauchemar s'arrête. Et pourtant, quand elle s'est tue, j'aurais donné cher pour avoir une chance de l'entendre de nouveau.

Anne prit affectueusement la main de Mattie. La mort était une compagne si proche de chacune d'elles qu'elles n'auraient pas dû être surprises quand elle revenait frapper à leur porte, et pourtant le cœur humain ne s'endurcissait pas contre le chagrin.

Anne n'était guère plus âgée qu'Archie quand leur mère était morte. Néanmoins, la douleur de ces longues heures d'agonie s'était en quelque sorte gravée dans son esprit en une série d'images floues. Elle qui n'arrivait pas à comprendre ce silence, ces pleurs étouffés, le visage épuisé de son père. Aujourd'hui encore, elle se demandait quelle était la part de ce dont elle se souvenait vraiment, et si les histoires qu'on lui avait racontées tant de fois n'avaient pas fini par prendre racine dans sa mémoire. Si jamais Dieu lui accordait des enfants, elle voudrait que ses fils et ses filles la connaissent vivante, qu'ils gardent le souvenir de la femme de chair et d'os qu'elle était, pas une vague esquisse canonisée et créée de toutes pièces, à l'instar de l'image de sa mère qui lui avait été transmise par ceux qui avaient eu la chance d'aimer Maria Brontë de son vivant. Mais c'était là le danger inhérent à la maternité : dès que l'on accomplissait sa mission sur terre, le don de la vie, les chances que l'on sacrifie la sienne propre au cours du processus étaient très élevées.

— Sa maman manque terriblement au bébé, déclara Mattie. Il venait juste d'apprendre à la demander et, maintenant, il n'arrête pas. Il ne comprend pas où elle peut bien être. Et pour ce qui est de Francis... Ce pauvre enfant, il perd sa mère et puis, au moment où il commence à faire confiance à Elizabeth, elle lui est enlevée. Et leur père... il est trop bouleversé pour s'occuper d'eux.

— Ne pourrait-on pas les envoyer chez des grands-parents ? Les parents de Mme Chester, si ceux de son mari ne sont plus de ce monde ? s'enquit Anne.

Elle regarda Emily, plantée à côté du garçonnet dans un silence mutique, et se mordit la lèvre.

Mattie secoua la tête d'un air inquiet.

— Les Honeychurch ? M. Chester ne veut pas en entendre parler. Il dit que l'endroit le plus sûr pour eux est à ses côtés, mais comment peut-il être aussi affirmatif alors que... (Elle se ressaisit soudain et baissa considérablement la voix.) Alors que sa propre femme a très probablement été massacrée dans sa chambre, sous son toit ? Aucun de nous n'est en sécurité tant que le coupable n'aura pas été arrêté.

— Monsieur Francis, venez maintenant ! appela Jane.

Le garçonnet se dirigea vers elle, le pas traînant et les yeux rivés au sol.

— Que fait-on pour découvrir la vérité sur cette affaire, justement ? intervint Emily, qui revenait de l'étang pour marcher avec elles. Je pensais voir des hommes de loi partout dans la maison, fouiller les gens sur la route, au lieu de quoi tout me semble très calme.

— Le gendarme est déjà passé, il a terminé l'examen de la chambre, leur apprit Mattie. Il y avait des signes de lutte, des draps déchirés et déchiquetés, beaucoup de sang… Mais comment l'agresseur est entré dans la maison et en est sorti sans être remarqué, avec Mme Chester morte ou vive, personne ne peut le comprendre, y compris le gendarme. Il nous a interrogées à tour de rôle, Mme Crawley et moi, pour savoir ce que nous avions vu et entendu, puis il s'est entretenu avec M. Chester, lequel lui a parlé d'un groupe de Tsiganes installés dans les bois, qui braconnent ses animaux. Il pense qu'ils ont peut-être enlevé Mme Chester, car ils sont partis maintenant. Le gendarme est donc allé interroger les Gitans du coin, je suppose.

— As-tu vu ces Gitans ? demanda Anne.

— Au village, une fois ou deux. J'ai acheté de la bruyère à une vieille, mais je ne les ai jamais vus sur la propriété. M. Chester m'a interdit d'emmener les garçons dans les bois pendant qu'ils séjournaient dans les parages, je dois toujours rester en vue de la maison.

— Je vois, dit Emily. Où campaient-ils ?

— Dans la forêt derrière la maison, répondit Mattie. Vers Arunton.

— Donc les gendarmes ne soupçonnent pas M. Chester? insista Emily. Souvent, il paraît que ce sont les plus proches de la victime qui sont les architectes de sa mort.

— Oh, vraiment? Et comment sais-tu une telle chose? lui demanda Charlotte avec malice.

— Lis les journaux, rétorqua Emily. Regarde par la fenêtre les cogneurs de femmes, les tueurs d'enfants et les empoisonneurs du village de Haworth qui passent devant notre porte, Charlotte.

Cette dernière pinça les lèvres, mais Anne savait qu'elle ne pouvait pas démentir les propos d'Emily. Leur père ne leur cachait rien du côté sombre de son travail, et une simple promenade dans la rue principale suffisait à démontrer la véracité de ce qu'Emily affirmait : c'était toujours envers leurs proches que les gens étaient les plus cruels.

— Le gendarme ne soupçonne pas M. Chester. Il ne l'a même pas envisagé comme suspect, leur confia Mattie. Bien sûr que non, c'est M. Chester lui-même qui a nommé ledit gendarme, après tout, mais moi… (Elle baissa la voix et se pencha vers les sœurs.) Pendant toute une année avant qu'il ne se remarie, je suis restée seule avec Mme Crawley et M. Chester. Au cours de cette période, j'ai appris à connaître le gentleman qu'il était et je l'admirais beaucoup. Il parlait souvent avec affection de sa première femme, se languissait de sa compagnie et… Et puis, il a annoncé son intention de se remarier. En quelques mois de mariage avec Elizabeth Chester, il est devenu un étranger. À croire qu'un autre homme, féroce, se cachait en lui. Un homme qui n'attendait que de surgir dès l'instant où il a ramené une nouvelle épouse à la maison.

— C'était un mari cruel, alors?

— Très, avoua Matilda. Voir un homme que j'avais connu doux et gentil se retourner contre Elizabeth, qui n'était guère plus qu'une enfant, c'était – *c'est* – une chose que je ne parviens toujours pas à comprendre. Quand j'ai obtenu ce poste, il a affirmé que sa première femme était morte de fièvre, mais c'était un mensonge. Les gens d'ici savent qu'il s'agissait d'une mort violente.

— Tu veux dire qu'il l'a tuée ? hoqueta Anne.

Mattie s'enveloppa de ses bras sans réussir à réprimer un frisson.

— Non… pas de ses propres mains, sans doute. La pauvre Imogen Chester s'est suicidée en sautant du haut de ces remparts. Bien que la plupart des habitants du village vivent dans la crainte que leur maître ne les expulse s'ils disent du mal de lui, en tendant bien l'oreille, vous entendrez chuchoter que c'est la cruauté de Chester qui l'a poussée à commettre ce geste désespéré.

— Pauvre, pauvre créature ! compatit Anne. Se sentir perdue et seule au point de renoncer à sa place auprès de Dieu, juste pour échapper à cette douleur terrestre.

— Quelles que soient les circonstances du décès de la première Mme Chester, il est fort regrettable de perdre sa seconde femme dans des circonstances aussi inhabituelles, fit remarquer Emily. Deux épouses parties, l'une d'elles morte et l'autre presque certainement aussi.

— Parmi tous ceux qui auraient pu commettre ce crime, M. Chester aurait sans doute été le mieux placé pour dissimuler un acte aussi terrible, songea Anne à haute voix. Un homme de son rang, qui peut aisément se soustraire à la loi, pourrait échapper à une condamnation pour meurtre, du moins jusqu'au jugement dernier.

— Et pourtant, il n'y a pas de corps, rappela Emily. Pourquoi aurait-il pris le temps de se débarrasser de sa dépouille sans effacer toutes les traces du crime ?

— Peut-être a-t-il été interrompu, suggéra Anne, pensive. Mattie, qu'as-tu vu et entendu la veille et la nuit du drame ?

— Il ne s'est rien passé de particulier la veille, si ce n'est que Mme Chester, indisposée, avait gardé la chambre une grande partie de la journée. Une maladie de dame, voyez-vous. Je lui avais préparé du thé et une collation. Pendant la nuit, un terrible orage s'est abattu sur la maison, ajouta Mattie, les yeux embués. La foudre, un vent si puissant qu'il faisait trembler les fenêtres… Tout ça m'a tenue éveillée une bonne partie de la nuit, même si les enfants, eux, dormaient à poings fermés. Le bruit de l'orage semblait amplifié par la maison : la pluie tombait sur le toit comme une averse de pierres, le vent hurlait dans les cheminées. J'ai cru… J'ai cru entendre un hurlement, mais je ne peux pas le certifier. (Elle jeta un bref coup d'œil à l'étage de la demeure avant de reporter son attention sur nous, visiblement terrifiée.) Toutes les nuits, j'entends des bruits étranges ; il se passe… des choses bizarres.

— Des « choses bizarres » ?

Emily inclina la tête, et Anne décela une lueur familière dans son regard. Sa sœur raffolait des événements étranges !

— C'est une très vieille maison, justifia Mattie, mal à l'aise. Le bois craque, les carreaux cliquettent. Souvent, même quand le feu est allumé dans l'âtre, il fait si froid que notre respiration forme des nuages de buée. Et la nuit, il est facile d'imaginer des pas dans les couloirs quand tout le monde dort, ou des pleurs qui s'élèvent de pièces vides et fermées à clé. Jane refuse de rester coucher ici, de peur que la première Mme Chester ne revienne la hanter.

Alors cette nuit-là, oui, j'ai cru entendre un cri, mais peut-être était-ce le hululement d'une chouette ou l'aboiement d'un renard… Je ne saurais le dire.

— Et tu as été la première à découvrir le bain de sang ? s'enquit Anne.

— En effet, acquiesça Mattie dont la voix se brisa. Il devrait y avoir une nourrice pour le bébé, mais M. Chester refuse d'embaucher plus de domestiques au manoir que Mme Crawley et moi. C'est un homme très secret. En outre, Mme Chester a toujours insisté pour passer autant de temps avec son bébé que n'importe quelle mère. Elle affirmait que la maternité était un privilège qui ne devait pas être gâché. Elle adore ce bébé, à tel point d'ailleurs que M. Chester peut en devenir assez jaloux… (Elle se tut un instant.) J'avais l'habitude de lui apporter le bébé le matin avant le petit déjeuner. Mais ce jour-là il dormait encore, alors je lui ai monté du thé et… Ah, je rends grâce à Dieu, car si cet enfant avait vu ce que j'ai vu… Je ne peux pas… Je ne peux pas…

Mattie se couvrit le visage de ses mains et se détourna des trois sœurs, les épaules secouées par des soubresauts. Anne laissa Charlotte réconforter son amie, chercher puis trouver le regard de Mattie, le soutenir jusqu'à ce que cette vision terrible soit écartée et que la pauvre ait recouvré son calme.

— Mais il n'y avait aucune trace de Mme Chester ? demanda Emily, pensive. Pas de cadavre, je veux dire, asséna-t-elle. Un détail m'échappe : si le coupable était un vagabond de passage, pourquoi diable aurait-il emporté le corps avec lui ? Si le cadavre a disparu, c'est qu'il risque de mettre les enquêteurs sur la piste de l'assassin, c'est la seule conclusion intelligente.

— Ou bien se pourrait-il, hasarda Anne, qu'il n'y ait pas de corps… que Mme Chester ne soit pas morte ?

Mattie secoua la tête.

— Il y avait une telle quantité de sang dans la pièce… Je suis sûre que ma maîtresse n'a pas pu survivre.

Le silence retomba un moment sur les quatre femmes. La brise s'engouffrait sous leurs jupons ; dans les arbres, les corbeaux se donnaient la réplique en croassant.

— Eh bien, si M. Chester ne fait pas l'objet d'une enquête en bonne et due forme, c'est un véritable scandale, déclara enfin Charlotte. Pourvu qu'on veille à ne pas négliger cette piste. Nous devrions le dire à Père ou écrire à la presse pour exiger qu'il soit interrogé.

— Oui, approuva Emily, c'est exactement ce que nous devrions faire. Mais nous pourrions aussi mettre à profit notre intelligence et nos ressources pour protéger Mattie et découvrir ce qui a bien pu arriver à Mme Chester. Mattie, pourrais-tu nous emmener dans la chambre en question, afin que nous puissions la voir de nos yeux ?

— Dans quel but, Emily ? s'enquit Anne, atterrée par la soudaine détermination de sa sœur. Je ne vois pas en quoi le spectacle de cette pièce vide t'apporterait quoi que ce soit ; c'est de la curiosité morbide.

— C'est pourtant de cette façon que l'on fait des découvertes, répliqua Emily à sa sœur. Qui sait ce que nous pourrions être capables de discerner avec un regard neuf que ceux qui connaissent la maison ne voient pas ? Notre père nous a appris la curiosité, Anne. Ce n'est pas un péché de chercher à comprendre les circonstances de la disparition d'une femme, n'est-ce pas ?

— Et si les craintes de Matilda s'avèrent exactes, si en effet Chester est le coupable, alors il faut agir pour le faire traduire en justice, ajouta Charlotte. Je pense qu'une lettre adressée en ce sens à quelque autorité juridique supérieure, peut-être à York ou à Leeds, pourrait y contribuer grandement. Cependant, peut-être serait-il prudent d'évaluer par nous-mêmes la situation avant de leur faire part de nos suspicions, n'est-ce pas, Anne ?

Anne croisa le regard de Charlotte et comprit que sa sœur lui demandait sa permission.

— Dans ce monde où l'on considère les femmes comme de simples biens matériels, où les hommes ont le droit de battre leurs épouses, de s'imposer à elles par la force, de les tuer en toute impunité, il est temps que quelqu'un s'empare du problème et que les choses changent. Pour le bien d'Elizabeth Chester et de ces enfants innocents privés de leur mère. Et si c'est à nous, en notre qualité de « détectrices », que revient cette tâche, ce n'est pas moi qui m'y déroberai, dit-elle avec détermination. Montre-nous la chambre, Mattie.

La jeune femme secoua la tête.

— Je ne peux pas. Mme Crawley a déjà nettoyé la pièce où s'est déroulée la tragédie. Elle a tout récuré, il ne reste pas une seule tache de sang. Il n'y a rien de plus à voir qu'une chambre vide. En plus, nous avons l'interdiction formelle d'y pénétrer. Si on nous surprenait, la punition serait terrible…

— Allons, il y a une solution assez simple pour éviter cela, l'interrompit Emily en se dirigeant à grands pas vers la maison. Personne ne nous surprendra.

4

Anne

La détermination de Chester à n'employer qu'un personnel réduit au minimum avait ses avantages, pensait Anne en suivant Charlotte et Emily à travers les couloirs dissimulés des domestiques, sorte de labyrinthe entre les murs lambrissés de chêne de Chester Grange. Au moins cela avait-il permis à Mattie d'introduire les sœurs à la cuisine, tandis que Mme Crawley somnolait dans son fauteuil, puis de les conduire jusqu'à la chambre à l'étage sans être vues. Chacune d'elles prenait grand soin de rendre ses pas aussi légers que possible et s'abstenait de chuchoter.

Mattie avait allumé un reste de bougie afin de les guider à travers ce dédale sans fenêtres. La flamme ne projetait qu'un petit halo lumineux dans les ténèbres infinies de cette vaste demeure. L'ombre était si profonde et les enserrait si étroitement qu'avec un peu d'imagination elles auraient pu sentir sur leur nuque comme un souffle venu d'outre-tombe.

Dans la nuit silencieuse, Anne ne pouvait s'empêcher de songer que ces escaliers et ces couloirs dérobés, conçus pour garder le personnel de maison à l'abri des regards, offraient autant d'occasions de se débarrasser d'un corps sans être vu, mais seulement si l'on connaissait la maison dans ses moindres recoins. Était-il possible qu'elles soient en train de marcher sur les pas d'un meurtrier ?

Jamais elle n'avait plus apprécié la lumière du jour que lorsque Mattie les ramena sur un long palier, doté d'une gigantesque fenêtre à chacune de ses extrémités.

— Voilà, c'était… c'est… la chambre de Mme Chester, leur annonça Mattie d'une voix étouffée en ouvrant une porte. Dépêchez-vous ! S'ils nous attrapent ici, nous allons toutes au-devant de graves ennuis.

Mattie s'écarta pour permettre aux sœurs d'entrer, restant elle-même à l'extérieur, en apparence pour surveiller le long couloir mal éclairé, mais Anne perçut surtout une nette réticence de la part de la gouvernante à franchir le seuil.

Au début, la chambre leur apparut trop sombre et austère pour être celle d'une jeune femme, avec sa fenêtre aux carreaux en losanges, bordée de lourds rideaux de velours rouge qui laissaient à peine filtrer un rai de lumière.

Avec la soudaine impression d'être prisonnière dans la tête d'une autre femme, Anne se planta au milieu de la pièce, tandis que Charlotte rôdait près de la porte, le regard à l'affût, et qu'Emily, le nez collé au sol comme son chien Keeper quand il flairait un lapin, regardait sous le lit. Anne était certaine que cette chambre avait été imprégnée de tristesse bien avant cet acte barbare : les murs suintaient le désespoir. Son instinct lui disait qu'Elizabeth Chester n'avait pas été une épouse heureuse. Cela lui sautait aux yeux dans le positionnement précis de chaque ornement de sa table de toilette, dans l'alignement impeccable de ses bottines immaculées, un orteil légèrement tourné vers l'intérieur, et même dans la poussière qui voilait les peintures accrochées au mur. Sur sa table de chevet, Anne remarqua un carnet de croquis semblable à celui qu'elle possédait. En le feuilletant, elle découvrit des esquisses à l'aquarelle de la propriété et de ses jardins, mais elle fut surtout fascinée par les portraits des enfants. Elizabeth Chester avait su saisir avec beaucoup de justesse les traits des deux garçonnets. On devinait dans le portrait d'Archie une telle tendresse, un tel amour sous chaque coup de pinceau… Seul l'immense dévouement d'une mère pour son nourrisson pouvait expliquer cela. Quant au portrait de Francis, une lueur d'espoir se lisait dans son regard vulnérable, le besoin d'amour dans son demi-sourire… C'étaient là les dessins d'une femme attentionnée, d'une mère aimante et douce, qui avait été cruellement arrachée à la surface de la terre. Qui l'avait enlevée, et pourquoi ?

— Le tapis était-il à cet endroit quand tu es arrivée dans la chambre ? demanda Anne à Mattie.

Elle remarqua la nuance plus claire du parquet, à l'endroit où un grand tapis aurait pu être posé.

— Non, répondit Mattie, la mine grave. Il n'était pas là hier matin, et la courtepointe du lit non plus. Le matelas a été enlevé et détruit, il était imbibé de sang. Et vous pouvez encore distinguer les endroits où il y avait des éclaboussures.

Effectivement, l'on distinguait assez clairement les zones qui avaient été maculées de sang, même sur les surfaces qui avaient été nettoyées. Des traînées verdâtres se détachaient sur les murs, du sol au plafond, probablement là où le sang avait giclé. On avait lessivé les parois avec une telle vigueur que le plâtre se devinait sous le papier peint effiloché. Autour du lit, le sol avait été récuré au point de mettre à vif le bois du parquet, révélant ainsi une image du bain de sang en négatif. D'une certaine manière, Anne trouvait la scène tout aussi choquante que si elle avait vu le sang répandu dans la chambre.

— Des pierres, constata Emily, qui se releva et traversa précautionneusement ce qu'il restait du bain de sang.

Tendant la main, elle ramassa une poignée de galets à l'endroit où ils étaient empilés sur la cheminée. C'était le seul détail qui détonnait dans cette pièce impeccablement rangée. Les soupesant dans sa paume, elle montra les cailloux à Anne, puis à Charlotte.

— Un souvenir inhabituel pour une jeune femme.

— Peut-être est-ce Francis qui les lui a offerts ? suggéra Charlotte. Rappelle-toi, nous rentrions toujours à la maison avec les poches pleines de cailloux, de coquilles d'œufs, de plumes et de mousse, comme s'il s'agissait d'inestimables trésors.

— Peut-être.

Emily glissa l'un des cailloux dans sa poche, avant de remettre les autres sur le manteau de la cheminée. Outrée, Anne faillit lui demander de le restituer, mais à quoi bon ? Il y avait mille pierres semblables à celles-ci dehors, un million d'autres qui composaient ce paysage qu'elle aimait. Si ces cailloux particuliers avaient autrefois signifié quelque chose pour Elizabeth Chester, elle n'était plus là pour s'en souvenir. Anne était pétrifiée par la peur. Mattie avait sans doute raison ; la jeune femme qui était venue dans cette maison animée par l'amour et par des rêves d'avenir était morte. Quelle autre explication pourrait-on donner à l'impression de désolation qui émanait de cette chambre ?

— On vient ! murmura Mattie depuis le palier, en leur faisant des signes frénétiques. Dépêchez-vous !

Alors que les trois jeunes femmes se précipitaient dans le couloir, elles entendirent le claquement d'une chaussure de femme sur le plancher. Bien qu'elle ait semblé lourde et lente lors de leur première rencontre, Mme Crawley se déplaçait maintenant d'un pas bien décidé.

D'un geste habile, Mattie ouvrit le panneau du mur, et toutes les quatre s'entassèrent à l'intérieur. Mattie referma la porte dérobée juste avant que Mme Crawley n'arrive à leur hauteur. Elles entendirent le bruit de la porte d'en face, celle de la chambre d'Elizabeth, s'ouvrir et se refermer, puis le silence.

— Vite, chuchota Mattie. Elle va venir fouiller ici, c'est certain !

Elles refirent alors le même trajet dans l'autre sens, mais dans l'obscurité totale cette fois, tâtonnant le long des murs à la hâte, pour émerger enfin dans l'air frais de la vaste cuisine avant de sortir de la maison et de s'en éloigner à grands pas.

Anne respira avidement l'air du dehors et ôta une toile d'araignée dans les cheveux de Charlotte.

— Quoi qu'il en coûte, annonça-t-elle, je dois connaître la vérité sur ce qui est arrivé à Elizabeth Chester. Je ne pourrai pas dormir en paix tant que je ne saurai pas avec certitude ce qu'il est advenu de cette pauvre femme. Je n'imagine pas vivre dans un monde où l'on peut faire disparaître quelqu'un ainsi, sans qu'il en résulte à peine plus qu'un frisson sur l'eau. Non, vraiment, moi vivante, cela ne se produira pas.

Ses sœurs ne cherchèrent pas à la contredire, car, s'étant tenues dans la chambre d'Elizabeth où l'absence se faisait si cruellement sentir, elles étaient toutes du même avis.

5

Charlotte

— Si c'est effectivement Chester, alors il a des hectares de terre à sa disposition pour enterrer le corps, lâcha Charlotte dès que les sœurs furent assez éloignées de la maison pour se sentir à nouveau à l'aise.

Elle ne s'était pas attendue à être aussi affectée par la vue de la chambre d'Elizabeth Chester, mais en l'occurrence le cadre de lit vide, squelettique, et les restes de sa petite vie rangée avaient profondément ému Charlotte. Et parmi la maigre collection d'objets épars dans la chambre, si communs qu'il y en avait sans doute de semblables dans un millier de chambres à travers le pays, elle avait repéré des bibelots dans lesquels elle se reconnaissait. Peu de gens savaient mieux que Charlotte à quel point la vie était fragile : toute existence avait son terme. Mais, bien souvent, la vie d'une femme se terminait brutalement et dans la violence. Pire encore dans cette affaire, la femme qui avait été enlevée était doublement réduite au silence, privée de porte-parole, et personne ne lui rendrait justice. Une vie de plus, sacrifiée et étouffée comme si cela était dans l'ordre des choses. Ce n'était pas un jeu, dans lequel elles s'étaient lancées, Charlotte en prenait conscience, pas une distraction pour tenir à distance sa peine de cœur.

Non, c'était une question de vie ou de mort ; plus probablement de mort, hélas.

Emily se tourna vers ses sœurs en désignant d'un geste ample l'étendue de terrain qui s'étendait à perte de vue autour du domaine.

— Une forêt, un étang, une cave… Il a eu le temps d'enlever le corps, de l'enrouler dans le tapis qui a disparu, et de le cacher n'importe où sur ses dix hectares de propriété. C'est l'endroit idéal pour commettre un meurtre.

Charlotte, de son côté, faisait de son mieux pour se concentrer sur le mystère de la disparition plutôt que sur la disparue et ce qu'il restait de ses affaires.

— Mais aurait-il la force de le faire ? objecta-t-elle. Mattie nous a dit que la nuit avait été orageuse : il n'est pas aisé de creuser une tombe sous le déluge et une pluie d'éclairs.

Le regard de la gouvernante passa nerveusement de l'une à l'autre des trois sœurs.

— C'est vrai, confirma-t-elle. Lorsque je suis allée chercher mon maître en criant, pour lui annoncer ma terrible découverte, il dormait dans son lit. Rien ne permettait de penser qu'il avait affronté l'orage. Pas de bottes boueuses, de vêtements ni de cheveux mouillés.

— À quelle heure se couche-t-on dans cette maison, Mattie ? s'enquit Charlotte.

— Les enfants et moi sommes dans nos appartements à 19 heures au plus tard. Je prends presque tous mes repas avec eux. Mme Chester se couche peu après le dîner quand elle le peut, mais il arrive à M. Chester de passer la nuit à boire… Il insistait parfois pour que sa femme reste à ses côtés.

— Mais Elizabeth Chester n'était pas disposée à le faire ? demanda Anne.

Mattie secoua la tête.

— Quand elle l'a épousé, elle était très éprise de lui. Comme je vous l'ai dit, mon maître peut être séduisant, expliqua Mattie.

Un fantôme de sourire naquit sur ses lèvres avant de s'effacer aussitôt.

— Seulement, reprit-elle, après le mariage, il s'est lassé d'elle. Peu à peu, au fil des mois, elle s'est tournée vers moi, confiée à moi, au point que je suis devenue son amie. Elle m'a parlé de son amour pour les enfants, de ses regrets et de sa peur. Elle espérait chaque jour – nous l'espérions toutes les deux – que l'homme bon et respectueux que nous avions connu allait refaire surface. Au lieu de ça, il est devenu de plus en plus monstrueux. Je sais qu'il l'a frappée plus d'une fois, bien qu'elle ait fait de son mieux pour le cacher. J'ai vu les bleus sur sa peau. Cependant, depuis qu'elle a disparu, il est au comble du désespoir, presque brisé.

— Et, ce soir-là, avait-il exigé la compagnie d'Elizabeth ?

— Non, répondit Mattie après un moment de réflexion. Non, elle avait passé la plus grande partie de la journée alitée.

— Et Mme Crawley ? s'enquit Charlotte.

— Elle ne se retire jamais avant son maître. Il m'est arrivé de la trouver endormie, assise sur la chaise du portier dans le couloir, et elle y était restée toute la nuit parce qu'il s'était affalé, inconscient, sur le sol de la bibliothèque.

— Mais cette nuit-là il était au lit, n'est-ce pas ?

Mattie acquiesça.

— Je ne sais pas à quelle heure il s'est couché, mais il était dans sa chambre quand je suis allée le réveiller le matin.

— Donc à un moment donné, entre 8 heures du soir et… disons 6 heures du matin, lorsque tu as apporté le thé à Mme Chester, Chester ou un inconnu aurait eu tout le loisir d'accéder à la maison pour commettre son forfait et emporter Mme Chester, morte ou vive. Dix heures : c'est plus que suffisant pour n'importe quel criminel, même s'il a attendu les douze coups de minuit pour s'introduire dans la maison. D'après ce que nous savons de la chronologie, nous ne pouvons pas encore affirmer que M. Chester est responsable de la disparition de sa femme.

— Non, convint Anne, le front barré d'une ligne inquiète. Peut-être pas d'après ce que nous avons vu, Charlotte. Mais nous avons tout de même une intuition. Nous avons toutes décelé quelque chose dans l'atmosphère de cette pièce… Pas toi ?

— Je ne pense pas que les intuitions puissent être des outils fiables pour une détectrice, Anne, nuança Charlotte.

— Eh bien, disons dans ce cas qu'il est certain qu'une personne ayant connaissance des passages cachés de Chester Grange aurait pu se débarrasser d'un corps avec beaucoup plus de facilité qu'un étranger, rétorqua Anne, un peu sur la défensive.

— En effet, cela pourrait donc être n'importe qui ayant déjà travaillé dans la maison par le passé, fit remarquer Charlotte. Pour l'instant, même s'il sera difficile de s'en séparer, Mattie doit retourner à ses fonctions, afin que Mme Crawley ne la soupçonne pas davantage, et nous devons prendre congé. (Elle marqua une pause.) Mais rien ne nous oblige à partir immédiatement, ni par le portail principal. Mattie a dit que les Tsiganes avaient campé dans les bois, sur la crête de la colline derrière la maison. Qui sait si l'on ne retrouverait pas là-bas des indices menant à Elizabeth Chester ? Fouiller l'ensemble de ce domaine paraît une tâche impossible, mais nous devons rassembler des indices qui ne trompent pas, des preuves irréfutables. Si nous n'essayons pas d'enquêter sur le sort de cette femme, alors qui le fera ?

— Ou bien nous pourrions simplement rentrer chez nous, jouer du piano, broder des coussins et écrire des poèmes, ironisa Emily avec un haussement d'épaules.

Charlotte se tourna vers sa benjamine, plus grande de taille, levant un peu le menton pour rencontrer son regard.

— C'est ce que tu veux, Emily ?

— Non, mais… Non, je veux juste m'assurer qu'Anne et toi êtes prêtes pour ce dans quoi nous allons nous engager. Ce que nous découvrirons pourrait s'avérer dérangeant, voire dangereux. Si nous sommes surprises en train de farfouiller, au risque d'attirer des ennuis à des hommes de haut rang, alors soyez sûres que notre réputation en pâtira ; on nous fera la vie dure. (Elle regarda ses sœurs tour à tour.) Car si nous menons une existence paisible et ordinaire, elle n'en est pas moins agréable et saine. Je veux vérifier que vous faites ce choix en connaissance de cause, car une telle entreprise pourrait nous coûter très cher. D'autant plus que vous avez toutes deux des dispositions assez délicates.

— Mais enfin, pas du tout ! Pas moi ! s'exclama Anne, dont l'air indigné fit sourire Charlotte. Et, au moins, je ne m'évanouis pas à la perspective de parler à des gens, comme certaines dont je tairai le nom, Emily. En outre, il s'est passé un événement terrible, ici. Quelle que soit la vérité, ce mal doit être réparé. Aucun bon chrétien ne doit rester impuissant et garder le silence sous l'effet de la peur. Pourquoi ne serait-ce pas à nous de redresser les torts ? À dire vrai, peut-être sommes-nous les seules à nous soucier suffisamment de cette étrange disparition pour nous atteler à cette enquête.

Charlotte acquiesça.

— Emily, tu as raison d'évoquer les possibles conséquences, mais il me semble que chacune d'entre nous a déjà pris sa décision, même si nous ne l'avons pas exprimée à haute voix.

En échangeant un regard, Anne et Emily hochèrent la tête.

— Toutes les trois, nous désirons connaître la vérité sur cette affaire. Aucune de nous ne recule devant un peu de danger. Comme je l'ai suggéré, nous devrions commencer par passer en revue le site du campement des Gitans. On pourrait y découvrir des indices, et…

— Non ! Vous devez partir immédiatement ! s'écria Mattie, visiblement très angoissée, tandis qu'elle regardait par-dessus l'épaule de Charlotte. Il faut partir maintenant, chères amies, car mon maître est revenu de la ville.

Les yeux de Charlotte se posèrent sur la silhouette qui s'approchait à cheval, talonnée par des chiens de chasse.

— Partir ? Je ne pense pas, non. Il me semble au contraire que l'occasion rêvée se présente de prendre la mesure de cet homme-là.

6

Charlotte

Refusant de se déplacer d'un pouce devant la masse imposante de la créature musculeuse et de son cavalier, Charlotte campait sur sa position alors que le gentilhomme tirait sur les rênes de sa belle monture noire.

Quatre grands braques à poil ras s'approchèrent d'eux en aboyant et en bondissant, ce qui aurait pu ébranler des jeunes filles plus farouches, mais pas Charlotte ni Anne, et encore moins Emily, qui s'accroupit aussitôt et tendit les bras pour caresser les chiens, se laissant lécher le visage de tous côtés et s'ébrouant à leur contact.

— Emily, lève-toi ! intima Charlotte à sa sœur, mais même Chester ne put s'empêcher de sourire en regardant la jeune femme abandonner son cou à la langue des chiens.

Charlotte remarqua au passage qu'il avait un sourire avenant, le genre de sourire qui récompense une bonne action.

— J'ai toujours pensé que mes chiens étaient meilleurs juges que moi avec les inconnus, confia-t-il à Emily avec affabilité. En conséquence, je déduis de leur attitude que vous devez être une personne bien agréable, madame. Sans quoi, ils vous auraient déjà mordue. Je les entraîne à attaquer tout intrus.

— D'après mon expérience, les chiens sont beaucoup plus aimables que la plupart des humains, renchérit Emily, en s'appuyant sur la tête d'un braque pour se redresser. On sait toujours où on en est, avec un chien. Ils ne mentent ni ne dissimulent jamais, contrairement aux hommes.

Le regard d'Emily était provocateur. Trop provocateur, selon Charlotte. Sa jeune sœur avait des progrès à faire en matière de subtilité.

— Pardonnez à ma sœur, intervint-elle en s'avançant devant sa benjamine. Elle oublie que vous avez des préoccupations autrement plus urgentes à l'esprit qu'une discussion sur le comportement animal.

— Au contraire, répliqua-t-il, le moindre instant de répit dans ces circonstances est bienvenu, mademoiselle… ?

— Brontë, monsieur, répondit Charlotte avec une révérence.

Bien qu'elle ne connaisse pas grand-chose aux chevaux, elle estimait que sa monture devait mesurer plus d'un mètre quatre-vingts au garrot. On aurait d'ailleurs pu ajouter qu'elle ne s'y connaissait guère en hommes non plus, ce qui ne l'empêcha pas de se faire une opinion du cavalier. M. Chester était bien fait de sa personne, grand et fort, avec une tête digne d'un lion, la crinière épaisse et sombre, bien habillé, malgré un bouton manquant à son manteau. Son visage, quoique anguleux et à la peau marquée, était en fait plutôt plaisant à regarder, son regard intense. Oui, il était plutôt séduisant, estima Charlotte. Bien que son apparence ne reflète pas l'intériorité d'un individu – une chose dont elle était certaine –, elle voyait comment un homme tel que M. Chester pouvait attirer entre ses griffes des femmes moins avisées qu'elle.

— Miss French, ajouta M. Chester, qui inclina la tête à l'intention de Mattie tout en calmant sa monture, mais sans quitter Charlotte des yeux. Pourquoi n'êtes-vous pas avec mes fils ?

— Mme Crawley m'a autorisée à recevoir des visiteurs en raison des… circonstances, monsieur. Les garçons sont avec Jane, mais je vais les rejoindre de ce pas.

Charlotte remarqua que Mattie regardait M. Chester avec un vif intérêt. Un regard empreint de familiarité qui traduisait une certaine intimité. Les yeux de Mattie ne se détournèrent pas une seconde du visage de son maître et, en dépit de toutes ses paroles visant à décrire cet homme comme un monstre, ce n'était pas de l'inquiétude qu'elle décelait dans l'expression de son amie, mais plutôt une sorte de fascination ravie, comme un papillon de nuit attiré par une flamme nue. N'était-ce pas ainsi que Charlotte avait regardé M. Héger ? Pressée de mettre fin à ce moment embarrassant, elle toussa poliment pour attirer l'attention de Mattie.

— Monsieur, je vous présente mesdemoiselles Charlotte, Emily et Anne Brontë, filles du pasteur de Haworth.

— Dans d'autres circonstances, j'aurais été enchanté de faire votre connaissance, répondit M. Chester, dont le regard repartit vers la maison, comme s'il était déjà en route. Cependant, comme vous le savez, nous sommes…

Aucune des femmes ne sut comment réagir lorsque Chester laissa simplement sa phrase en suspens. Charlotte remarqua son air hagard, son visage dévasté par le chagrin. En cet instant, il ne ressemblait en rien à l'image qu'elle se figurait d'un meurtrier.

— Monsieur ? (Mattie fit un pas en avant, et les yeux de Charlotte s'élargirent lorsqu'elle vit son amie couvrir de la sienne la main gantée de son employeur.) Avez-vous besoin de mon aide ?

— Non, nul besoin, French, rétorqua-t-il en retirant brusquement sa main. Quoi qu'il en soit, veuillez m'excuser : j'ai fort à faire.

— Bien sûr, monsieur. Je ne peux qu'imaginer votre angoisse, dit Charlotte en jetant un regard à Anne. Pardonnez-moi, mais nous sommes toutes les trois si bouleversées par les événements... Puis-je vous demander si les autorités ont des pistes qui permettraient de retrouver Mme Chester ?

Un frisson glacé s'insinua dans ses veines tandis que Chester braquait son regard sur elle. Elle y décela un autre sentiment qui bouillonnait sous la surface de son chagrin : une profonde colère.

— Non, vous ne pouvez pas. French, allez plutôt vous occuper de mes enfants. Il n'est pas concevable de les confier à cette idiote du village en un moment pareil.

Sur quoi il éperonna son cheval, qui détala en projetant de la boue dans son sillage. Bien que ses jupes en aient reçu la majeure partie, Charlotte ne bougea pas d'un pouce lorsque M. Chester s'éloigna.

Quelques minutes plus tard, Mattie étant retournée à sa tâche, les sœurs s'enfonçaient au cœur d'une épaisse forêt qui longeait l'arrière de la maison. Elles avaient accepté d'accompagner Emily, bien décidée à trouver l'emplacement du campement des Gitans, et ce, malgré la terre spongieuse qui menaçait d'imbiber leurs jupes, d'infiltrer leurs socques et le cuir usé de leurs bottines.

— Alors, lança Anne, que pensez-vous de Chester ?

À quelques mètres de là, Emily observait les environs en marmonnant, comme si elle était envoûtée par une sorte de vision. Ce qui, pour être honnête, n'était pas si inhabituel chez elle.

— Difficile à dire, admit Charlotte. D'un côté, il paraissait réellement affligé, mais il me semble qu'il se dégage de lui quelque chose de très sombre.

— Peut-être est-il affligé par son propre crime ? suggéra Anne, qui s'arrêta pour arracher la feuille vert-doré d'un bouleau.

L'air était chargé de l'odeur de la pluie, de la pleine floraison de l'été et, en dessous, de la pourriture.

— Ou choqué par la disparition sanglante de sa femme, nuança Charlotte en soutenant le regard d'Anne. Tout ce que nous savons, c'est ce que Mattie nous a dit. Or, pour quelqu'un qui a si peur et se méfie tellement de Chester, elle lui semble plutôt…

— Attachée, compléta Anne. Oui, je l'ai remarqué aussi. Qu'est-ce que cela signifie, Charlotte ? D'affirmer une chose avec sa bouche et une autre avec ses yeux ?

— Je ne saurais le dire, convint Charlotte en secouant la tête, hormis que l'attirance et l'affection sont des pulsions complexes. Le cœur ne se pose pas toujours où il devrait.

Anne n'ajouta aucun commentaire, elle se contenta de prendre la main de Charlotte dans la sienne, un geste qui témoignait silencieusement de sa compassion pour le chagrin de sa sœur.

— Oh, je ne sais pas, peut-être Emily avait-elle raison en proposant que nous rentrions à la maison pour écrire de la poésie et mourir d'ennui. Peut-être ne sommes-nous pas du tout taillées pour la détection.

— Charlotte…, commença Anne, qui prit un moment avant de terminer sa phrase. Trouves-tu vraiment notre existence si morne ?

Charlotte détourna la tête, dans un effort pour cacher les larmes qui lui étaient montées aux yeux. Si Anne fut surprise de la soudaineté de sa réaction, elle l'était aussi.

Comme si elle n'avait pas perçu jusqu'alors combien ce sentiment d'emprisonnement de l'esprit pesait sur elle, habituée qu'elle était à sa vie de recluse.

Lorsqu'elle reprit la parole pour répondre à sa sœur, la voix de Charlotte était plus douce.

— Je suis désolée, Anne. J'ai du mal à supporter d'être de nouveau à la maison, après avoir étudié et travaillé à Bruxelles avec…

Elle ne put se résoudre à prononcer le nom de M. Héger, pas plus qu'elle ne s'autorisait à penser à lui, car cette simple allusion suffisait à la ramener au désir ardent de cet amour qui ne pouvait être sien.

— Si agréable que soit le fait d'être à nouveau chez soi, déclara-t-elle, c'est aussi… frustrant. Je croyais pouvoir découvrir un peu le monde et la vie, et maintenant…

— Je comprends, l'assura Anne, qui lui reprit la main. Ma vie de gouvernante à Thorp Green était loin d'être aussi enthousiasmante qu'un voyage à l'étranger. Elle était bien rangée et ennuyeuse. Pourtant, je n'étais pas malheureuse, mes petits élèves se montraient faciles et doux. Et puis, Branwell a décidé de se laisser séduire par l'épouse de notre employeur. (Anne ne put contenir l'amertume qui imprégnait sa voix.) Résultat, on le paie vingt livres pour partir, et moi, forcée de démissionner, je n'en reçois que trois. Il y a dc la colère ici aussi, Charlotte. De la colère et de la frustration, bien enserrées sous ce maudit chapeau ! lança-t-elle à moitié en riant. Pardonne-moi, je m'oublie…

Les yeux ronds, elle se couvrit la bouche, mais Charlotte prit sa main gantée et exerça une pression sur ses doigts.

— Peut-être est-ce le contraire, Anne. Peut-être que tu… te souviens de toi. Faisons en sorte de rendre notre vie plus grande. Tel est mon vœu le plus cher : que ma vie laisse une empreinte sur cette terre, aussi petite soit-elle.

— J'ai trouvé ! cria Emily depuis une clairière dans les bois. Des gens ont campé ici, c'est certain. La question est de savoir s'ils étaient du genre criminel.

7

Anne

On avait procédé à un grand débroussaillage, les jeunes arbres et les buissons avaient été coupés partout où ils pouvaient l'être et, bien qu'il n'y ait pas de chemin à travers la forêt, un passage avait été tracé par plusieurs chariots et charrettes, sans parler des empreintes de toutes sortes. Anne distinguait des sabots de cheval, des pattes de chien et quantité de bottes.

Penchée au-dessus de la masse d'empreintes enfoncées dans la boue molle, pour la plupart encore intactes, elle suivit la piste d'abord d'un sentier, puis d'un autre.

— Anne ? l'interrogea Emily.

— Je cherche une empreinte plus petite, quelque chose qui puisse appartenir à une femme, expliqua-t-elle. On s'attendrait à trouver des femmes et des enfants ici, mais, s'il y en a, ils portent des bottes fort disgracieuses et très grandes.

— Voilà une idée intéressante, acquiesça Emily avec un signe de tête. Même si mes observations des vagabonds qui viennent frapper à la porte du presbytère pour demander l'aumône m'ont permis de remarquer qu'ils n'ont souvent guère le choix de leurs chaussures, s'ils ont la chance d'en porter. Toutefois, ce n'est pas une mauvaise idée de chercher les traces d'une présence féminine dans les parages.

Anne s'efforça de ne rien montrer de sa satisfaction face à l'approbation de sa sœur en continuant à observer la zone, mais intérieurement elle s'autorisa une pointe de fierté.

Il y avait là les restes d'un feu de camp, de longues branches en équilibre formant un trépied au-dessus duquel on pouvait suspendre une marmite. Autour du feu, quelques éléments de maçonnerie, tombés ou effondrés, et qui devaient s'élever autrefois sur le terrain, avaient été traînés dans la boue pour servir de sièges de fortune. Il ne semblait y avoir rien d'autre d'intéressant par ici. Laissant Emily et Charlotte recommencer à se chamailler, Anne se détourna pour s'enfoncer plus avant dans les fourrés.

Plus elle regardait attentivement, plus elle se perdait dans cette mer d'un vert tendre qui bruissait tranquillement. Quoi qu'il ait pu se passer ici avant, tout était paisible désormais, à l'exception de la grive dans les branches au-dessus de sa tête, dont le chant annonçait probablement le retour de la pluie. De temps à autre, un rayon de soleil argenté traversait le ciel plombé pour baigner le monde autour d'elle et, pendant un instant, Anne oubliait tout, sauf la douce musique de la brise dans les arbres.

Elle s'était éloignée au point de perdre de vue ses sœurs, lorsque quelque chose dans l'air changea, si subtilement qu'il lui fallut plusieurs secondes pour se rendre compte que la douce atmosphère de la forêt était devenue menaçante.

En levant vivement les yeux, Anne comprit d'où provenait le changement : d'une part, elle était observée et, par-dessus le marché, ses sœurs avaient disparu de son champ de vision.

— Emily ! Charlotte ! voulut-elle crier, mais elle ne réussit à émettre qu'un chuchotement rauque.

En regardant autour d'elle, gênée par les ailes de sa bonnette, elle ne put voir personne au début, mais une silhouette apparut, se faufilant entre les branches menues dans un étrange silence.

— Que voulez-vous ? demanda Anne, rassemblant tout son courage, selon un précepte hérité de sa formation de gouvernante : « Ne montre aucune crainte, car, à l'instant où ta peur est visible, tu es perdue. »

— C'est moi qui devrais vous poser cette question.

La voix, quand elle retentit, s'avéra grave et profonde, avec un fort accent, mais aucun qu'Anne puisse resituer dans les environs.

Elle se redressa pendant que l'homme émergeait des sous-bois, reconnaissante pour une fois de son maintien qui lui permettait d'arborer un dos bien droit. L'homme était d'âge moyen, bien qu'il soit difficile de déterminer l'âge d'un individu ; les épreuves de la vie accentuent le vieillissement bien plus que le temps qui passe. Il semblait assez propre sur lui, même s'il n'était pas rasé et qu'un peu de raccommodage n'aurait pas été du luxe pour sa tenue, mais cela valait aussi pour les vêtements d'Anne. Elle ne voyait pas l'ombre d'une arme non plus, mais sans doute n'aurait-il guère besoin de beaucoup plus que d'une poigne ferme ou d'une pierre un peu lourde pour la faire disparaître dans les bois.

Ne montre aucune crainte, se répéta-t-elle.

— Je suis avec mes sœurs, affirma-t-elle, retrouvant enfin sa voix, avant d'appeler : Emily, Charlotte ! Elles sont juste là. Nous sommes les invitées de M. Chester, et il me semble que vous vous trouvez sur sa propriété.

Il secoua la tête, les yeux rivés à son visage.

— Celui qui prétend que cette parcelle de terre lui appartient va à l'encontre de la volonté des anciens dieux, répliqua l'homme de manière très inattendue. Les hommes comme Chester dressent des clôtures et accaparent les terres, sans penser aux vieux, aux sentiers qu'ils empruntent et à leurs haltes.

Il fit un pas de plus vers elle, et Anne, qui ne voulait pas se détourner de lui pour chercher ses sœurs, décida de ne pas céder un pouce de terrain. S'il fallait en arriver là, elle courrait en suivant la pente de la colline jusqu'à la maison. Elle courrait et crierait de toutes ses forces. Mais elle n'en était pas encore là.

— Les jeunes filles comme vous ne devraient pas s'aventurer ici toutes seules, lui dit-il avec une pointe de menace. Je vous observais, errant comme un agneau qui ignore qu'il court à l'abattoir. Ne savez-vous donc pas qu'une femme a été enlevée chez M. Chester il y a seulement deux nuits ?

— Non, rétorqua Anne en levant un peu le menton pour s'efforcer de soutenir le regard ténébreux de son interlocuteur. Et vous, que savez-vous à ce sujet ?

Elle sursauta quand il partit d'un rire proche de l'aboiement, dans lequel couvait une colère qui la pétrifia. Où diable étaient ses sœurs ?

— Le gendarme nous a déjà posé cette question, à moi et aux miens, répliqua-t-il en serrant le poing. Il n'a pas aimé la réponse qui lui a été donnée, et vous risquez de ne pas l'apprécier non plus.

— Est-ce que vous… (Anne déglutit, faisant de son mieux pour ne pas penser aux pans de sol et de mur lavés à grande eau qui avaient si récemment été maculés par le sang d'une pauvre femme.) Est-ce une menace, monsieur ?

— « Monsieur » ? (Encore ce rire grinçant.) Je ne suis pas un gentleman.

—Anne!

Ce fut Emily qui appela la première, Charlotte apparut à ses côtés un instant plus tard. À la seconde où Anne sentit la présence de ses sœurs, au bord de l'évanouissement, elle dut lutter pour ne pas laisser ses genoux se dérober. Elle avait affirmé à Emily qu'elle n'avait pas peur du danger, le moment était mal choisi pour révéler le contraire.

Emily vint se poster devant elle, tandis que Charlotte lui passait un bras autour de la taille pour lui apporter discrètement son soutien.

—Viens, dit sagement Charlotte. Nous sommes attendues. Bientôt, des équipes de recherche vont commencer à ratisser les bois.

C'était une ruse habile, mais si l'inconnu aurait pu saisir cette occasion pour s'échapper, Emily l'en empêcha.

—Vous êtes avec les Tsiganes, n'est-ce pas? Ceux qui campaient ici? demanda-t-elle à l'homme. Quand le gendarme est-il venu vous voir?

Anne remarqua que sa sœur avait ôté sa bonnette. Elle la portait, attachée par les nœuds de ses rubans, au creux de son bras.

—Hier soir, seul, et ce matin encore, avec ces voyous qui nous obligent à nous déplacer, encore et encore, alors que nous ne faisons rien d'autre que de vivre comme nous l'avons toujours fait.

Emily inclina la tête.

—Rien? Braconner, voler et menacer une jeune femme, ce n'est donc rien?

—Je ne l'ai pas menacée, se défendit-il. Et comment pourrais-je voler ce qui ne devrait appartenir à personne?

Emily s'approcha un peu plus de lui et, à la grande surprise d'Anne, elle se rendit compte que c'était l'homme qui, pris au dépourvu, hésitait et reculait à mesure que la jeune femme avançait. En cet instant, il avait l'air très jeune.

— Donc, vous n'avez pas enlevé l'épouse de M. Chester ? intervint Charlotte.

— Nous ne sommes pas comme le peuple des fées, dit-il. Nous n'enlevons pas les gens contre leur gré.

— Dans ce cas, que faites-vous ici alors que le représentant de la loi vous a ordonné de partir ? le défia Charlotte.

— La loi ? (Il secoua la tête, dégoûté.) Un imbécile à moitié ivre, fidèle à n'importe qui du moment qu'on le paie, ce n'est pas la loi. Mon peuple est habitué à être déplacé, mais je suis revenu pour voir quels indices je trouvais dans la forêt. Quand un drame se passe dans un lieu, il y reste et on peut le voir très clairement si on sait où regarder. Dans la courbe de l'herbe, la cassure d'une branche. Si votre soi-disant « représentant de la loi » prévoit de prendre l'un d'entre nous et de le pendre pour ça, alors ce sera un meurtre. Je suis venu voir si je pouvais découvrir la vérité.

— Oh, très bien, approuva Emily, prenant une fois de plus le jeune homme au dépourvu par son enthousiasme. J'aimerais beaucoup voir comment vous vous y prenez, mais vous feriez mieux de partir sur-le-champ. Si on vous surprend ici et qu'on vous arrête, votre capture ne fera qu'empirer la situation des vôtres.

— Vous ne croyez pas que nous l'avons tuée ? demanda-t-il à Emily, l'air complètement abasourdi.

— Il est trop tôt pour avoir la moindre certitude, mais mes sœurs et moi cherchons la vérité. Si vous n'avez rien à cacher, vous n'avez rien à craindre de nous.

Son rire éclata, qui retentit sous la canopée.

— Rien à craindre de vous ? Il se trouve que vous devriez plutôt craindre celui qui a vraiment saigné cette jeune femme à mort, car dès l'instant où il aura eu vent de vos agissements, ce sera vous trois qu'il voudra voir égorgées comme des truies.

Sur quoi, il tourna les talons et disparut. Anne tendit la main vers celle de Charlotte, et la grive se remit à chanter.

— Anne, tu as eu très peur ? lui demanda Charlotte.

— Pas du tout, mentit cette dernière, qui se sentit aussitôt coupable. Quoi qu'il en soit, il n'y a aucune des traces qu'il a évoquées sur le campement, du moins aucune que j'aie pu détecter. Mais… la façon dont il a parlé d'égorger une truie, cela ressemblait atrocement aux paroles d'un homme qui ne verrait pas d'inconvénient à infliger le même traitement à une femme, vous ne pensez pas ?

— En tout cas, il était au courant pour le sang, leur fit remarquer Emily. Cela dit, il est probable que cet imbécile de gendarme lui a tout raconté.

— Il se fait tard, leur rappela Charlotte. Je suis lasse, et ma tête est pleine de pensées. Nous devrions rentrer à la maison et tâcher de mettre à plat tout ce que nous avons vu aujourd'hui.

— Attendez. (Emily descendit de quelques pas le long de la pente où Anne avait prévu sa fuite.) Juste quelques minutes de plus. Je pense que peut-être… Oui, j'aperçois quelque chose, là…

8

Anne

Emily s'écarta pour montrer à Charlotte et à Anne, avec un geste théâtral, un second cercle de brindilles consumées.

Anne observa la scène. Un feu plus petit avait effectivement été allumé à cet endroit fort récemment. Il restait un cercle de cendres noires virant au gris là où, dans son rayon, la végétation avait brûlé. Les branches des arbres en surplomb qui entouraient le cercle étaient également calcinées par endroits, signe que le feu avait dû monter très haut et brûler très fort.

— La maison est juste là, derrière les arbres. (Anne indiqua l'endroit où les tourelles se dressaient au-dessus de la limite des arbres, heureuse d'avoir autre chose sur quoi se concentrer que la frayeur qui affolait encore son cœur.) Nous sommes bien proches du parc, le risque d'être découvert aurait été trop élevé si quelque chose de fâcheux avait été commis ici, en dehors du feu. Il se peut que ce soit plus simplement l'ouvrage de l'homme d'entretien qui aura brûlé des broussailles.

— Ceci n'est pas un feu de jardinier, objecta Emily. D'une part, le site est entouré de feuillage, aucune fosse n'a été creusée, et rien n'indique qu'on ait cherché à le contenir. Au contraire, il semble avoir brûlé de manière presque incontrôlée.

— Il y a eu un feu ici, résuma Charlotte avec un haussement d'épaules, impatiente de quitter les lieux. (Apparemment, leur rencontre l'avait également perturbée, et ce constat au moins apporta un semblant de réconfort à Anne.) Ce n'est pas inhabituel sur un domaine de cette taille, Emily. Quel intérêt ?

— Quel intérêt ? répéta Emily avec un soupir exaspéré. Eh bien, tout, Charlotte, rien de moins. Si Anne et toi aviez été attentives aux propos de notre ami des bois au lieu de trembler dans vos souliers, peut-être l'auriez-vous constaté aussi.

— Puis-je te suggérer de cesser de parler par énigmes et de nous révéler ce que tu penses avoir découvert ? demanda Charlotte avec une bonne dose de condescendance.

C'était souvent ainsi entre ses sœurs, Anne s'y était habituée au fil des années. Charlotte et Emily s'aimaient, elles étaient profondément liées par l'amitié, leurs affinités intellectuelles et la loyauté, mais elles s'agaçaient mutuellement autant qu'il était humainement possible.

— Très bien, alors faites attention, regardez et efforcez-vous de réfléchir, commença Emily. Songez à ce que nous savons de Chester Grange. Six personnes y habitent : un petit garçon, un bébé, une gouvernante, une domestique âgée, un homme et, jusqu'à il y a deux jours, son épouse. Chester est le seul homme adulte qui réside entre ces murs. Par conséquent, lorsque l'on découvre dans les sous-bois une piste de grandes empreintes de bottes d'homme, il faut supposer que c'est soit lui qui les a laissées, soit une personne inconnue.

— On pourrait le supposer, oui, seulement il serait bien naïf de partir du principe que Chester n'emploie pas de personnel extérieur pour surveiller une propriété aussi vaste, la défia Charlotte.

— N'as-tu pas remarqué à notre arrivée à quel point les jardins étaient envahis par la végétation et mal entretenus, Charlotte ? se moqua Emily. En outre, baisse les yeux une seconde, et tu constateras que ce que nous avons ici est très différent des traces visibles autour du campement des Gitans. Ici, il n'y a qu'un seul jeu d'empreintes de bottes, accompagné de multiples empreintes de pattes. Tu vois ? (Emily s'agenouilla près des traces, sans penser à sa jupe, pour appuyer sa paume non gantée dans la boue à côté d'une empreinte de patte.) Tu vois la taille de la trace par rapport à ma main et la façon dont elle est enfoncée dans la boue ? Ceci n'est pas l'empreinte d'un corniaud qui accompagnerait un jardinier ou un braconnier pour la chasse. Non, cette patte appartient à un grand et noble animal. Par ailleurs, les traces sont nombreuses sur le périmètre, ce qui signifie que plusieurs bêtes de ce type sont venues ici. Charlotte, la conclusion à tirer est parfaitement claire : c'est un homme seul, accompagné de grands chiens, qui a produit ces marques visibles de tous. N'est-il pas évident que ce feu a été allumé par Chester ?

— Oui, absolument, convint Charlotte avec impatience. C'est bien évident, si tu cherches à prouver qu'un homme et ses chiens ont arpenté ces terres à un moment donné au cours des deux jours qui ont suivi la disparition de Mme Chester. C'est évident, mais ça ne prouve rien du tout.

— Oh, Charlotte, ma chère sœur, fit Emily, le regard brillant. Je ne crois pas que la nature t'ait dotée du talent inné de détectrice.

— Allons, dis-nous, Emily, se hâta d'intervenir Anne avant que Charlotte ait le temps de répliquer. Tu es tellement intelligente que j'ai hâte d'en savoir plus.

— Eh bien, j'ai pour ma part beaucoup appris depuis que nous avons rencontré M. Chester, reprit Emily. Pour commencer, il nous a affirmé, avec une grande fierté d'ailleurs, qu'il avait entraîné ses chiens à attaquer tout intrus. Toutefois, si c'est un intrus qui a emporté le corps d'Elizabeth Chester, les chiens de garde de Chester n'ont pas donné l'alarme et n'ont pas non plus dissuadé le coupable. Autrement dit, soit il ment sur le comportement de ses bêtes, soit les chiens n'ont pas aboyé parce qu'il n'y avait personne dehors cette nuit-là… exception faite de leur maître.

Anne se tourna vers Charlotte, remarquant l'intérêt mêlé d'agacement dans l'expression de sa sœur, et acquiesça :

— Elle a raison. Chester a vanté leur agressivité : ils auraient sûrement attaqué un intrus, ou du moins causé assez d'agitation pour réveiller la maisonnée.

— Le temps était à l'orage cette nuit-là, vous vous souvenez ? leur rappela Charlotte. Il est possible que les chiens n'aient pas été entendus à cause du tonnerre et de la pluie.

— C'est possible aussi, convint Anne, s'adressant à Emily avec un petit geste d'excuse. Tout comme il est vrai que ces traces ont dû être faites après la fin de l'orage, sans quoi elles auraient été effacées.

Mais Emily n'en démordait pas.

— Bon, alors peut-être… peut-être que le corps a été caché quelque part dans cette grande demeure vide pendant un certain temps, puis transporté ici pour s'en débarrasser, dit-elle avec emphase.

— Emily, comment peux-tu présumer cela ? l'interrogea Charlotte.

— Parce qu'il y a plus à voir si tu regardes vraiment. (Emily se pencha vers les cendres et souleva un fragment carbonisé pour l'inspecter.) J'ai bien peur que ceci ne soit la preuve qu'un corps a été brûlé ici… Car il s'agit là d'un os, n'est-ce pas ? D'après sa longueur et sa forme, je dirais un os de côte.

— Humain ?

Charlotte s'approcha pour examiner l'éclat noirci après avoir laissé échapper un petit cri d'effroi. Anne resta en arrière, le visage détourné. Si ses sœurs aînées ne renâclaient pas devant l'idée qu'Emily puisse tenir dans sa main un os de la défunte, Anne ne parvenait pas à faire preuve d'un tel détachement. Et la possibilité que ce soit là une partie de la femme qui avait autrefois peint ces doux et tendres portraits la rendait malade. Pauvre Elizabeth Chester, si telle avait été sa fin : jetée dans les flammes, réduite en cendres, comme si elle n'avait été qu'un détritus à éliminer.

— Je n'arrive pas à déterminer s'il s'agit d'un os humain, admit Emily, qui observait l'objet, les sourcils froncés. Il faudrait un œil plus expert que le mien pour poser le diagnostic. Mais pourquoi irait-on brûler une créature et la réduire en cendres ici, au milieu des bois ?

— La question est pertinente, reconnut Charlotte. Cependant, si nous avons été en mesure de trouver cette preuve, alors le gendarme le pouvait sûrement, lui aussi. Tout comme n'importe qui, non ?

— Encore faudrait-il chercher, Charlotte ! nuança Emily. Seulement, en dehors de nous et de notre ami des bois, personne ne le fait. Pas correctement, du moins. Et pas un gendarme ne se risquerait à interroger le suspect le plus évident; ils préfèrent s'en prendre aux gens du voyage. Quant aux Gitans, ils pourraient bien être enclins à camoufler la vérité plutôt qu'à la révéler au grand jour. Et puis, il y a ceci, poursuivit-elle, en s'éloignant de l'emplacement du feu pour suivre un chemin presque imperceptible. (Les branches inférieures des arbres avaient été brisées sur le passage.) Voyez comment le feuillage autour de la piste est arraché et recourbé. C'est la preuve qu'il s'est passé quelque chose ici, ainsi que l'a suggéré le Gitan. Exactement comme si un objet d'un poids et d'une longueur significatifs avait été porté sur les épaules d'un homme assez grand… un homme de la carrure de Robert Chester, capable de transporter le cadavre d'une femme.

Elle désigna la scène, comme pour inviter ses sœurs à voir ce qu'elle distinguait si clairement. Emily était une jeune femme fougueuse et passionnée, et lorsqu'elle avait une idée en tête, il n'était pas simple de l'en détourner.

— Ma chère, je vois à quoi tu fais allusion, et ta théorie est plausible, osa Anne, toujours précautionneuse. Cependant, ne crois-tu pas que l'art de la détection ne consiste pas à faire en sorte que les preuves correspondent à une théorie, mais bien plutôt à recueillir des indices pour accréditer une hypothèse? Il me semble que nous n'avons pas assez d'éléments pour tirer de conclusion en l'état actuel de nos découvertes.

— Anne a raison, déclara Charlotte. Nous devons…

— Charlotte, qui es-tu pour décréter ce que nous devons et ce que nous ne devons pas faire? l'interrompit Emily.

Alors que ses sœurs se querellaient, Anne se résigna à suivre l'exemple d'Emily sur un point: en dénouant sa bonnette. Appréciant l'air frais sur ses joues, elle se retourna pour examiner le chemin qu'elles venaient de parcourir.

Effectivement, bien qu'il soit presque imperceptible, les traces laissées dans la végétation dessinaient un sentier à travers bois.

Anne n'aurait su dire précisément ce qui la ramena vers les restes carbonisés, mais elle y remarqua un petit objet noirci, dont la forme se détachait parmi les hautes herbes. Sans réfléchir davantage, elle se baissa pour le ramasser. À l'instant où sa main se referma dessus, elle comprit de quoi il s'agissait, et son cœur s'emplit d'horreur et de chagrin.

— Une dent.

Elle prononça le mot d'une voix tremblante, tandis que ses sœurs continuaient à parlementer. Au prix d'un certain effort, elle éleva le ton.

— Une dent… J'ai trouvé une dent, répéta-t-elle, attirant enfin leur attention. Noircie par le feu, mais clairement reconnaissable.

Les trois sœurs se tenaient autour de la paume ouverte d'Anne, la mine sombre.

— En l'occurrence, je pense que nous pouvons nous passer d'un expert : il s'agit d'une dent humaine, commenta Emily. Et nous pouvons en conclure que les restes que nous avons trouvés ici sont bien ceux d'un être humain.

Charlotte se couvrit la bouche avec sa main.

— Oh, mon Dieu ! Mais c'est… c'est atroce. Cette pauvre jeune femme. Que devons-nous faire ?

— Nous devons mettre les choses à plat, répondit Anne, d'une voix plus calme qu'elle ne l'était en réalité. Nous devons réfléchir, planifier et déduire la ligne de conduite à adopter. Car aucun mystère ne peut résister à notre intelligence à toutes les trois, j'en suis sûre.

9

Emily

Il était assez inhabituel que Père invite ses filles à prendre le repas du soir avec lui dans son bureau. Il dînait si souvent seul, ces derniers temps, que les rares fois où il les conviait à se joindre à lui, ses filles savaient qu'il avait une bonne raison de le faire.

Elles n'avaient pas précisément annoncé à leur père qu'elles enquêtaient sur Robert Chester qu'elles suspectaient de meurtre, mais elles n'avaient pas non plus affirmé le contraire. Était-il possible que, d'une manière ou d'une autre, leur père ait eu vent de leurs explorations dans la campagne ? Avait-il appris qu'elles se faufilaient chez les gens sans y être autorisées ou discutaient avec des hommes des bois patibulaires ? Si tel était le cas, cela l'aurait pour le moins contrarié.

Il ne prit la parole qu'une fois son assiette vidée.

— Vous vous êtes absentées une bonne partie de la journée. La maison m'a semblé bien calme sans vous.

— Nous avons marché dans la lande, répondit Charlotte avec un air tranquille aussi convaincant que celui d'une écolière prise en flagrant délit de mensonge. Nous avions une visite à faire.

— Et qui avez-vous vu ? demanda Père, qui dirigea son regard brumeux vers elle par-dessus la monture de ses lunettes.

Combien de temps avant que la cataracte le rende totalement aveugle ? se demanda Emily.

La belle assurance de Charlotte vacilla, le temps qu'elle décide si elle devait ou non lui parler de Matilda. Emily savait qu'il suffisait d'une seconde d'hésitation supplémentaire pour que quoi qu'elle dise ensuite soit frappé du sceau évident du mensonge.

— Nous sommes allées à Chester Grange, Père, répondit Emily, comme s'il s'agissait là d'une promenade habituelle. Vous voyez, cette grande et vieille demeure près d'Arunton ? Vous avez peut-être entendu parler de l'événement qui s'y est produit ?

— Non, je n'en sais rien, leur assura Père, avec une vague curiosité dans le regard. J'ai été absorbé toute la journée par ma correspondance. C'est à peine si j'ai relevé la tête assez longtemps pour voir le vicaire.

— Vous travaillez toujours si dur pour la paroisse, Père, compatit Emily.

Son regard croisa tour à tour celui de Charlotte et d'Anne.

Leur petit secret ne serait pas découvert aujourd'hui.

— Il est de mon devoir de me consacrer à prolonger l'œuvre de Dieu. Ce monde est cruel et injuste pour les faibles et ceux dans le besoin, Emily, lui déclara Père sur un ton solennel. J'ai rédigé aujourd'hui d'innombrables lettres pour plaider en faveur d'une amélioration des conditions de vie des villageois, et je crains de devoir officier à trois services funéraires demain. Tous des nouveau-nés. Je dois me donner pour le bien de ma paroisse. Il y a là beaucoup de gens qui n'ont pas eu autant de chance que vous, mesdemoiselles.

— C'est vrai, Père, convint Charlotte. Vous êtes un exemple pour nous tous.

— Quoi qu'il en soit, ajouta-t-il en les observant tour à tour, je ne suis pas préoccupé au point de n'avoir pas le temps de me soucier des allées et venues de mes filles. Vous êtes parties tôt ce matin et sans un mot. Cela fait bien des années que mes enfants n'avaient plus été rassemblés ici sous mon toit. Peut-être dois-je vous rappeler que vous n'êtes plus des enfants, libres de vagabonder dans la lande comme des sauvageonnes, mais de jeunes dames. Bientôt, le moment viendra où vous devrez retrouver un emploi pour pouvoir assurer votre subsistance. Un emploi respectable, cela va sans dire.

— Père, nous avons seulement pris le thé avec une ancienne camarade de pension de Charlotte et d'Emily, intervint Anne avec une immense douceur. Pour lui apporter du réconfort en une période difficile. Il est exact que nous avons flâné sur le chemin du retour, il faisait encore si beau… tout à l'heure.

Emily jeta un coup d'œil par la fenêtre en espérant que la mauvaise vue de son père l'empêcherait de remarquer la pluie du soir qui fouettait les carreaux.

— Nous nous préoccupons de nos responsabilités, Père, affirma Charlotte. Vous pouvez nous croire. Nous nous efforçons d'imiter votre exemple de notre mieux, dans toutes nos entreprises.

— Si seulement votre frère était aussi dévoué à faire le bien, commenta Père avec tristesse.

S'ensuivirent plusieurs minutes de silence autour de la table, au cours desquelles les sœurs échangèrent un regard, tout en passant en revue les avantages et les inconvénients d'un mensonge par omission à l'homme qu'elles aimaient et admiraient le plus au monde. Elle ne racontait pas de sornettes, voilà à quoi elle devait se raccrocher, songea Emily. Aussi longtemps qu'on ne pourrait l'accuser de mentir à son père, sa conscience resterait tranquille.

Après le dîner, pendant que Père s'attelait à ses sermons ou écrivait à ses paroissiens pour proposer, dans la modeste mesure de ses moyens, son aide aux indigents de Haworth – et ils étaient nombreux –, elles se retirèrent au salon, où elles allumèrent d'autres bougies en plus de la lampe à huile, afin de pouvoir examiner en détail les objets qu'elles avaient ramassés ce jour-là.

Depuis leur retour à Haworth, les soirées se passaient généralement à écrire, à échanger des idées ou à combiner et recombiner les mots, même si aucune des trois n'était jamais pleinement satisfaite du résultat de ses efforts jusqu'à présent.

Anne dessinait souvent, ou bien elle travaillait à des vers qu'elle avait entamés lorsqu'elle était employée à Thorp Green, tandis que Charlotte écrivait par à-coups, s'interrompant souvent pour tourner vers la fenêtre un regard malheureux, sans doute se languissant de Bruxelles et de cet imbécile de M. Héger. Ce qu'elle avait trouvé à ce bonhomme, Emily était bien en peine de le comprendre.

Leur ancien précepteur était un homme petit et mal fagoté, dépourvu de toute énergie, mais plein à ras bord d'une suffisance et d'une vanité bien supérieures à celles que devrait posséder un homme aux attraits aussi limités. Mais c'était Charlotte, cette chère Charlotte : elle désirait ardemment aimer et être aimée. Ces questions occupaient une place considérable dans son esprit. Tendant la main, Emily gratta Keeper derrière l'oreille et sourit de le voir enfouir sa truffe dans sa paume. Heureusement qu'elle-même n'avait jamais été amoureuse ni souhaité le devenir. Sa vie, cette maison, cette terre, ses animaux, son esprit, tout cela lui suffisait. C'était en cela que son aînée et elle étaient si profondément différentes. Tout ce que M. Héger avait eu à faire pour que Charlotte s'entiche de lui pendant leurs études à Bruxelles avait été de lui sourire et de la traiter comme une femme intelligente. Il n'en avait pas fallu davantage pour que Charlotte s'égare. Comme l'avait prédit Emily, elle était encore loin de s'être retrouvée.

Charlotte avait un besoin immense de l'approbation d'autrui pour voir sa propre valeur. Emily, en revanche, se satisfaisait de sa propre personne.

Ainsi, alors que les dernières lueurs de cette soirée d'été saignaient sur un ciel d'encre, bien qu'Anne soit occupée à dessiner, aucune des trois n'écrivait ni ne posait par la fenêtre un regard mélancolique. Elles étaient au contraire assises, à tâcher de déterminer la meilleure ligne de conduite à tenir pour la suite.

— Si nous pouvons nous fier au gendarme de Chester, alors peut-être faut-il aller à Bradford, suggéra Charlotte en taillant son crayon à l'aide de la lame en ivoire du couteau à fruits. Et si Bradford ne donne rien, alors Leeds. Elizabeth Chester est issue d'une famille importante de Leeds : ces gens ne permettraient sans doute pas que la disparition de leur fille passe inaperçue, si ?

— Pourtant, il s'est écoulé deux jours depuis l'incident, fit remarquer Anne. Et ils ne se sont toujours pas rendus à Chester Grange. Chester a refusé qu'on leur envoie les enfants. Les nouvelles vont vite, dans le coin, mais Leeds se situe à une journée de voyage, et il est possible qu'ils ne soient pas encore au courant de ce qui est arrivé à leur fille, si Chester ne leur a rien dit.

— Il serait extrêmement suspect qu'il n'ait pas envoyé sur-le-champ un message aux parents d'Elizabeth, ajouta Emily, songeuse.

— La vérité, reprit Anne, c'est que, malgré le contenu de cette boîte, nous avons besoin de plus d'indices.

Emily remarqua comment sa sœur évitait de regarder directement la petite boîte à thé qu'elle avait déposée au milieu de la table : le joli réceptacle ne contenait plus de thé, mais un fragment d'os, un caillou et une dent humaine. Emily avait trouvé éminemment censé et futé de conserver ensemble les preuves qu'elles avaient collectées, et sous leurs yeux, afin de les aider dans leurs déductions. Elle savait que, chaque fois qu'Anne regardait la boîte, elle voyait plus que des indices : elle voyait les restes d'un être humain dont la vie avait brutalement pris fin. Décidant de ménager la sensibilité de sa petite sœur, elle referma le couvercle.

— Nous pensons avoir découvert les circonstances d'un meurtre, reprit-elle, songeant tout haut. Cependant, nous n'avons pas réfléchi à d'éventuels mobiles. Qu'est-ce qui aurait pu motiver Robert Chester à tuer sa jeune épouse, la mère de son enfant, qui plus est ? Qu'est-ce qui pourrait bien pousser un homme à commettre un tel acte ?

— Ce ne peut être la cupidité, répondit Charlotte. Chester est un homme fortuné, propriétaire de tout le terrain qui entoure sa propriété.

— Ce pourrait être la jalousie, suggéra timidement Anne, qui baissa aussitôt les yeux, comme si elle hésitait à formuler son idée.

— Qu'y a-t-il, Anne ? lui demanda Emily. Parle.

— J'ai vu un homme enrager et jurer, en proie à une jalousie telle qu'il aurait tué la personne qui lui avait inspiré cette jalousie s'il en avait eu la possibilité.

Elle marqua une pause, avant de poursuivre :

— En découvrant ce qui s'était passé entre son épouse et notre frère à Thorp Green, M. Robinson… Sa rage était… (Emily vit l'expression de sa sœur se crisper alors qu'elle se remémorait la terrible humiliation qui lui avait été infligée à cause de l'inconduite de son frère.) Elle était volcanique. Et je crois que, s'il avait pu s'en prendre à Branwell, il ne s'en serait pas privé.

Sourcils froncés, Emily songea à son frère corrompu par la luxure. Soudain, il lui sembla que rester assises autour de cette table ne les mènerait nulle part. Elle s'offrit un changement de décor, et se glissa sous ladite table et noua les bras autour du cou de Keeper.

— Tu penses donc qu'Elizabeth Chester aurait pu… commettre quelque infidélité ? entendit-elle Charlotte demander.

Effectivement, la théorie d'Anne était plausible et, bien qu'en élégante compagnie on n'aborde pas ces sujets-là pour épargner les jeunes demoiselles, Emily et ses sœurs n'avaient guère eu d'autre choix que d'en discuter ouvertement depuis que leur frère était revenu à la maison avec un parfum de scandale. On l'avait si fraîchement tiré du lit de Mme Robinson qu'Emily se remémorait sans peine l'odeur qu'il laissait dans son sillage. Comme cette seule pensée suffisait à lui donner la nausée, elle s'empressa d'inhaler l'odeur familière de Keeper pour chasser de son esprit ce mauvais souvenir.

Ce n'était pas qu'elle se désintéresse entièrement des désirs charnels, elle avait beau être fille d'un pasteur de campagne, un monde de lectures s'était ouvert à elle, de Byron à Chaucer, où étaient exposés les détails sordides des actes les plus scandaleux et intimes. Disons plutôt qu'elle ne pouvait pas se figurer quiconque parmi ses relations avec qui elle aimerait se trouver en pareille proximité.

En vérité, cette idée lui donnait des haut-le-cœur. Au fond, elle n'éprouvait d'amour que pour les siens. L'amour filial était le seul à trouver grâce à ses yeux. Les transports amoureux causaient bien souvent du chagrin. Il suffisait d'observer les relations entre les habitants de Haworth pour y trouver infidélité, indiscrétion, violence, addiction. À cela s'ajoutait désormais le meurtre. À seulement quelques mètres en contrebas de la colline, les paroissiens de Haworth vivaient au corps à corps avec la mort. Les tombes qui s'alignaient sous leurs fenêtres étaient pleines à craquer de nouveau-nés, à tel point que leur pierre tombale portait un numéro, pas un nom.

La vie était brutale, cruelle et brève. Nombreux étaient ceux qui prenaient le bonheur où ils pouvaient, tant qu'ils pouvaient, comme Branwell. Et nombreux étaient ceux qui se vengeaient.

— Emily ? (Apparemment, Charlotte répétait son prénom, au vu de la façon dont elle tapait son petit pied propret avec impatience.) Emily, que fais-tu là-dessous ? Ta conduite n'est pas digne d'une dame.

— Je médite, répondit Emily, qui se fraya un chemin parmi la forêt de pieds de chaises. Mattie nous a dit que Chester avait un tempérament violent quand il buvait. Nous savons que l'alcool peut altérer en profondeur le comportement d'un homme. Et si nous parvenons à trouver une preuve de l'infidélité d'Elizabeth, alors cela constituera une raison… un motif de violence. Il nous faut retourner à Chester Grange.

— Qu'avez-vous donc découvert là-bas ?

Déboulant dans la pièce, Branwell s'immisça dans leur conversation en se laissant choir sur le canapé, ses cheveux de feu en désordre, sa chemise débraillée. Au moins semblait-il sobre, et Emily fut soulagée de voir son pouce et son index tachés d'encre, signe qu'il venait d'écrire ou de dessiner. Peut-être était-il enfin en train de surmonter son chagrin. Emily l'espérait avec ferveur, car, d'après son expérience, un amour non partagé rendait les gens affreusement ennuyeux.

— Des événements si épouvantables que tes cheveux blanchiraient sous l'effet du choc, Branwell, répondit-elle, tout sourire.

— Je doute qu'il soit encore possible de choquer notre frère, marmonna Charlotte. Néanmoins, je suis d'accord, nous devons inventer un prétexte pour nous faire inviter à Chester Grange. D'ailleurs, je crois en avoir trouvé un.

Charlotte redressa les épaules, avec l'air de qui a mis au point un plan réjouissant. Malgré tout l'amour qu'elle nourrissait pour sa sœur, Emily éprouva aussitôt toutes les réticences du monde vis-à-vis du plan en question.

— Eh bien, alors, dis-nous ! la pressa-t-elle. Sous quel prétexte proposes-tu que nous retournions à Chester Grange ? À moins de nous déguiser…

Les épaules de Charlotte s'affaissèrent imperceptiblement.

— Cela ne me paraît pas être une si mauvaise idée.

— Tu suggères que nous y allions déguisées ? se moqua Emily. Pour qui nous ferions-nous passer ? Une troupe de théâtre itinérant ?

— Ce que je suggère, c'est qu'Anne et toi vous rendiez à Arunton pour voir quelles informations vous pourrez glaner auprès des habitants, expliqua Charlotte, déterminée à rabattre le caquet de sa sœur. Chester n'emploie peut-être pas beaucoup de gens, mais je suis sûre qu'il se trouve des villageois pour effectuer des livraisons au manoir, soigner les chevaux. Vous pourriez aussi engager la discussion avec ses fermiers. Ils doivent voir des choses, être au courant de détails que nous ignorons, même s'ils n'en parlent pas ouvertement. Branwell soignera sa mise et pourrait se présenter auprès de M. Chester comme un docteur fraîchement arrivé dans la région, ayant appris la disparition de Mme Chester et offrant ses services à la famille. Quant à moi, je l'accompagnerai, en me faisant passer pour sa sœur veuve.

— Chester a des yeux, tu sais, Charlotte, lui fit remarquer Emily avec un sourire moqueur. Des yeux sombres et dangereux qui t'ont vue très clairement, si tu veux mon avis.

— Certes, mais c'est là qu'intervient la ruse, reprit fièrement Charlotte. Je porterai une épaisse voilette de deuil sous ma coiffe, et ainsi il ne distinguera pas mon visage ! Et, pendant que Branwell l'occupera en conversant avec lui, je retournerai dans la chambre de Mme Chester pour y chercher les preuves de l'existence d'un amant ! N'est-ce pas ingénieux ?

Elle se cala contre le dossier de sa chaise, les yeux brillants de contentement tant son idée lui semblait bonne. Emily se couvrit la bouche, échouant à réprimer un éclat de rire.

— Hum...

— Quoi ?

— C'est juste que...

Anne se mordit la lèvre et laissa sa phrase en suspens.

— Continue, l'implora Charlotte.

Branwell se leva du canapé d'un pas instable et tomba à genoux devant Charlotte, dont il prit la main dans la sienne.

— Ma chère sœur, tu n'es pas uniquement reconnaissable à ton visage. Tu as une... silhouette très remarquable, une carrure minuscule... Celle d'une fée, pour ainsi dire. Oui, tu es aussi menue qu'un elfe. Voilà ce que tes sœurs tentent de te dire. Il te faudrait des échasses en plus d'un voile pour contrefaire ta taille, petit bout de femme. Et puis… (Branwell fit taire Charlotte avant qu'elle n'ait pu répliquer.) Emily non plus ne passera pas inaperçue. Au contraire de toi, elle est particulièrement grande, dotée d'une démarche tout à fait unique. Quant à son attitude… disons qu'une fois qu'on l'a rencontrée nul ne peut l'oublier. À mon avis, Anne devrait retourner chez Chester, poursuivit Branwell. Nous sommes les deux plus aptes à nous transformer, tels des caméléons, et à charmer jusqu'aux oiseaux dans les arbres.

Il ponctua sa tirade d'un geste de la main digne d'un dandy.

— Où sont donc tous ces oiseaux que tu as charmés ? ironisa Emily en faisant mine de chercher autour d'elle. Où les caches-tu ?

Branwell haussa les épaules.

— Il n'y en a qu'un seul parmi nous qui ait laissé dans son sillage un chapelet de cœurs brisés à travers le Yorkshire, Emily.

— Vu les lieux de perdition que tu as fréquentés, je ne suis pas sûre que ton cœur brisé soit digne de figurer au tableau de chasse, plaisanta-t-elle.

— Qu'espères-tu nous voir découvrir que nous ne sachions pas déjà, Branwell et moi, auprès de M. Chester ? s'enquit Anne.

— Ce que j'aimerais, répondit Charlotte, c'est que vous discutiez avec Mattie pour voir quelle tournure prend la vie à Chester Grange. Et pendant que toi, tu chercheras des preuves de l'infidélité présumée dans la chambre de l'épouse, peut-être M. Chester sera-t-il plus enclin à se confier à un homme du monde, un homme de science.

— Je dirais que Branwell est surtout un homme de la taverne, marmonna Emily en gratifiant son frère d'un coup de coude qui lui fut rendu.

— Et si tu insistes pour prendre Anne avec toi, dit Charlotte à Branwell, alors il nous revient, à Emily et à moi, de nous rendre au village et d'user de notre charme, de notre esprit et de notre bonne nature pour nous attirer les faveurs de ceux qui y vivent.

— Dans ce cas, répondit Branwell, je vous suggère de commencer par la taverne. En état d'ébriété, les gens sont bien plus faciles à duper.

10

Anne

— Nous n'attendons pas de visite, annonça Mme Crawley à l'instant où elle ouvrit la porte.

Elle posa sur le jeune homme roux et sa compagne un regard empreint de sa chaleur et de son amabilité habituelles. Anne remarqua qu'elle gardait toujours la partie abîmée de son visage légèrement détournée, peut-être inconsciemment. Cette pudeur conférait néanmoins une touche d'humanité à cette femme froide et inexpressive.

— Absolument, absolument, chère madame, répondit Branwell, qui ôta son chapeau d'un mouvement habile entre une courbette et un sourire. Toutefois, je me demandais si M. Chester pourrait m'accorder un moment. Mon nom est Patrick Hardwell. Je suis médecin et je viens de m'installer dans le voisinage. Je souhaitais simplement me présenter, ainsi que ma sœur, aux familles influentes de la région.

Mme Crawley fit glisser son regard sur Anne, scrutant son image floue sous le voile assez longtemps pour la mettre mal à l'aise. La veille au soir, ses sœurs et elle avaient soigneusement confectionné son voile de deuil. Anne n'était pourtant pas entièrement convaincue de n'être pas reconnue. Jusqu'à cet instant, elle n'aurait su dire si cette possibilité était plus palpitante que terrifiante, mais elle savait soudain avec certitude que c'était la seconde option.

— Nous ne recevons aucun visiteur, réitéra Mme Crawley, vous savez parfaitement pourquoi. Je suppose que vous n'êtes rien d'autre que des vautours espérant fureter dans la demeure où une pauvre femme a été arrachée à son lit.

Impossible de discerner la moindre intention dans le grommellement de Mme Crawley, cependant Anne, qui était partie du principe qu'elle ne trouverait pas chez elle la moindre compassion pour la disparue, dut se morigéner pour avoir jugé qu'une femme aussi laide ne pouvait avoir qu'une âme à son image.

— Bien, chère madame, reprit Branwell, affichant un air où se mêlaient la stupéfaction et l'affliction. (Le résultat était surprenant.) Ma sœur et moi-même n'étions pas au courant de cette disparition, je peux vous l'assurer, nous sommes seulement venus présenter nos hommages. (D'un geste désinvolte, il désigna Anne.) Ma pauvre sœur, récemment veuve, a reçu peu d'éducation et manque cruellement d'esprit. Aussi sa nature douce et simple n'a-t-elle que faire des racontars.

Sous sa voilette, Anne fulminait en silence. Elle imagina aussitôt divers scénarios visant à attenter à l'intégrité physique de son grand frère dans un avenir proche.

Mme Crawley hésita encore un instant avant de s'effacer sur leur passage.

— Puisque vous appartenez au corps médical et que M. Chester est très affligé et très inquiet en ce moment, je vous autorise à entrer. Mais, s'il vous renvoie à coups de pied dans le séant, vous ne pourrez vous en prendre qu'à vous-mêmes.

— Quelques minutes de son temps, c'est tout ce que je demande, l'assura Branwell, qui s'inclina de nouveau, suscitant un ricanement de la part de Mme Crawley tandis qu'elle les précédait à l'intérieur.

— Il est évident que cette femme m'apprécie.

Tout sourire, Branwell apprivoisa un peu sa crinière indisciplinée et ajusta ses lunettes.

Deux des chiens de Chester surgirent des entrailles de la maison et s'immobilisèrent à quelques pas des visiteurs, babines retroussées. Ils se mirent à grogner de façon menaçante.

— Je suis plutôt doué pour le subterfuge, tu ne trouves pas ? se rengorgea encore Branwell, qui agita une main nerveuse à l'intention des chiens. Gentils chiens-chiens féroces, veuillez ne pas me déchiqueter, par pitié.

— Pas si doué que cela, marmonna Anne. Sans quoi, je serais toujours en poste à Thorp Green.

Mais le commentaire amer de sa sœur atteignit aussi peu Branwell que de l'eau sur le plumage d'un canard.

— C'est une bien jolie demeure. Et je parie qu'elle contient une belle collection de vins.

— Branwell, rappelle-toi le but de notre visite. Tu ressembles trop à Emily, parfois. Cesse de prendre tes rêves pour la réalité. C'est une faiblesse que tu dois combattre, si tu veux devenir un homme indépendant.

— Mais les rêves sont tellement plus attrayants que la réalité, répliqua Branwell en soupirant, avec un demi-sourire. Tes journées à Thorp Green n'étaient-elles pas d'un ennui mortel ? N'aurais-tu pas, si l'occasion s'était présentée, recherché la distraction, voire simplement du sens à toute cette existence ? Ne pourrait-on pas aller jusqu'à dire qu'en te libérant du poids de cette servitude je mérite tes remerciements les plus sincères ?

Anne ne pouvait s'offrir le luxe de choisir parmi les nombreuses réponses à ce commentaire qui lui venaient à l'esprit ; leur temps à Chester Grange était compté. Elle se contenta de soupirer sous son voile et de marteler le carrelage d'un pas déterminé, avec la régularité d'un métronome.

— Calme-toi, femme, lui ordonna Branwell au bout d'un moment. N'oublie pas que tu es douce et gentille. La femme par excellence : soumise et obéissante.

Incapable d'en supporter plus sans réagir, Anne lui envoya un coup de pied aussi rapide que hargneux dans les tibias et, comme Mme Crawley choisit justement cet instant pour revenir, elle sourit largement sous son voile tandis que Branwell devait réprimer un glapissement.

— Il va vous recevoir, annonça la domestique.

Et, sans plus de cérémonie, elle tourna les talons et les précéda jusqu'au bureau de Chester. Ils le trouvèrent installé derrière un secrétaire recouvert d'un sous-main en cuir, un meuble si imposant qu'il aurait à peine pu tenir dans leur petite salle à manger. Un nuage de fumée tournoyait autour de lui, et une liasse de papiers jonchait la table. Un portrait était accroché au mur derrière lui, celui d'une très belle femme vêtue de velours bleu et de fastueux diamants, avec un énorme rubis à l'annulaire, et qui tenait la main d'un enfant d'environ deux ans. La première Mme Chester, Imogen, forcément, songea Anne en plongeant dans les yeux bleus et tristes qui semblaient fouiller les siens derrière son voile, si emplis de regrets qu'on eût pu croire qu'elle avait vu son destin avancer à sa rencontre. De la main gauche, Chester tenait un verre à vin rempli à ras bord d'un liquide écarlate et ambré dont Anne aurait pu parier qu'il ne s'agissait pas de vin. Branwell se passa la langue sur les lèvres.

— Monsieur… ?

Chester ne prit pas la peine de s'adresser à Anne.

— Hardwell, monsieur, répondit Branwell, qui tendit la main par-dessus le bureau et serra fermement celle de Chester. J'aurais aimé avoir le plaisir de faire votre connaissance, mais j'ai cru comprendre que je me présente à vous dans de bien tristes circonstances.

— Crawley dit que vous êtes docteur. Quel genre de docteur ?

— Ah... Eh bien, docteur en médecine, affirma Branwell en opinant vigoureusement du chef.

— Dites-moi, avez-vous quelque connaissance dans le fonctionnement du cerveau d'un homme ?

— Eh bien, en effet, monsieur... c'est ma spécialité !

Vraiment, c'était remarquable, se dit Anne, la facilité avec laquelle les sornettes jaillissaient de la bouche de Branwell. Et tout aussi remarquable, le fait que les deux hommes fassent totalement abstraction de sa présence dans la pièce.

— Je ne sais plus à quel saint me vouer, Hardwell, avoua Chester d'une voix chargée d'émotions. Je ne sais pas ce qu'il faut faire. Voilà deux nuits et deux jours que ma femme a disparu dans les circonstances les plus macabres. Nous n'avons à ce jour aucune piste, aucun suspect, à l'exception d'une poignée de Gitans. Je les imagine mal commettre un crime aussi épouvantable. Je suis... (Anne le regarda se passer une main dans les cheveux avec nervosité.) Je deviens fou à force d'incertitude, Hardwell. Comment puis-je apaiser mon esprit, dites-moi ?

Branwell prit un siège en face de Chester, laissant sa sœur debout derrière son épaule.

— Monsieur... Le meilleur soin que je connaisse pour un esprit en détresse, c'est le sommeil. S'il ne vient pas aisément, il y a un excellent apothicaire à Haworth. Une goutte ou deux de sa potion devraient vous aider : recommandez-vous de ma part.

— Une goutte ou deux de cette potion ne m'aideront en rien, cracha Chester. La quantité qu'il faudrait pour me soulager me tuerait aussitôt, et même le whisky n'y fait rien. Je suis trop endurci contre toutes les drogues. Cela fait bien longtemps que j'ai commencé à m'étourdir, voyez-vous... Et, à présent, mon esprit est en effervescence.

Anne sursauta quand Chester jeta son verre dans la cheminée et que les flammes redoublèrent d'ardeur. Croisant les mains devant ses cuisses, elle garda le menton humblement baissé, mais elle guettait du coin de l'œil ses moindres faits et gestes. C'était un homme de contrastes : grands gestes théâtraux et petit air rusé, cet homme jouait la comédie, d'une manière ou d'une autre. Il forçait le trait, même s'il n'était pas complètement conscient de son propre subterfuge.

— Dans ce cas, peut-être puis-je vous suggérer d'exprimer à haute voix ces pensées qui vous empêchent de dormir ? Exorciser ses démons est le meilleur moyen de retrouver la paix de l'esprit, déclara Branwell avec enthousiasme.

— Grand Dieu, monsieur ! gronda Chester. Je ne suis pas l'une de vos sottes patientes en jupons.

— Je suggérais juste que...

— Dites-moi... (Chester s'interrompit pour s'enfoncer plus profondément dans son siège, avec un air d'accablement si intense qu'il semblait peser sur ses épaules.) Avez-vous jamais entendu parler d'un homme qui aurait perdu la mémoire sous l'influence de l'alcool, au point de n'avoir plus aucun souvenir sur un laps de temps de plusieurs heures ?

— Tous les jours ! s'exclama Branwell avec conviction, car sur ce sujet, effectivement, son expertise était bien réelle. Oui, un homme ivre peut parler, se battre, même s'adonner à certains « plaisirs » sans en garder le moindre souvenir, ajouta-t-il en baissant la voix. C'est la malédiction des ivrognes, j'en ai bien peur.

— Pourquoi cette question, monsieur ? intervint Anne avant de parvenir à s'en empêcher, redoutant que Branwell laisse passer l'occasion.

— Ça ne vous regarde en rien, madame, rétorqua Chester, qui se leva brusquement. Puisque vous êtes là, docteur, j'aimerais que vous examiniez mes enfants. La période est pénible pour eux aussi, et je ne voudrais pas que leur état d'affaiblissement ne les rende plus vulnérables à quelque maladie.

— Bien sûr, monsieur. Ce serait un honneur.

— French !

Ayant aperçu Mattie par la porte du bureau, Chester la somma d'entrer. À l'instant où elle aperçut Branwell, sa mâchoire se décrocha, et le pot aux roses faillit être révélé lorsqu'elle posa les yeux sur Anne. Cependant, comprenant qu'il s'agissait d'un subterfuge pour accéder à Chester Grange, elle parvint à se ressaisir à temps, et Anne s'autorisa à respirer à nouveau sous son voile.

— Patrick Hardwell, à votre service, lança Branwell en se courbant devant Mattie. Je suis docteur et viens de m'installer dans votre région, accompagné par ma sœur veuve que voilà.

Une biographie bien plus détaillée qu'une personne du rang de Mattie ne l'aurait normalement méritée, mais, par chance, Chester ne parut pas le remarquer.

— Matilda French, enchantée, répondit Mattie avec quelque hésitation.

Elle fit une petite révérence en retour.

— Où sont Francis et Archibald ? lui demanda Chester.

— Ils font leur sieste, monsieur, répondit Mattie, les yeux baissés. Comme tous les après-midi à la même heure.

— Bien, je souhaite que vous emmeniez immédiatement le docteur Hardwell et sa sœur auprès d'eux. Il doit les examiner et s'assurer qu'ils sont en bonne santé.

— Bien, monsieur.

Mattie fit sa révérence, les yeux toujours baissés, jusqu'à ce qu'elle ait précédé Branwell et Anne dehors, à l'abri des oreilles et des yeux de quiconque à l'intérieur.

— Que diable faites-vous ici ? Branwell ? Anne, est-ce bien toi ?

— Oui, c'est moi, confirma l'interpellée, qui enlaça étroitement Mattie. Nous sommes en mission secrète, Mattie. Nous cherchons des indices.

— Je n'ai aucune idée de ce dont vous parlez, avoua son amie en secouant la tête, la mine perplexe. Qu'espérez-vous trouver ici, enfin ?

— Nous le saurons uniquement en le voyant, répondit Anne. Montre-nous autant de Chester Grange qu'il t'est possible de le faire.

11

Charlotte

— Je ne suis pas sûre que ce soit notre meilleure stratégie, déclara Charlotte en observant l'extérieur de la taverne.

Il était impossible de distinguer l'intérieur à travers les petites fenêtres de la bâtisse élisabéthaine trapue à ossature de bois, mais quel que puisse être celui-ci, il y avait fort à parier qu'il ne soit guère approprié pour accueillir une jeune femme respectable.

— Sans compter que tous les gens du coin sont sûrement au travail à cette heure de la journée, et non pas dans un débit de boissons.

— Comme Branwell ? ironisa Emily.

— Branwell est incapable de garder un emploi, apparemment, soupira Charlotte.

— En tout cas, j'aimerais mieux ne pas franchir ces portes, décréta Emily avec conviction. Je pourrais patienter dehors. Ou rentrer à la maison. Oui, rentrer à la maison et attendre les nouvelles.

Charlotte se tourna vers sa sœur.

— Des nouvelles de quoi ?

— De n'importe quoi, tenta Emily.

— J'ai bien peur que ce ne soit pas possible, Emily. Tu ne peux pas te joindre à notre enquête uniquement quand le cœur t'en dit. Si tu es déterminée à devenir détectrice, alors tu dois être prête à affronter des situations périlleuses.

— Le danger ne me dérange pas, affirma Emily. Ce sont les mondanités que je ne supporte pas.

— Dans ce cas, considère ces mondanités comme un moyen de parvenir à tes fins, proposa Charlotte. L'idée est de donner l'impression de faire la conversation, alors qu'en réalité nous interrogeons des témoins.

— Voilà qui me paraît plus intéressant, convint Emily.

— Quoi qu'il en soit, notre principal souci est de ne pas attirer l'attention de manière excessive, lui rappela Charlotte, choisissant un sujet plus important. Je suggère donc que nous prenions plutôt le temps de rendre visite à la drapière. Peut-être aura-t-elle des tissus intéressants. Et il me semble que les couturières aiment bien bavarder, n'est-ce pas ?

Sans attendre l'accord de sa sœur, Charlotte passa son bras sous celui d'Emily et l'entraîna dans la rue. Malgré leur désir de rester incognito, les deux femmes formaient un duo frappant, dans les rues escarpées d'Arunton, leurs talons claquant sur les pavés. Bien qu'étant sœurs, leur différence de taille et de démarche aurait dû les rendre incongrues pour un œil extérieur, au lieu de quoi leur attelage produisait l'effet inverse.

Il existait entre elles un lien indéfinissable qui ne pouvait être ignoré. Dans chaque espace vide et chaque heurt de leurs bras liés et de leurs hanches mal assorties, il y avait une intimité profonde et permanente. Car Charlotte et Emily avaient exploré ensemble plus de territoires inconnus qu'avec n'importe quel autre membre de leur famille bien-aimée. Elles avaient été deux fillettes perdues au redoutable pensionnat de Cowan Bridge, à la fois élèves et professeures à l'école de Roe Head, et chacune avait permis à l'autre de ne pas perdre la raison lorsqu'elles travaillaient à l'internat Héger à Bruxelles, où elles avaient affronté défis et difficultés dont elles avaient partagé le fardeau à parts égales. Et peut-être plus que tout, c'était la compagnie d'Emily qui avait été son réconfort lorsque Charlotte s'était entichée de son maître, M. Héger. Bien qu'elles évoquent rarement le souvenir de ces quelques mois intenses, la force morale d'Emily avait souvent été le refuge de Charlotte. Même après leur retour à la maison, Emily était restée sa confidente, la seule autre personne à connaître vraiment la profondeur de l'amour contrarié de Charlotte. Et maintenant que ces jours à Bruxelles s'éloignaient de plus en plus, Emily était tout ce qui restait à Charlotte de la vie qu'elle avait vécue là-bas. Elle était la preuve qui disait : « Oui, c'est arrivé, tout cela. Je le sais, parce que j'en ai été témoin, tu n'es pas folle. »

En retour, Charlotte avait été sans le savoir le phare d'Emily, la guidant, la mettant au défi de révéler son propre secret précieux et jalousement gardé : son immense, son époustouflant talent.

Il y avait une confiance mutuelle entre elles, une entente parfaite qui scellait l'amitié de ces deux sœurs pourtant si différentes l'une de l'autre. Et, dans leur nouvelle entreprise de détection, elles continueraient comme elles l'avaient toujours fait, à s'agacer et à se provoquer, sans cesser d'être absolument loyales l'une envers l'autre.

Une cloche tinta lorsqu'elles entrèrent dans la boutique.

Une femme d'apparence agréable les accueillit, dont les cheveux gris acier soigneusement épinglés sous une coiffe rappelèrent à Charlotte sa regrettée tante Branwell.

— Bonjour, mesdames. Je suis madame Hardy. Êtes-vous en visite pour la journée ?

C'était une charmante petite boutique, divisée par une large table à découper le tissu qui servait également de comptoir. Des rayonnages de présentation s'étageaient du sol au plafond, proposant une gamme limitée de coupons, même si certains paraissaient fort jolis, notamment un satin de soie d'aspect cuivré qui plut aussitôt à Charlotte. D'après ce que les sœurs pouvaient voir du travail en cours, il semblait que la plupart de ce commerce consistait à raccommoder ce qui avait déjà été porté, un savoir-faire que toutes les filles Brontë maîtrisaient par obligation.

— Bonjour, oui, nous venons de Haworth, répondit Charlotte, tout sourire, en prenant soin de ne pas divulguer plus d'informations que la politesse n'en exigeait. Ma sœur et moi avons un peu de temps libre et nous avons eu envie de regarder vos tissus. Nous sommes toujours très intéressées par les dernières créations.

— Nous disposons de beaucoup de modèles, ici, et pouvons obtenir ceux que nous n'avons pas en réserve, annonça fièrement Mme Hardy. Je me tiens également au courant des modes de Londres et de Paris, car il n'y a pas de raison que nos jeunes filles du Yorkshire ne soient pas aussi bien mises que les citadines, n'est-ce pas ?

— En effet, acquiesça Charlotte.

Elle profitait de la conversation pour jauger Mme Hardy. Travailleuse et soignée, celle-ci était l'incarnation même de la femme active du Yorkshire. Le genre de femmes que Charlotte comprenait, le genre qu'elle avait connu toute sa vie. Une passionnée qui maîtrisait parfaitement son sujet, même si son magasin était modeste, et qui prenait probablement beaucoup de plaisir à discuter de ces questions. Selon l'expérience de Charlotte, tout le monde voulait se sentir objet d'intérêt. Dès que l'on atteignait cet état de satisfaction, on était plus enclin à se lier d'amitié.

Avec cette femme charmante, il lui suffirait d'établir un certain degré de confiance.

— Dites-moi, quelle est la dernière mode pour les manches ? J'apprécierais beaucoup votre conseil avisé.

Pendant que Charlotte parlait, Emily tourna le dos à sa sœur et à Mme Hardy pour promener la main le long des étagères de coupons, à la recherche d'histoires et de visages dans tous les motifs, jusqu'à ce que ses doigts s'attardent sur l'un d'eux. Un seul coup d'œil à la dérobée vers sa sœur permit à Charlotte de comprendre qu'Emily était, pour le moment du moins, partie dans un autre royaume.

— Oh ! s'exclama Charlotte, dont les yeux s'illuminèrent à la vue de l'un des modèles récents, avec de longues manches ajustées qui se resserraient légèrement autour des poignets. Comme l'encolure est jolie ! Confectionnez-vous beaucoup de belles robes ? Je perçois combien votre couture est fine.

— La plus belle que j'aie jamais fabriquée était destinée à une charmante jeune mariée, se rappela Mme Hardy, non sans fierté. Pas sa robe de mariée, elle venait de Leeds, mais son trousseau. De très beaux tissus et des motifs ravissants, car c'était une jeune femme aussi exigeante que belle.

— « Était » ? demanda Charlotte aussi nonchalamment qu'elle le put, sans quitter des yeux les tissus.

— Cela fait longtemps que nous n'avons pas revu cette dame au village, regretta Mme Hardy.

Charlotte remarqua que la couturière se détournait, comme pour s'éloigner de la tentation de bavarder avec une inconnue.

— Nous ne nous attendons pas à la revoir de sitôt, ajouta-t-elle pourtant. Mais il serait déplacé de ma part d'en dire plus.

— Où prenez-vous votre dentelle ? s'enquit Charlotte en saisissant la bordure d'une pièce finement ouvragée. Madame Hardy, vous avez un goût des plus exquis.

Elle rayonnait sous l'effet de la flatterie.

— Je me fournis exclusivement auprès d'une dentellière du pays. Cette femme travaille tout aussi bien que les gens du continent, avec l'avantage que vous ne verrez jamais ce dessin ailleurs.

Charlotte sourit.

— Quelle merveille ! Dites-moi, pourquoi ne voyez-vous plus la jeune femme ? A-t-elle déménagé ?

Le sourire de Mme Hardy s'estompa quelque peu.

— Ce n'est vraiment pas à moi de le dire, répondit-elle vaillamment. Puis-je vous montrer autre chose ?

— Bien sûr, je comprends. Nous venons d'un petit village – nous sommes les filles du pasteur –, et je comprends l'importance de la discrétion : tant de gens sont disposés aux commérages, n'est-ce pas ? Je vois que vous êtes une femme d'excellent caractère.

Le visage de son interlocutrice s'adoucit.

— Filles de pasteur ? C'est une vie bien difficile pour une jeune femme…

— Nous faisons avec. (Charlotte laissa son accent s'épaissir un peu, sourcils froncés, tête baissée.) Dites-moi, la mariée dont vous parlez ne serait-elle pas Mme Chester ? Car, pour dire la vérité, nous avons eu vent des événements survenus dans son domaine. C'est si triste, si épouvantable…

— En effet.

Mme Hardy se mâchonnait la lèvre, évitant le regard de Charlotte.

— Mais il y a des raisons de garder espoir, vous ne croyez pas ?

Charlotte effleurait doucement le coin d'un beau damas lie-de-vin qu'elle aurait adoré pouvoir s'acheter. Hélas, les robes neuves étaient, pour ses sœurs et elle, un luxe hors de portée.

— Peut-être finira-t-on par retrouver Elizabeth Chester, dit-elle.

— Rien de bon ne peut venir de cette maison, lâcha Mme Hardy, les joues rougies par la colère. Pardonnez-moi, je ne devrais pas en parler. Mais c'était une jeune femme si belle et si douce…

— C'est, rectifia Charlotte avec douceur. Tant que nous ne connaissons pas son sort avec certitude, nous nous devons de l'évoquer au présent.

— Peut-être s'est-elle enfuie, convint Mme Hardy avec tristesse, en pliant et repliant une longueur de soie afin de cacher sa détresse. Tout ce que je puis dire, c'est qu'elle était aussi dévouée à ses enfants que n'importe quelle mère peut l'être. Jamais elle ne les aurait abandonnés. On la voyait presque tous les après-midi se promener avec eux, en compagnie de Miss French, son bébé sur la hanche et la main du jeune M. Francis dans la sienne. Et elle s'émerveillait de tout ce qui attirait l'attention de l'enfant : quelque scarabée, ou un caillou à la forme particulière. Le petit ange rayonnait de sa douceur et de son amour, elle s'occupait de lui comme s'il était le sien. Non, vraiment, je ne vois pas comment elle aurait pu abandonner ces enfants. Pour rien au monde. Pas même pour un… Pour rien au monde.

Charlotte remarqua qu'elle s'était censurée toute seule, mais elle se garda bien de relever. Si l'on cherchait à obtenir une information de la bouche d'un inconnu, il valait mieux attendre le moment propice pour la débusquer.

— Comme il est effrayant de penser qu'il se trouve peut-être un fou en cavale qui l'a enlevée et la retient encore en captivité !

Mme Hardy secoua amèrement la tête, et Charlotte sentit qu'elle déployait des efforts surhumains pour contenir un flot de paroles derrière le barrage de ses lèvres serrées.

Alors Charlotte posa brièvement sa main sur celle de son interlocutrice, un geste par lequel, implicitement, elle lui offrait l'assurance de sa discrétion. De ses yeux clairs, elle soutint le regard de Mme Hardy jusqu'à ce que la couturière lui cède. C'était là une compétence particulière qui n'appartenait qu'à Charlotte, la capacité de soutirer des informations de presque toutes les personnes qu'elle rencontrait si elle s'y employait, de leur communiquer la volonté de lui parler, de lui faire confiance. Seuls ceux qu'elle tenait en très haute estime ou à qui elle était directement liée semblaient immunisés.

— Peut-être avez-vous votre idée de ce qui a pu se passer ?

— Eh bien, sa première femme est morte de sa propre main, ça au moins, ce n'est pas un secret. (La tailleuse baissa la voix, comme s'il s'agissait pourtant d'un secret.) Et mariée depuis moins de deux ans, avec ça. À l'époque, et je vous parle d'il y a seulement cinq ans, il y avait plus de personnel à Chester Grange, et j'en faisais partie. Je les ai vus emporter son corps, mou comme une poupée de chiffon. Terrible, terrible spectacle que je n'oublierai jamais, que celui de cette pauvre créature. Imogen Chester était une femme bonne. Quand elle est arrivée au village, nous avons espéré que les choses s'arrangeraient au domaine. Elle nous connaissait tous par notre nom, nous demandait des nouvelles de nos familles, donnait des médicaments pour les enfants… Et elle était si fière du petit Francis…

Mais elle était aussi fragile que l'organza. Peut-être que si l'on s'était soucié de son bien-être, elle aurait pu s'épanouir, mais elle était maltraitée, très maltraitée. Tant de cruauté l'a brisée, et j'ai su dès que j'ai vu la deuxième femme que… Oh, ce n'était qu'une frêle jeune fille. Et lui, un homme cruel, froid comme la pierre depuis toujours. Et puis, il y a eu ce jour où j'ai vu…

Mme Hardy s'interrompit.

— Quoi donc… ? tenta gentiment de la relancer Charlotte.

— J'en ai déjà trop dit… Je ne voulais pas, mais vous avez un visage si doux, mademoiselle, et je suis si triste pour la jeune Mme Chester que je me suis oubliée. Seulement, son mari est mon propriétaire. (Elle détourna le visage.) Je ne peux me permettre de vous en raconter davantage.

— Vous n'avez rien à craindre de nous, madame, je vous l'assure, insista Charlotte en souriant. Personne ne saura jamais ce que vous nous avez dit et, si cela vous aide à soulager un peu votre cœur, alors quel mal peut-il y avoir à cela ?

— Eh bien, c'est que…

— Je vais prendre une longueur de celui-ci, annonça Emily, qui déposa une brassée de tissu sur le comptoir. Assez pour une robe de jour.

— Ceci ? s'exclama Charlotte, qui regardait le tissu en haussant les sourcils.

— N'est-il pas magnifique ?

Radieuse, Emily cherchait des pièces de monnaie dans sa poche. Charlotte rechignait à aborder le sujet de leur situation financière devant Mme Hardy, mais elle foudroya sa sœur du regard, espérant lui signifier qu'elle désapprouvait cet achat inconsidéré. Comme toujours, hélas, Emily était l'une des rares personnes à ne pas réagir aux regards sévères de Charlotte. Elle comptait ses pièces sur le comptoir, un sourire satisfait aux lèvres.

— Il est orné de nuages et d'éclairs d'orage, constata Charlotte en regardant le curieux motif, aussi fantastique et sauvage qu'Emily elle-même. Je n'avais encore jamais vu un tissu avec un tel imprimé.

— Le vêtement que je vais en tirer sera une robe couleur de tempête, déclara Emily avec joie, tout en souriant à Mme Hardy, à qui elle s'adressait pour la première fois. S'il vous plaît, faites-le livrer au presbytère de Haworth.

— Madame Hardy, vous disiez ? reprit doucement Charlotte tandis que la couturière emballait le tissu.

Mais la couturière s'était refermée, comme une marguerite par une après-midi nuageuse.

— Je ne peux pas en dire plus. Mais la vérité finira par éclater, d'une manière ou d'une autre. Tout finit toujours par se savoir.

Charlotte s'écarta pendant qu'Emily concluait sa transaction. Si seulement Mme Hardy avait terminé sa phrase… Hélas, le moment était passé, et elle ne voyait pas comment revenir sur leur conversation sans avoir l'air suspecte.

— Qu'avez-vous vu ce jour-là ? demanda tout à trac Emily à Mme Hardy, qui cligna rapidement des paupières à sa question. Vous étiez sur le point de raconter à ma sœur quelque chose dont vous avez été témoin et qui pourrait avoir un rapport avec le sort d'Elizabeth Chester, n'est-ce pas ? Qu'était-ce ?

Emily n'y allait pas par quatre chemins.

— Je récupérais des pièces auprès de mes ouvrières au village, reprit Mme Hardy. C'était en mai. La journée était belle, j'ai alors coupé à travers les bois de Chester pour voir les jacinthes, et c'est là que je suis tombée sur elle.

— Elizabeth Chester ? la pressa Emily.

— Elle-même, acquiesça Mme Hardy. Dans les bras d'un homme qui n'était certainement pas son mari.

12

Anne

Bien que leur deuxième visite des étages supérieurs de Chester Grange n'ait pas eu lieu de façon clandestine cette fois-ci, Anne ressentait un profond malaise alors qu'avec Branwell elle suivait Mattie dans l'escalier central, sous l'œil attentif d'au moins une dizaine de portraits ancestraux. Fortement encrassés par des décennies de suie et de poussière, ils lui faisaient l'effet d'un conseil de fantômes épiant ses moindres faits et gestes.

Grâce à leurs grandes fenêtres, les couloirs de l'étage étaient lumineux, dotés de hauts plafonds à moulures. Malgré tout, il était impossible de ne pas entendre la clameur silencieuse de la multitude de pièces vides retentir tout autour d'eux, ni leur froideur négligée, vides qu'elles étaient de tout sauf des souvenirs et des secrets.

— Voici la chambre des enfants qui, comme vous pouvez le constater, jouxte la mienne, chuchota Mattie en précédant Branwell et Anne hors de la pièce où les deux petits garçons dormaient. Ce que je trouve le plus… mystérieux, c'est que chaque fois que quelque chose se passe pendant la nuit, qu'il s'agisse des bruits comme les coups ou les cliquetis ou d'un terrible, terrible froid, cela n'atteint jamais la chambre des enfants. Chaque fois, je m'y précipite pour les protéger du vacarme et, sitôt franchie ma porte, tout est silencieux, paisible, et le froid semble s'être dissipé.

— Comme un sanctuaire, commenta Anne, songeuse. Un havre au milieu de tout ce... danger.

Anne n'était pas sûre de la raison pour laquelle ce mot lui venait à l'esprit, mais c'était son ressenti, comme si tout Chester Grange était un vaste piège, prêt à se refermer à tout moment sur ses occupants.

— Et voici ma chambre.

Anne balaya du regard la chambre de Mattie, pas inconfortable à proprement parler, mais sans beauté et froide. Le lit à rideaux paraissait vieux de cent ans, et il n'y avait là que très peu de Matilda French, à part quelques romans écornés par l'usage et une triste collection de babioles dans une coquille retournée. Tout compte fait, il pourrait s'agir de n'importe quelle chambre de gouvernante, tout comme celle d'Anne à Thorp Green. Soudain, elle se figura toutes les femmes de cette condition, indésirables et sans visage, ni jeunes ni jolies, ni bien introduites ni riches et qui, pour ces raisons, semblaient sans valeur. Bien qu'elle l'ait acceptée, la voie de gouvernante n'était pas celle qu'Anne aurait choisie ni pour elle-même, ni pour ses sœurs, ni même pour sa pire ennemie. Cet horrible purgatoire consistait à n'être ni domestique ni membre de la famille, et cet entre-deux permanent vous condamnait à la solitude. Anne préférait toute autre activité à celle-ci, qui était la promesse d'une existence ingrate. La seule vue de la chambre de Mattie lui donna envie de prendre son amie par la main et de l'emmener chez eux, dans un endroit où les gens seraient heureux de la voir. Peut-être, à sa manière, Branwell lui avait-il épargné cette vie horrible. Néanmoins, elle devait subvenir à ses besoins et à ceux de sa famille d'une manière ou d'une autre. Elle ne pouvait donc échapper à ce triste sort. Après tout, il y en avait de bien pires.

— Bon, jusqu'à présent, nous n'avons pas trouvé le moindre indice, déclara Branwell en entrant dans la pièce, sa masculinité exubérante détonnant avec la chaste simplicité de la chambre. Non pas que je sois tout à fait sûr de ce à quoi ressemble un indice. Pensez-vous qu'il doive avoir des plumes, Matilda ? Peut-être une queue ?

Il sourit, et Mattie rougit en lui prenant volontiers le bras lorsqu'il l'escorta hors de sa chambre. Au moins, il redonnait le sourire à Mattie, se réjouit Anne. Son optimisme forcené avait toujours poussé Branwell à chasser le chagrin au moyen de n'importe quel plaisir, pourvu qu'il soit à portée de main. Cette méthode pouvait agir comme un baume, non seulement pour lui mais aussi pour ceux qui l'entouraient. C'était probablement pour cela qu'il avait tant d'amis à Haworth et aux alentours, et même à l'étranger. Cela et sa promptitude à payer l'addition, qu'il ait ou non les moyens de se montrer généreux.

Alors qu'elle s'en allait, Anne aperçut un objet qu'elle reconnut : un petit marquoir encadré, semblable à celui qu'avait confectionné Charlotte jeune fille, bien que moins joliment cousu. En le ramassant, Anne lut le verset biblique brodé sous les rangées de points, de lettres et de chiffres : « Mon humilité et la crainte du Seigneur sont des richesses. L'honneur et la vie. » Encore un exemple de la façon dont le monde considérait les épouses et les filles, si fort que brûle leur esprit au-dedans. La femme n'était rien d'autre qu'une créature à dompter et à opprimer, la tête tournée vers des objectifs dénués de sens.

Comme elle s'apprêtait à remettre le cadre sur le manteau de la cheminée, Anne sentit quelque chose collé derrière et, tirant sur l'objet, elle sortit un morceau de papier plié. Elle y jeta un bref regard et le glissa dans sa manche, certaine qu'il pouvait constituer un indice.

Je vis pour le jour où nous serons ensemble,
R. à toi pour toujours.

En rejoignant ses compagnons, Anne repensa à la façon dont Matilda regardait son maître, si différente de celle dont elle parlait de lui. Il était évident qu'après son arrivée à Chester Grange Mattie s'était entichée de cet homme. Ce genre d'élans du cœur n'étaient pas rares. Ni l'un ni l'autre n'avaient sans doute songé qu'un tel attachement puisse s'avérer réciproque, toutefois si le « R » était bien l'initiale de « Robert », alors il semblait très probable qu'un rapprochement avait eu lieu. Si Matilda avait été la maîtresse de Chester et qu'il avait épousé une autre femme, alors Mattie French était peut-être beaucoup moins innocente qu'Anne et ses sœurs ne l'avaient supposé.

Mattie les conduisit à une autre porte fermée, prenant cette fois un moment pour regarder à gauche et à droite, afin de vérifier qu'il n'y avait pas trace de Mme Crawley. Si Anne était à mi-chemin entre l'attente et la crainte de l'aventure qui les attendait derrière ce battant, Branwell ne put s'empêcher de sourire avec un plaisir enfantin lorsque Mattie actionna un loquet dans le lambris qui tapissait les murs de Chester Grange. Une autre porte dérobée et une volée de marches leur furent révélées. Une fois tous les trois engagés dans l'étroite cage d'escalier qui sentait le moisi, la gouvernante tira la porte pour la refermer derrière eux.

— Où cela mène-t-il ? demanda Branwell.

Une lueur grisâtre filtrait par un puits de lumière en haut de l'escalier en colimaçon, mais Anne ne pouvait pas déterminer exactement où.

— Au grenier, chuchota Mattie. Seulement nous ne pouvons pas y monter, la porte est fermée à clé. Cet escalier n'est jamais utilisé, pour ce que j'en sais. Je ne l'ai découvert que par hasard, alors que je jouais à cache-cache avec Francis. Je viens ici parfois, juste pour être au calme. Vous allez peut-être pouvoir m'expliquer pourquoi vous vous étiez ainsi déguisés, tous les deux.

— Vous saurez tout une fois que nous serons de l'autre côté de cette porte, lui assura Branwell en souriant, tandis qu'ils grimpaient les marches. Anne, passe-moi ton épingle à chapeau.

Anne obéit, et en deux minutes Branwell avait déverrouillé la porte de l'immense grenier poussiéreux de Chester Grange.

Les écarts de conduite de son frère avaient parfois leur utilité, après tout.

13

Charlotte

— Eh bien, dit Charlotte en regardant sa cadette à la sortie de la boutique. Que penses-tu de cela ?

— Un peu trop cher pour ce que c'est, répondit Emily. (Levant les yeux vers le ciel, elle remarqua que les nuages s'épaississaient de façon inquiétante au-dessus de la flèche de l'église.) Mais il sera agréable de porter une robe taillée dans un tissu qui ne soit pas sur le point de se désintégrer sur moi, pour changer. Nous devrions nous mettre en route si nous voulons éviter la pluie qui arrive par l'ouest.

— Je voulais parler de M. Chester, mais maintenant que tu abordes le sujet, d'où venait l'argent qui t'a servi à payer ce tissu ?

— De mon porte-monnaie, affirma Emily.

Charlotte comprit par là que la discussion était terminée. Il ne lui appartenait pas d'interroger sa sœur sur un achat qu'elle ne pouvait lui reprocher, d'ailleurs, car la garde-robe d'Emily laissait encore plus à désirer que la sienne.

— Mme Hardy a vu Elizabeth dans les bras d'un autre homme, reprit-elle en se remémorant le ton de conspiratrice de la couturière. Si Chester est l'époux violent que Mattie nous a décrit, alors la jalousie et la trahison constituent de sérieux mobiles.

Emily prit le bras de Charlotte pendant qu'elles remontaient la rue étroite et presque déserte, à croire que tous ceux qui vivaient ou travaillaient dans le village étaient déterminés à éviter les inconnus trop curieux.

— Oui, je suis d'accord. Une telle révélation vient s'ajouter à l'image d'un mariage profondément malheureux, mais cela n'a rien d'inhabituel. Et pourtant, ce n'est pas ce que tu appelles une preuve, n'est-ce pas, Charlotte ? Après tout, il y a des gens pour qui toi et moi éprouvons des sentiments certains, mais ce que nous pensons d'eux ne permet pas de résumer ce qu'ils sont, si ? Prends ce pauvre révérend William Weightman, par exemple, dont le seul crime a été d'être un homme doux et tendre, et incidemment irrésistible aux yeux de la plupart des membres du beau sexe, pour une raison qui nous échappe. Tu t'es montrée très grossière envers lui sitôt que tu as compris qu'il ne s'amouracherait pas de toi.

— Ce n'était pas pour cette raison, réfuta Charlotte avec force, mais elle choisit toutefois d'éviter le regard désapprobateur d'Emily.

— Tu l'as appelé « Miss Celia Amelia » et accusé de n'être qu'un vil flatteur, lui rappela Emily. La vérité, pourtant, est qu'il est mort à cause des soins et de l'attention qu'il prodiguait à ses paroissiens, en vivant parmi eux et en ne craignant ni maladie ni désastre. Un aspect de la personnalité d'un homme ne fait pas tout, Charlotte. Tu le sais très bien.

— Alors, tu penses que M. Chester œuvre en secret pour aider les pauvres ou qu'il sauve les quelques animaux dont il n'expose pas la tête sur ses murs ? rétorqua Charlotte.

La vérité, qu'évidemment elle n'admettrait jamais, c'était qu'Emily avait raison. Lorsque William Weightman avait emménagé à Haworth, il avait bel et bien fait tourner toutes les têtes, surtout la sienne. Pendant un certain temps, elle avait apprécié leur badinage, mais permis à ses rêveries d'aller trop loin, trop vite. Cela avait toujours été sa faiblesse.

Et puis était survenu l'incident des cartes de la Saint-Valentin.

Sachant qu'aucune des jeunes sœurs Brontë n'avait quoi que ce soit d'approchant d'un prétendant, le jeune M. Weightman avait pris sur lui de leur envoyer à chacune une carte, allant jusqu'à se rendre à pied à Bradford pour les poster. La ruse fut rapidement révélée, et son identité découverte. Mais si Anne en fut amusée et qu'Emily s'en moqua, l'incident vexa Charlotte plus qu'elle ne voulait bien l'admettre. Que M. Weightman puisse éprouver de la pitié pour ses sœurs, et surtout pour elle, qu'il les considère comme trop banales et trop pauvres pour être aimées pour ce qu'elles étaient, lui avait été insupportable. Elle s'était vengée en se montrant méchante envers lui. Une attitude qui ne constituait pas un fait d'armes honorable, assurément.

— Je ne pense pas qu'il fasse rien de la sorte, convint Emily. Toutefois Anne, notre chère et ennuyeuse sœur, est d'avis qu'il nous faut plus de preuves irréfutables avant de vouer Chester aux gémonies. L'opinion d'une femme, même si elle est exprimée avec force et éloquence, même si c'est la mienne, ne constitue pas une preuve, Charlotte, aussi convaincante soit-elle. Le récit de Mme Hardy dépeint seulement un mari cruel – ce qui n'est pas une révélation – et une mère douce qui a peut-être été aussi une épouse infidèle. Il ne révèle en aucun cas un meurtrier.

— Non, sans doute pas, reconnut Charlotte à contrecœur, en s'arrêtant sous les larges branches du cèdre du cimetière pour s'y abriter. Emily, je crains de nous avoir imprudemment embarquées dans une entreprise pour laquelle nous ne sommes pas équipées. J'imaginais que la découverte de la vérité serait évidente, qu'elle sauterait aux yeux de toute personne honnête, au lieu de quoi elle s'avère pareille à l'intrigue inextricable d'un roman abracadabrant. Pourtant, nous ne sommes pas au cœur d'un conte de fées gothique, il s'agit de personnes en chair et en os, de vraies vies, d'une vraie effusion de sang. Et si nous faisions fausse route ? Qui sommes-nous pour nous mêler des horreurs du monde réel ? Des vies sont en jeu, peut-être même les nôtres !

— J'apprécie les romans allemands, bien sombres et tourmentés, avoua Emily, qui attrapa une poignée d'aiguilles du cèdre, qu'elle porta à son nez en inhalant profondément. Pas ces mièvreries françaises que tu aimais tant autrefois. Et pour ce qui est de ta question, Charlotte, qui mieux que nous, qui avons lu tous les livres et qui nous embarquons dans un voyage pour démêler les mystères de l'écriture ? Voyons, nous sommes des expertes avant même d'avoir commencé ! Et si d'aventure nous nous retrouvons acculées par un tueur, eh bien, au moins cela introduira un changement appréciable dans nos vies.

— J'aimerais en être aussi sûre que toi, mais je crains que nous n'aggravions la situation, répondit Charlotte, les sourcils froncés.

— Songe donc à ce bébé dodu et à l'autre enfant devenu muet, dont le prénom m'échappe, reprit Emily. Que deviendront-ils si nous perdons le courage de découvrir la vérité sur leur père ? Et la première Mme Chester, qui n'a pu se libérer qu'en provoquant sa propre mort, violente et douloureuse, qui parle en son nom ? Et si quelque chose de terrible est arrivé à Elizabeth, pense à elle, Charlotte. C'est un monde où les femmes de tous les milieux sont utilisées et jetées, une fois que les hommes en ont fini avec elles, un monde où l'on exige d'elles l'obéissance en toutes circonstances. Il est peut-être de notre devoir de parler pour celles qui ne le peuvent pas, de donner voix à toutes celles qui sont réduites au silence.

Charlotte regarda Emily dans les yeux, puis elle lui toucha la joue d'une main gantée.

— Je croyais te connaître, mais tu as toujours l'art de me surprendre, admit-elle.

— Tu ne me connaîtras jamais parfaitement, lui affirma Emily avec un tout petit sourire. Je suis aussi mystérieuse qu'un sphinx.

— Eh bien, je suis de ton avis, Sphinx, mais que diable pouvons-nous faire maintenant ? (Elle lança un coup d'œil à l'horloge de l'église.) Il nous reste une demi-heure avant de retrouver Anne et Branwell. Je crois que le temps est venu pour nous de rassembler notre courage et de braver le péril de l'auberge si nous voulons en découvrir davantage.

Emily soupira.

— N'avons-nous pas assez parlé pour aujourd'hui ?

Charlotte balaya l'espoir de sa sœur d'un revers de la main.

— Je crains qu'il ne nous reste encore quelques sujets de discussion.

Charlotte et Emily étaient assises depuis plusieurs minutes dans un coin de la taverne, à siroter une tasse de thé pâle désormais froid, sans que les quelques clients qui buvaient dans un silence épuisé aient seulement pris acte de leur présence. Charlotte s'efforçait de ne pas remarquer les remugles de bière éventée ni l'atmosphère enfumée, mais ce genre d'endroit n'était décidément pas son habitat naturel.

— Qui comptes-tu approcher en premier ? marmonna Emily, se penchant un peu plus près de sa sœur.

Charlotte scruta la pièce, le front plissé.

— Je n'ai pas encore décidé.

— Et, une fois que tu auras décidé, quelles questions poseras-tu ? insista sa sœur.

— Je ne sais pas, Emily, répliqua Charlotte avec une pointe d'agacement. Je pensais que l'occasion d'une conversation se présenterait naturellement.

Emily se renfrogna contre le dossier de sa chaise, bras croisés, et tourna résolument le regard par la fenêtre.

— Puis-je aller vous chercher aut' chose, mesdames ? leur demanda l'aubergiste, en s'essuyant les paumes à son tablier, les salissant un peu plus au passage.

Charlotte lui adressa son habituel sourire, lèvres pincées pour ne pas dévoiler sa dentition irrégulière.

— Non, merci. (Puis elle songea que le tavernier réagirait peut-être à la flatterie, comme Mme Hardy un peu plus tôt.) Quel merveilleux établissement vous avez là ! Nous apprécions grandement ce rafraîchissement.

— Alors, comme ça, vous êtes de passage ?

Charlotte remarqua le coup d'œil qu'il leur adressa, notant sans doute leurs vêtements élimés et leur visage ordinaire. Elle s'agita, mal à l'aise d'être ainsi jugée.

— Nous étions venues rendre visite à une amie, mais elle est indisposée.

— Ah oui ?

Il hocha à nouveau la tête, sans pour autant s'éloigner, mais sans rouvrir la bouche non plus.

— Oui, répondit Charlotte, faute de mieux.

Emily, pour sa part, se faisait tout à fait oublier.

— En fait, reprit Charlotte, qui sentait le poids de l'attente de sa sœur, vous la connaissez peut-être, il s'agit d'Elizabeth Chester. Les nouvelles que nous en avons reçues sont des plus inquiétantes.

— Je ne sais pas d'où vous venez, marmonna le bonhomme en se penchant vers elle. Mais je vous dirai simplement ceci : ici, on ne se mêle pas de ce qui ne nous regarde pas. Et on n'aime pas trop ceux qui viennent fouiner dans les tragédies des autres.

— Monsieur, je peux vous assurer que telle n'est pas notre intention, rétorqua Charlotte, les joues rosies, se maudissant intérieurement pour sa question maladroite.

Il croisa les bras et les dévisagea encore un long moment.

— Pas besoin de rester plus longtemps, dans ce cas. Retournez donc auprès de vot' mari ou de vot' père, et occupez-vous bien d'eux.

— Eh bien, voilà qui s'est fort bien passé, commenta Emily sitôt qu'il se fut éloigné.

— Et comment t'y prendrais-tu, alors ? lui demanda Charlotte. Es-tu une experte en interrogatoire, Emily ?

— Bon, allons rejoindre les autres et voyons ce qu'ils ont découvert, Charlotte. J'ai plus d'aptitudes pour la pensée que pour la conversation, de toute façon.

— Ah oui ?

— Qu'est-ce que c'est censé signifier ?

— Es-tu vraiment plus une penseuse qu'une parleuse ? Ou bien n'es-tu en fait ni l'une ni l'autre ?

— Très bien.

Emily vida son thé avec une grimace. Sur quoi elle se mit debout, silhouette plutôt imposante dans la pièce basse de plafond, avec ses cheveux sombres enroulés sous sa bonnette, ses yeux féroces qui rappelaient à Charlotte pourquoi elle l'avait surnommée « Major ».

— Monsieur, lança-t-elle avec un signe de tête à l'aubergiste, avant de s'adresser à la cantonade aux clients présents dans la salle. Messieurs, ma camarade et moi cherchons à découvrir où se trouve une certaine Mme Elizabeth Chester, pour le compte du cabinet d'avocats Bell Frères et Compagnie. Nous sommes bien conscientes que la plupart des gens ici présents dépendent de Chester pour leurs revenus et leur logement, mais si vous savez quoi que ce soit qui pourrait nous permettre de confirmer que Mme Chester est bien vivante et en bonne santé ou… qu'elle n'est plus de ce monde, nous vous invitons à faire ce qui est juste. Si vous souhaitez, sous couvert d'anonymat, transmettre des renseignements à messieurs nos employeurs, vous pouvez leur rédiger un message et l'envoyer à Enoch Thomas, au *Black Bull*, à Haworth. Une récompense est promise pour toute information qui mènerait à une conclusion définitive. Sur ce, je vous souhaite une bonne journée.

Pendant un instant, Charlotte fut trop stupéfaite pour bouger et se contenta de suivre des yeux Emily, qui baissait la tête afin de franchir la petite porte et sortait de l'auberge. Au bout de quelques secondes, elle se précipita dans la rue à la suite de sa benjamine qui se dirigeait d'un pas décidé vers le lieu prévu pour le rendez-vous.

— Bell Frères et Compagnie ? s'enquit Charlotte, quand elle finit par la rattraper.

— Les hommes parlent aux hommes, pas aux jeunes femmes en bonnette et en jupe, qui boivent du thé, expliqua Emily, en grimaçant au souvenir de l'insipide breuvage. Tu l'as entendu nous renvoyer à notre « mari » et à notre « père ». À présent, s'ils ont des informations, ils auront le sentiment de les transmettre à une personne dépositaire de l'autorité et dotée de l'anatomie idoine.

— Mais… (Charlotte digérait encore l'audace du geste de sa sœur.) Une récompense, Emily ?

Cette dernière lui sourit.

— Absolument. Une récompense qui sera reçue au paradis, certes, mais une récompense tout de même.

Charlotte ne put s'empêcher de rire de l'ingéniosité de sa sœur.

— Et le nom de Bell, où as-tu été chercher cela ?

— J'ai entendu la cloche de l'église sonner l'heure et j'ai pensé aux nouvelles cloches qui seront bientôt installées dans la nôtre. Et le nom m'est venu comme un éclair de génie, expliqua Emily avec fierté. Je pense que nous pouvons tomber d'accord sur le fait que je suis pour le moins brillante.

Charlotte ralentit le pas de sa sœur en lui prenant le bras.

— Emily, nous ne pouvons pas nous contenter de semer des mots dans le vent comme des graines de fleurs sauvages. Les mots ont du poids, ils ont une importance, un sens et des conséquences. Je crains que tu n'aies tenu compte de rien de tout ceci lorsque tu as improvisé ta tirade.

— Laisse-moi te rassurer, Charlotte, je me rends compte de tout cela, j'ai parlé trop vite. Viens, dépêchons-nous. Nous sommes déjà en retard, et j'ai hâte d'en finir avec cette journée, de rentrer à la maison et de profiter de l'âtre, avec nos chiens à nos pieds et nos chats sur les genoux. Nous avons beaucoup à discuter.

14

Anne

La première chose que remarqua Anne, ce fut le goût de l'air, aigre et poussiéreux. Une série de lucarnes installées dans le toit en pente raide laissaient entrer la lumière à flots, mais projetaient aussi de longues ombres comme des sentinelles. Et d'ici, tout en haut de l'antique maison, l'on pouvait entendre le vent se faufiler sous l'ancienne toiture, fouettant et soufflant en rafales dans un grognement constant.

Parvenue au centre de la pièce, elle se retourna lentement et balaya du regard tous les recoins : le grenier était vide. Il n'y avait même pas une vieille malle ni un meuble cassé pour se languir dans un coin, rien qui contienne les secrets de Chester Grange. Au-delà de cette pièce, il y en avait une autre puis une autre encore, et Anne eut l'impression que le grenier s'étendait à l'infini, permettant presque à une personne d'y vivre toute sa vie sans jamais traverser deux fois la même pièce, sorte de labyrinthe dont il serait impossible de s'échapper. Cette pensée la troubla.

— Quelle lumière intéressante ! commenta Branwell, apparemment insensible à de telles considérations. Cet endroit ferait un merveilleux atelier, tu sais, Anne…

— Je t'en prie, concentre-toi sur le sujet qui nous occupe, lui rappela sa sœur en entrant à pas lents dans la pièce voisine. Et réponds à cette question : pourquoi la porte du grenier est-elle fermée à clé, puisqu'elle est camouflée derrière une porte dérobée ? Partout où je regarde, je ne vois absolument rien. Qu'est-ce que Chester peut bien cacher ici ?

— C'est peut-être une mesure de sécurité, suggéra Branwell. Pour empêcher d'autres sauts malheureux dans le vide.

— Je n'aime pas ça, constata Mattie, en allant à la fenêtre. Je ne ressens que de la tristesse, dans cette pièce.

— Tous les greniers sont sinistres, lui assura Branwell. Ainsi va la vie. C'est la partie la moins soignée d'une maison, après tout.

Mattie parvint à sourire faiblement. Prenant cela pour un encouragement, Branwell poursuivit :

— Oui, vraiment, les greniers ont souvent un aspect très négligé…

— Branwell, l'interrompit Anne, avant qu'il ne redouble d'efforts pour conquérir le cœur de Mattie, et si tu parcourais le grenier dans le sens des aiguilles d'une montre ? Mattie et moi ferions le même trajet en sens inverse. Nous finirons bien par nous croiser.

Branwell salua en faisant claquer ses talons l'un contre l'autre, à la manière d'un soldat.

— Une mission ! J'ai reçu un ordre, mesdames. Si nous ne devions jamais nous revoir, souvenez-vous de moi avec tendresse.

Il prit juste le temps d'une courbette et, après avoir déposé un baiser furtif sur la main de Mattie, il se dirigea, le torse bombé, vers la pièce voisine, où la mélodie qu'il sifflotait s'éteignit progressivement.

— Je ne suis pas sûre que nous ayons bien fait de renvoyer Branwell, marmonna Mattie en s'enveloppant de ses bras. Même en plein jour, cet endroit semble agité, comme si des ombres pouvaient s'abattre sur nous à tout moment!

—Ce n'est qu'un toit et un plancher, Mattie, affirma Anne avec plus de conviction qu'elle n'en ressentait. Il n'y a rien ici qui puisse nous faire du mal, et mon cher frère n'est pas… (Elle hésita.) Je ne voudrais pas qu'il te fasse tourner la tête, Mattie. Du moins, pas avant d'avoir recouvré entièrement la sienne.

—Je n'ai aucune inclination de cette sorte, je t'assure, protesta Mattie, un peu trop mollement pour être convaincante.

Anne s'éloigna d'elle et franchit la porte ouverte suivante. Cette pièce était identique à la précédente, et à la suivante. En revanche, dans la dernière pièce de cette aile, Anne s'immobilisa, poussant un petit cri juste devant Mattie qui la suivait.

Car, à cet instant, un rayon de soleil argenté frappa le carreau sale, révélant soudain des empreintes de mains qui s'illuminèrent en irisations mordorées. Tout aussi brusquement, les nuages gagnèrent du terrain, et la lumière disparut, mais Anne s'approcha aussitôt de la fenêtre pour observer le carreau. Lui revinrent en mémoire les nombreux matins pluvieux où ses sœurs et elle avaient secrètement dessiné des motifs sur les vitres embuées avant que tante Branwell ne les surprenne. Elle souffla sur le verre jusqu'à ce que la buée s'y dépose. Comme par enchantement, les empreintes de mains réapparurent, et il lui sembla que le désespoir s'agrippait à la vitre.

—Que peuvent-elles signifier? s'interrogea-t-elle alors que l'image s'effaçait.

—Je n'aime pas ça du tout, Anne, répéta Mattie en frissonnant. Partons, veux-tu bien? Les enfants vont bientôt se réveiller, et il n'y a rien à voir ici. Puis-je appeler Branwell ? Oui, je vais l'appeler maintenant.

— Attends un instant.

Anne tomba à genoux sur le sol. Juste sous la fenêtre, elle découvrit une fissure dans le mur élisabéthain qui s'effritait, assez large pour que l'on puisse y passer la main. Un objet était certainement caché dans cette fente. Bravant les épaisses toiles d'araignée, Anne insinua la main dans le creux. Elle en sortit une paire de longs gants de soirée en soie blanche, mais ceux-ci n'étaient plus désormais que des lambeaux jaunes et sales.

— Oh, Anne, repose-les ! la supplia Mattie, horrifiée.

— Qui a bien pu les fourrer ici ? se demanda Anne en secouant la poussière de l'un d'eux, qu'elle fit glisser entre ses doigts. Et pourquoi ?

Si crasseux soit-il, le gant donnait l'impression d'avoir été ôté à l'instant : la présence de la main qu'il avait autrefois ornée était encore visible dans la pointe des doigts plissée et la paume légèrement usée. Un détail attira l'attention d'Anne sur le second gant. Posant le premier, elle le retourna pour l'examiner de plus près. Du bout de l'index au poignet, il portait une longue trace brun-rougeâtre, une tache qui ressemblait fort à du sang séché. En plus de cette salissure, il comportait une déchirure, non pas le long de l'ourlet, qui avait été très finement cousu, mais dans le tissu lui-même, comme si on l'avait arraché avec une certaine violence à celle qui le portait. Sentant quelque chose de dur dans le tissu, elle retourna le gant, et une jolie alliance sertie d'un énorme rubis tomba au creux de sa paume. Anne avait déjà vu cet anneau : au doigt de la femme du tableau dans le bureau de Robert Chester.

— Regardez ! dit-elle, montrant les gants à Mattie, puis à Branwell qui les avait rejointes, ayant achevé son circuit. Des gants déchirés et peut-être tachés de sang, qui contiennent encore l'alliance d'Imogen Chester. Pourquoi ? Pourquoi cette pièce aurait-elle été complètement vidée, à l'exception de cette paire de gants, Branwell ?

Son frère secoua la tête. Les sourcils froncés, il lui prit le gant déchiré, qu'il retourna aussi délicatement que s'il contenait encore une main.

— Un souvenir peut-être, un témoignage de sa femme disparue à garder auprès de lui, à chérir quand il est accablé par la souffrance ?

Anne se détourna de son frère, incapable de supporter la nostalgie qui faisait briller son regard.

— Mais ici ? insista-t-elle en désignant la fissure. Fourrés dans un mur où ils pourraient ne jamais être vus ni retrouvés ?

Anne se remémora les têtes de cerfs et de renards empaillés qui ornaient les murs du vaste hall d'entrée. Sans qu'elle soit en mesure de dire exactement pourquoi, elle avait l'intuition que les gants et le portrait avaient un point en commun avec ces pauvres créatures.

— Ce sont des trophées, murmura-t-elle.

Alors qu'elle relevait les yeux vers la fenêtre, l'infime scintillement de ce qui ressemblait à une rayure sur le verre attira son attention. Elle se pencha pour l'examiner, de si près que son nez toucha presque le carreau.

Comprenant ce qu'elle avait sous les yeux, Anne poussa un cri et, du bout du doigt, essuya la couche de poussière qui recouvrait le verre.

— Qu'est-ce que c'est ?

Branwell aussi s'était approché pour observer ce qui captivait sa sœur.

— Dites-moi de quoi il s'agit, implora Mattie, depuis le seuil de la porte. J'ai trop peur de ce que je pourrais découvrir.

— Une inscription, répondit Anne. Des mots gravés dans le verre, peut-être à l'aide de cette bague, justement.

— Et que lis-tu au juste ?

La voix de Mattie tremblotait.

— Il est écrit… (Anne sentit sa gorge se serrer sous le coup de l'émotion.) « Mon Dieu, s'il vous plaît, aidez-moi. »

15

Emily

Les filles dînèrent encore avec Père, bien qu'il fût perdu dans ses pensées. Il était aisé de le deviner à la façon dont il penchait sa tête aux cheveux neigeux, ressassant les idées qui s'agitaient dans son esprit.

Emily aimait à croire que c'était parce qu'il se souvenait de Mère, qui l'avait tant aimé et à qui il avait été totalement dévoué. Emily n'était pas le genre de femme à être versée dans les sentiments, mais avec Père, elle ressentait les choses différemment. Certains le considéraient comme sévère – et même froid –, toutefois elle savait aller au-delà des apparences. Père n'était pas bavard, voilà tout. Et, bien qu'il parle rarement de Maria, Emily savait quand Mère habitait ses pensées, elle le voyait à son regard lointain et à la légère brume qui voilait son regard.

Les souvenirs qu'Emily avait de sa mère s'estompaient un peu plus chaque jour, pourtant elle s'accrochait avec acharnement à ces moments sacrés et marquants d'une vie si profondément ancrée dans son cœur : les yeux sombres et brillants de Mère, son rire cristallin et sa curiosité insatiable.

« Essayons de deviner, Emily, veux-tu ? », disait-elle souvent. Hélas, Emily ne se souvenait plus du son de sa voix.

Elle se rappelait que Mère ne se lassait jamais de répondre aux questions ni de lire des livres, des ouvrages qu'elle lisait à voix haute à ses filles, qu'elles les comprennent ou non. Voilà les souvenirs auxquels Emily se raccrochait. C'était ce qui faisait de sa mère une femme de valeur, et elle espérait découvrir ces qualités en elle-même un jour.

Lorsqu'elle lui apporta son thé un peu plus tard, l'expression de Père était d'une telle tristesse qu'Emily lui posa une main sur l'épaule et se pencha vers lui.

— Qu'est-ce qui vous trouble, Père ? lui demanda-t-elle doucement.

— Une pauvre jeune fille, d'une famille respectable, répondit-il en levant vers elle ses yeux brouillés. Qui était de cette paroisse, auparavant, et que j'ai aidée à trouver un bon poste il y a quelques semaines. Elle m'a écrit pour confesser qu'elle venait d'accoucher alors qu'elle n'est pas mariée.

L'on aurait pu s'attendre à ce qu'un homme de Dieu tel que lui fasse pleuvoir le feu et le soufre sur cette créature, malheureuse et négligente, mais Père n'était pas ainsi. Emily ne percevait dans sa voix que du dépit et une profonde compassion pour cette jeune âme.

— Qu'allez-vous lui conseiller ? s'enquit-elle. Je suppose qu'elle doit épouser le père de l'enfant pour lui épargner un trop grand déshonneur.

— Eh bien, non, répondit Père en lui prenant la main. Il ne faut pas qu'une première erreur en entraîne une autre, puis une autre encore. Je suis en train d'écrire à la jeune fille pour lui enjoindre de ne pas se précipiter dans le mariage, mais de confier l'enfant aux bons soins de sa famille, avec le soutien de la paroisse, et de reprendre son emploi de bonne jusqu'à ce qu'elle ait économisé assez d'argent pour se marier avec son bon ami, car ils ont l'intention de se marier. C'est la seule solution pour que son enfant et elle puissent espérer un jour une vie heureuse.

— Vous êtes un homme bon, Père, constata Emily, se penchant pour déposer un baiser sur son crâne à la peau rosie. Vous nous montrez chaque jour que la bonté et la charité sont les véritables piliers de la foi. Courage, Père. Ne vous sentez pas responsable du malheur de cette pauvre fille. Nul ne pourrait être plus dévoué à sa paroisse que vous.

Patrick sourit à sa cadette et lui caressa la joue de ses doigts tachés d'encre.

— Et vous, mes enfants, à quoi vous êtes-vous occupés aujourd'hui ? lui demanda-t-il avec son accent irlandais toujours aussi marqué.

— Nous avons marché tous les quatre et devisé ensemble, Père. C'était comme quand nous étions petits, que nous menions des batailles et planifiions des campagnes dans la lande. C'était une bonne journée, et je me réjouis qu'Anne, Charlotte et Branwell soient de retour à la maison. Je suis bien décidée à ne plus jamais partir courir le monde. Roe Head et Bruxelles, c'était très bien, mais ce n'était pas chez moi. Je resterai toujours à vos côtés, Père, jusqu'à ce que nous soyons tous les deux très vieux et très gris.

— Alors je suis content, dit Patrick avec un sourire las. Bénie sois-tu, ma chère Emily Jane.

— « Mon Dieu, s'il vous plaît, aidez-moi. »

Anne acheva son récit des événements de l'après-midi en récitant l'inscription sur un ton théâtral.

— C'était macabre, obsédant, et je suis sûre que cette brute est le genre d'ivrogne à battre son épouse et à la maltraiter au point de la pousser à se supprimer ou à commettre quelque imprudence fatale. Mais il y avait plus : pourquoi conserve-t-il les gants et son alliance dans le grenier ? L'a-t-il séquestrée là-haut ? N'avait-elle d'autre moyen de s'évader que de sauter dans le vide ? Cette pauvre femme a dû se sentir si seule… Robert Chester est aussi redoutable que Barbe-Bleue ; il collectionne les têtes pour les accrocher au mur à côté de ses trophées de chasse.

— Cependant…

Branwell enfila son manteau, sans toutefois esquisser le moindre geste pour partir, constata Emily. Plus longtemps elles parvenaient à attiser son intérêt, plus longtemps il restait à l'écart des innombrables vices des auberges du coin.

— … nous n'avons rien trouvé de concret qui puisse étayer tes certitudes, Anne. Un gant taché de sang n'est pas un aveu signé.

— Il est peu probable que nous en obtenions un, n'est-ce pas ? intervint Emily. Qu'en penses-tu, mon frère ? Tu l'as rencontré. Quel effet t'a-t-il fait ?

Emily fut ravie de voir Branwell prendre place à la table pour réfléchir à la question.

— Il m'a fait l'effet d'un être troublé, répondit-il. Certes, c'est un homme capable de dissimuler ses sentiments, et plein d'assurance, comme on peut s'y attendre chez un notable. Mais j'ai aussi perçu une agitation intérieure, une humanité abîmée. (Il se balança sur sa chaise, basculant la tête en arrière pour les regarder tour à tour.) Quand j'ai rencontré Robert Chester, j'ai vu un homme ravagé par la douleur, un homme qui cherchait à la masquer par tous les moyens. Et si cela fait de lui un tueur potentiel, eh bien, je suppose que l'on pourrait en dire autant de moi.

Emily secoua la tête.

— Robert Chester et toi n'êtes en rien comparables, affirma-t-elle. Tu as le cœur doux, Branwell, trop doux. Les seules âmes que tu risques de blesser par tes actes sont la tienne et celles des personnes qui t'aiment le plus.

S'ensuivit un long silence pénible, on s'évitait du regard de part et d'autre de la table.

— Allons, lança enfin Branwell, je vous laisse à vos intrigues.

— Non, reste ! le supplia Charlotte. Que penses-tu de notre découverte ? Mme Chester, dans les bras d'un jeune homme, au beau milieu des bois ?

— Il n'est pas rare que les femmes mariées prennent des amants, pontifia-t-il avec un sourire désabusé. La conclusion évidente serait à mon avis qu'Elizabeth Chester avait une liaison, que son mari l'a découverte, qu'il l'a tuée dans un accès de rage et qu'il a brûlé le corps, en usant de sa position dans la communauté pour échapper à la justice.

— Il y a autre chose, toutefois. (Le ton d'Anne était calme quand elle fit glisser le morceau de papier froissé et l'ajouta dans la boîte à thé contenant leurs indices.) Je l'ai trouvé dans la chambre de Mattie, et c'est signé « R ».

Charlotte ramassa le mot, l'examina et le remit à Emily.

— « R » pour Robert ? réfléchit Emily. Quels autres « R » y a-t-il ?

— Aucun que nous connaissions, mais nous avons tous vu la façon dont elle regarde Chester : chacun de ses gestes contredit ses paroles. Est-il possible que Mattie ne nous dise pas toute la vérité, Charlotte ? Se pourrait-il que Chester et elle aient eu une liaison ? Et si Elizabeth Chester n'était pas sa confidente, mais sa rivale ?

Emily regarda le front de Charlotte se plisser et s'efforça de se rappeler tout ce qu'elle savait de Mattie elle-même : leur amie était jolie, il avait été question jadis de demandes en mariage, qui n'avaient jamais abouti au motif que la pauvre n'avait ni argent ni dot. Elle savait aussi que Mattie était faible et sensible : leurs semaines passées à Cowan Bridge avaient été les plus terrifiantes qui soient, mais c'est Mattie qui pleurait et se lamentait à chaque instant, devenant le petit animal de compagnie craintif des professeurs. Cependant, jamais elle ne l'avait imaginée ni fourbe ni rusée. Ce n'était pas la Matilda French qu'elle connaissait. Cela dit, la vie et l'amour ont le pouvoir de métamorphoser une personne, souvent pour le pire. Il suffisait de regarder la tristesse de Charlotte et le comportement malavisé de Branwell pour s'en rendre compte. L'amour ne faisait peut-être pas de Mattie une meurtrière, certes, pensait Emily, mais il pouvait faire d'elle une complice.

— Tout ce que je sais, lança enfin Charlotte, c'est que lorsqu'on aspire à l'amour, on est prêt à tout risquer. Même si Mattie est notre amie, nous devrions passer en revue ses mobiles.

Un silence peuplé de doute s'ensuivit, pendant lequel Charlotte déplaça sur la table les petites pièces à conviction qu'elles avaient recueillies : l'os, la dent, le mot. Anne avait laissé la bague et la paire de gants là où elle les avait trouvés, de peur que quelqu'un ne vienne à constater leur disparition. Par ailleurs, il semblait juste de les laisser à cet endroit, une sorte de sanctuaire. Soudain, Emily se souvint du galet qu'elle avait subtilisé dans la chambre d'Elizabeth Chester et le posa sur la table.

— Que nous raconte une pierre ? lui demanda Anne.

— Celle-ci en particulier signifiait quelque chose pour Elizabeth, déclara Emily. Si nous parvenons à comprendre pourquoi, alors peut-être cette pierre pourra-t-elle nous révéler une partie de l'histoire. Nous devons en savoir plus. Sur la vie de Mattie à Chester Grange, sur la vie d'Elizabeth avant et après son mariage. Sur la première femme de Chester et sur l'identité de l'homme que nous avons croisé dans les bois. Nous devons déployer notre intelligence, fouiller les ombres, les recoins, chercher la vérité où qu'elle soit enfouie. Je suggère que nous élaborions un plan de bataille sur-le-champ.

— Ce en quoi je vous assisterais volontiers, intervint Branwell en se levant nonchalamment de son siège. À dire vrai, j'aimerais beaucoup, mais je dois y aller, car j'ai promis mon aide pour une affaire, dans le... Il se peut que j'aie entendu parler d'un travail... Quoi qu'il en soit, bonne soirée, mes sœurs.

— Branwell ! le rappela Emily, dans un énième effort pour retenir son frère. Ton ami sculpteur, Leyland, il doit en savoir beaucoup sur les pierres. Peut-être pourrais-tu lui demander son avis au sujet de ce galet ?

Branwell s'esclaffa.

— Joseph ? Il pourrait te renseigner sur les subtilités du marbre italien, Emily. Mais j'ai peine à croire qu'un artiste de son talent et de sa stature ait du temps à perdre avec l'obsession d'une jeune fille pour un simple galet.

— Je vois...

Branwell pouvait parfois se montrer insupportablement égocentrique. De plus, elle savait que ses sœurs considéraient la pierre comme insignifiante. Pourtant, elle avait l'intime conviction que, si elle réussissait à en comprendre l'importance, elle découvrirait quelque chose d'essentiel sur Elizabeth Chester. Et si c'était la clé de toute l'affaire ? Le problème, avec ses frère et sœurs, c'était qu'ils cherchaient les panneaux indicateurs et les routes principales. Emily pensait que la vérité avait beaucoup plus de chances d'être découverte sur les chemins de traverse, rarement empruntés, cachés dans les profondeurs des sous-bois. C'était donc par là qu'elle avait l'intention de creuser.

— Toutefois, il y a des hommes au village en ce moment, reprit Branwell, songeur. Des hommes de science, qui étudient la composition de la terre. J'ai passé une bonne partie de la nuit dernière à m'entretenir avec l'un d'entre eux, un type affable, même si je ne saurais me souvenir de toute notre conversation… Si je les revois ce soir, je leur demanderai si un expert en galets peut t'aider dans ta quête, Emily. À condition que tu m'offres un sourire.

— Rentre à la maison avant que l'on ne soit obligé de t'y ramener, répliqua Emily avec un sourire las.

— Où est le plaisir dans tout cela ? répondit Branwell juste au moment où il fermait la porte derrière lui.

— L'ennui, reprit tristement Anne, qui arracha la dent des mains de Charlotte pour la remettre dans la boîte, c'est que je ne sais pas où vont nous mener nos dernières découvertes.

— Oh ! s'exclama Emily, qui plaça Keeper sur ses genoux.

Charlotte la regarda par-dessus ses lunettes.

— Oh, quoi ?

— À Arunton, aujourd'hui, une pensée m'est venue, dont j'ai essayé de te faire part, mais tu ne m'en as pas laissé le loisir, car tu te targues d'avoir toujours raison.

— Va donc au but, lui enjoignit l'incriminée avec humeur.

— Eh bien, nous avons négligé de nous renseigner à l'endroit qui me paraît pourtant le plus évident pour comprendre la vie d'Elizabeth, commença Emily qui, comme toujours, aimait faire durer le suspense. Sa famille, ses parents ! Mattie n'a-t-elle pas dit qu'ils vivaient à Leeds ? Car s'il se trouve des personnes en ce monde qui se soucient autant que nous de sa sécurité et de son bien-être, ce doit être eux. Nous ne savons même pas si Chester a pris la peine de les informer des récents événements.

— Eh bien… (Charlotte pinça les lèvres, et Emily vit qu'elle était furieuse de ne pas être arrivée la première à cette conclusion, ce qui lui procura une immense satisfaction.) C'est peut-être une bonne idée.

— Il n'y a pas de « peut-être », Charlotte, insista Emily. C'est une évidence.

— En effet, convint Anne sans se départir de sa mine triste. Quelles détectrices stupides et naïves nous faisons, de n'avoir pas pensé plus tôt à parler à la famille d'Elizabeth.

— Ni stupides ni naïves, corrigea Charlotte. De parfaites inconnues ne vont pas débarquer dans la maison d'une jeune fille disparue, probablement assassinée, porteuses de nouvelles désastreuses, sans élaborer au préalable un motif valable à leur visite, et c'est ce que nous avons fait. Nous avons fait plus que cela, même : nous avons composé un tableau des circonstances entourant la disparition d'Elizabeth, afin de disposer d'une image d'ensemble. Des preuves circonstancielles, pourrait-on les appeler.

— C'est vrai, acquiesça Anne. Cependant, s'il est arrivé quelque chose de terrible à Elizabeth, c'est une grande responsabilité que nous assumons là, en nous mêlant des affaires des autres. Comme l'a fait remarquer Emily, nous devons nous assurer d'être prêtes à assumer les conséquences de nos actes.

Emily songea à Père qui, en cet instant même, s'inquiétait du sort d'une jeune femme dont la vie tout entière avait été chamboulée à cause d'une décision, une seule : le choix du chemin le plus court vers le plaisir immédiat, au lieu de la route plus longue et plus difficile vers le paradis.

—Il est de notre devoir, en bonnes chrétiennes, de ne pas nous cacher des ténèbres, récita-t-elle. Plus encore, c'est notre vocation d'écrivaines que de les scruter, de les observer et de les contempler jusqu'à ce que nos yeux s'accoutument à l'obscurité, discernent le moindre détail, et d'y faire entrer la lumière, afin que les moins courageux d'entre nous voient aussi ce qui doit être vu. C'est ainsi que l'on améliore le monde, mes sœurs. C'est ainsi que les progrès s'accomplissent. Je n'ai pas peur de regarder dans le noir. Maintenant que nous sommes arrivées à ce moment crucial, la question est la suivante : Anne, Charlotte, avez-vous peur ?

—Non, répondit aussitôt Anne en se levant. Je n'ai pas peur.

—Moi non plus, renchérit Charlotte. Néanmoins, nous devons ménager Père, car vous savez combien il se soucie de notre bien-être. Il craint toujours que nous ne nous embourbions dans quelque marécage ou que nous ne mettions le feu à nos robes. S'il avait la moindre idée de ce qui nous occupe, ce serait une immense contrariété pour lui. Nous devons le protéger à tout prix. Tant que nous continuerons sous le nom de Bell, que nous garderons notre identité secrète et que nous veillerons à ce que personne d'autre ne sache ce que nous faisons, alors... c'est une affaire entendue. Nous ne reviendrons pas en arrière avant d'avoir mis au jour la vérité. Il nous reste un peu de l'argent de tante Branwell : nous pouvons l'utiliser pour payer nos billets. Demain, dès que nous aurons trouvé leur adresse dans l'annuaire, nous nous rendrons à Leeds pour interroger les Honeychurch. Nous dirons à Père que nous partons en visite chez une ancienne camarade de Roe Head et que nous y passerons la nuit.

— Pas question que j'aille à Leeds, objecta Emily. C'est un trou sale, plein de bruit et de gens.

— Tu viens pourtant d'affirmer que tu étais prête à scruter les ténèbres de la pire espèce ! la défia Charlotte.

— Et c'est le cas. Mais je peux tout aussi aisément le faire de la maison. Je suis d'avis d'apporter la pierre à John Brown.

— La pierre ? répéta Charlotte. Qu'est-ce que John pourrait bien savoir au sujet d'une pierre ? Et puis, quelle importance a ce galet ?

— Eh bien, John Brown enterre quotidiennement des gens sous un tas de terre et de cailloux, il en connaît donc davantage sur le sujet que tu ne le penses. De plus, ce n'est pas une pierre de Penistone ; je connais chaque centimètre de cette lande aussi bien que mon propre cœur. Je suis certaine de ce que j'avance.

— Soit. Dans ce cas, nous irons toutes les deux, Charlotte et moi, décréta Anne, avec un signe de tête à l'intention de son aînée. Père ne croirait jamais qu'Emily ait pu garder des amies, de toute façon.

— C'est d'accord, approuva l'intéressée. Et maintenant, je vais retourner à mon écriture, car mon cerveau fourmille d'idées.

— Et moi je vais ressasser les miennes, renchérit Anne, qui penchait déjà la tête au-dessus de la table. De sombres et dangereuses idées sur l'étrange, horrible et merveilleux monde dans lequel nous vivons.

Emily se leva de sa chaise et se dirigea vers la fenêtre, où Keeper trouva la paume de sa main et y enfouit la truffe jusqu'à ce qu'elle lui ébouriffe les oreilles.

Le monde était plein d'injustice et de cruauté. Elle le voyait, même de l'endroit où elle se tenait. Elles emplissaient le cimetière à ras bord et en débordaient pour s'écouler dans les égouts de la grand-rue. Charlotte écrirait des histoires de courage et d'amour, Anne de foi et d'intégrité. Mais elle, elle décrirait la dure réalité et la vérité qui se déployait sous ses yeux, où qu'elle porte le regard ; elle écrirait sur les âmes sauvages et féroces qui ne reculaient devant rien pour assouvir leurs appétits, et pour que le monde soit à la mesure de leurs désirs. Car c'était ainsi que les progrès s'accomplissaient.

16

Charlotte

Charlotte se leva avant le soleil, afin de préparer les effets dont Anne et elle auraient besoin pour une journée et une nuit à Leeds. Elle fit en sorte qu'elles voyagent avec le strict nécessaire, car elles devraient se rendre à pied à Keighley, où elles attendraient le coche de 7 h 30 devant le *Devonshire Arms*, à moins qu'un paysan ne les prenne en pitié et leur propose de faire le trajet à bord de sa charrette. Elle se mouvait en silence, désirant permettre à sa petite sœur de dormir un peu plus longtemps.

Avec ses cheveux châtains étalés sur l'oreiller, ses joues légèrement rosies, Anne avait le même visage que lorsqu'elle était petite fille. « Bébé Anne », comme avait tenu à l'appeler leur tante Branwell jusqu'à la toute fin. Charlotte souhaitait elle aussi pouvoir conserver toujours ce souvenir d'Anne : une enfant pure, précieuse et épargnée par la cruauté de la vie. Cependant, Anne était bien placée pour savoir que la souillure de l'homme, qui salissait la création de Dieu, pouvait se frayer un chemin dans votre âme si vous la laissiez faire. Car Anne Brontë avait beau offrir une figure angélique, le cœur d'une féroce guerrière battait dans sa poitrine. C'était l'un des traits qui la distinguaient de toutes les autres jeunes femmes que Charlotte avait rencontrées ; qui distinguaient toutes les sœurs Brontë d'ailleurs, aurait affirmé leur aînée, sans trop d'immodestie.

Une fois sa petite malle remplie et le soleil passant ses premiers rayons au-dessus de la colline derrière la maison, elle sortit sur la pointe des pieds par la porte de derrière, décidée à s'accorder un moment de calme, avant que le reste de la maisonnée ne s'éveille, un instant de solitude pour admirer la lumière rose et or qui embrasait les collines.

Son projet ne tarda pas à devoir être révisé, lorsqu'elle découvrit Branwell étendu sur l'escalier, bras écartés comme s'il était tombé du ciel, ange déchu par excellence.

— Frère! marmonna-t-elle en le secouant fermement.

La puanteur âcre qu'il dégageait, mélange de fumée, de bière et de vomi, formait un bouquet des plus désagréables, et il fallut toute la détermination chrétienne de Charlotte pour résister à l'envie de l'enjamber et d'aller respirer l'air frais de la lande. Alors elle insista, plus sèchement:

— Branwell, réveille-toi. (Il sursauta, une bouteille vide roula bruyamment sur les pavés.) Que fais-tu ici?

Son frère secoua la tête, se redressa légèrement.

— Ici? Où ça?

— À la maison. Ou presque, répondit-elle en prenant maladroitement place à côté de lui, sur la marche de pierre fraîche, pour le hisser en position assise. Tu n'as pas réussi à franchir le seuil.

Branwell regardait bêtement ses pieds.

— Ah. C'est que quand je suis sobre, c'est douloureux, Charlotte.

— Je l'imagine bien volontiers, convint Charlotte. Dormir à même le granit ne doit rien avoir de confortable.

— Ce n'est pas ce que je veux dire et tu le sais, répliqua-t-il en lui lançant un long regard de biais.

— Bien sûr que oui. Bien sûr que je le sais, Branwell, mais à quoi bon tout cela ? répliqua-t-elle en le désignant. Cet étalage de ta détresse, comme s'il s'agissait d'une infection qui filtrait par tous tes pores ?

Elle grimaça en regardant son frère et, l'espace d'un instant, il n'y eut plus que du dégoût dans son expression.

— Je l'aimais, geignit Branwell.

— Tu la *désirais*, Branwell, corrigea-t-elle. C'est tout autre chose.

— Que sais-tu du désir ? rétorqua Branwell. Que sais-tu de cette fusion du cœur, de l'esprit et du corps qui enflamme une âme, de cette union qui dévoile aux créatures terrestres des aperçus du paradis ? Que sais-tu de cela ?

Charlotte se tut pendant un très long moment, s'évertuant à enfouir en elle toute une vie de souffrance et de colère.

— Je sais tout ce que je puis savoir, répondit-elle enfin, la voix tendue et froide. Car si je m'étais abandonnée à mes vils désirs comme tu l'as fait, mon frère, que serais-je devenue ? Mon sort aurait été bien différent du tien, je te l'assure.

Branwell la contempla avec un haussement de ses épaules engourdies.

— Ce qui serait tombé sur toi, c'eût été l'infamie. Or l'infamie passe, Charlotte. Le scandale s'estompe. D'ici une semaine ou deux, personne ne se souviendra de ce qui est advenu entre Mme Robinson et moi. Dans deux cents ans, il n'y aura plus une seule âme vivante pour y penser encore. Mais parce que j'ai choisi le bonheur, conscient qu'il serait éphémère, j'ai le restant de mes jours à vivre en sachant que j'ai aimé et que j'ai été aimé sincèrement une fois, aussi profondément qu'une épouse peut aimer son mari, plus profondément sans doute que la plupart.

Charlotte ne put s'empêcher d'exprimer par un léger ricanement le dédain que lui inspirait la manière dont son frère embellissait sa sordide aventure.

— Tu crois que c'était comme *il* l'a décrit, reprit Branwell, incapable de mentionner M. Robinson par son nom. Que j'ai tout imaginé ? Que j'ai quitté Thorp Green avec le salaire d'un trimestre en poche pour d'autres raisons ?

Cette fois, c'était l'accablement et une tristesse évidente qui transparaissaient dans les mots et les traits de Branwell à la pensée que sa sœur puisse croire pareille chose. Alors Charlotte secoua la tête avec emphase.

— Non, Branwell, non, bien sûr que je ne crois pas cela. Non, je sais qu'elle et toi avez fait ce que vous avez fait, je n'en doute pas. Dieu sait qu'Anne a vu assez de vos manigances pour en témoigner mille fois. En revanche, je doute fort que ce qui s'est passé entre cette femme et toi relève d'une grande histoire d'amour, Branwell. Je doute pareillement que tu sois le seul homme capable d'entraîner Mme Robinson sur la voie de l'infidélité. En fait, je suis certaine que n'importe quel jeune homme qui se serait présenté chez elle aurait pu s'attirer ses faveurs, même si tous n'y auraient peut-être pas répondu avec autant d'ardeur…

Branwell se tourna vers elle, et Charlotte ne put s'empêcher de reculer en voyant la pâleur de son teint, ses joues et son nez rougis par l'excès, ses yeux cernés, consumés par une sorte de fièvre.

— Charlotte, s'il te plaît, je t'en prie, ne t'emploie pas à diminuer ce qui a été beau, ce qui aurait pu être le plus grand moment de ma vie. Ne m'enlève pas ce souvenir, c'est tout ce qu'il me reste.

Charlotte chercha sa main gelée, la serra dans la sienne.

— Branwell, permets-moi de te supplier d'une chose, veux-tu ? (Il acquiesça.) Ne laisse pas cette sordide affaire définir ta vie. Tu as tant de qualités en toi, Branwell, tant de sensibilité artistique, de poésie, de bonté et de lumière. Quel gâchis ce serait, quel péché, si tu vivais le reste de ton existence dans l'obscurité ! Je t'en prie, chasse ces démons, va chercher ce qui fait de toi mon frère, mon compagnon, mon ami angrien. Ce que tu étais autrefois, tu pourrais le redevenir, et mieux encore.

Elle s'interrompit et se rapprocha de lui sur la marche, cherchant à communiquer un peu de sa chaleur à son frère frigorifié.

— Tu te souviens de ces jours-là, Branwell ? Toi et moi à la conquête de l'univers, Emily et Anne toujours à nos trousses ? Ne peux-tu t'imaginer redevenir le garçon que tu étais alors, avec le monde entier à tes pieds ?

— L'imagination n'est pas mon amie comme elle est la tienne, Charlotte. Car elle ne sert qu'à me montrer ce que j'aurais pu être, ce que j'aurais pu faire si j'avais été un homme meilleur. Je ne veux pas de cette existence tourmentée, mais c'est pourtant la vie que je me suis construite et, bien que jonchée de regrets, elle est mienne. Je dois faire face à ce tourment à ma façon, car je n'ai pas ton courage, ma chère sœur.

Malgré la puanteur qui allait s'intensifiant à mesure que le soleil s'élevait dans la cour, Charlotte appuya la tête contre l'épaule de son frère, comme elle l'avait souvent fait lorsqu'ils étaient enfants.

— Je crois que nous nous ressemblons davantage toi et moi que les autres membres de cette famille, lui dit-elle avec douceur. Toute ma vie, j'ai envié les faveurs qui t'ont été accordées en tant qu'homme. Père a tout misé sur toi, tant il était certain que tu tiendrais tes promesses. Je vois à présent que ta liberté, ton pouvoir sur ta propre existence, n'a rien d'enviable. Il aurait mieux valu pour toi que tu sois né fille, Branwell. Car alors tu aurais dû t'entraîner depuis le berceau à la retenue, à supporter la déception et à ne rien considérer comme ton dû. Cela aurait fait de toi un être beaucoup plus fort que l'homme que tu es.

Les doigts de Branwell se nouèrent autour des siens.

— Tu as peut-être raison, Charlotte, convint-il.

— Oh, j'ai toujours raison, ne l'as-tu donc pas encore remarqué ? répliqua sa sœur avec un sourire taquin, qui s'assombrit aussitôt. Branwell, si tu souhaites mourir, il te suffit d'être patient, car la mort se présentera à l'angle de la rue n'importe quand pour chacun d'entre nous, il n'est nul besoin de la chercher. Je t'en supplie, arrête la boisson et l'opium, juste un petit moment. Que ton esprit s'éclaircisse et que tu voies la beauté d'un monde plein de promesses. Toute cette beauté ne demande qu'à être cueillie.

— Il me semble que la joie m'est devenue étrangère pour toujours, lui avoua Branwell. Je me rappelle à peine quel effet cela faisait, tant mon cœur et mon esprit sont las.

Charlotte serra Branwell dans ses bras tandis qu'il pleurait, sa maigre carcasse frémissant contre elle.

— Le passé ne doit pas décider de l'avenir, Branwell, murmura-t-elle en le berçant. Le Seigneur t'aime, Il te pardonne. Tu vois comme le soleil se lève dans le ciel ? Fais de ce jour une résurrection, toi aussi. Car j'ai besoin de toi, mon frère. Qui d'autre pourvoira à mes besoins dans mes vieux jours ?

Branwell se redressa et renifla en se passant la manche sous le nez, avant de prendre une profonde goulée de l'air frais du matin.

— J'espérais plutôt vivre à tes crochets, répliqua-t-il, parvenant à afficher un semblant de sourire.

— Ou bien nous poursuivrons notre chemin ensemble, clopin-clopant, comme nous l'avons toujours fait. (Charlotte s'illumina à cette idée.) Imagine un peu, quatre vieillards aux cheveux blancs, promenant leur vieille carcasse vacillante dans la lande agitée par le vent en se racontant des histoires. Allons, n'est-ce pas là une perspective réjouissante, cher Branwell ?

— Pour sûr, nous ferions un bien beau spectacle.

Il s'efforçait de jouer le bravache, mais Charlotte savait, au fond, que lorsqu'il les imaginait tous vieux et gris, il se peignait aux côtés de ses sœurs dans chaque scène.

Oh, toute la douleur et les secrets gardés, toute la tristesse et les peines du cœur cachées derrière les corsets, les bonnettes et les livres de prières. En prenant la main de son frère pour la porter à ses lèvres, Charlotte comprit l'attrait exercé par la spirale désespérée dans laquelle il était emporté. Car il y avait des moments où sa fureur et sa douleur brûlaient si fort en elle qu'elles auraient pu détruire le monde entier. Peut-être Elizabeth Chester avait-elle ressenti la même insoutenable souffrance. Peut-être avait-elle fait le choix d'une existence brève et dangereuse, pourvu que cela lui donne l'occasion de se sentir vivante, ne serait-ce qu'une fois.

17

Charlotte

Même si, entre elles, Charlotte et Anne disaient d'Emily qu'elle était la moins sociable de la famille, la vérité était qu'aucune des filles Brontë ne goûtait particulièrement la compagnie. Pour les unes comme pour les autres, toute excursion dans le vaste monde nécessitait une préparation mentale, et elles enduraient ces mondanités plus qu'elles ne les appréciaient. De toute évidence, il n'y avait guère eu de temps pour préparer cette excursion-là, ce qui la rendait particulièrement terrifiante et donc aussi assez vivifiante en même temps ; et cela, au moins, constituait une nouveauté bienvenue. Car en effet, hormis les visites à Ellen Nussey, sa vieille amie de Roe Head, Charlotte ne se rappelait pas un séjour prolongé loin de chez elle qui lui ait apporté la moindre joie. Même ses deux années à Bruxelles, qui avaient fait chanter son cœur pendant un court moment, s'étaient terminées dans la solitude et le désespoir qui l'avaient ramenée à la maison. Quant à Anne, le seul autre endroit au monde où elle ait jamais souhaité être, c'était Scarborough, au sommet des falaises, d'où elle pouvait s'émerveiller devant l'immensité de la mer et se demander ce qu'il pouvait bien y avoir au-delà.

Leur monde était à la fois très petit et infini : il s'étendait sur les quelques kilomètres carrés autour de leur maison, qu'elles connaissaient et aimaient si bien, et sur l'ensemble de l'univers qui se déployait sans fin dans leur esprit.

Ainsi, bien que le voyage de la maison à Keighley, puis vers Leeds, se soit déroulé sans encombre, ni l'une ni l'autre ne se sentaient particulièrement à l'aise dans l'expérience.

Apparemment, c'était là un aspect de leur vie que ni la pratique ni la répétition ne pouvaient rendre plus facile. Plus le coche bondé les éloignait de Haworth, plus leur manquaient les charmes de leur foyer tranquille et sans histoires.

La veille au soir, Charlotte avait envoyé une lettre pour leur réserver un logement dans un établissement respectable où son amie Ellen avait séjourné jadis, dans le village voisin de Headingley ; près de l'endroit où M. Honeychurch, entrepreneur dans le lin, avait sa demeure bien tenue, assez loin de la saleté et de l'épaisse fumée qui planait sur la ville pour qu'on puisse y respirer convenablement, mais pas au point de ne plus entendre le rugissement de la machine implacable qu'elle était devenue. Sitôt leurs affaires déposées, elles trouvèrent le chemin de Victoria Crescent et de la maison des Honeychurch, une adresse qu'elles avaient aisément réussi à obtenir : tout le monde à Leeds, y compris leur logeuse, connaissait les Honeychurch. Maintenant que leur fille était mariée, M. et Mme Honeychurch étaient seuls, car ils n'avaient pas eu d'autre enfant qu'Elizabeth, et celle-ci n'était peut-être plus de ce monde.

— Peut-être aurions-nous dû envoyer une lettre pour leur demander s'ils accepteraient de nous recevoir, s'inquiéta Anne, alors qu'elle se tenait à côté de Charlotte devant l'impressionnant manoir de pierre grise. Après tout, qui sommes-nous si ce n'est de petites campagnardes, inconnues de surcroît ? Et de quel droit venons-nous les interroger ?

Charlotte se tourna vers sa jeune sœur, une expression sévère sur le visage.

— Anne, nous sommes plus que cela. Bien plus que cela. Nous sommes des femmes instruites, intelligentes et déterminées, des femmes qui ont pris sur elles de faire une priorité de la fille de M. et Mme Honeychurch. Nos intentions sont honorables, et je suis certaine qu'ils nous recevront de bon cœur.

Toutefois, Charlotte était moins sûre d'elle qu'elle ne voulait bien le montrer, surtout quand elle levait les yeux vers la maison en se remémorant les paroles d'Emily sur le fait que les femmes n'étaient jamais prises au sérieux. Ce qui ne l'empêcha pas de poursuivre :

— Quoi qu'il en soit, nous leur dirons que nous sommes mandatées par nos employeurs, Bell Frères et Compagnie, avocats. Apparemment, cela fait des merveilles pour gagner en crédibilité.

Mais Anne n'en était pas moins inquiète.

— Rien de bon ne peut sortir de tant de mensonges. Pourquoi ne pas leur révéler la vérité, Charlotte ?

— Nous nous devons de protéger Mattie et notre père, répondit Charlotte. Et ce ne sont pas des mensonges, Anne. (Charlotte prit les mains de sa sœur et lui adressa une injonction qu'elles échangeaient souvent entre elles lorsqu'elles étaient confrontées à une situation qui leur donnait à réfléchir.) Courage, Anne, ne considère pas cela comme une supercherie, mais plutôt comme un rôle que tu jouerais dans l'une de nos histoires, comme nous le faisions quand nous étions petites. Nous sommes des comédiennes, nous incarnons un personnage, voilà tout. Nous sommes « sous couverture ».

— Très bien, concéda Anne, qui redressa les épaules. Cependant, je dois avouer qu'être « sous couverture » ne m'apparaît guère respectable pour une jeune femme célibataire.

— C'est précisément pour cela que c'est assez palpitant.

Mme Honeychurch était une femme sans âge, au physique généreux et séduisant. Élégamment vêtue à la dernière mode, avec des cheveux blonds et de jolis yeux bleus, elle avait l'air d'une femme instruite, et arborait cette assurance tranquille et résolue que conféraient le mariage, la richesse et la beauté. Elle était habillée avec sophistication, dans une cotonnade d'été légère, et sa tenue ne laissait pas supposer le deuil. Charlotte eut aussitôt la certitude que Chester s'était bien gardé d'informer les Honeychurch de la disparition de leur fille, et encore moins de ses mystérieuses circonstances.

Saluant Charlotte et Anne avec un étonnement poli, Mme Honeychurch ordonna qu'on leur serve le thé et invita les sœurs à s'asseoir dans son petit salon luxueusement aménagé, avec piano, rideaux de satin et beaucoup d'œuvres d'art aux murs, qui évoquaient plus la quantité que la qualité, mais qui apportaient une chaleur, une gaieté et une modernité agréables à la pièce.

— Eh bien, je dois dire que je n'ai jamais été aussi curieuse… À qui ai-je l'honneur ?

Mme Honeychurch entama la conversation le sourire aux lèvres, tout en versant le thé dans un pot en porcelaine fine rehaussé d'un liseré doré, sur lequel fleurissaient d'imposantes roses. Charlotte remarqua une trace d'accent du Yorkshire parmi ses voyelles soigneusement modulées, un constat qui la mit dans des dispositions favorables vis-à-vis de leur hôtesse. Elle faisait toujours beaucoup plus confiance à une personne qui n'essayait pas de camoufler ses origines qu'à ceux qui les dissimulaient.

— Nous travaillons pour les avocats Bell Frères et Compagnie, commença Charlotte.

— Des jeunes femmes employées par un cabinet d'avocats ? Quelle nouveauté ! s'exclama Mme Honeychurch avec un sourire enchanté. Jusqu'où ira-t-on ?

Charlotte dut réprimer son envie d'ajouter des détails à leur histoire, en se répétant qu'une intrigue secondaire compliquée risquait de les trahir.

— N'est-ce pas ? Les frères Bell nous envoient en leur nom. En raison de la nature délicate et confidentielle de notre enquête, ils estiment qu'une présence féminine, bien que non conventionnelle, peut se justifier.

Mme Honeychurch eut l'air stupéfaite.

— Une enquête ? Peut-être alors devriez-vous parler à mon mari, mademoiselle… ?

— Appelez-moi Charlotte, je vous en prie, sourit Charlotte. Et voici Anne.

Elle prit soin de ne pas révéler leur nom ni leur lien de parenté, même si elle se sentait comme dénudée sans l'un ou l'autre.

— Eh bien… Charlotte, reprit la maîtresse de maison, c'est M. Honeychurch qui s'occupe de tout ce qui concerne les finances et les affaires. J'ai bien peur de ne pas pouvoir vous aider. Je vous suggère donc de prendre un rendez-vous pour revenir lui parler ce soir, car il sera à l'usine toute la journée. Cependant, j'ignore ce qu'il pensera de deux jeunes femmes célibataires qui demandent à lui poser des questions. Mon époux a le sens des traditions, il aime que tout soit bien à sa place, comme l'a ordonné Dieu.

— Toutefois, si chacun restait à sa place, les hommes qui se sont élevés grâce à leur mérite, comme votre mari, continueraient à travailler au service d'autres hommes, propulsés dans la richesse par simple accident de naissance, répliqua Anne sur un ton guilleret, réussissant la prouesse de confondre complètement Mme Honeychurch.

— S'il vous plaît, mademoiselle Anne, lui enjoignit-elle, quand vous le rencontrerez, ne lui dites pas cela, voulez-vous ? Pour ma part, je me plais à réfléchir à ces questions, mais M. Honeychurch n'apprécie pas du tout que l'on mette en doute ses convictions. Cela lui donne de terribles indigestions.

— Quoi qu'il en soit, nos requêtes n'ont rien à voir avec les affaires de votre mari, reprit Anne avec plus de douceur, un regard nerveux à l'intention de Charlotte. Madame Honeychurch, nous nous faisons du souci pour votre fille, Elizabeth.

Mme Honeychurch cligna des paupières et secoua la tête en souriant, mais ses épaules s'affaissèrent de façon presque imperceptible, et Anne devina son inquiétude.

— Lizzie ? Oh non, vos patrons doivent être mal informés. Ma Lizzie est mariée, maintenant, et ce, depuis plus de deux ans ! Elle vit non loin d'Arunton avec son mari, Robert Chester. Elle a un petit garçon et est la belle-mère d'un autre, un adorable petit bonhomme. Lizzie l'adore.

Charlotte remua une autre cuillerée de sucre dans son thé, non sans jeter un coup d'œil à Anne, dont les yeux s'élargirent juste assez pour que Charlotte comprenne que sa sœur ne savait pas non plus comment mener la discussion.

— Que pourraient bien vouloir des avocats à Lizzie, de toute façon ? continuait Mme Honeychurch. Lui aurait-on légué un héritage ? Elle a plusieurs parents éloignés à l'étranger du côté de ma mère, des marchands de vin de Madère très fortunés. Mais quand bien même ce serait le cas, à présent qu'elle est mariée, c'est à son époux qu'il faudrait adresser votre requête. Je suis certaine qu'il serait ravi de recevoir quelques fonds supplémentaires de la part de ma fille pour les ajouter à sa fortune.

Une pique, ou plutôt une minuscule tête d'épingle, mais qui suffit pour encourager Charlotte à poursuivre. Elle replaça sa tasse sur la soucoupe dans un agréable tintement, et se pencha un peu en avant.

— Madame Honeychurch, avez-vous eu un quelconque échange avec M. Chester au cours des trois derniers jours ?

— Aucun, répondit-elle en fronçant les sourcils. Je n'en attendais pas, d'ailleurs. Je reçois une lettre de ma Lizzie une fois par semaine, mais Chester préfère oublier que nous existons, semble-t-il ! Je n'ai vu mon petit-fils qu'une seule fois. Et encore, j'ai à peine eu le temps de l'apercevoir. (Elle hésita un instant, lissa les plis de sa jupe.) Est-ce lui qui vous envoie ?

— Non.

Charlotte prit une profonde inspiration et, dans cet intervalle, elle fut en proie au doute. Qui était-elle pour annoncer pareille nouvelle à cette pauvre femme qui ne se doutait de rien ? Elle avait endossé cette responsabilité avec joie, voire avec empressement, sans se demander quelles conséquences ses paroles pourraient avoir sur ce foyer paisible. Pourtant, malgré l'envie irrépressible de se lever et de s'en aller, elle devait révéler la triste vérité à la mère d'Elizabeth.

— Mme Honeychurch, reprit-elle, je crains que personne ne vous ait avertie que votre fille a disparu de chez elle depuis quatre jours. Depuis lundi dernier… Il semble que les circonstances de sa disparition aient pu être violentes. Il n'est pas exclu qu'Elizabeth ait pu subir un grave préjudice.

— Sortez immédiatement ! (Mme Honeychurch s'était redressée et, la voix tremblante d'émotion, elle désignait la porte.) Hors de ma vue ! Comment osez-vous venir chez moi pour colporter des ragots aussi répugnants ?

C'était une réaction si emphatique, si viscérale que Charlotte et sa sœur en furent pétrifiées.

— Madame Honeychurch…, la supplia Anne quand elle se ressaisit. C'est, hélas, la stricte vérité. Nous sommes venues parce que… nous… parce que les Bell craignaient que vous n'ayez pas été informés.

Mme Honeychurch se mit à secouer la tête.

— Non. Non, s'il vous plaît. N'en dites pas davantage. Avouez votre mensonge et partez sur-le-champ. Je ne sais de quel stratagème vous vous faites les complices. Dans un but d'extorsion ou de chantage, c'est cela ? Mais je ne tolérerai pas cette écœurante supercherie.

La fureur de Mme Honeychurch vacillait, néanmoins. Charlotte vit la peur se répandre sur ses traits doux, et lorsqu'elle reprit la parole, sa voix chevrotait.

— Je vous en prie… dites-moi qu'il s'agit d'une cruelle machination.

Charlotte écarta les mains, dans une attitude de consternation impuissante.

— Je suis désolée, madame. Il ne s'agit que de la triste vérité.

— Alors elle s'est sauvée, affirma Mme Honeychurch. Son père sera furieux. C'est une enfant têtue, voyez-vous, une tête pleine d'idées. Ou du moins l'était-elle, plus jeune. Mais je croyais vraiment qu'elle s'était apaisée. Et elle aime ces deux petits garçons de tout son cœur. Pourquoi s'enfuirait-elle en abandonnant ces deux adorables enfants ? Cela n'a aucun sens.

Charlotte scruta attentivement le visage de cette femme désemparée, puis elle choisit soigneusement ses mots.

— Madame Honeychurch, les circonstances de sa disparition, le fait qu'elle n'ait rien emporté avec elle, tout cela semble indiquer qu'elle a été enlevée contre sa volonté.

— Oh, mon Dieu ! (Mme Honeychurch se recroquevilla sur son canapé, le visage enfoui entre ses mains.) Ma chère petite fille, j'aurais dû la garder près de moi. L'a-t-il su, est-ce cela qui s'est passé ? J'ai toujours eu peur qu'il la punisse s'il le découvrait.

— Si qui découvrait quoi ? demanda doucement Charlotte, qui s'assit discrètement à côté de Mme Honeychurch en lui prenant la main.

— Je voulais dire, je voulais seulement dire que… (Mme Honeychurch la regarda, les joues empourprées.) Mais qui êtes-vous ? Quel genre de jeunes femmes viendraient chez moi pour y colporter des mensonges aussi vils ? Pas des demoiselles respectables, c'est certain.

Anne s'agenouilla à ses pieds, prenant son autre main. Mme Honeychurch cessa de résister.

— Madame, je comprends que nos paroles soient choquantes, mais je vous assure que nous ne mentons pas. Veuillez nous pardonner de vous apporter cette terrible nouvelle. Ce que nous pouvons vous dire, c'est qu'il y a encore de l'espoir. Nous ne savons pas ce qui a pu arriver à Elizabeth. Charlotte et moi cherchons à reconstituer les événements : retrouver ses amis, peut-être quelqu'un qui a compté pour elle autrefois ? Il semble que nous soyons presque les seules à vouloir découvrir la vérité, non pas pour Chester, ni pour nous-mêmes, mais pour Elizabeth et pour que justice soit faite. Je vous le jure.

Mme Honeychurch tendit une main et toucha la joue d'Anne.

— Vous n'êtes qu'un petit bout de femme. Comment croyez-vous obtenir justice ? demanda-t-elle, la voix tremblante. Vous dites que ma fille a disparu depuis quatre jours, et moi, je ne le saurais pas ? Je ne peux l'accepter. Je refuse de croire que, tout ce temps, j'ai cousu, j'ai marché dans le parc, j'ai veillé au confort de mon mari et… (Elle hésita, une lueur d'espoir s'alluma dans ses yeux, qui se transforma en sourire.) Attendez un instant. Attendez, jeunes demoiselles, vous vous trompez ! Vous ne mentez peut-être pas sciemment, mais vous êtes mal informées sur ma fille…

— Comment cela ? s'enquit Charlotte, perplexe, alors que Mme Honeychurch se levait du canapé et se précipitait vers une écritoire dans un coin.

Hâtivement, elle essuya ses larmes et s'empara d'une liasse de lettres attachées à l'aide d'un ruban, dont elle extirpa soigneusement celle du haut.

— Vous dites qu'elle a disparu durant la nuit et que son absence a été constatée lundi matin, mais vous vous trompez. En voici la preuve ! lança-t-elle, souriant à travers ses larmes et, les mains tremblantes, elle leur tendit une lettre pliée. Tenez et voyez, Elizabeth se porte comme un charme.

Anne et Charlotte échangèrent un bref regard, puis l'aînée prit la lettre, la déplia et lut la première ligne à haute voix.

— « Chère Mère, quel épouvantable été nous passons à Chester Grange… » (Elle rendit la feuille à Mme Honeychurch.) C'est une lettre de votre fille.

— Oui, mais regardez la date… et le cachet de la poste. Les deux indiquent mardi. Elizabeth m'y parlait de sa vie au manoir, de celle des enfants, et du temps qu'il faisait ce jour-là, alors même que vous prétendez qu'elle aurait disparu lundi aux premières heures de l'aube. Mesdemoiselles, vous faites fausse route. Ma fille est en parfaite sécurité et en pleine santé.

18

Anne

Ce fut Anne qui la première reprit la parole, choisissant ses mots avec un soin particulier alors qu'elle se relevait et s'installait sur le siège en face de Charlotte et de Mme Honeychurch.

— Voilà qui est fort troublant. Nous sommes allées à Chester Grange. Nous avons visité sa chambre et avons pu constater qu'il s'y était produit quelque chose de grave. Il nous a suffi de regarder les lieux pour en avoir la certitude. Nous avons rencontré M. Chester lui-même, qui se faisait un sang d'encre pour sa femme… Personne n'a vu Elizabeth depuis lundi.

— Vous devez sûrement faire erreur, s'exclama Mme Honeychurch d'une voix stridente. Son entourage doit avoir une mauvaise vue, car je vous assure que ma Lizzie est à Chester Grange. Je reçois chaque semaine une lettre de sa part, avec des nouvelles d'elle et des enfants. Elle a toujours été une épistolière très assidue. Elle m'écrit dans chacune de ses missives à quel point elle est épanouie… Jamais je n'ai été aussi reconnaissante que mes mauvais pressentiments se soient révélés infondés.

— Vous aviez des réticences au sujet de son union avec Robert Chester ? s'enquit Anne.

Mme Honeychurch se redressa sur son siège en recouvrant un peu de son calme.

— Oui, enfin, pas précisément des réticences. C'était plutôt sur son bonheur d'épouse, que je nourrissais des doutes, nuança-t-elle. Comme je l'ai dit, Lizzie peut être une forte tête et elle est dotée d'un tempérament pour le moins singulier. Pendant toute sa jeunesse, elle a rêvé de devenir marin, imaginez-vous cela ? Elle voulait voyager à travers le monde et peindre tout ce qu'elle verrait. À une autre époque, elle a voulu devenir musicienne professionnelle – une pianiste –, elle s'imaginait remplissant les salles de concert ! M. Honeychurch me reprochait de trop la gâter, c'est peut-être vrai, mais elle était si brillante, si curieuse… Il disait que je ne passais pas assez de temps à la préparer à sa vie de femme mariée, et je craignais qu'il n'ait raison. Je redoutais qu'elle ait du mal à devenir une épouse soumise et docile, mais elle m'a prouvé le contraire. Ses lettres sont l'image même du contentement. Elle semble parfaitement heureuse de son petit monde, à croire qu'elle a oublié les sept mers et tout ce qui se trouve au-delà…

Alors que Mme Honeychurch s'évadait dans ses pensées, le faible sourire qui retroussait ses lèvres roses s'estompa peu à peu.

— Si cela ne vous dérange pas trop, madame Honeychurch, intervint Anne très discrètement, songeant qu'il valait mieux ne pas contredire à nouveau la pauvre femme en détresse, serait-il possible de voir ses autres lettres afin que nous puissions apaiser les inquiétudes de notre client ? Cela pourrait nous aider à en apprendre un peu plus sur Elizabeth.

L'affabilité de leur hôtesse paraissait commencer à s'étioler, pourtant elle répondit :

— Eh bien, pourquoi pas. Même si je ne vois pas vraiment ce qu'elles pourraient vous révéler d'intéressant, à moins que vous ne soyez fascinées par les toux infantiles ou par la façon dont elle a choisi de redécorer la chambre des petits.

Mme Honeychurch leur remit le paquet de lettres qu'elle tenait jusqu'alors serré contre sa poitrine. De toute évidence, une fois lue, chaque lettre avait été repliée et soigneusement rangée dans son enveloppe. Toutes les missives étaient datées et signées, et une brève lecture révélait le ton familier et chaleureux annoncé par Mme Honeychurch.

— Et vous êtes absolument certaine qu'il s'agit bien de l'écriture de votre fille ? demanda Charlotte, qui comparait la dernière lettre en date avec une plus ancienne, remarquant les deux cachets circulaires de la poste sur l'enveloppe qu'elle tenait, l'un pour Arunton et l'autre pour Keighley.

— Bien sûr que j'en suis certaine, affirma Mme Honeychurch. Je lui ai appris à lire et à écrire moi-même, en dépit de mon mari qui jugeait l'enseignement superflu ! À présent, si vous en avez terminé avec vos questions, peut-être devriez-vous retourner voir ces avocats pour les sommer de tenir leur langue et de cesser de répandre de telles rumeurs.

Il ne s'agissait pas là d'une suggestion. Mme Honeychurch, dont les joues rosissaient de minute en minute, se leva brusquement en désignant la porte et sonna de nouveau la bonne.

Anne rassembla tout son courage en cet instant précis.

— Madame Honeychurch, je me suis rendue deux fois à Chester Grange, j'ai visité la maison de fond en comble, et j'ai même inspecté la chambre de votre fille. Il n'y a aucune trace d'elle nulle part. Je dirais même que c'est… tout le contraire.

— Le contraire ? (La voix de Mme Honeychurch montait dangereusement dans les aigus.) J'ignore ce que vous insinuez, jeune femme, mais quoi qu'il en soit, c'est infondé, puisque j'ai ici une lettre d'Elizabeth. Ma chère Lizzie est en sécurité, heureuse et en bonne santé, en voici la preuve ! Peut-être s'agit-il d'une plaisanterie que l'on vous fait. Quand ma Lizzie était petite, elle passait son temps à faire des bêtises, toujours à vadrouiller avec ses cousines… Quelle gamine pleine de vie elle était ! Une vraie pâquerette.

Anne baissa les yeux au moment où elle comprit exactement à quel point Mme Honeychurch luttait pour garder son calme. Elle voyait des larmes dans ses yeux, et autre chose aussi : de la peur.

— Je vous prie de nous accorder votre confiance, murmura-t-elle en avançant d'un pas vers la pauvre femme, à qui elle tendit une main prudente. Nous n'agissons que par souci de bien faire et parce que nous sommes inquiètes. Nous sommes vraiment navrées si nous vous avons contrariée. Votre lettre est difficile à comprendre, je vous l'accorde, mais nous persistons à penser qu'Elizabeth court un grave danger. Nous passons la nuit au *London* sur Victoria Square. Si vous avez d'autres informations à nous communiquer, vous savez où nous trouver.

— Je suis certain que ma femme n'aura pas besoin de s'entretenir davantage avec vous.

M. Honeychurch venait de faire irruption dans la pièce, qu'il remplit aussitôt de sa masse imposante et de son indignation démesurée.

— Monsieur, commença Charlotte, si vous voulez bien nous laisser vous expliquer nos préoccupations…

— J'en ai assez entendu depuis le couloir, rétorqua M. Honeychurch. Deux inconnues sans référence s'introduisent chez moi et profitent de la nature crédule de ma bonne épouse pour la terroriser ? Où sont les hommes qui devraient vous imposer de rester au foyer, là où est votre place ?

— Excusez-moi, mais…

— Pas de mais ! rugit-il. (Le visage d'Anne pâlit sous cet affront, et pourtant elle obtempéra à contrecœur.) Vous pouvez rapporter à ceux que cela intéresse que ma fille est installée dans un mariage convenable avec Robert Chester et que, comme sa mère, elle connaît sa place en ce bas monde : elle sait qu'elle doit obéissance à Dieu et à son époux. S'il y avait eu le moindre problème, croyez bien que j'en aurais eu vent. Si vous passiez votre temps à apprendre la leçon, alors peut-être que les meilleures années de votre vie ne seraient pas derrière vous, vous laissant amères et désœuvrées, sans rien de mieux à faire que de vous mêler de l'existence des autres. J'ai le plaisir de vous saluer, et je vous avertis : ne revenez plus ici.

— Frank, mon cher…, tenta Mme Honeychurch.

— Je ne crois pas vous avoir demandé votre avis, femme ! cria-t-il. Je crains que vous ne l'ayez déjà que trop donné.

Mme Honeychurch se tut. Le regard qu'elle adressa à Anne se passait de mots, il racontait à lui seul une douloureuse histoire.

Jetées à la rue, les sœurs se hâtèrent de s'éloigner de la demeure des Honeychurch.

— Charlotte, nous sommes de méchantes personnes, lâcha enfin Anne d'une voix brisée. Pauvre Mme Honeychurch… Nous lui avons causé une immense souffrance et nous n'avons pas réussi à obtenir la moindre réponse à nos questions. J'ai honte de nous, nous ne valons guère mieux que Chester lui-même. Dès que nous serons rentrées à la maison, j'irai voir Père pour tout lui confesser, et j'écrirai à Mme Honeychurch pour lui présenter nos plus sincères excuses et lui révéler notre véritable identité. Je ne supporte pas l'idée qu'elle ait pu croire que nous cherchions à la duper, ce n'est ni décent ni moral.

— C'était effectivement bouleversant, convint Charlotte. Mais, bien que nous n'ayons pas résolu notre mystère, nous savons au moins qu'il y en a bel et bien un.

— Tu fais allusion à la lettre, bien sûr, comprit Anne, dont l'esprit était occupé par la détresse de la pauvre Mme Honeychurch.

— La lettre, oui, confirma Charlotte. La lettre. Cependant, je ne parviens pas à me figurer les circonstances qui se cachent derrière une série d'événements aussi étranges. Comment et pourquoi cette lettre aurait-elle été écrite et envoyée le lendemain de la disparition d'Elizabeth Chester ? On peut modifier la date d'un courrier, mais pas le cachet de la poste sur l'enveloppe.

— Tu omets la plus grande énigme, fit remarquer Anne.

Elle prit les mains de sa sœur lorsqu'elles entrèrent dans la pension, tant elle se sentait ébranlée par leur rencontre avec les Honeychurch.

— Qu'ai-je oublié ? s'enquit Charlotte.

— Avant de se souvenir de la lettre, elle a admis avoir craint que Chester ne fasse du mal à sa fille s'il découvrait la vérité. Lorsque nous lui avons demandé ce qu'elle entendait par là, elle a habilement changé de sujet. Alors la question est la suivante, Charlotte : s'il découvrait la vérité sur quoi ?

Une pensée succède à une autre,
une étoile succède à une autre,
À travers l'immensité, sans relâche ;
Tandis que d'une même ivresse douce, proche et lointaine,
Nous vibrons à l'unisson !

« Stars », Emily Brontë

19

Emily

La lumière de la pleine lune baignait la chambre d'Emily par les volets ouverts tandis que, pour la énième fois, elle se redressa dans son lit, agitée, la tête remplie de pensées confuses et de bribes de rêves qui refusaient de laisser son esprit en paix assez longtemps pour qu'elle trouve le sommeil.

Les ronflements de Père parvenaient jusqu'à sa chambre, Tabby et Martha s'étaient retirées depuis des heures dans la leur, et Branwell n'était pas encore rentré à la maison.

Posant ses pieds nus avec plaisir sur les lattes fraîches du parquet, Emily se dirigea vers la fenêtre et ferma les rideaux, le souffle coupé par la vision de Haworth auréolée par les rayons de la lune. La nuit semblait l'inviter à s'extasier de cette merveille, comme si de la main, elle l'incitait à sortir jouer parmi les ombres bordées d'argent.

Les pierres tombales scintillaient et luisaient, comme pour annoncer la résurrection des morts, et même l'église de son père, à contre-jour, avait une allure sinistre et féerique à la fois. Était-ce une silhouette dans la pénombre entre les sépultures ? se demanda Emily avec un délicieux frisson. Était-ce un meurtrier, un pilleur de tombes ou un revenant ? Peut-être était-ce le fantôme de James Sutcliffe, le bandit de grand chemin pendu pour ses crimes, cinquante ans plus tôt. On prétendait qu'il était enterré dans une fosse anonyme adossée à la taverne qu'il aimait tant. Quel effet cela faisait-il de converser avec un spectre ? Quels secrets lui chuchoterait-il au sujet de la mort ?

— Belle nuit pour une aventure, hein, Keeper ? dit-elle à son chien qui, sentant ses mouvements, avait poussé la porte de sa truffe pour entrer dans sa chambre. C'est le moment idéal pour parcourir la lande et chercher des réponses. Nous serions sûrs de tomber sur un Gitan ou deux, peut-être des âmes errantes en quête de leurs amours perdues, tu ne crois pas, mon garçon ?

Keeper n'était pas tellement du genre à réfléchir, mais il savait écouter et se montrait d'accord avec presque tout ce qu'Emily disait, et c'est l'une des qualités qu'elle appréciait le plus chez son compagnon. Sauf peut-être quand elle lui interdisait de poser ses pattes boueuses sur les draps, à tel point qu'elle lui avait donné une tape un jour pour lui en faire passer l'envie. Sans quoi, Tabby menaçait de le jeter à la rue, et il serait mort de faim. Depuis ce jour sombre, Keeper ne la quittait pas d'une semelle, toujours prêt à la protéger. Si bien qu'Emily se demandait comment il était possible qu'une créature puisse vouer un amour si inconditionnel à la personne qui l'avait châtiée. Mais l'amour, qui préoccupait tant les gens, lui semblait la disposition de cœur la plus dangereuse et la plus compliquée de toutes. Tout ce qu'Emily savait, c'était que chaque fois que ses yeux se posaient sur Keeper, elle regrettait de l'avoir frappé ce jour-là. Aucun des actes répréhensibles qu'elle ait jamais commis ne la désolait davantage, et elle allait passer le reste de sa vie à se racheter.

— Pourquoi devrions-nous rester à l'intérieur sous prétexte qu'il fait noir ? raisonna Emily, la main posée sur la tête osseuse du chien. La nuit, c'est le moment où toutes les choses les plus intéressantes se produisent, Keeper, alors pourquoi ne pas sortir sur la lande balayée par le vent ? C'est là que naissent les secrets, que se perpètrent les crimes et que se rencontrent les amoureux. Pourquoi les convenances nous imposeraient-elles de rester au lit parce que le soleil est couché ?

Keeper n'avait pas de réponse à cette énigme.

— L'action prime toujours sur la conversation, tu ne crois pas ?

Keeper était on ne peut plus d'accord.

— Tu as tout à fait raison, mon garçon.

Et même si Père dormait toujours du sommeil du juste et que Tabby était sourde comme un pot, Emily ne fit pas un bruit en s'habillant, et s'abstint même de lacer ses bottines avant d'être dehors. Après qu'elle eut rempli les poches de ses jupes des objets dont elle pensait avoir besoin pour son expédition avec Keeper, l'habitude lui fit tendre la main vers sa bonnette, mais bientôt, avec le sourire d'une femme née dans un nouveau monde étoilé, elle la laissa se balancer sur la patère. Cette nuit, elle sentirait le vent s'engouffrer entre ses boucles blondes sans que personne ne lui répète : « Cela ne se fait pas, Emily. » Non, il n'y aurait personne pour lui dicter son comportement.

Oh, la beauté de la lande à minuit, au clair de lune, sous le regard des astres. Alors que la lune se levait, chaque brin d'herbe, chaque pierre semblait prendre vie. Le vent était aussi impétueux qu'il était tiède, il lui caressait les cheveux et la peau avec la familiarité d'un amant. Et quand Emily tourna les yeux vers la multitude d'étoiles au-dessus de sa tête, elle ne put s'empêcher de jeter vers elles ses bras ouverts et d'embrasser toute la gloire de Dieu.

Keeper aussi était enchanté de leur aventure nocturne : la truffe pleine de l'odeur des lapins et des blaireaux, il gambadait, le museau enfoncé dans l'herbe haute, et revenait bondir près de sa maîtresse.

Emily n'avait pas besoin d'avoir une destination en tête. Comme il était merveilleux de descendre jusqu'à la cascade et de voir la forêt sauvage dévaler le flanc de la montagne, les rayons de lune jouer sur cette chute d'eau rugissante, puis de monter jusqu'à Ponden Kirk pour admirer la vallée, le monde entier étendu à ses pieds.

Il lui fallut un certain temps avant de se rendre compte qu'elle avait en fait mis le cap sur Chester Grange. Lorsqu'elle arriva au sommet d'une colline et qu'elle fut immobilisée par la vue de la vaste demeure, recroquevillée dans l'obscurité, avec une seule lumière qui brûlait aux fenêtres, elle comprit que sa boussole mentale l'avait guidée jusque-là.

— Dois-je en profiter pour aller jeter un coup d'œil, Keeper ?

Sans surprise, Keeper n'y voyait aucun inconvénient.

— Tu dois rester ici, ordonna Emily à son chien. Il y a d'autres chiens sur la propriété, et ils se montreront agressifs si tu m'accompagnes. Moi, ils me connaissent et m'aiment bien. Donc tu m'attends ici. Voilà… bon chien.

Elle se servit de son châle pour l'attacher à un jeune chêne, apparemment solide, par son épais collier de cuir. Keeper geignit, puis s'assit à contrecœur dans l'herbe haute et fraîche pour guetter le retour de sa maîtresse, en sachant – pour autant qu'il sache quoi que ce soit – qu'une fois qu'elle avait une idée en tête, elle s'en laissait rarement détourner.

Avant de s'approcher de la maison, Emily regarda Chester Grange depuis la lisière du bois, reconnaissante à Dieu de lui offrir une nuit aussi claire.

L'imposante silhouette de la bâtisse était plongée dans l'obscurité, et elle ne distinguait que la lueur vacillante d'une bougie au rez-de-chaussée. Elle s'avança lentement dans le noir, en gardant les yeux rivés sur cette unique fenêtre illuminée.

Emily n'était pas tout à fait à mi-chemin quand elle entendit la course et les aboiements rauques des braques qui avaient flairé son odeur et se ruaient vers elle. S'immobilisant à quelques mètres, les bêtes montrèrent les crocs. N'importe quelle autre jeune femme errant seule après la tombée de la nuit aurait pris peur, mais pas Emily Brontë. Elle attendit que les chiens se calment un peu et que, la tête basse, ils grognent et reniflent l'air.

— Bonsoir, mes amis, chuchota-t-elle d'une voix apaisante en tendant les mains, pour leur révéler le contenu de ses poches : une poignée de friandises normalement destinées à Keeper.

Elle ne doutait pas que les molosses hargneux et vicieux que Chester avait entraînés à attaquer les intrus viendraient lui manger dans les paumes, car Emily n'avait pas encore rencontré de chien qui résiste à ces petits morceaux d'agneau braisé.

— Bonsoir, mes amis, répéta-t-elle en s'approchant encore un peu des animaux. Vous vous souvenez de moi, n'est-ce pas ? Vous vous souvenez de moi ? Je suis votre amie Emily. C'est ça, gentils chiens…

Et, bien sûr, les oreilles des chiens retrouvèrent leur position initiale, et leur queue se mit à battre la mesure en signe de salutation, pendant qu'ils lui fourraient le museau dans les mains pour s'emparer de la nourriture. Jetant la viande froide dans l'herbe, Emily les observa un instant tout en vidant de ses poches le reste de ce festin, puis elle poursuivit sa mission vers la demeure aux murs imprégnés d'effroi.

Enfin, la main tendue d'Emily rencontra la pierre brute et fraîche de la façade. Elle continua à tâtons son chemin sur toute la longueur du mur, s'arrêtant seulement pour dégager sa jupe lorsqu'un arbuste épineux lui écorcha la peau. Elle longea la maison jusqu'à ce qu'une faible lueur orangée, projetée sur le gravier, lui indique qu'elle avait atteint son but.

S'aplatissant contre le mur à droite de la fenêtre, Emily attendit patiemment, aussi à l'aise dans cette posture, dissimulée qu'elle était par l'obscurité et réchauffée par la nuit d'été, qu'une autre fille l'aurait été à se promener au soleil de l'après-midi. Peu après, une ombre passa devant la vitre, éclipsant la lumière pendant un moment. C'était forcément Chester.

Elle s'approcha du carreau avec d'infinies précautions pour regarder à l'intérieur. Il s'agissait de la bibliothèque, dont les étagères s'élevaient jusqu'au plafond. Emily ressentit cette envie familière d'être parmi les livres, de les feuilleter et de découvrir les univers merveilleux qui se déployaient entre ces pages. Un homme aussi grossier que Chester ne méritait pas un tel trésor, pensa-t-elle avec irritation ; elle était certaine qu'il n'avait jamais lu un seul de ces ouvrages. Au bout d'un moment, elle hasarda un œil entier à la fenêtre ; médusée par ce qu'elle voyait, elle s'oublia et se planta juste devant l'ouverture, les yeux ronds, comme un enfant devant un magasin de bonbons.

Lui tournant le dos, Chester parlait à un interlocuteur assis dans un fauteuil à oreilles à côté du feu, même si

« parler » n'était pas exactement le terme idoine. D'après ses mouvements et ses gestes, on aurait plutôt dit qu'il pestait, arpentant la pièce et faisant demi-tour tous les deux pas, de telle manière qu'il lui masquait constamment l'occupant du fauteuil, malgré les efforts d'Emily qui tendait le cou et se dressait sur la pointe des pieds pour essayer de le distinguer. Chester jetait les bras au ciel ou s'arrachait les cheveux et, plus d'une fois, il enfouit le visage dans ses mains, comme s'il implorait Dieu. Puis, sans crier gare, il pivota vers la fenêtre et traversa la pièce à grandes enjambées pour aller remplir son verre à la carafe qui se trouvait là, sur une table. L'espace d'un instant survolté, Emily fut certaine d'avoir été repérée. Mais, bien sûr, Chester ne pouvait la voir ; il regardait simplement le reflet de la bibliothèque, totalement ignorant de sa présence de l'autre côté de la vitre. Ce qui la choqua plus encore que son air sauvage et ses vêtements négligés, ce fut la vue de son visage baigné de larmes. Le monstre avait pleuré. Quel genre de meurtrier sanglotait ainsi ?

Alors que Chester retournait vers le fauteuil, elle aperçut une pantoufle du soir, l'ourlet d'une robe en soie. Était-ce Elizabeth Chester en personne, ligotée à ce siège ? Était-elle en vie, séquestrée dans la maison ? Malheureusement, et si frustrant que cela fût, il n'y avait aucun moyen de le savoir de l'extérieur.

Autrement dit, tout ce qu'il lui restait à faire pour en avoir le cœur net, c'était de s'introduire dans la maison sans être vue.

20

Emily

Bien que n'ayant jamais pénétré par effraction dans le manoir d'un meurtrier présumé, en pleine nuit qui plus était, il ne vint pas à l'esprit d'Emily qu'elle se mettait peut-être dans une situation un peu trop périlleuse pour ses frêles épaules.

Avec un peu de chance, Chester, comme la plupart des habitants de Haworth, ne verrouillait pas sa porte d'entrée. Cependant, contrairement aux habitants de Haworth, Chester avait des secrets à protéger. C'était le problème, quand on menait une vie intéressante, songea Emily. Une vie qui contenait de l'amour, de la passion et du désir était aussi une vie pleine de complications inutiles. Et si l'idée qu'une personne puisse aimer quelqu'un jusqu'à la folie la fascinait, elle se figurait aussi que, dans la réalité, c'était une existence terriblement malheureuse. Son monde imaginaire de Gondal était l'endroit où elle vivait vraiment. Parfois aussi au milieu de la lande, s'émerveillant de la beauté de la Création. Là, son cœur s'exaltait vraiment. Mais ici, en pleine nuit, avec la promesse d'une infamie, il tambourinait dans sa poitrine.

Hélas, chaque porte qu'Emily rencontrait était si hermétiquement close qu'elle ne se donna même pas la peine d'essayer l'entrée principale. Le temps pressait : elle devait pénétrer à l'intérieur, pour pouvoir entendre ce que Chester disait avant qu'il ne soit trop ivre pour proférer la moindre parole intelligible.

Emily, optimiste par nature, songea qu'elle trouverait forcément une fenêtre mal fermée pour exaucer son vœu.

La plupart des grandes maisons possédaient un cellier à viande qui, bien que sans avoir toujours un accès extérieur, comportait fatalement une petite fenêtre par laquelle elle pourrait se faufiler, si elle ne se souciait pas trop du sort de ses jupes. Il devait bien y avoir quelque chose de ce genre à Chester Grange, raisonnait Emily, déterminée à trouver coûte que coûte le moyen d'entrer. Il le fallait, tout simplement, car l'occasion était trop belle pour qu'elle passe à côté. Et puis, si elle était restée dans son lit comme elle était censée le faire, elle n'aurait pas surpris Chester dans ses activités nocturnes. Imaginez un peu, si elle arrivait à résoudre le mystère ce soir, à elle toute seule ! Charlotte en serait folle de jalousie.

Sans la moindre crainte, Emily commença à parcourir méthodiquement le périmètre de la maison, à la recherche de la moindre faille dans son armure, consciente de disposer d'un temps limité pour prendre Chester en flagrant délit avec sa pauvre prisonnière.

Bientôt, les chiens de Chester Grange se joignirent à sa quête, bien qu'ils ne soient guère utiles. Au lieu de quoi, ils marchaient à ses côtés, ses joyeux compères, qui flairaient toujours le fumet de la viande qu'elle avait stockée dans ses poches. Ils espéraient sans doute en recevoir d'autres morceaux.

Emily n'essaya pas de les tenir à l'écart – acceptant que Keeper la boude pendant une semaine lorsqu'il sentirait l'odeur de ces indésirables sur ses vêtements –, ayant l'idée qu'il valait mieux avoir les braques près de soi plutôt que de courir le risque qu'ils alertent Chester de la présence d'un intrus.

Et puis enfin, en scrutant les étages supérieurs, la tête renversée en arrière, les mains sur les hanches, elle aperçut une lune miniature reflétée sur une fenêtre ouverte… Elle avait découvert un moyen d'entrer.

À peu près assez large, selon son évaluation, pour qu'elle puisse passer à travers, jupes comprises. Dieu merci, elle avait laissé son jupon à la maison. Le seul problème de cette fenêtre, c'était qu'elle se situait au premier étage.

Une bonne partie de Chester Grange était cependant couverte d'un solide réseau de lierre mature, ainsi que d'une vigne ancienne et épaisse qui semblait pouvoir supporter son poids. Et, bien qu'Emily n'ait encore jamais escaladé les murs d'un bâtiment, elle avait souvent grimpé aux arbres et descendu plusieurs parois de falaises abruptes.

Dans le silence absolu de la nuit, elle entendit les dizaines de minuscules crampons du lierre céder sous sa masse, mais la plante tint bon. Pendant son ascension, sous le regard des chiens qui remuaient toujours la queue avec espoir, Emily se concentrait si fort pour trouver sa prochaine prise, où poser ensuite la main ou le pied dans l'épais feuillage, qu'elle n'aurait pas remarqué Chester s'il l'avait interpellée par la fenêtre. Pourtant, alors qu'elle s'approchait de l'ouverture en question, elle s'arrêta dans son effort pour apprécier la beauté de la nuit douce et claire. À quoi pouvait-elle bien ressembler en cet instant aux yeux de la lune ? Une jeune fille qui portait une robe et des bottines légères, en train d'escalader un mur pour être témoin d'actes sinistres et s'exposer aux mésaventures les plus fâcheuses. Elle ne put réprimer un sourire, certaine que la scène était spectaculaire.

Elle finit par atteindre la fenêtre et se glissa sans mal à l'intérieur, traînant ses jupes derrière elle et maudissant, en entendant l'étoffe se déchirer, les reprisages qui s'imposeraient. Un tintement de verre lui parvint, le bruit de quelque chose de lourd et de métallique tombant au sol, mais, par chance, la pièce était inoccupée. Du moins, il n'y avait personne en chair et en os.

Des meubles protégés par des draps, de toutes les formes et de toutes les tailles, encombraient l'espace et semblaient la guetter, pendant qu'elle se redressait et extirpait une branche de lierre coincée dans ses cheveux dénoués, pour la jeter par terre. Le parquet craqua sous ses pieds, et la nuit parut retenir son souffle.

— Bonsoir, chuchota-t-elle aux silhouettes enveloppées. Ravie de faire votre connaissance.

Se faufilant parmi le labyrinthe d'objets, Emily se hâta de gagner le palier. Tout autour, la maison était silencieuse. Même l'horloge installée en haut de l'escalier ne fonctionnait plus. L'espace d'un instant, elle conçut l'idée que le temps s'était arrêté ici en signe de respect envers ceux qui avaient péri dans cette demeure.

La seule lumière était celle de la lune qui plongeait sous l'horizon et, quelque part au rez-de-chaussée, la lueur d'un feu projetant de longues ombres qui dansaient dans le vestibule.

Alors qu'elle progressait dans le couloir, une porte s'ouvrit lentement. Emily se figea, parfaitement immobile comme un mulot pris dans le regard acéré d'un faucon. Une lumière émanait de l'intérieur de la pièce, trop froide pour être celle d'une cheminée, trop forte pour être celle d'une bougie. Emily eut l'impression que c'était presque comme si un rayon de lune avait été capturé là. Ce qu'elle devait faire, c'était s'en tenir à sa mission et poursuivre son chemin jusqu'en bas, mais l'appel du mystère était trop séduisant.

Ce fut seulement en s'approchant de la chambre qu'elle comprit qu'il s'agissait de celle d'Elizabeth Chester. Au moment où elle poussa la porte, la lumière sembla s'éteindre et, lorsqu'elle passa la tête à l'intérieur, la pièce était plongée dans la pénombre, à l'exception d'un rayon de lune oblique, qui projetait sa lame jusqu'au sol. Emily retint son souffle lorsqu'un petit objet en forme de disque sortit de l'ombre dans l'angle de la pièce et entra dans la lumière, tournoyant et vacillant sur son bord avant de retomber à plat et de s'immobiliser. Tâchant de percer l'obscurité, elle essaya de discerner une silhouette ; l'un des enfants s'était-il aventuré dans sa chambre ? Mais elle ne distingua aucune créature, morte ou vive, tapie dans les coins. Après une profonde inspiration, Emily s'élança dans la pièce, saisit l'objet et le fourra dans sa poche.

Elle ne pouvait pas s'attarder plus longtemps.

Prenant soin de se cantonner au sanctuaire de la pénombre, Emily se dirigea à tâtons jusqu'au grand escalier, qu'elle descendit sous le regard attentif des portraits et des trophées qui l'ornementaient. En bas, elle hésita, arrêtée momentanément par la voix de Chester qui retentissait, tonitruante dans le silence. Marchant lentement, Emily l'écouta crier et pleurer, supplier et fulminer comme un dément.

Après un énième regard le long du couloir pour s'assurer que ni Mme Crawley ni aucune autre personne ne pouvait la découvrir, Emily se rapprocha progressivement, sur la pointe des pieds, pour s'immobiliser derrière la porte de la bibliothèque, par chance entrouverte. Dans l'interstice au niveau des charnières, elle avait une vue parfaite sur Chester et sa pauvre prisonnière. Elle fut pétrifiée en découvrant la scène. Pour la première fois cette nuit-là, la peur se fraya un chemin jusqu'à son cœur affolé, et elle fut choquée.

Il n'y avait personne entravé sur ce fauteuil. La seule chose qu'elle y voyait, c'était une robe – une robe de mariée, confectionnée de dentelle et de soie – étalée sur le siège comme si elle était portée. Les manches vides étaient posées sur les accoudoirs et, sous l'ourlet orné de perles qui retombait mollement, deux pantoufles en satin étaient soigneusement placées côte à côte.

Mais ce qui terrifia et fascina Emily tout à la fois, ce fut l'objet disposé sur les genoux de la robe vide, avec un bonnet garni de fleurs de soie qui descendait juste au-dessus de son front aveugle : un crâne humain.

Horrifiée et hypnotisée, Emily en oublia presque qu'elle était censée se cacher, tant le spectacle était troublant. Chester avait même installé le crâne sur un petit oreiller de façon qu'il soit légèrement incliné vers le haut, forcé de le regarder, comme s'il était captivé par chacune de ses paroles. L'injustice de la situation, l'ignominie qui consistait à obliger cette pauvre âme à être pour toujours sous l'emprise de Chester, même dans la mort, furent presque trop lourdes à endurer pour Emily. Elle dut serrer les poings pour s'empêcher d'entrer dans la bibliothèque et de voler à la rescousse de ce crâne.

Luttant pour garder son calme, elle se retira au contraire un peu plus loin dans la pénombre et se contraignit à continuer de regarder et d'écouter. Car Emily était certaine qu'avec un peu de patience elle entendrait un aveu de meurtre : le bonhomme conversait avec un cadavre, après tout.

Malheureusement, les mots de Chester étaient brouillés, à force d'alcool et d'apitoiement. Il tomba à genoux devant le crâne, exigeant de savoir pourquoi sa propriétaire ne l'avait pas aimé comme lui l'avait aimée. Il pleura, enfouit son visage dans la soie et la dentelle, implora le pardon et la pitié, qu'on lui accorde une autre chance.

Puis, au comble de l'accablement, il posa ses paumes énormes de part et d'autre du crâne et plongea le regard dans les cavités où se trouvaient autrefois les yeux. Pendant un instant, Emily pensa qu'il allait écraser les os, les réduire en poussière à mains nues, car un homme de sa taille et de sa corpulence en était sûrement capable. Mais ensuite, à son grand dégoût, elle le vit relever la tête vers ses lèvres et embrasser la bouche grimaçante avec une tendresse infinie.

Prise d'un haut-le-cœur, Emily se couvrit la bouche, craignant d'assister, impuissante, au retour de son souper. Et pourtant, elle n'arrivait pas à détacher son regard de ce terrifiant spectacle. En rompant son étreinte impie, Chester sembla se dégonfler sous les yeux d'Emily, resombrer dans le désespoir. Ses bras agités firent tomber le crâne de son piédestal, il bascula sur le côté de sorte qu'il avait désormais l'air de regarder Emily droit dans les yeux, d'implorer sa libération.

Alors seulement elle détourna le regard, non sans remarquer qu'il ne manquait pas une dent à ce crâne.

— Crawley ! cria Chester. Crawley ! Où es-tu, femme ? J'ai besoin de toi tout de suite, bon sang !

Et, bien que l'aube soit encore loin, Emily entendit un mouvement du plus profond de la maison, comme si la vieille dame était assise, attendant son appel. Au bout d'un moment, elle vit le balancement de la lanterne illuminer le visage de Mme Crawley alors qu'elle progressait dans le couloir à pas réguliers, droit vers le lieu où Emily se cachait.

Cherchant du regard un endroit où se camoufler, elle avisa la pièce en face de la bibliothèque et pria pour que la lune déclinante et la lanterne de Mme Crawley ne la trahissent pas. Elle fila à l'intérieur et poussa la porte derrière elle, la fermant presque mais de façon à pouvoir espionner l'étrange couple à travers le léger entrebâillement.

— Dans quel état !

Arrivée dans l'embrasure de la porte de la bibliothèque, les mains sur ses larges hanches, Mme Crawley s'adressait à Chester. Emily comprit tout de suite pourquoi elle portait des gants, la première fois qu'elle l'avait vue : entre le pouce et l'index, elle avait une excroissance de chair, si prononcée que trois de ses doigts étaient presque joints. Il s'agissait d'une affliction sur laquelle Emily s'était documentée, mais qu'elle n'avait jamais eu l'occasion d'observer de ses yeux auparavant.

— Ne vous ai-je pas dit plus d'une fois, *monsieur*, que si vous persistiez dans cette voie, vous finiriez par voir révélés au monde entier tous vos secrets ? Vous errez dans la maison à des heures indues, vous cognant et vous affalant comme un enfant qui piquerait une crise de colère. Et cette… cette momie ! Qu'attendez-vous de ce décorum ? Que son fantôme remplisse cette robe, comme le vent s'engouffre dans les voiles d'un navire, et qu'elle vous fasse une déclaration d'amour ?

— Je ne voulais pas qu'elle meure, marmonna tristement Chester. Je ne lui ai pas donné la permission de mourir. Elle l'a fait simplement pour me contrarier.

— Le suicide était sa seule échappatoire, nuança Mme Crawley avec un profond soupir. Elle ne pouvait pas supporter votre torture une seconde de plus. Je vous ai dit de l'aimer. Je vous ai supplié de l'aimer, mais vous en êtes incapable. Chaque fois que vous rencontrez quelque chose de bon, vous vous acharnez à le détruire. Je n'ai jamais compris pourquoi. Si seulement vous aviez aimé Imogen, vous auriez été comblé. Mais vous deviez aussi la rendre folle, n'est-ce pas ? Vous étiez incapable de résister à la tentation de violenter un être aussi pur.

Emily était médusée que Mme Crawley ose s'adresser à lui en ces termes, qu'elle ne semble pas craindre de lui parler comme à un enfant désobéissant plutôt qu'à son maître.

Elle regarda la vieille femme se diriger vers Chester, effondré au sol. Doucement, elle ramassa le crâne et le remisa dans un sac de velours, non sans lui décocher un regard désolé avant de tirer sur les cordons. Et puis, le sac balançant contre son flanc, et à l'immense surprise d'Emily, elle posa une paume sur la grande tête de Chester, comme s'il était son chien de compagnie. Lorsqu'elle parla, cette fois, ce fut avec la même gentillesse et la même tendresse qu'avait manifestées Emily pour consoler Keeper après l'avoir battu.

— Là, là, murmurait-elle en le hissant sur ses pieds instables avec une force étonnante. Là, là. Au lit maintenant. Demain matin, tout cela ne sera plus qu'un rêve.

— Mais, et elle… ? dit Chester, qui désignait la robe froissée.

— Allez vous coucher, ordonna-t-elle. Je vais prendre soin d'elle, je vous le promets.

Chester sortit de la bibliothèque en titubant, en s'appuyant contre le mur, et se heurta à un énorme ours empaillé, juste à l'extérieur de la pièce, si près de l'endroit où se tenait Emily qu'elle put sentir les relents de son haleine âcre. Elle l'écouta qui avançait lourdement dans le couloir et montait les marches en trébuchant, martelant des poings chaque porte sur son passage.

Emily poussa le battant de la sienne, décidée à s'échapper par la petite fenêtre de la pièce. La lune était à présent si basse dans le ciel qu'on ne distinguait plus à travers les arbres que ses derniers rayons. Bientôt, l'aube commencerait à réchauffer le jour, et il serait moins facile de se cacher en pleine lumière.

Emily se rendit compte qu'elle se trouvait dans le bureau de Chester. Accroché au mur, le portait d'une très belle femme lui souriait avec nostalgie. Sans doute celui de la pauvre Imogen dont Anne leur avait parlé : la femme dont le crâne gisait en ce moment même dans un sac de velours. Des dizaines de papiers jonchaient le secrétaire. Emily s'en approcha, parcourut les documents à la recherche d'un éventuel indice, mais à l'instant où elle s'emparait d'une liasse, elle entendit les pas pressés de Mme Crawley, et la poignée de la porte que l'on tournait.

Emily fourra les papiers dans son corsage, puis elle se précipita derrière la lourde tenture qui encadrait la fenêtre à la française et s'en enveloppa le corps, retenant son souffle. La porte s'ouvrit, Mme Crawley entra dans la pièce, et ses pas s'immobilisèrent.

Plantée là, Emily commença à frémir, non pas de peur mais sous l'effet d'un froid intense. La température de la pièce semblait avoir chuté si rapidement qu'elle sentait chacune de ses inspirations ressortir dans l'air glacé sous forme de buée.

Tout à coup, elle entendit le halètement d'une respiration très proche, laborieuse et saccadée, mais qui n'était pas la sienne. Ce n'était pas non plus celle de la personne qui se tenait de l'autre côté du rideau. Car le son trouvait sa source juste à côté d'elle. Tout en comprenant qu'il s'agissait d'une illusion, Emily devina aussi qu'elle n'était pas seule derrière l'épais tissu de velours. Elle pivota très lentement la tête pour faire face à l'être avec qui elle partageait sa cachette, s'attendant à tomber nez à nez avec les orbites vides d'un crâne tourné vers elle dans une attitude menaçante. Mais, avant même qu'elle ait eu le temps d'en avoir le cœur net, la voix de Mme Crawley la fit sursauter.

— Laissez-le tranquille, dit-elle à la pièce et avec une telle force qu'Emily se demanda si Crawley l'avait découverte.

Mais la vieille femme ne fit pas le moindre geste pour tirer le rideau, et elle poursuivit :

— Laissez-le. Laissez-le-moi, maudit esprit, je vous en supplie !

Emily entendit les chaussures de la domestique grincer sur le parquet tandis qu'elle tournait prestement les talons et claquait la porte derrière elle. Alors, avec une soudaine frayeur, Emily se rendit compte que, pendant toute la tirade de Mme Crawley, une main frêle, gelée avait agrippé la sienne.

— Doux Jésus ! balbutia-t-elle, arrachant ses doigts gelés à l'étreinte surnaturelle.

Il n'y avait pas d'apparition, pas de fantôme... Seulement le froid glacial et une atmosphère de désespoir si profond qu'Emily en eut les larmes aux yeux.

Bien qu'aucun mot n'ait été prononcé, elle entendait la supplique qui résonnait aussi clairement que le tintement d'une cloche.

— Je le ferai, murmura-t-elle en réponse. Je vous aiderai, je le jure.

Sur quoi, elle enfonça la main dans sa poche et en sortit l'objet qu'elle avait subtilisé dans la chambre d'Elizabeth, pour l'examiner. Un bouton. Sans en avoir la preuve, Emily eut soudain la conviction qu'il avait jadis orné le manteau d'un certain Robert Chester.

21

Charlotte

— Mademoiselle, il y a une dame qui vous attend dans le salon, annonça Mme Hepple, la propriétaire de la pension, sitôt que Charlotte posa le pied au bas de l'escalier, épuisée par sa nuit presque blanche. Elle s'est montrée très pressante et m'a prié de venir vous réveiller dès son arrivée, ce matin, ce que j'ai refusé. Pour rien au monde je ne dérange mes hôtes, même si le visiteur se montre insistant.

— Merci, madame Hepple.

Par-dessus son épaule, Charlotte jeta un coup d'œil vers Anne. Il ne pouvait y avoir aucun doute quant à l'identité de la femme qui demandait à les voir. Seules deux personnes savaient qu'elles étaient à Leeds, et l'une d'entre elles était Mme Honeychurch. La question était de savoir pourquoi, mais, quelle que soit la raison, Charlotte craignait que cela ne leur attire des ennuis.

— Je vous apporte du thé, proposa Mme Hepple. Pour la dame aussi ?

— Oui, s'il vous plaît, et veuillez le reporter sur notre note, répondit Charlotte, tout sourire.

Leur logeuse semblait toutefois pour le moins réticente à l'idée de préparer du thé pour leur invitée inattendue.

Le salon de Mme Hepple, comme elle l'appelait, était en fait plutôt une sorte de salle d'attente, un endroit où les hôtes patientaient jusqu'à l'arrivée de la diligence qui les conduirait vers la prochaine étape de leur voyage. La pièce était encombrée de fauteuils éculés et dépareillés, au moins deux de trop pour que celle-ci soit agréablement meublée. Les sièges étaient disposés en un cercle désordonné qui évoquait à Charlotte une réunion gênante où nul ne savait vraiment quoi se dire, d'autant plus que l'un des fauteuils, placé près de la porte, semblait destiné à s'esquiver discrètement. Pourtant, si inélégante qu'elle puisse être, la pièce reflétait bien le malaise de leur deuxième confrontation avec la mère d'Elizabeth Chester.

— Madame Honeychurch.

Charlotte et Anne esquissèrent une révérence polie, avant de prendre place sur la banquette, fort usée elle aussi, en face de leur visiteuse.

Avec son visage ravagé par les larmes, la pauvre femme avait l'air terriblement malheureuse. Il lui fallut quelques instants avant de se ressaisir et de pouvoir parler.

— Mon mari ignore que je suis ici, bien sûr, et mon temps est compté, commença-t-elle d'un ton grave, la bouche étroitement pincée pendant que Mme Hepple déposait le thé et repartait, fermant la porte du salon derrière elle. Me présenter ici, c'est... Eh bien, je n'ai pas l'habitude de désobéir à mon époux, mais je n'aurais trouvé de repos avant de vous avoir parlé.

— Je vous en prie, madame Honeychurch, venez-en aux faits.

— Votre visite m'a plongée dans un profond désarroi, avoua Mme Honeychurch. Je n'ai pas pu m'empêcher de repenser à tout ce que vous avez dit depuis votre départ, vos mots m'ont tournoyé dans la tête au point que j'ai craint de devenir complètement folle, mais il y a pire encore. Ce matin, nous avons découvert que vos affirmations étaient exactes. Après votre départ, M. Honeychurch a immédiatement pris une calèche pour Chester Grange afin de me rassurer. Il en est revenu juste avant l'aube. Vous aviez raison. Mon Elizabeth n'est pas là-bas, et sa disparition a été constatée lundi. Mon mari est entré de force malgré cette… domestique et, avant d'être mis à la porte, il a eu le temps de voir la chambre vide de notre fille… Comme il n'a pas voulu me décrire ce qu'il y avait à l'intérieur, je vous demande de le faire, car mon imagination dépasse sûrement la réalité, quelle qu'elle soit.

— Nous avons vu une chambre qui avait été très bien nettoyée, madame, ce qui peut-être nous en a révélé autant que si elle avait été laissée en l'état.

Charlotte entreprit ensuite de lui en raconter autant que possible, sans affliger davantage la pauvre femme ni dissimuler la vérité.

— Il semble que la gouvernante a découvert la chambre vide, maculée de sang, mais votre fille était introuvable.

Mme Honeychurch hocha la tête vaillamment, tout en tortillant un mouchoir qu'elle serrait à deux mains.

— Mon mari et M. Chester ont eu une altercation, au cours de laquelle Chester lui a rappelé qu'Elizabeth n'était plus sa propriété. M. Honeychurch a prévenu la gendarmerie de Keighley, qui paraît en savoir moins que vous sur sa disparition. En conséquence de quoi, il ira demander l'aide des magistrats de Leeds afin de découvrir ce qui lui est arrivé. Mais, comme ils ne font pas partie du même comté, je ne sais pas s'ils vont s'emparer de l'affaire. Et s'ils le font, je crains qu'il ne soit déjà trop tard.

— Avez-vous mis à leur disposition la dernière lettre que vous avez reçue ? s'enquit Charlotte.

Mme Honeychurch secoua le menton et sortit la lettre en question.

— Selon mon mari, cela signifie simplement qu'elle a été datée de façon erronée. Lizzie a toujours été une tête de linotte, affirme-t-il, et sa lettre aura été remise en retard. Il prétend que l'information est de peu d'importance. Maintenant que la police recherche Elizabeth, il est certain que l'enquête va progresser et qu'elle sera bientôt de retour. Je… Je n'ai pas réussi à dormir, à force de penser à cette lettre. Une mère ressent souvent les douleurs de sa fille, avant même de savoir que quelque chose ne va pas. Je ne comprends pas pourquoi je n'ai pas eu le pressentiment que Lizzie allait mal. Peut-être me suis-je aveuglée, à tant vouloir que tout aille bien. Maintenant, je ne supporte plus de faire semblant… Chaque fois que je regarde la lettre, je suis saisie par une profonde inquiétude. Et si cela n'était pas une erreur ? Et si c'était plus grave que ça ? Mon époux refuse de prendre mon tourment au sérieux… et vous ?

— Pas nous, lui certifia Anne. La lettre doit être prise en considération dans l'enquête.

— Vous avez affirmé hier que vous étiez les seules à vouloir faire la vérité sur les événements.

— Nous pensons être les seules à entreprendre quoi que ce soit avec la détermination nécessaire, confirma Charlotte, qui ajouta après coup : au nom de nos employeurs, MM. Bell.

— Pouvez-vous m'expliquer qui sont ces avocats et comment ils se sont trouvés impliqués dans cette affaire ?

— Ce sont de bons chrétiens, lui assura Charlotte avec un coup d'œil hésitant à sa sœur.

De toute évidence, Mme Honeychurch espérait des informations plus concrètes. Soudain, Charlotte pensa à l'une des lettres que Père avait destinées à la presse et qu'elle avait transcrite pour lui quelques semaines auparavant. Elle se laissa guider par cette inspiration.

— Ils ont constaté à quel point l'application de la loi était insuffisante dans notre région. Un gendarme pour surveiller des milliers de personnes, dépendant généralement du patronage d'un seul homme, et rémunéré le plus souvent sous la forme de commissions pour l'émission d'amendes. Ce n'est pas là une façon fiable de garantir la justice. Dans de telles circonstances, les criminels peuvent agir en toute impunité.

— En effet, renchérit Anne. Les Bell ont observé les progrès importants réalisés à Londres avec l'organisation de la Metropolitan Police et, tout en cherchant à faire pression sur le Parlement pour que des mesures similaires soient prises dans la région, ils sont également déterminés à faire ce qui est en leur pouvoir pour rétablir la justice.

— Je vois, opina Mme Honeychurch. Alors, s'il vous plaît, continueriez-vous dans cette voie pour mon compte ? J'ai un peu d'argent à ma disposition, et je me suis bien gardée d'en informer M. Honeychurch.

— Nous n'avons pas besoin de votre argent, se hâta de répondre Anne, qui prit toutefois la lettre que Mme Chester leur tendait. Notre vœu le plus cher est de pouvoir vous aider. Ma sœur et moi n'avons pu fermer l'œil de la nuit. Nous nous en voulons terriblement du malheur que nous vous avons causé, mais je vous prie de croire que telle n'a jamais été notre intention.

— Vous êtes sœurs ?

Devant l'air surpris de Mme Honeychurch, Anne adressa à Charlotte un regard mêlant tristesse et contrition.

— Nous sommes sœurs, en effet, admit Charlotte à contrecœur. Sans mari ni famille pour nous entretenir, nous sommes obligées d'exercer un emploi respectable.

— Vous n'avez pas encore passé l'âge de trouver un mari, dit Mme Honeychurch d'un ton larmoyant. Surtout vous, Anne. Vous avez un visage si beau et si doux ! Si j'avais eu un fils, j'aurais aimé qu'il épouse une fille aussi adorable que vous.

— Je ne suis pas sûre de faire une épouse si docile, toutefois, nuança Anne avec un faible sourire, devinant l'affliction de son aînée, assise à côté d'elle.

Charlotte tenta de faire abstraction de la remarque indélicate de cette femme en détresse, mais ce n'était pas la première fois qu'elle souffrait de la comparaison avec sa sœur. Pourtant, ces allusions continuaient de la blesser, plus profondément qu'elle ne souhaitait l'admettre.

— Enfin, je n'ai pas pu trouver le sommeil de toute la nuit dernière non plus, poursuivit Mme Honeychurch. Je me suis levée, j'ai lu et relu toutes les lettres de Lizzie, en pesant attentivement chaque mot. Après avoir repensé aux dernières semaines et aux jours ayant précédé son mariage, j'ai décidé de vous revoir. J'ai résolu de vous révéler tout ce que je sais, même si mon mari serait extrêmement fâché de ma désobéissance. (Elle baissa les yeux vers ses doigts chargés de bagues aux lourds diamants scintillants.) Mes chères, sachez que j'ai porté sept enfants pendant mon mariage, et tous, à l'exception de Lizzie, nous ont été enlevés avant l'âge d'un an. Chaque deuil a été plus difficile à supporter que le précédent, mademoiselle…

— Brontë, dit Charlotte, incapable de se cantonner à leur mensonge face à une tragédie racontée avec pareille sincérité.

— Certaines personnes s'imaginent, quand la mort d'un enfant est chose si répandue, qu'une mère va s'endurcir face au deuil, comme si chaque petite vie n'avait pas d'importance, mais je vous assure que c'est faux. Chaque fois qu'un nouveau-né est placé dans vos bras, vous en tombez amoureuse, cœur et âme, et vous êtes liée de tout votre être à ce petit, car n'a-t-il pas fait partie de vous chaque jour où vous l'avez porté ? On ne s'habitue jamais à la mort d'un enfant, on ne devrait jamais s'y habituer, soupira-t-elle, ses yeux bleu-violet pleins de larmes. J'ai vu six de mes enfants, mes gentils, mes souriants bébés, froids dans la terre avant d'avoir eu le bonheur de les entendre dire « maman » et, chaque fois, j'ai souhaité mourir moi-même. J'ai même supplié mon mari d'arrêter... d'arrêter pour que je ne tombe plus enceinte, mais il a répondu que nous devions garder foi en Dieu et il avait raison. C'est alors que le Seigneur nous a donné Lizzie, et elle s'est épanouie, elle a grandi pour devenir une femme que je pensais invincible. Oh, comme je l'ai adorée, mesdemoiselles Brontë, ma chère, ma précieuse et douce enfant !

— Bien sûr, dit Charlotte. C'est un sentiment tout à fait naturel.

— Nous voulions lui donner la meilleure vie possible, et elle, en fille dévouée à ses parents, nous a fait confiance afin que nous choisissions le meilleur époux pour elle. Elle a fait son entrée dans la société le jour de ses dix-huit ans, et c'est à son premier bal que nous avons rencontré Chester. Elle avait beaucoup de soupirants, mais il nous a semblé qu'aucun d'entre eux n'avait vraiment à offrir à Elizabeth ce à quoi nous aspirions pour elle.

— À quoi aspiriez-vous pour elle ? s'enquit Anne.

Mme Honeychurch se tortilla et baissa les yeux.

— C'était plutôt ce que mon mari voulait, à vrai dire. M. Honeychurch est un homme qui s'est fait tout seul, un *nouveau riche**, comme certains nous appellent. Même

* En français dans le texte.

si nous avons mille fois plus d'argent qu'ils n'en auront jamais, les aristocrates continuent de nous regarder de haut. M. Honeychurch trouve ce mépris intolérable. Nous espérions que notre fortune considérable pourrait attirer un homme avec le genre d'héritage qui permettrait à notre Lizzie et à ses enfants de s'élever dans la société, de leur conférer enfin cette respectabilité.

Charlotte acquiesça gravement et se prépara à l'inconfort immense qui accompagnerait la question qu'elle allait inévitablement poser à cette femme pourtant aimable et malheureuse.

—Madame Honeychurch, lorsque nous nous sommes vues hier, vous avez dit que M. Chester était assez en colère pour causer du mal à Elizabeth s'il découvrait une certaine vérité à son sujet. Je sais à quel point cet entretien doit être difficile, mais si vous souhaitez que nous venions en aide à votre fille, nous devons savoir tout ce que vous pouvez nous apprendre, si choquant que cela puisse vous paraître. Sachez que rien de ce que vous nous confierez ne franchira l'enceinte de ces quatre murs.

Mme Honeychurch secoua plusieurs fois la tête, son mouchoir pressé contre sa bouche.

Charlotte se déplaça un peu sur son siège et, après un moment, se rapprocha légèrement de leur visiteuse pour lui prendre la main.

—Madame Honeychurch, répéta-t-elle dans un souffle, cela vous aiderait-il de savoir que nous avons entendu dire qu'Elizabeth nourrissait peut-être une certaine affection pour un autre homme que son mari ?

Pendant un instant, Mme Honeychurch eut l'air atterrée par cette révélation, puis son étonnement laissa place au chagrin.

— Je vous ai dit que mon Elizabeth était sauvage. Je crains de lui avoir laissé trop de liberté. Elle était brillante, douée pour la musique, le dessin. J'ai donc supplié M. Honeychurch d'engager deux précepteurs pour elle : un jeune homme qui lui apprendrait le piano et une jeune femme pour améliorer son art et sa culture générale. Son père tenait à ce qu'elle soit une femme accomplie, voyez-vous. Je lui avais dit que cela l'aiderait à trouver un bon mari. (Mme Honeychurch secoua à nouveau la tête.) Cependant, au bout de quelques mois, il est apparu que le professeur de piano, un certain M. Walters, profitait de sa douce nature… qu'il en abusait, en fait. Elle n'avait que quinze ans et brûlait de tomber amoureuse, toujours prête à suivre son cœur, même s'il la menait à des impasses.

— Et leur liaison a été découverte ?

— En effet, admit Mme Honeychurch en baissant vivement ses yeux gonflés. Mon Elizabeth a été surprise par l'une de nos servantes dans une… situation compromettante avec le monstre qui l'avait séduite.

— C'est regrettable, madame Honeychurch, commenta Charlotte avec douceur, mais votre fille n'est pas la première, et ce ne sera pas la dernière, à s'engager sur cette voie.

— Mon mari a décrété que sa réputation était ruinée, qu'aucun homme de valeur ne voudrait d'elle si la chose était sue. Il affirmait que l'humiliation d'une telle infamie l'achèverait, lui. Il a donc payé… il a acheté le silence de celle qui les avait découverts. Et il a versé une somme déraisonnable à celui qui l'avait compromise pour qu'il s'en aille et ne l'approche plus jamais. Le scélérat a été forcé de changer d'identité et de déménager à Scarborough. (Elle se pencha et tendit à Charlotte un morceau de papier bien plié.) Si je pouvais ne plus jamais prononcer son nom, j'en serais reconnaissante à la destinée, ajouta-t-elle plus bas. Mais je suis prête à faire tout ce qui est en mon pouvoir pour aider ma Lizzie. Hier soir, j'ai fouillé le bureau de mon mari et j'ai trouvé ceci, sa dernière adresse connue. Il y a eu des rumeurs, bien sûr, nous n'avons pas pu toutes les empêcher, si fort que nous nous y soyons employés. Alors Elizabeth a été envoyée dans un pensionnat, à Whitstable, jusqu'à ses dix-huit ans. Et nous avions espéré de tout cœur qu'elle avait laissé cette affaire derrière elle. Cela semblait être le cas quand elle a rencontré Robert Chester. Lors de son premier bal, Lizzie a été emportée par lui, ils ont dansé toute la soirée ensemble. Je ne l'avais jamais vue aussi heureuse et rayonnante. Et, après quelques autres entrevues, elle était toujours aussi ravie de sa compagnie. Alors quand Chester est venu nous voir pour demander la main de Lizzie, nous avons été aussi ravis qu'elle. Tout semblait parfait : une famille issue de la vieille noblesse, un nom respecté, un homme gentil, plus âgé, veuf, et la promesse d'un mariage d'amour. Oh, les semaines qui ont précédé leur union ont été si joyeuses…

Mme Honeychurch laissa sa phrase en suspens, son sourire s'effaça.

— Et puis, quelques jours avant les noces, nous nous sommes rendus à Chester Grange pour y recevoir nos invités et installer Lizzie dans sa nouvelle demeure. Nous étions… Disons que l'idée de la chaperonner dans ses premiers moments auprès de Robert nous rassurait. Mais enfin, il allait devenir son mari un jour ou deux plus tard, alors quand il l'a emmenée se promener dans le jardin un soir après le dîner, nous ne nous y sommes pas opposés. C'était une occasion pour eux de faire un peu plus ample connaissance. Seulement…

Mme Honeychurch se débattait manifestement avec son souvenir, et trouver le moyen de l'exprimer paraissait plus difficile encore.

— Mesdemoiselles Brontë, vous n'êtes pas mariées, et je ne voudrais pas vous effaroucher avec des sujets qui ne vous sont peut-être pas familiers…

— Bien que célibataires, nous sommes au courant des questions matrimoniales, ne vous tracassez pas pour nous, lui assura Charlotte.

Anne fronça les sourcils, mais elle se tut.

— J'avais préparé – ou croyais avoir préparé – ma Lizzie à ce que son mari attendrait d'elle, et puis… Eh bien, elle n'était plus ignorante du… processus. Lizzie est une fille sensée et robuste, elle semblait prête à l'intimité. En effet, je pense qu'elle était même enchantée à la perspective de pouvoir bientôt vivre à nouveau la vie d'une femme, y compris sur le plan charnel.

Elle ajouta les derniers mots dans un murmure douloureux, se rajusta sur sa chaise. Cette rencontre, cette conversation lui étaient visiblement si pénibles que son amour pour sa fille apparaissait comme une évidence, pour qu'elle accepte de partager des détails aussi intimes avec de quasi-inconnues. Elle devait être au désespoir, songeait Charlotte. Et comme il devait être douloureux de se rendre compte que c'étaient peut-être ses choix et ceux de son mari qui avaient précipité leur fille dans les bras du danger.

— Vous voyez, elle est revenue de la promenade pâle comme la mort, l'air aussi terrorisée que si elle avait vu un fantôme, poursuivait tristement Mme Honeychurch. Et elle a sangloté toute la nuit. Je le sais, car je dormais avec elle. Le lendemain matin, elle m'a suppliée de renoncer à ce mariage. Elle a tant pleuré qu'elle a dû vider son cœur, vraiment. Pensant qu'il ne s'agissait de rien d'autre que la crise de nerfs qui s'empare parfois d'une future mariée, je lui ai demandé ce qui s'était passé entre elle et Chester, afin de mieux comprendre ce qui l'avait contrariée, mais elle a refusé de m'ouvrir son cœur. Elle n'a pu se résoudre à me raconter ce qu'il lui avait fait.

Mme Honeychurch se leva soudain et marcha jusqu'à la porte avant de faire volte-face, comme si elle ne parvenait plus à contenir son anxiété.

— Enfin, nous en avons parlé, mon mari et moi, avec tous les préparatifs qui se déroulaient autour de nous, tous les invités qui arrivaient et notre Lizzie qui, jusqu'à ce moment-là, était si heureuse. Nous avons convenu que si nous pouvions la rassurer suffisamment, tout irait bien. Nous avons entrepris de la persuader de poursuivre ses noces. Mais, ce soir-là, elle s'est enfuie et lorsque nous l'avons retrouvée, elle était terrifiée et hystérique. J'ai alors dit à John que nous devrions peut-être nous résoudre à envisager l'annulation du mariage, mais il a refusé. Il ne voulait pas en entendre parler : il disait qu'il se couvrirait de honte, et son nom aussi, qu'il ne laisserait pas Lizzie lui infliger à nouveau cela. Il a déclaré qu'elle avait conclu un contrat, que ce contrat devait être honoré, et qu'il serait heureux d'être débarrassé de sa responsabilité. Le mariage a donc eu lieu.

Mme Honeychurch pleurait à présent dans ses paumes ouvertes.

— Son pauvre, son cher visage le jour des noces, les yeux rouges, bouffis à force de larmes. Je ne l'ai jamais oublié.

— Des rumeurs couraient selon lesquelles Elizabeth n'était pas une épouse heureuse, admit Charlotte. Je crois qu'elle s'est liée d'amitié avec la gouvernante des garçons.

Mais le mariage est souvent une situation à laquelle il faut s'adapter, petit à petit. Il n'était pas insensé de votre part d'espérer que votre fille s'y acclimaterait.

— Ils sont partis en lune de miel à Venise, mais, à son retour, Lizzie était amaigrie et pâle, elle ne se ressemblait plus. Comme il est vite devenu évident qu'elle était enceinte, nous avons pensé que c'était là, la raison de son changement. Puis le cher petit Archie est né en pleine santé, et Chester a refusé toutes nos visites. J'avais peur, mon mari était très en colère, si bien que nous étions sur le point d'aller à Chester Grange pour exiger de la voir. Mais les lettres ont commencé à arriver, et elle y semblait si heureuse et si satisfaite de son sort que nous nous sommes ravisés, notre esprit s'est apaisé. « Laissez-leur un peu de temps, a décrété mon mari. Elle est sous la responsabilité de son mari désormais. » Malgré une douleur, intense comme je ne saurais la décrire, j'ai résolu de laisser partir ma petite fille, ainsi que je le devais. Je ne saurais dire que j'en étais ravie, mais je me suis fait violence pour mettre de côté mes « folles idées », comme les qualifie mon époux. Du moins, jusqu'à ce que vous vous présentiez chez nous hier.

— J'en suis vraiment navrée, déclara Charlotte.

— Je vous en prie, ne vous excusez pas. Après votre départ, j'ai relu les lettres et un détail m'a sauté aux yeux. Quand je pense à toutes les fois où j'ai relu ces mots, en me languissant de ma fille… Je n'avais jamais remarqué cet élément avant votre visite, mesdemoiselles.

— Remarqué quoi ? lui demanda Anne, penchée en avant.

— Quand Lizzie était petite, elle était en proie à des terreurs nocturnes. Elle hurlait la nuit au point que toute la maison l'entendait. La seule chose qui pouvait la calmer, c'était que je m'allonge auprès d'elle et que je lui masse les tempes à l'huile de lavande jusqu'à ce qu'elle s'endorme. « J'ai peur, maman, répétait-elle sans arrêt. Apportez-moi la lavande, apportez-moi la lavande. »

— Et ?

Charlotte était intriguée.

— Chacune de ses lettres, sans exception, contient un paragraphe sur son enfance et toujours la question : « Vous souvenez-vous quand je vous demandais de m'apporter la lavande, Mère ? » Avec les trois mots soulignés : « apporter la lavande ». Charlotte, Anne, je crois que, dans chacune de ses lettres, ma Lizzie a essayé de me dire qu'elle avait peur, qu'elle appelait sa mère à l'aide, et moi… Je n'ai rien deviné.

Voyant la pauvre Mme Honeychurch s'effondrer, Anne tomba à genoux devant elle et l'entoura de ses bras dans un geste de réconfort si spontané que Charlotte se prit à regretter de n'avoir, elle aussi, cette empathie naturelle dont faisait preuve sa petite sœur.

— S'il vous plaît, Charlotte, et vous, chère, douce Anne, dites-moi comment faire pour retrouver ma Lizzie.

— Nous utiliserons toutes les informations que nous avons recueillies et nous les rassemblerons pour avoir une vue d'ensemble. Et, une fois que nous y serons parvenues, je suis sûre que la réponse nous apparaîtra, même si ce pourrait être une réponse très difficile à entendre.

— Je sais comment faire mon deuil, affirma Mme Honeychurch avec un hochement de tête stoïque. Je le sais peut-être mieux que quiconque. En revanche, je ne peux pas supporter le doute. Ce serait la pire des tortures.

— Nous réussirons à résoudre le mystère, je vous le jure, quel qu'il soit, lui certifia Charlotte, la mine très grave.

— Et vous bénéficierez de l'aide des avocats au service desquels vous travaillez, je suppose, n'est-ce pas ? demanda

Mme Honeychurch, comme une supplique, en prenant la main de Charlotte.

— Oui, répondit cette dernière, voyant combien la pauvre femme avait besoin, pour être rassurée, de croire que des hommes seraient aux commandes. Oui, bien sûr, les Bell dirigent tout.

— Alors, s'il vous plaît, chères mesdames, faites de votre mieux.

L'angoisse qui se lisait sur son visage était si profonde que Charlotte parla avant même d'avoir eu le temps de mesurer toutes les implications de ce qu'elle avançait.

— Nous le ferons, promit-elle. Nous ne connaîtrons pas de repos tant que cette énigme ne sera pas résolue.

22

Emily

La brume matinale s'agrippait encore aux anfractuosités de la vallée alors qu'Emily faisait ses derniers pas vers la maison, Keeper trottinant à ses côtés. Comme elle s'apprêtait à entrer par l'arrière et à prétendre qu'elle était sortie faire une promenade à l'aube, elle aperçut le sacristain de son père, John Brown, au loin parmi les pierres tombales du cimetière.

— Bonjour, John, le salua-t-elle, étant descendue voir ce qu'il faisait, tandis que Keeper avait préféré se rendre à l'intérieur pour son petit déjeuner.

— Bonjour, Emily.

John Brown leva les yeux de la sépulture qu'il était en train de rouvrir avec précaution, le trou où, Emily le savait, se trouvaient sans doute déjà plusieurs cercueils de la même famille, à divers stades de décomposition, empilés les uns sur les autres. En ce début de matinée qui promettait une journée lumineuse et chaude, John allait s'efforcer de faire de la place pour un autre encore. Son père adressait régulièrement à l'évêque une requête, demandant que davantage de terrain soit consacré aux morts de Haworth, car leurs os menaçaient de bientôt dépasser de la terre fraîchement creusée.

— Je vois que vous vous êtes encore réveillée avec l'aube.

— J'ai vu le soleil se lever, John, et le spectacle était merveilleux, confirma Emily, la tête pleine à ras bord de tout ce dont elle avait été témoin la nuit dernière.

Des choses si étranges que, si elle n'avait pas été aussi certaine d'avoir été éveillée, elle aurait considéré toute l'aventure comme un rêve. Elle inclina la tête pour lire le nom sur la pierre plate.

— Un autre enfant Pickford, John ? Papa avait espéré que le petit pourrait encore être sauvé. L'enterrement aura-t-il lieu aujourd'hui ?

— En effet, confirma John avec un signe du menton. À midi.

— J'y assisterai, promit-elle. Cette année a été dure pour les Pickford. (Elle enfonça la main dans sa poche et en tira le galet.) John, auriez-vous l'amabilité d'examiner cette pierre pour moi et de me dire d'où elle vient ?

— Une pierre, dites-vous ?

John sortit de la tombe en s'essuyant les doigts sur sa culotte. S'il avait un avis sur le fait qu'Emily se promène tête nue, sur ses cheveux indisciplinés, sa robe déchirée et boueuse, il se gardait bien de le dire. C'était l'une des raisons pour lesquelles Emily l'appréciait. Le père de leur servante, Martha, était un homme fiable et honnête et, pour un être qui passait ses journées entouré par la mort, il était aussi étonnamment joyeux.

— Si vous voulez bien, répondit Emily, en lui laissant tomber le caillou dans la paume.

— Eh bien, fit le sacristain avec un froncement de sourcils, c'est bel et bien un caillou.

— Vous êtes amusant, John Brown. Pourriez-vous me dire d'où il vient ? Je me le figure d'un gris trop clair et d'une texture trop lisse pour être d'ici.

John Brown observa la pierre encore quelques instants.

— Il est lisse, répéta-t-il avec un haussement d'épaules, avant de lui rendre le galet. Je dirais donc qu'il a passé du temps dans l'eau courante, une rivière ou peut-être la mer, mais je ne peux pas vous en apprendre plus, Emily.

— Merci quand même, John. Savez-vous où je pourrais trouver un expert capable d'identifier l'origine de cette pierre ? Je vais devoir écrire des lettres à des universitaires, je suppose, ce qui me prendra du temps que je n'ai pas, sans compter que, chaque fois qu'une femme s'adresse à un homme célibataire en quête d'informations, on l'imagine toujours à la recherche d'un mari, alors qu'en réalité il n'est rien qu'une personne puisse vouloir moins qu'un mari ! (Elle regarda John.) Quand je dis « une personne », je veux parler de moi-même.

— Miss Emily, dit John en épongeant les effets de la chaleur croissante de la journée avec un mouchoir, je n'ai pas la moindre idée de ce dont vous parlez. Toutefois, je crois qu'il n'est pas homme vivant dont vous n'éteindriez l'intérêt avec votre langue acérée et vos regards féroces si le besoin s'en faisait sentir.

Emily sourit.

— Eh bien, merci, John Brown, lâcha-t-elle, un peu requinquée par le compliment.

Passant derrière le bâtiment, elle découvrit Branwell, pâle comme l'hiver et allongé sur le muret en pierres sèches qui longeait l'autre côté de l'allée. N'eût été le scintillement de ses cheveux que soulevaient ses épaules, l'on aurait pu penser qu'il faisait partie du linge qu'étendait justement Tabby, s'efforçant au mieux de ne pas voir le fils de la maison.

— Bonjour, Tabby, lui lança Emily avec sa désinvolture bien exercée.

— Votre lit était fait bien tôt, mademoiselle Emily, constata la bonne d'une voix grave. Et vous avez l'air d'avoir traîné par les grands chemins. Je suppose que vous allez vous occuper de lui ? ajouta-t-elle, sans se résoudre à regarder Branwell.

— Je m'en charge, Tabby, et je suis désolée pour nous deux.

— Faites en sorte que M. Brontë ne vous voie pas dans cet état. Je suis debout depuis l'aube, à récurer le sol avec du sable frais, alors ne marchez pas dessus, commanda Tabby. Je vous attends à l'heure pour votre déjeuner, mademoiselle !

— Absolument ! s'exclama joyeusement Emily. Je gagnerai la table en lévitant au-dessus du sol.

Les plaintes grincheuses de Tabby concernant son impertinence et son ingratitude s'estompèrent à mesure qu'elle s'éloignait vers le portail situé à l'arrière du presbytère.

— Branwell, murmura Emily en frottant doucement le dos de son frère, qui vomissait dans l'herbe. Tu viens juste de rentrer à la maison ?

Il lui adressa un regard de côté, entre les mèches de ses cheveux, réussissant le prodige d'un sourire complice, entre deux haut-le-cœur.

— Et toi ? répliqua-t-il. Aide-moi à me redresser, Emily. Pour une raison qui m'échappe, mon cerveau n'est pas encore en mesure de distinguer ce qui est en haut de ce qui est en bas.

— Je crains que ce ne soit parce que ton cerveau a entièrement évacué le bocal de ta tête, ou bien parce qu'il est mort *in situ*.

Prenant sa main, Emily le releva du mur et plaça un bras de son frère autour de ses épaules à elle, pour soutenir son poids pendant que tous les deux glissaient le long de la pierre rugueuse afin de s'asseoir dans l'herbe.

— Je ne tomberai jamais amoureuse, décréta Emily en faisant la grimace. Les effets secondaires sont trop odieux.

— Je t'en prie, pas de sermon, ma sœur. Cette chère Charlotte s'est déjà donné beaucoup de mal pour énumérer tous mes travers.

— Je ne te fais pas la morale, Branwell, protesta Emily. Je ne me livre jamais à ce genre d'exercices futiles quand ils peuvent être évités. Comment se portaient les hommes de science ?

— Qui donc ?

Branwell la regardait, paupières plissées à cause de la luminosité.

— Tu m'as dit que des hommes de science venus examiner la terre aux environs de Haworth séjournaient au *Bull* et que tu pourrais m'aider à trouver un expert en pierres ou des informations censées me conduire à l'un d'eux.

Emily s'éloigna brusquement de Branwell, qui dut se raccrocher au mur, s'y agripper comme s'il risquait de s'arracher du sol et de tomber dans le ciel.

— Ah oui, attends… Ça me revient. (Branwell se retourna sur le côté, si bien que la moitié de son visage se perdit parmi les marguerites.) Nous avons déclamé des vers, ma récitation était la meilleure. Il y a eu beaucoup de chants, des airs folkloriques dont je me souviens, je crois… As-tu déjà remarqué combien de ces chansons parlent de gens qui meurent dans d'atroces circonstances, Emily ? (Elle poussa son soupir le plus ostensible.) Puis on a parié sur des poulets, le mien était le plus mal en point, et puis… Oui ! J'y suis ! Parmi les scientifiques, il y avait un géologue du nom de Purbeck qui pourrait peut-être te renseigner sur ton galet. De toute évidence, pour un homme d'une telle importance, qui cherche à découvrir les secrets mêmes de la création de Dieu, tes préoccupations sont totalement insignifiantes. Mais il a consenti, pour m'être agréable, de consacrer un peu de son précieux temps à tes divagations de gamine. Nous le trouverons peut-être à Ponden Kirk ce matin, avant son départ par le coche de midi.

— Ce matin ? dit Emily en se levant. Mais la moitié de la matinée est déjà passée ! Quant à toi… (Elle le contempla, recroquevillé comme un chaton sur le bord de la route.) Tu n'as pas l'air en état d'entreprendre quoi que ce soit, Branwell.

— Accorde-moi un moment, Emily, que je me familiarise de nouveau avec la gravité.

— Comme toujours, mon cher frère, rétorqua Emily, je n'ai pas de temps à perdre avec les faiblesses des hommes.

23

Emily

Emily dénicha M. Purbeck à mi-chemin de la rivière Kirk, où il s'était installé dans la bruyère. À ses côtés se trouvait un intrigant ramassis d'outils, disposé dans une sorte de rouleau déroulé, un peu comme les ciseaux utilisés par un tailleur de pierre. Emily l'observa quelques instants, mais il était tellement perdu dans ses pensées qu'il ne soupçonna pas sa présence. Il était plutôt jeune, selon Emily, à peu près de son âge à elle. Non qu'elle se considère encore comme jeune, mais, bizarrement, ce qui était vieux pour une femme ne l'était pas pour un homme. Ses cheveux fins et clairs étaient décoiffés par le vent, et l'arête de son nez avait déjà pris le soleil. Emily aurait pu rentrer chez elle à ce moment-là, il n'aurait jamais rien su de sa visite. Elle envisagea sérieusement cette option, mais nécessité fait loi.

— Bonjour, monsieur, cria-t-elle depuis la pente raide qu'elle descendait en glissant régulièrement pour retarder sa progression vers M. Purbeck. (À son arrivée, elle lui offrit sa main plutôt qu'une révérence, ce qui, dans ces circonstances périlleuses, lui sembla plus sûr.) Je m'appelle Emily Brontë de Haworth. Le pasteur, Patrick Brontë, est mon père et je crois que vous avez rencontré mon frère Branwell Brontë hier soir, à l'auberge. Peut-être vous a-t-il expliqué que je souhaitais avoir votre avis d'expert pour une affaire urgente ?

M. Purbeck se redressa si maladroitement qu'il éparpilla des échantillons de roche, et qu'une feuille de ses notes se trouva emportée par le vent au fond de la vallée.

— Je... oh... Bonjour, mademoiselle Brontë. Jonathan Purbeck, à votre service, madame... mademoiselle ? Votre frère, dites-vous ? Ce monsieur est-il avec vous ?

Une question qu'Emily jugea incongrue, car enfin, elle était venue seule, c'était manifeste. Peut-être que M. Purbeck n'était-il pas l'intellectuel affûté que son frère lui avait décrit.

— Bonjour, répéta-t-elle, pressentant qu'il fallait un préambule supplémentaire, sans toutefois trouver quelle forme elle devait lui donner. Mon frère, Branwell Brontë, m'a dit que vous vous intéressiez à la géologie et qu'il vous avait informé de mon souhait de vous interroger sur l'origine d'un morceau de roche en particulier.

M. Purbeck réfléchit un instant.

— Branwell Brontë... Un type roux fort divertissant ? Chanteur hors pair ? (Il sourit, et son visage prit une nuance cramoisi foncé en même temps qu'Emily l'observait.) Je me rappelle effectivement avoir dit que je viendrais travailler ici aujourd'hui. En revanche, je ne sais guère ce qu'il en est de votre pierre, mademoiselle Brontë. Cependant, bien sûr, si je peux être utile à une dame dans le besoin, alors il est de mon devoir de lui venir en aide...

Il sembla soudain à court de mots, et Emily fut soulagée de ce répit. Il ne lui avait pas échappé que M. Purbeck ne la quittait pas du regard. Comme Tabby l'avait fait remarquer, elle avait certes une allure frappante, mais un homme doté de meilleures manières aurait mis un point d'honneur à détourner les yeux de ses jupes sans jupon et du désordre de ses cheveux dénoués. Pas M. Purbeck, apparemment. Pour une raison qu'Emily ne s'expliquait pas, il paraissait subjugué par son accoutrement.

— Quoi qu'il en soit, pourriez-vous prendre un moment pour regarder ma pierre ?

Elle lui tendit le caillou dans la paume de sa main, avec quelques restes de viande d'agneau et de poils de chien.

M. Purbeck rajusta sa veste.

— Oui, bien sûr. Même si je dois avouer n'avoir jamais reçu requête plus inattendue. Je me sens pris au dépourvu.

— Ne vous préoccupez pas des convenances. Il ne monte jamais personne ici, le rassura Emily. C'est l'une des raisons pour lesquelles j'aime tant ce lieu : on s'y croit à deux doigts de toucher les nuages, ne trouvez-vous pas ? Le vent vous parle, ici. Il vous confie des secrets, si vous l'écoutez bien.

— Ça souffle sacrément, acquiesça M. Purbeck avec enthousiasme. Vos observations sont tout bonnement merveilleuses, mademoiselle Brontë.

— Et vous, pourquoi êtes-vous ici ? demanda-t-elle.

Aussitôt, les yeux de son interlocuteur s'illuminèrent, comme sous l'effet de la joie d'avoir enfin trouvé quoi dire.

— Dans l'Europe entière, les géologues affirment que toutes les grandes vallées et montagnes de la terre, comme cette dépression où nous nous trouvons, furent créées par le mouvement d'énormes pans de glace, il y a des dizaines de milliers d'années, à une époque, disent-ils, où le monde entier était gelé. Cette montagne, les pierres, les failles dans les rochers furent toutes sculptées par le déplacement très lent d'un mur de glace, doté d'une telle force qu'il façonna les paysages. Je suis là pour voir quelles preuves je peux réunir dans notre région pour appuyer une telle hypothèse, même si… (Il hésita un instant, se souvenant que le père d'Emily était pasteur.) Notre Seigneur est évidemment l'architecte de tout ce qui est.

—Un monde recouvert de glace, répéta Emily, en posant un regard songeur sur les environs, jusqu'à l'endroit où la colline se divisait en deux. J'ai toujours pensé que cette vallée semblait avoir été déchirée par deux immenses mains, mais oui, un grand mur de glace ferait l'affaire aussi. Comme c'est intéressant, M. Purbeck. J'aime bien votre théorie. Et cette pierre... Que pouvez-vous me dire à son sujet?

M. Purbeck lui prit le caillou, le tourna dans sa paume aussi délicatement que s'il s'agissait d'un œuf.

—C'est du calcaire, déclara-t-il immédiatement, et je dirais qu'il a été ramassé sur un rivage, usé par l'étreinte constante de la marée. La côte du Yorkshire est constituée de nombreuses couches de la période jurassique, dont l'une est en pierre calcaire, mais ici l'on peut aussi distinguer une veine de grès, vous voyez ? À cet endroit. Cela se remarque mieux si la roche est humide. (Il ramassa une petite flasque et arrosa le galet d'eau, révélant de fines veinules de rose et d'or parmi les gris violets.) Je ne saurais déterminer avec précision le lieu où ce caillou a été ramassé, bien sûr, toutefois je dirais quelque part sur la côte autour de Scarborough.

—Scarborough... intéressant. (Emily lui reprit le caillou, le fit rouler entre ses propres mains, tandis que son esprit échafaudait des hypothèses.) Ce pourrait être un souvenir, le rappel d'un lieu symbolique, d'un moment précieux qui jamais ne s'effacera. Un cadeau, un gage d'amour entre amants même!

—Ça alors, lâcha M. Purbeck, avec un demi-sourire, intrigué et inquiet face à son attitude.

Sa réaction n'avait rien de surprenant; il ne devait pas en avoir rencontré beaucoup des comme elle.

— Mademoiselle Brontë, reprit-il, pardonnez-moi de vous demander ceci, mais puis-je savoir pourquoi vous menez de telles recherches ? Je n'avais jamais été questionné de la sorte par une jeune dame jusqu'à aujourd'hui.

Mais Emily remontait déjà la colline tant bien que mal.

— Veuillez m'excuser, monsieur Purbeck, lança-t-elle par-dessus son épaule, j'aimerais beaucoup converser davantage, vous semblez fort cultivé, mais je suis attendue à des funérailles, malheureusement.

24

Anne

— Grand Dieu, Emily, tu as l'air d'être restée debout toute la nuit ! s'exclama Charlotte.

Rentrant tout juste de l'arrêt du coche, Charlotte et Anne trouvèrent Emily dans la cuisine, un roman ouvert sur la table tandis qu'elle pétrissait la pâte destinée à une nouvelle fournée de pain, tâche dont elle s'acquittait habituellement beaucoup plus tôt dans la journée.

— Alors j'ai exactement l'air qu'il faut, répliqua-t-elle, car je manque de sommeil après une nuit d'aventures extraordinaires, une matinée riche en révélations et un enterrement. Et Tabby vient de sabler les parquets : veillez donc à flotter au-dessus du sol, si vous ne souhaitez pas gâcher son travail.

— Je vous ai entendue ! cria Tabby depuis l'arrière-cuisine, où Martha et elle passaient du linge à l'essoreuse.

— Le sol est comme neuf, Tabby ! s'exclama Anne, cherchant l'apaisement.

— Des aventures extraordinaires, dis-tu ?

Charlotte avait posé sa question sur un ton d'indifférence, s'imaginant qu'Emily évoquait les contes Gondal sur lesquels elle aurait veillé toute la nuit et où les personnages mouraient toujours de façon tragique.

— Absolument, confirma Emily. Et dès que ce pain sera dans le four et que nous pourrons parler librement, je vous raconterai tout ce que j'ai vu.

— Et nous te raconterons tout ce que nous avons découvert à Leeds, ajouta Anne, qui se haussa sur la pointe des pieds pour poser le menton sur l'épaule de sa sœur afin de voir ce qu'elle lisait. Car nous avons fait d'importantes avancées, de notre côté.

— Alors nous comparerons nos aventures extraordinaires, conclut Emily. Mais je peux affirmer dès maintenant que c'est moi qui ai vécu les plus incroyables.

Charlotte et Anne échangèrent un regard, bien certaines que ce qui avait pu arriver à Emily, restée à Haworth, à laisser son imagination vagabonder avec les fées, ne pouvait égaler leur excursion à Leeds.

Toutefois, elles se trompaient toutes les deux.

— Ciel, commenta Charlotte avec un frisson, alors que se hérissaient les fins cheveux de sa nuque.

Emily avait narré à ses sœurs, dans les moindres détails, presque tout ce dont elle avait été témoin à Chester Grange. Elles avaient dû attendre un moment pour entendre son récit, car Emily avait refusé de le leur raconter à la maison, de peur d'être surprise par Père, Tabby ou le nouveau vicaire, M. Arthur Bell Nicholls, un homme affreusement maladroit.

Comme l'après-midi était belle, elle avait persuadé ses sœurs de repartir à l'aventure, malgré leur fatigue, presque aussitôt après qu'elles eurent posé leurs sacs. Maintenant qu'elles avaient entendu son histoire, elles ne le regrettaient pas, d'autant que la promenade les avait conduites à la belle cascade qu'elles appelaient Waters Meet. À cet endroit, l'eau s'écoulait de la lande avec une précipitation froide, claire et musicale qui rappelait à Anne son chat lorsqu'il marchait sur les touches du piano. Et il semblait que, tout récemment, un géant était passé par là, pour jeter d'énormes rochers dans la vallée encaissée et parmi les collines escarpées comme s'il se fut agi de ses jouets. Le panorama était aussi pittoresque que sauvage, et chacune des trois sœurs y dénichait un détail qui reflétait un peu d'elle-même. Peut-être était-ce pour cela qu'elles aimaient autant cet endroit où elles se sentaient chez elles. Et ici, à l'abri des oreilles indiscrètes, elles pouvaient parler ouvertement sous la splendeur du ciel, à la fois ensemble et dans un parfait isolement.

Bien que toute l'histoire ait été narrée, Anne ne parvenait pas à décider ce qui l'horrifiait le plus, entre les élans de tendresse de Chester pour un crâne ou l'idée de sa sœur dehors, en pleine nuit, allant au-devant d'un terrible danger.

—En partant, j'ai emporté une liasse de papiers sur son bureau, mais après y avoir jeté un coup d'œil, je n'y ai rien trouvé de plus intéressant que des comptes rendus et une correspondance extrêmement ennuyeuse.

—Si quelqu'un apprenait ce que tu as fait, Emily, rétorqua Charlotte avec gravité, tu serais envoyée derrière les barreaux. Voler des documents privés, enfin !

Emily hocha la tête.

—Être découverte t'aurait exposée à un grand péril, renchérit Anne.

—Oh, et il y a eu autre chose… (De nouveau, Emily pensa à la lumière qui l'avait conduite à la chambre d'Elizabeth, mais elle garda ce souvenir pour elle.) Je suis retournée brièvement dans la chambre d'Elizabeth et j'ai ramassé ceci. (Elle tendit sa paume ouverte.) Je pense qu'il s'agit du bouton qui manquait au manteau de Chester. Peut-être a-t-il été arraché lors d'une bagarre ?

— Je frémis rien qu'à le regarder. Prions pour que Père n'ait jamais vent de tes escapades… Je suis sûre qu'il ferait une syncope le cas échéant, conclut Anne, terrifiée par les aventures nocturnes d'Emily.

— Je suis d'accord, opina Charlotte. Nous devons veiller à tenir Père à l'écart de tout ce qui pourrait lui causer davantage de déplaisir.

— Notre frère tracasse assez notre pauvre père comme cela, rappela Emily sans détour. Quand Keeper et moi sommes rentrés à la maison ce matin, nous avons trouvé Branwell affalé sur le muret, qui n'avait pas même eu le bon sens de se réfugier à l'intérieur.

— Encore ! s'exclama Charlotte, au désespoir. Je pensais que notre dernière conversation l'avait atteint, que j'avais réveillé l'ancien Branwell. Il faut croire que je me suis trompée.

Pendant un instant, les sœurs se turent, et Anne comprit que ses aînées étaient rendues muettes par la même peur : il ne serait peut-être pas possible de détourner Branwell du chemin sur lequel il s'était engagé avant qu'il n'atterrisse dans le précipice qui l'attendait au bout.

— Vous souvenez-vous quand il était toujours notre chef en toutes circonstances ? se remémora Anne avec nostalgie. Enfant, je l'aurais suivi les yeux fermés tant sa grandeur m'impressionnait.

— Cette grandeur est toujours en lui, fit remarquer Charlotte. Nous devons croire, prier et espérer qu'il reviendra à sa vraie nature. Un homme doté de tant de qualités ne peut faire autrement que de s'élever à la hauteur de ces promesses, non ?

— Il me fait très peur, cependant, admit enfin Emily.

Et ce commentaire inquiéta profondément Anne, car sa sœur ne craignait pas grand-chose.

— Allons, détectrices, au travail ! lança-t-elle aussi gaiement qu'elle le put, afin de détourner leurs pensées du triste sort de Branwell. Observons tous les éléments que nous avons recueillis et voyons ce que nous pouvons en tirer. Le crâne avec lequel tu as vu M. Chester… s'entretenir… Pourrait-il être celui d'Elizabeth ?

— Je ne crois pas, répondit Emily avec confiance. Je l'ai aperçu très distinctement. Il était fin et délicat entre ses grandes mains, il aurait pu le broyer aisément. Je suis sûre que c'était le crâne d'une femme, mais ses dents étaient toutes intactes. J'en déduirais donc qu'il s'agit de celui de sa première épouse, qu'il garde prisonnière jusqu'à ce jour, tant il lui en veut d'avoir tenté de lui échapper dans la mort. Ce qui ne fait aucun doute, c'est que cet homme a une part sombre et dangereuse. Bref, Chester est complètement fou ; il cache bien son jeu, mais il est dément. Et il me semble qu'un homme qui pleure encore sa première femme de façon aussi étrange et contre nature, même si nous savons qu'il l'a tourmentée jusqu'à son suicide, pourrait tout à fait s'être débarrassé de sa deuxième épouse.

Malgré la tiédeur de l'après-midi, Anne frissonna. Le mal dont les hommes étaient capables la terrifiait d'autant plus qu'il était soigneusement dissimulé derrière le vernis de la respectabilité et du mensonge.

— Et puis, il y a ceci. (Charlotte sortit la lettre d'Elizabeth que Mme Honeychurch lui avait donnée et la tourna entre ses doigts.) Cette missive, de la main d'Elizabeth, est datée et porte le cachet de la poste, comme si elle avait été expédiée de Chester Grange le lendemain de sa disparition.

— Se pourrait-il que Chester en soit l'auteur et l'ait envoyée à ses parents afin de retarder le moment où ils apprendraient les faits ? demanda Emily, qui prit la lettre des mains de Charlotte et la lut, les yeux plissés à cause du soleil.

— Mme Honeychurch est catégorique : c'est bien l'écriture d'Elizabeth, répondit Anne. Elle lui a fait l'école elle-même, et je ne crois pas qu'un homme comme Chester puisse imiter avec autant de précision l'écriture d'une jeune femme éduquée, si ? Elle porte la marque de l'apprentissage féminin partout sur elle, celle d'une jeune femme habituée à dompter toute émotion jusque dans sa correspondance.

— Et il y a plus, déclara Charlotte. Elizabeth a échappé à un grand scandale à l'âge de quinze ans seulement, après s'être liée intimement à son professeur de musique.

— Plus j'en apprends sur ces passions-là, plus j'y vois la destruction, commenta Emily. Je commence à penser que la vie d'ermite est la seule qui soit sûre.

— D'après ce que nous avons pu déduire, c'était une aventure à laquelle Elizabeth était consentante, nuança Charlotte. Il semble que son père ait payé le précepteur et l'ait envoyé sur la côte pour s'assurer de son silence. Ce qui rend encore plus étrange le fait qu'Elizabeth ait eu si peur du mariage. Elle en savait peut-être plus sur ce qui l'attendait que beaucoup de jeunes mariées.

— Il est intéressant qu'elle ait eu un amour perdu, fit remarquer Emily. Un soupirant envoyé sur la côte. Parce que M. Purbeck, le géologue, pense que ce galet pourrait venir des plages de Scarborough, figurez-vous.

— M. Purbeck ? répéta Charlotte, les sourcils haussés.

Emily balaya son interrogation d'un revers de la main, trouvant l'idée d'une explicitation trop fastidieuse.

— Un expert que Branwell m'a présenté. Je crois que nous devons chercher ce jeune homme avec qui Elizabeth s'est retrouvée compromise. Car si c'est avec lui que Mme Hardy a surpris Elizabeth dans les bois, alors il se peut que leur histoire d'amour ait continué, même après son union avec Chester. Cela constituerait un mobile suffisant pour que Chester l'assassine. Ou alors il se pourrait que le coupable ne soit autre que l'amant jaloux.

— Exact, acquiesça Charlotte. Mme Honeychurch nous a fourni sa dernière adresse connue.

— Et le mot… le mot que nous avons trouvé dans la chambre de Mattie, leur rappela Anne. Il ne faut pas l'oublier. Je pense que nous devons reparler avec Mattie et tâcher de découvrir la signification du message. Déterminer si le « R » peut effectivement désigner Robert.

— Mattie est douce comme un agneau et tout aussi humble, affirma Charlotte. Je n'arrive pas à croire qu'elle ait pu se laisser séduire par un homme tel que Chester, au point de l'aider à dissimuler ses actes, surtout quand elle nous a avoué à demi-mot qu'elle le croyait capable du pire. Cela n'a aucun sens.

— Peut-être souhaite-t-elle le voir rabaissé, avança Anne. Ramené vers sa place, à elle. Nous ne pouvons exclure cette possibilité, Charlotte. L'amour est une maladie qui pousse ses victimes à des actes étranges. Si elle aimait bel et bien Chester, il serait alors commode pour elle que son épouse disparaisse du paysage.

Charlotte écarquilla les yeux, horrifiée.

— Anne, je ne peux tout simplement pas supporter pareille idée ! Suggères-tu que Mattie ait assassiné Elizabeth Chester ?

— Anne a raison, intervint Emily. Nous ne devons exclure aucune hypothèse. Car les hommes et les femmes sont des créatures terribles, et l'on ne peut jamais vraiment savoir de quoi ils sont capables sous le couvert du secret. Je crois qu'un voyage à Scarborough s'impose, une expédition qu'Anne devrait effectuer, car c'est elle qui est la plus familiarisée avec la ville, pour s'y être rendue avec les Robinson. Toi, Charlotte, tu devrais retourner à Chester Grange et discuter avec Mattie. Elle est ton amie, tu la connais mieux que nous, et tu seras la plus à même de gagner sa confiance, de déterminer si elle cache quelque chose et de discerner son côté obscur.

— Son côté obscur ? bredouilla Charlotte. Si tu l'avais vraiment connue enfant, comme moi, tu saurais qu'une telle idée est absurde, Emily.

— Si tu donnes régulièrement des coups de pied à un chien, un jour il te mordra en retour, raisonna Emily. Et, de toute façon, c'est le meilleur plan. Alors qu'attendons-nous ?

— Oh, très bien, Major, répliqua Charlotte. Et que feras-tu pendant qu'Anne et moi courrons en tous sens pour obéir à tes ordres ?

— J'accompagnerai Anne à Scarborough demain, répondit Emily avec un sourire affectueux à l'intention de leur cadette. Car elle ne peut pas entreprendre le voyage seule.

— Au rythme où nous dilapidons l'héritage de tante Branwell, il ne nous restera bientôt plus rien à investir, marmonna Charlotte.

Si Charlotte jouait le rôle de la sagesse, Anne le savait, c'était parce qu'elle aussi voyait le bon sens du projet d'Emily. Certes, elles dépensaient le peu de ressources dont elles disposaient, en se fourrant dans des situations qui, si elles n'étaient pas totalement périlleuses, s'avéraient certainement inconvenantes. Pourtant, aucune d'entre elles ne remettait en question le bien-fondé de leur choix. Elles s'étaient liguées pour Mattie, pour Elizabeth et Imogen Chester et pour elles-mêmes, s'improvisant avec détermination les porte-parole de celles qu'on avait réduites au silence.

— Nous ne pouvons pas voyager demain, rappela toutefois Anne à ses sœurs. Ce sera dimanche, et nous avons un devoir envers le Seigneur et envers Père.

Emily poussa un soupir agacé, et Charlotte l'imita. Pourtant, toutes les deux savaient que le dimanche n'était pas un jour pour la détection et elles l'acceptaient, même si le temps pressait.

— Lundi, alors.

Rassemblant ses jupes, Charlotte entama le chemin du retour vers leurs pénates, Anne la suivit, mais Emily resta sur son rocher, inclinant le visage pour profiter des derniers rayons du soleil.

Anne se retourna.

— Viens-tu ?

Emily lui sourit.

— Ne veux-tu pas rester un peu avec moi, Anne ? Cela fait bien longtemps que nous ne sommes allées à Gondal, et il y a encore tant à découvrir.

Anne hésita, prise entre l'univers qu'elle avait créé avec Emily et cette vie, cette vie de chair et de sang, où tout était aussi réel que la boue sous ses chaussures. Emily aimait toujours leurs aventures, les vivait toujours, et Anne ignorait comment dire à sa sœur qu'elle ne ressentait plus le même élan, que ce qui la préoccupait désormais, ce qui lui inspirait son envie d'écrire, c'étaient les histoires des gens qui les entouraient. Pourtant, Emily avait l'air si pleine d'espoir, elle ressemblait tellement à l'enfant qu'elle avait été autrefois, qu'Anne ne put lui opposer un refus.

— Viens donc, ma sœur, dit-elle en lui tendant la main. Par quoi commencerons-nous aujourd'hui ? Une bataille ?

Charlotte ne s'inquiéta pas de voir ses deux sœurs disparaître au loin, peut-être en direction de la ferme de

Top Withens ou de l'un des autres lieux de prédilection d'Emily. En fait, elle se consolait de les voir, main dans la main, tête baissée l'une contre l'autre, comme elle s'en était toujours réjouie depuis qu'elles étaient toutes petites. Il était rassurant de savoir que certaines choses au moins ne changeaient pas et que, même si le monde prenait un tour sinistre, une certitude demeurait : elle aurait toujours ses sœurs.

25

Anne

Le voyage jusqu'à Scarborough fut long et fatigant, et Anne se tracassa durant tout le trajet de ce que leur père n'ait pas été entièrement convaincu par leur histoire. Elles avaient prétendu partir à la recherche d'emplacements potentiels pour y monter une école.

— Je vois, je vois, avait-il dit en les regardant remplir une petite malle, l'inquiétude se lisant sur son visage. Ne vaudrait-il pas mieux prendre votre frère avec vous comme escorte ? Je connais votre penchant pour les séjours à l'étranger, mes filles, mais tout de même, vous n'en demeurez pas moins de jeunes demoiselles.

Anne et Emily avaient échangé un regard.

— Cher Père, avait répliqué Emily, il ne faut pas avoir peur pour nous, je vous le jure. Nous serons surveillées tout le long du trajet par le cocher et ensuite le contrôleur du train, et nous sommes attendues dans un logement très respectable.

— Effectivement, nous aurions bien volontiers emmené Branwell, Père, avait ajouté Anne avec délicatesse, mais je crois qu'il est mieux servi par votre influence à l'heure actuelle. Quand il rentrera à la maison, comme il ne tardera pas à le faire, j'en suis sûre, il serait préférable qu'il reste sous votre surveillance.

La vérité, c'était que Branwell avait disparu quelque temps après qu'Emily l'avait trouvé ; et depuis on attendait toujours son retour. Cela faisait deux jours et deux nuits qu'on était sans nouvelles de lui, alors qu'Anne avait envoyé Tabby et Martha dans tous les endroits où elles pensaient pouvoir le débusquer : en train de boire avec les Heaton à Ponden ou de jouer de l'argent avec des bonshommes de mauvaise réputation dans n'importe quelle taverne à plusieurs kilomètres à la ronde. Hélas, elles n'avaient pas encore découvert où il pouvait bien se cacher. Il n'était pas rare que Branwell parcoure de longues distances à pied pour voir des amis, qu'il dorme dans les fossés ou saute à l'arrière de quelque charrette sur son chemin. Mais, à l'époque où il se lançait dans de telles aventures, il était un garçon bien différent : insouciant, joyeux et, surtout, sobre la plupart du temps. Maintenant, il semblait perpétuellement vêtu de cette cape de chagrin qui l'enveloppait comme une nuit sans lune, de cet orage tempétueux de malheur dont tous ceux qui l'aimaient craignaient qu'il ne finisse par l'engloutir entièrement.

Patrick s'était approché de la fenêtre pour scruter le petit matin comme s'il fouillait chaque crevasse, chaque recoin sombre du cimetière et au-delà, dans l'espoir d'y apercevoir une trace de son fils. Anne savait qu'avec sa mauvaise vue il ne discernait probablement guère plus que les formes et les ombres vagues d'un monde peuplé de spectres.

— Mon pauvre garçon, avait-il regretté en se retournant vers ses plus jeunes filles. J'aimerais tant qu'il reste à mes côtés et me laisse le protéger. Comme j'aimerais que vous en fassiez autant… Mais, ces derniers temps, vous ne cessez de remplir des malles pour partir en excursion ici ou ailleurs. S'il y avait quoi que ce soit de fâcheux, vous en parleriez à votre père, n'est-ce pas ? Car, bien que vieux, je suis toujours votre protecteur et bien plus au fait de ce monde que vous.

Anne avait pris sa main, qu'elle avait portée à sa joue, restant appuyée dans sa paume un instant, avant de l'embrasser.

— Bien sûr que nous le ferions, Père. Ne vous tracassez donc ni pour Emily, ni pour moi, ni pour Charlotte, cher Père. Nous accomplissons simplement ce qui doit l'être afin d'assurer notre avenir, ainsi que vous nous l'avez toujours appris. Toutes choses étant égales par ailleurs, il se pourrait bien que Charlotte et moi dirigions bientôt une très belle école à Scarborough, et Emily pourrait rester ici pour prendre soin de vous et tenir la maison. Si nous réussissons à mener ce projet à bien, cela bénéficiera à tous.

— Alors, bonne route, mes filles, que Dieu vous garde, avait conclu le pasteur en les embrassant chacune sur le front. Revenez-moi bien vite.

Anne était très mal à l'aise à l'idée de mentir ainsi à son père, même si elle jugeait plus sage de ne pas l'inquiéter inutilement. Et pourtant, toute la journée que dura leur voyage, malgré l'inconfort des coches où l'on était à l'étroit, la fumée, la vapeur, malgré Emily s'agrippant à son bras, prise par l'enthousiasme de l'accélération du train, tout ce à quoi Anne songea, ce fut au visage soucieux de Père derrière la fenêtre, lors de leur départ, et à l'affection immense qu'elle éprouvait pour lui. Elle savait que cette angoisse sourde ne la quitterait pas avant son retour à la maison, quand toute cette dissimulation, si intéressante et captivante soit-elle, serait loin derrière eux.

Même si ce n'était pas la première fois qu'elle la voyait, Anne était toujours fascinée par la mer.

— Cette immensité, murmura-t-elle à moitié pour elle-même, à moitié pour Emily et un peu aussi pour le vent, alors qu'elles se tenaient côte à côte sur la plage. L'étendue infinie de l'océan, Emily. Et le bruit, l'incessante, la merveilleuse poésie des vagues... Et toutes les couleurs. Toutes les nuances de bleu, de gris, de vert... Oh, comme j'aimerais être accueillie par cette vision tous les jours, goûter cet air et voir les mouettes tournoyer dans le ciel en poussant leur joyeux cri.

— C'est très joli, convint Emily, avec un sourire à sa sœur en extase. Et toi aussi, Anne, quand tu te tiens devant toute cette beauté, je ne crois pas avoir jamais vu tes yeux aussi brillants ni tes joues aussi roses. Scarborough te va à ravir.

Emily enfonça le bout de sa bottine dans le sable et regarda autour d'elle les gros cailloux éparpillés ici et là, en ramassant quelques-uns avant de les relâcher, jusqu'à ce qu'elle en trouve un qui ressemble au galet qu'elle avait tenu à emporter avec elle.

— Tu vois, ils sont identiques, indiqua-t-elle à Anne. Peut-être Elizabeth et son professeur se sont-ils un jour échappés jusqu'ici.

— Oh, Emily, je t'en prie, ne peux-tu pas interrompre l'enquête le temps de regarder autour de toi ! Je ne crois pas avoir jamais été aussi heureuse ailleurs de toute ma vie. (Anne ouvrit les bras comme pour embrasser l'horizon.) Ici, au bout de la terre, tout voyage semble possible, toute destination atteignable.

Bras dessus, bras dessous, elles montèrent les marches jusqu'au front de mer et entrèrent dans la ville. Anne prenait plaisir à mener le train, en maintenant d'une main sa bonnette bien en place sur sa tête, pour se protéger des doigts de la brise marine, légère et vive.

—Voici l'adresse que Mme Honeychurch nous a donnée comme étant le dernier domicile connu de M. Walters, annonça-t-elle en désignant du menton une rangée de quatre modestes maisonnettes plantées en face de l'église. Cependant, l'information de Mme Honeychurch date d'il y a trois ans. Il est possible qu'il ait déménagé depuis. Emily, penses-tu que nous ayons été stupides d'entreprendre ce voyage avec aussi peu de certitudes ?

—Il n'y a qu'à frapper à la porte pour en avoir le cœur net, répondit sa sœur. Ce que nous trouverons là nous dictera la suite des événements.

Mais avant qu'elles aient pu traverser la chaussée, une dame d'âge mûr, peut-être d'une quarantaine d'années, s'engagea dans la rue. Elle était en deuil – une épaisse voilette, des gants noirs – et marchait pourtant d'un pas léger, comme si elle était attendue. Quelques mètres en retrait, une jeune femme la suivait, vêtue d'une robe très sobre qui ne laissait pas le moindre doute sur sa fonction : dame de compagnie. Un poste peut-être encore moins enviable, si cela était possible, que celui de gouvernante. Sur les talons de cette dernière trottait un terrier blanc, qui fermait la marche tel un petit Napoléon, autoritaire et imbu de lui-même. En observant l'étrange trio, Anne fut intriguée de voir la dame frapper à la porte peinte de l'un des cottages où elles-mêmes avaient prévu de tenter leur chance. La dame attendit quelques instants avant d'arracher ce qui ressemblait à une liasse de partitions des bras de son accompagnatrice et de s'introduire dans la petite maison, dont elle s'empressa de claquer la porte derrière elle sans que les sœurs Brontë aient le temps de distinguer ce qui se trouvait à l'intérieur.

—Je me demande…, commença Anne en tirant sur la manche d'Emily.

D'un signe de tête, elle lui désigna la jeune femme qui patientait, assez mal à l'aise, à l'extérieur du cottage, les yeux rivés sur ses pieds.

— Quoi donc, Anne ?

— Eh bien, je me demande si nous pourrions avoir une discrète conversation avec cette jeune personne et découvrir ce qui se trame derrière cette porte.

— Excellente idée, acquiesça Emily. Tu lui parles, et moi, j'interroge le chien.

— Bonjour, lança Anne de sa voix la plus aimable à la jeune femme, qui se tenait toujours maladroitement devant le cottage où sa maîtresse avait disparu. Quelle belle après-midi, n'est-ce pas ?

— Oui, en effet, lui répondit poliment son interlocutrice avec un sourire.

Son expression, cependant, était si timide et si dépourvue de gaieté qu'il aurait tout aussi bien pu s'agir d'une grimace.

— Ma sœur et moi sommes à Scarborough pour quelques semaines et nous avons cru comprendre que nous pourrions peut-être engager un professeur de piano dans les environs, poursuivit Anne, tandis qu'Emily se baissait pour saluer le petit chien qui sautait sur ses jupes, jappant et grognant comme s'il se prenait pour un mastiff. Hélas, idiotes que nous sommes, nous avons oublié le nom et l'adresse, il ne nous reste que son emplacement approximatif… Est-ce Willoughby ? Walters ? Oh, pardonnez-moi, nous sommes mesdemoiselles Brontë, Anne et Emily. Enchantées, mademoiselle… ?

Anne fit la révérence, et Emily suivit le mouvement, se contentant d'un bref signe de tête à l'intéressée avant de reporter son regard sur le chien.

La jeune femme répondit par une révérence à son tour.

— Mademoiselle Amelia Pritchard, ravie de vous rencontrer. Et je crois que vous voulez parler de M. Watson, qui réside précisément dans cette maison-ci ! Mon employeuse, Mme Moreton, prend une leçon avec lui en ce moment même. Ses attentions lui redonnent bon moral.

— Voyez-vous cela, commenta Anne avec un sourire, se tournant vers Emily, qui laissait le terrier lui lécher le nez. Quelle chance, Emily : c'est l'adresse que nous cherchions ! Et vous devez attendre dehors pendant que votre maîtresse prend sa leçon ? demanda-t-elle à Mlle Pritchard. Le cottage est-il si petit ?

— Minuscule, confirma Mlle Pritchard. En outre, Mme Moreton est formelle : elle est incapable de jouer devant un public. Aussi devons-nous patienter ici, n'est-ce pas, Button ? Nous attendons et nous suivons, car tel est notre lot dans la vie.

— Verriez-vous un inconvénient à ce que nous attendions avec vous ? s'enquit Anne.

Ce faisant, elle remarqua que sa sœur avait pris Button dans ses bras, sans se soucier que ses petites pattes hérissées ne fourragent dans le décolleté de sa robe, ni de sa détermination à tenter de lui mordiller les oreilles.

— Je serais reconnaissante d'avoir de la compagnie, admit Mlle Pritchard.

Anne avait supposé que la leçon durerait environ une demi-heure, mais la lente rotation des aiguilles de l'horloge du clocher de l'église montrait qu'une heure entière s'était écoulée avant que Mme Moreton ne ressorte. Elle attacha sa bonnette sous son menton après avoir refermé la porte derrière elle.

— Que fabriquez-vous donc, Pritchard ? lança-t-elle, offusquée de voir sa dame de compagnie conversant avec des inconnues.

Derrière la gaze noire de son voile, Anne remarqua que des mèches de cheveux bruns s'échappaient de sa coiffure, et que les boutons de sa blouse étaient légèrement décalés par rapport aux boutonnières correspondantes.

— Je vous demande pardon, madame, mais ces personnes souhaitaient se renseigner sur les leçons de piano de M. Watson, expliqua Mlle Pritchard.

— Tiens donc ?

Mme Moreton dévisagea Anne et Emily, jaugea avec dédain leur air de vieilles filles de la campagne et parut les congédier sur-le-champ. Reprenant Button des bras d'Emily, elle fit volte-face dans un mouvement de jupes et remonta la rue.

— Dites-leur qu'il n'a point de disponibilités, cria-t-elle par-dessus son épaule. Et pressez-vous donc, j'ai grand appétit.

26

Emily

— Il y a quelqu'un ? cria Anne quand elles franchirent la porte qui donnait sur une petite pièce assez vieillotte et désordonnée.

En plus des piles de livres et des partitions qui encombraient l'espace, un piano droit s'appuyait contre l'un des murs, mais son couvercle était rabattu et recouvert d'une couche de poussière qu'aucune main humaine n'avait dû déranger depuis longtemps.

— M. Watson est-il chez lui ?

Emily s'avança dans la pièce. Sur la gauche, une porte verrouillée débouchait, selon elle, sur un escalier. À côté du piano, une autre porte menait probablement à une salle à manger. Néanmoins, dans une maison aussi exiguë que celle-ci, il était tout aussi possible qu'il s'agisse d'une seule et même pièce combinée.

— Emily ! chuchota Anne alors qu'elle s'apprêtait à investir la pièce suivante. Des pas !

Emily avait encore la main sur le loquet lorsque, par la porte de l'escalier, entra un jeune homme visiblement troublé qui accueillit leur présence avec une certaine surprise.

— Grand Dieu ! s'exclama-t-il en abaissant le tisonnier qu'il brandissait. J'ai cru avoir affaire à des cambrioleurs.

— Monsieur, dit Emily, qui se souvint un instant trop tard de retirer sa main du loquet.

— Mesdames ?

M. Walters fit encore quelques pas dans la pièce et, aussitôt, les sœurs Brontë oublièrent le but de leur visite. Il faut dire que cet homme était agréable à regarder, avec ses épaisses boucles brunes, ses yeux bleu pervenche. Sa chemise, déboutonnée au col, semblait avoir été enfilée à la hâte, et révélait une bonne partie de son torse.

— Vous me trouvez peu à mon avantage, j'en ai peur.

— Nous… hum… (Emily regarda Anne, qui contemplait le sol avec détermination.) Piano. Nous sommes venues nous enquérir de leçons de piano.

— Je vois. (M. Walters s'empressa de rajuster sa chemise et tira sur une veste qui avait été abandonnée sur le dossier d'un fauteuil cabossé.) Jouez-vous déjà ou êtes-vous débutantes ? demanda-t-il, dès qu'il fut à nouveau présentable. Je suis heureux de dispenser des cours à n'importe quel niveau.

Il prit la main gantée d'Emily, dont il déplia les doigts dans sa paume.

— Vous avez des doigts de pianiste, constata-t-il. Longs et élégants.

— En effet, je joue très bien, répondit-elle en lui arrachant sa main, car elle sentait ses joues s'enflammer, ce qui était fort perturbant.

Pas question, non, pas question de permettre que ce bellâtre la prenne au dépourvu, avec son allure négligée et son contact envahissant. Elle devait immédiatement reprendre le dessus.

— Vivez-vous depuis longtemps à Scarborough, monsieur Walters ?

Au son de son vrai nom, Frederick Walters blêmit et observa tour à tour Emily et Anne avec méfiance.

— Depuis quelques années, oui, répondit-il prudemment. Mais je m'appelle Watson : ce Walters dont vous parlez est mort depuis longtemps.

Emily remarqua une pointe de mélancolie dans ses iris violets, cela lui rappela vaguement le regard de son chien. Il lui semblait avoir davantage affaire à un homme qui se cache qu'à un homme qui avait des choses à cacher. Mais l'élan de sympathie qu'elle éprouvait pour cet individu simplement parce qu'elle était charmée par son apparence n'avait rien de convenable. S'il parvenait à l'émouvoir, elle, il n'était guère surprenant qu'une jeune fille de quinze ans comme Elizabeth Honeychurch ait succombé à ses attraits.

— Monsieur Walters, puis-je vous parler avec franchise ? demanda Emily, sans attendre de réponse à sa question. (Elle s'approcha de la fenêtre pour contempler, au-dehors, une vue moins troublante.) Nous sommes les sœurs Brontë de Haworth, et ce sont des affaires urgentes qui nous amènent ici. Nous sommes envoyées par le cabinet d'avocats Bell Frères et Compagnie. Nous savons que vous avez été le professeur de musique d'une certaine Mlle Elizabeth Honeychurch à Leeds, avant votre arrivée ici, et nous savons aussi que vous avez été démis de ce poste lorsqu'on a découvert que votre relation avec Mlle Honeychurch dépassait de loin celle que l'on attend entre un professeur et son élève. Nous savons tout de vous, monsieur. Mme Honeychurch nous a tout raconté.

— Dans ce cas, vous ne savez rien, répliqua M. Walters, les yeux étincelants. Car les choses ne se sont pas passées ainsi qu'elle le prétend.

Charlotte savait s'y prendre avec les gens. Elle savait s'insinuer dans leurs bonnes grâces, s'attirer leur confiance, et leur extirper tous leurs secrets avec un seul de ses regards hypnotiques. Emily n'avait pas ce talent. Pour elle, le seul moyen de parvenir à ses fins, c'était d'emprunter la voie la plus directe possible, au risque d'écraser les êtres les plus fragiles sur son passage. Parfois, c'était un mal nécessaire.

Elle se tourna légèrement vers Walters et lui parla d'un ton solennel.

— Monsieur, pourquoi la mère d'une jeune femme autrefois respectable mentirait-elle à ce sujet ? Vous commettez une grossière erreur si vous nous prenez pour des idiotes. Nous sommes certes des demoiselles, mais nous ne sommes pas de disposition délicate. Je vous prie de nous parler honnêtement, car il se peut, hélas, que ce soit une question de vie ou de mort.

— Une question de vie ou de mort ? (M. Walters secoua la tête, déconcerté.) Vous feriez bien d'être sûre de ce que vous avancez quand vous avez recours à pareils termes, mademoiselle.

— Emily, peut-être…, commença Anne sur un ton conciliant, mais sa sœur l'interrompit.

— Nous pensons qu'Elizabeth court un grave danger, si tant est qu'elle soit encore en vie, monsieur. Et nous pensons également que vous détenez peut-être une information qui nous permettrait de retrouver sa trace.

L'indignation s'effaça aussitôt du beau visage de M. Walters et, oubliant les convenances, il s'effondra dans un fauteuil sous l'œil ahuri de ses deux visiteuses. Sans cérémonie, Emily se percha sur l'accoudoir du fauteuil et fit signe à Anne de la rejoindre. Après une hésitation, sa cadette s'installa à ses côtés.

— De grâce, expliquez-moi de quoi vous parlez, murmura-t-il d'une voix très basse. Dites-moi quel malheur s'est abattu sur cette chère, cette douce Elizabeth.

— Vous savez peut-être qu'elle a épousé, il y a un peu plus de deux ans, un certain M. Chester d'Arunton, expliqua Emily. Il y a sept jours, lundi dernier, elle a disparu au cœur de la nuit, ne laissant derrière elle qu'une grande quantité de sang.

Emily observa très attentivement l'expression de Walters à mesure qu'elle lui révélait la terrible vérité, à l'affût du moindre signe de dissimulation sur son visage, mais soit il était réellement atterré par la nouvelle, soit c'était un très bon acteur, toujours est-il qu'il semblait dévasté.

— Oh, mon Dieu… Ma chère, ma douce Lizzie… Mais sûrement… Messieurs vos patrons croient-ils que je puisse être impliqué dans cet atroce événement ?

— Nous savons que Mme Chester et vous avez eu une liaison, reprit Emily. Et nous savons que Mme Chester a été aperçue dans la forêt dans les bras d'un homme qui n'était pas son mari, quelques semaines avant les faits. Nous sommes ici afin de déterminer si vous étiez ou non ce soupirant, et si votre attachement à Elizabeth n'aurait pas pris fin avec votre renvoi, ou bien avec son mariage.

M. Walters secoua la tête.

— Vous ne pourriez pas vous tromper davantage. Je ne vous le reproche pas, mais je vous assure que, quel que soit l'homme avec qui Lizzie s'est trouvée dans les bois, ce n'était ni moi, ni aucun autre individu de mon entourage. Mme Honeychurch vous a raconté la vérité telle qu'elle la connaît, mais je crains que sa propre mère ait été abusée. Depuis que j'ai eu affaire à cette famille, je suis devenu un homme secret, soucieux du mal que les autres pourraient me causer. Je n'apprécie guère l'idée que des gens se présentent chez moi en exigeant que je leur révèle tous mes secrets comme si tel était leur droit. Même des jeunes femmes aussi admirables que vous.

— Nous n'y prenons aucun plaisir non plus, monsieur, lui assura Anne, et je regrette beaucoup l'inconfort que nous vous causons, ma sœur et moi. Cependant, nous craignons que personne d'autre ne cherche à faire la lumière sur les circonstances de la disparition d'Elizabeth, et nous nous devons de poser des questions désagréables pour faire progresser notre enquête.

— Lizzie était une fille d'une indépendance rare, affublée pour son malheur d'un père tyrannique. Son comportement me valait souvent des ennuis, mais elle m'était néanmoins très chère. (M. Walters se leva.) Venez avec moi dans le jardin. Vous y découvrirez tout ce que j'ai à cacher.

Emily et Anne suivirent Walters à travers une petite cuisine chichement équipée et une porte ouverte sur un joli jardinet clos de la taille d'un timbre-poste, planté de toutes les fleurs qui se puissent imaginer. Une jeune dame était assise sur le minuscule carré de pelouse, le dos disparaissant sous une cascade de longues boucles couleur de nuit. Quand elles se furent approchées, Emily comprit qu'elle était occupée à la confection d'une guirlande de pâquerettes.

La jeune femme se retourna et sourit à M. Walters en le découvrant, puis souleva la chaîne de fleurs afin qu'il l'inspecte.

— Regarde, Freddie, comme elle est longue !

M. Walters s'agenouilla dans l'herbe, cueillit une autre pâquerette et la lui tendit.

— Je vois, Clara. Comme tu es intelligente ! La meilleure confectionneuse de guirlandes de pâquerettes qui ait jamais existé, ma chère sœur.

— Qui sont ces dames ? demanda Clara en louchant vers Emily. Viennent-elles jouer avec moi ?

— Avec joie, acquiesça Anne, rejoignant Clara sur l'herbe.

Au bout de quelques minutes, il apparut clairement à Emily que, bien qu'ayant l'aspect d'une femme adulte, Clara avait l'esprit d'une enfant de huit ans tout au plus.

— À la vérité, je ne sais pas ce qui s'est passé avec Lizzie, reprit Frederick, tandis que tous les trois observaient sa sœur. C'est vrai, je l'aimais. Je l'aimais beaucoup, tout comme j'aime Clara : comme une petite sœur. Mais ce n'est pas moi, la cause de sa disgrâce. Je sais seulement que Honeychurch est venu me voir, qu'il m'a offert beaucoup d'argent et un endroit où vivre si j'acceptais de jouer le rôle du prétendu séducteur qui avait déshonoré sa fille. Je ne sais qui elle a pris pour amant, mais ce personnage était si scandaleux et si offensant pour lui que le père d'Elizabeth a trouvé plus tolérable que mon nom vienne alimenter les rumeurs. C'est un homme au caractère despotique, et Lizzie supportait mal ses accès d'autorité. La requête était pour le moins étrange, mais si cette manœuvre servait à protéger Lizzie d'une manière ou d'une autre, je n'y étais pas opposé. Par ailleurs, je me débattais pour garder Clara auprès de moi et subvenir à ses besoins. Le salaire d'un professeur ne se monte pas à grand-chose, et je craignais d'être obligé de la laisser à la merci de quelque institution charitable, dont la plupart sont des endroits particulièrement affreux. La proposition de Honeychurch m'est apparue comme la solution parfaite, même si elle était désespérée. J'ai donc accepté ses conditions et pris son argent. Après quoi, mon vrai nom a été irrévocablement sali. Je ne pourrai plus jamais travailler comme concertiste, et je serai pour toujours soumis aux désirs et aux appétits de femmes solitaires. Aucune ne m'épousera jamais, car je n'ai rien à offrir. Je ne connaîtrai jamais l'amour, et je n'aurai pas d'enfants. Mais tel est le sacrifice auquel j'ai consenti pour garder Clara dans un environnement sûr et aimant, et je ne le regrette pas.

— Je vous épouserais, moi, lâcha Emily, avant de se rendre compte qu'elle avait exprimé sa pensée à voix haute. Enfin… si je cherchais un mari, ce qui n'est pas le cas.

— Oh, eh bien… (Frederick Walters toussota.) Merci. Cela me donne un peu d'espoir.

— Vous êtes jolie, déclara Clara, les yeux posés sur Anne, en enroulant sa guirlande de fleurs autour de la couronne de sa bonnette. Viendrez-vous tous les jours ?

— La vérité, poursuivit Frederick Walters, c'est que j'ignore ce qui est arrivé à Elizabeth, à l'époque. Je sais seulement que l'épisode a été considéré comme assez infamant pour que M. Honeychurch cherche à le cacher à tout prix.

Emily se tourna vers sa sœur.

— Pourquoi un père inventerait-il une liaison entre sa fille et un homme afin d'égarer les esprits ? demanda-t-elle à Anne. Enfin, que peut-il y avoir de plus scandaleux ?

27

Charlotte

Matilda French inclina sa tête blonde, le regard baissé vers ses mains, et Charlotte se déplaça un peu sur sa chaise, ses petits doigts fins entremêlés sur ses genoux. Les rideaux étaient tirés sur l'après-midi ensoleillée pendant que les enfants faisaient leur sieste, pourtant la pièce semblait étouffante et l'air trop chaud. Il faut dire que le sujet de leur conversation n'aidait guère.

— Pardonne-moi, Charlotte, dit enfin Mattie d'une voix douce et basse, mais je ne parviens pas à me figurer ce que tu insinues.

Charlotte prit un instant avant de répondre, sa posture tout entière dictée par l'inconfort de la situation, le dos droit, les épaules rigides. Aucune des paroles qu'elle avait proférée jusqu'alors n'avait été prononcée exactement comme elle l'avait prévu ; car si elle s'estimait mieux versée dans les subtilités de ce monde que beaucoup d'autres femmes non mariées, pour ce qui était des sujets de cette forme de délicatesse, elle se sentait perdue.

— Je ne veux rien insinuer, Matilda, nuança-t-elle avec précaution, goûtant le poids de chaque mot sur sa langue avant de l'énoncer à haute voix. Je cherche seulement à comprendre.

— Comprendre quoi ?

Mattie évitait toujours son regard, ce qui frustrait beaucoup Charlotte. Si seulement elle réussissait à faire en sorte que Matilda la regarde dans les yeux, elle aurait alors une bonne chance de sonder le cœur de son amie. Si elle lui cachait la vérité, Charlotte le devinerait sans peine. Le problème résidant, au fond, dans le fait qu'elle n'avait jamais considéré Matilda French comme autre chose qu'un être cher et aimable. Ou au pire une page blanche, disons. En conséquence de quoi, elle n'avait jamais vraiment pris la peine de fouiller ses jolis yeux bleus en quête de la moindre trace de duplicité. Nulle jeune femme ne lui avait paru plus modeste ni plus douce. Pourtant, Emily avait raison : quelque chose ne tournait pas rond, Charlotte le sentait.

— Je t'ai dit tout ce que je savais, poursuivit Mattie. Le gendarme a rassemblé un groupe d'hommes pour arpenter les bois, les dépendances et les propriétés abandonnées sur plus de six lieues, et ils n'ont relevé aucune trace de Mme Chester. Ils ont chassé les Gitans de la région, persuadés que l'un d'eux avait trouvé un moyen d'entrer dans la maison pour y chaparder de la nourriture ou de l'argent, et en aurait profité pour enlever ma maîtresse.

— Les gens du voyage ? voulut préciser Charlotte. Nous avons rencontré l'un d'entre eux dans les bois la dernière fois que je suis venue ici, Mattie, et il est vrai qu'il était fort effrayant. Il n'est pas exclu que cet homme-là soit capable d'avoir recours à la violence.

— Ce ne sont pourtant pas eux qui ont torturé ma maîtresse et l'ont rendue si malheureuse, rétorqua vivement Mattie avant de retomber dans un long silence. (Elle tira sur un fil invisible de sa jupe.) Et maintenant, tu me dis que M. Honeychurch va chercher de l'aide à Leeds, mais qu'est-ce que Leeds a à voir avec Arunton ?

Nous pourrions aussi bien être dans deux pays différents, pour ce qui concerne la loi.

— Le père d'Elizabeth a ses propres secrets à protéger, déclara Charlotte. Peut-être même au prix de la sécurité de sa fille, mais Anne et Emily se chargent d'en apprendre davantage à ce sujet en ce moment même. Quant à Chester, peut-être est-il convaincu que les Gitans ont enlevé sa femme, ou peut-être qu'ils sont de parfaits boucs émissaires. Du genre qui lui permet de retrouver sa vie d'avant sans être inquiété. Le voilà de nouveau célibataire, libre de se remarier… Que penserais-tu de cela, Matilda ? Si Chester cherchait une nouvelle épouse, une nouvelle mère pour ses fils, et que son regard s'arrêtait sur toi. En serais-tu apeurée ou ravie ?

Matilda ne réagit pas du tout comme Charlotte s'y attendait, par de hauts cris d'horreur et de déni. Au lieu de cela, elle se mura à nouveau dans le silence.

Charlotte distinguait seulement le contour de sa joue pâle, le voile de ses cils dorés balayant sa peau rougie.

— M. Chester est un homme dangereux, lâcha-t-elle au bout d'un moment. Un homme très en colère et très violent, cela ne fait aucun doute. Et pourtant…

— Alors même que tu prononces ces mots, tu le fais pleine de calme, Matilda, lui fit remarquer Charlotte avec douceur. Et remplie d'une forme de nostalgie. Est-il possible que tu sois amoureuse de M. Chester ?

Matilda secoua la tête, et quand elle leva enfin les yeux, une larme coulait sur son visage. Elle se pencha pour saisir la main de Charlotte et l'attirer fermement vers elle, si bien qu'elles se retrouvèrent face à face, quelques centimètres à peine séparant leurs visages.

— Comment saurais-je ce qu'est l'amour, Charlotte ? s'enquit-elle. J'ai grandi dans un monde qui en était dépourvu.

Ma mère et mon père sont morts alors que je n'étais qu'une enfant, élevée par des maîtresses d'école peu aimables et peu intéressées. Pourtant, il y a en moi un cœur, un cœur qui bat et qui aspire à l'attachement d'un mari. Et, à l'extérieur, il y a… ce corps, chuchota-t-elle entre ses lèvres serrées, avec un geste vers sa personne. Cette peau qui rêve d'être touchée, ce cou qui espère sentir le frôlement des lèvres de mon époux, cette taille qui brûle d'être enlacée. Charlotte, je suis un être vivant, piégé dans la cage qu'est ma vie, une femme faite de désirs que je n'exprimerai peut-être jamais, dont je ne parlerai jamais, que je n'admettrai jamais… Et, en vérité, Robert Chester pourrait bien me tuer comme m'embrasser, mais oui, parfois je me demande si cela ne vaudrait pas la peine de savoir ce que l'on ressent.

Les deux femmes restèrent agrippées l'une à l'autre un moment encore, les yeux noués dans une expression intense, puis Mattie relâcha Charlotte et s'effondra à nouveau contre le dossier de sa chaise, les pupilles brillantes, la sueur perlant à son front.

— Tu fais fausse route, dit Charlotte. J'ai connu ces élans dont tu parles. Je comprends cette mélancolie, mais tu vaux bien plus que cela. Tu es gentille, courageuse, honorable et honnête, tu apportes lumière et stabilité dans la vie de deux enfants qui n'ont personne d'autre pour leur apprendre la bonté. (Charlotte tourna son visage vers le rayon de lumière du jour qui se glissait par une étroite ouverture entre les rideaux.) Il est probable que toi et moi mourrions – pourvu que ce soit le plus tard possible – sans avoir jamais épousé un homme. Mais notre valeur ne réside pas dans le fait d'être aimée ou désirée. Elle ne réside même pas dans la joie de la maternité. Notre valeur n'appartient qu'à nous, et toi, Matilda, tu vaux mille fois plus qu'un homme comme Chester, qu'il soit ou non un meurtrier.

Mattie ferma les yeux, les joues baignées de larmes alors qu'elle semblait écouter encore les mots de Charlotte bien après qu'ils avaient été prononcés.

—Je sais, dit-elle enfin. Je sais que tu as raison, Charlotte. Je sais quel genre d'homme il est, moi plus que tout autre. Je suis horrifiée d'avoir vu en lui autre chose qu'un monstre. Suis-je si désespérée d'être aimée ? Il m'est bien difficile de ne pas me mépriser.

—T'a-t-il fait des avances, ma chère ? Car tu vois, quand Anne était dans ta chambre, elle est tombée par hasard sur un morceau de papier et…

Charlotte déplia les doigts pour révéler l'objet dans la paume de sa main et observa attentivement Mattie au moment où celle-ci comprit de quoi il s'agissait. Ses yeux s'arrondirent d'abord en signe de crainte, puis d'horreur.

—Tu n'aurais pas dû prendre ça, protesta-t-elle en lui arrachant le message. Ce sont mes affaires personnelles. Cela n'a rien à voir avec ce qui est arrivé à Elizabeth, rien du tout.

Charlotte n'empêcha pas son amie de reprendre le billet.

—Mattie… Mattie. Si tu sais quelque chose… quelque chose sur ce que Chester a fait, tu comprends bien qu'il serait mal de le protéger, n'est-ce pas ? Peu importe ce que tu ressens ou la manière dont cet homme a manipulé tes sentiments. Si tu l'aides à se soustraire à la loi, c'est un grand péché. Sois certaine que tu risques d'être la prochaine sur la liste.

—Comment oses-tu ! (Mattie se leva brusquement pour fermer la porte entre elles et les enfants.) Comment oses-tu suggérer une horreur pareille ? M. Chester et moi avons passé plusieurs mois seuls avant qu'il n'épouse Elizabeth. Et à un moment j'ai pensé que peut-être il avait partagé mes sentiments et qu'il avait des intentions honorables à mon égard. Voilà ! Tu m'as forcée à avouer l'humiliante vérité. Et puis, bien sûr, il a épousé une héritière, et il ne s'est rien passé, rien, Charlotte. J'ai gardé son billet, comme une idiote, car c'est le seul message de ce genre qu'on m'ait jamais adressé. Je l'ai relu de temps en temps, et j'ai rêvé qu'il venait d'un homme bon et honnête qui m'aimait d'un amour sincère. Cela fait peut-être de moi une idiote, Charlotte, mais jamais, jamais je ne me serais engagée dans une liaison avec un homme marié. Après tout, je n'ai rien à voir avec toi.

Charlotte eut un mouvement de recul, comme si Mattie lui avait asséné une gifle. Qui avait pu évoquer son séjour à Bruxelles avec Matilda ? Pas sa chère amie Ellen, car si profonde qu'ait été leur amitié, Charlotte ne lui avait jamais rien révélé. Et pas Emily non plus. Pourtant, d'une manière ou d'une autre, une rumeur avait circulé, elle en était sûre. Comment, sans cela, Mattie aurait-elle su exactement le moyen de la blesser ? Grand Dieu, si ses sentiments pour M. Héger faisaient l'objet de commérages parmi les personnes dont elle espérait le respect, alors quoi ? Sans sa réputation, elle n'était plus rien.

— Je crois que je ferais mieux de m'en aller, annonça-t-elle, traversant la pièce jusqu'à la porte de la nursery. Je te demanderai de ne pas dire du mal de moi, Mattie. Moi aussi, je garderai tes secrets.

Mattie lui attrapa le bras au moment où elle partait.

— Charlotte, attends… S'il te plaît, Charlotte, pardonne-moi. Je ne voulais pas… Tes sœurs et toi avez développé un tel intérêt pour cette affaire que cela me fait peur. Mais tu dois te rappeler qu'il n'est pas de ton devoir de résoudre ce mystère. M. Chester et M. Honeychurch ont la situation en main, et Dieu sera leur ultime juge.

Nous devons croire en cela. (Elle relâcha le bras de Charlotte.) Tout ce que je peux espérer maintenant, c'est d'emmener les enfants, de les mettre en sécurité. S'il te plaît, pardonne ma colère et mon embarras. Ma cruauté, même. Tu es mon amie, et je ne te déshonorerai jamais avec une parole déplacée, je te le jure.

Charlotte hocha la tête.

— Tu as parlé de mettre les enfants en sécurité ? s'enquit-elle. Où iraient-ils ? Le bébé pourrait peut-être aller chez les Honeychurch, mais le garçonnet ? Il n'est pas de leur sang.

— C'était seulement une maladresse d'expression. Je voulais juste dire que j'ai peur pour eux, que j'ai peur pour nous tous qui vivons sous son toit et subissons ses accès de rage.

Charlotte embrassa brièvement son amie, dont elle prit les deux mains.

— Bien sûr. Et oui, je crains que, dans notre enthousiasme à découvrir la vérité, nous ayons pu nous montrer quelque peu pressantes. J'en suis vraiment navrée. Tu es une femme bonne, Mattie. Je sais que tu ne ferais rien qui puisse nuire à autrui.

Et c'était vrai, pensait Charlotte en se repassant leur conversation encore et encore sur le chemin du retour à travers la lande. C'était indéniablement vrai. Pourtant, le trouble de Mattie sautait aux yeux. Son amie leur cachait quelque chose.

La question était : quoi ?

28

Charlotte

— Miss Charlotte ?

Le garçon du *Bull*, Joseph Earnshaw, rôdait devant le portail, M. Nicholls à ses côtés, lorsque Charlotte revint à la maison. À leur vue, le cœur de Charlotte se serra. M. Nicholls était un homme tout à fait convenable, et Père l'appréciait aussi beaucoup plus que le dernier vicaire en date. Cependant, il n'était guère à l'aise avec les gens, ce qui, pour une femme elle-même rarement d'humeur volubile, rendait laborieuse toute conversation avec lui. Cerise sur le gâteau, Tabby avait étendu le linge sur le mur du fond pour qu'il sèche au soleil de l'après-midi et, parmi les vêtements ainsi exposés, se trouvaient un certain nombre de jupons rapiécés et même, oui, une paire de culottes bouffantes. Charlotte grogna intérieurement.

Elle sourit toutefois au petit gars, qui n'avait pas plus de onze ans.

— Joseph ? Monsieur Nicholls.

M. Nicholls s'inclina en rougissant vivement, ce qui fit s'empourprer Charlotte en retour, un effet secondaire des plus irritants.

— Mademoiselle Brontë, le jeune Joseph espérait échanger un mot avec vous.

Charlotte rendit son regard perçant à Joseph, avec le secret espoir de ne plus remarquer la silhouette de M. Nicholls, voire qu'il s'en aille, à présent qu'ils avaient débité les civilités d'usage, car sa présence n'était plus nécessaire. Pourtant, il resta bel et bien, s'attardant telle une laitière indécise.

Le jeune Joseph, Charlotte le savait, s'en sortait fort bien dans la nouvelle école que Père avait contribué à fonder au cours des derniers mois. Il y apprenait ses chiffres et ses lettres avec autant de rapidité et d'enthousiasme que ses camarades de classe, un constat qui était source de grande fierté et d'autant de joie pour Père. Quand il n'était pas sur les bancs de l'école, Joseph travaillait comme homme à tout faire pour Enoch Thomas du *Black Bull* afin d'aider sa mère veuve à joindre les deux bouts.

Si l'affaire dont il souhaitait l'entretenir était liée au *Black Bull*, il y avait fort à parier que cela avait un rapport avec Branwell, songea Charlotte : quelque dette à payer ou une querelle qui aurait mal tourné. Mon Dieu, pourvu que ce ne soit pas encore M. Robinson qui exigeait réparation sous la forme d'un duel. Quoi qu'il en soit, l'expression de malaise profond sur le visage de Joseph n'était pas de bon augure.

— Parle, mon garçon, lui enjoignit Charlotte. J'ai des affaires à régler et je ne peux pas attendre toute la journée que tu me craches ce que tu as à dire.

— Je… J'ai l'impression que c'est peut-être privé, mademoiselle, marmonna Joseph avec un coup d'œil vers M. Nicholls.

Ce dernier rougit à nouveau, rallumant aussitôt les pommettes de Charlotte.

— Ah, eh bien… Êtes-vous sûre de pouvoir vous débrouiller seule, mademoiselle Brontë ? demanda M. Nicholls qui s'efforçait de se montrer galant.

— Oui, monsieur Nicholls, répondit Charlotte d'un ton brusque. Je me suis débrouillée presque toute ma vie sans votre aide. Je suis absolument certaine que je n'en aurai pas besoin maintenant.

— Bien…

Elle éprouva une pointe de remords en voyant le visage dépité du vicaire, mais seulement une pointe et seulement un bref instant. Ensuite, ses salutations s'éternisèrent un peu trop longtemps. Elle n'eut alors plus qu'une hâte : qu'il s'en aille.

— Allons, Joseph, reprit-elle, soulagée quand il fut enfin parti.

— C'est juste qu'une lettre est arrivée à la taverne, mademoiselle, à remettre en main propre.

Joseph se tortillait sous son regard implacable, en serrant une enveloppe entre ses pattes comme s'il s'agissait d'un chiffon.

— Alors c'est pour M. Branwell, je vais la lui apporter.

Charlotte tendit la main, mais Joseph ne lui donna pas la lettre.

— La complication, mademoiselle, c'est que… (Il tenait fermement le document froissé, l'air à l'agonie.) C'est qu'elle n'est pas adressée à une Mlle ou à un M. Brontë, voyez, mademoiselle ? Elle est adressée à M. Bell et Compagnie… B-E-L-L.

Il avait épelé soigneusement chaque lettre.

Charlotte contemplait la missive, brûlant soudain de savoir ce qu'elle contenait.

— Oh. Oh, eh bien, alors… Donne-la-moi, et je la remettrai au destinataire idoine.

— Mais elle ne vous est pas adressée, mademoiselle, argua Joseph. Vous êtes Mlle Brontë, pas M. Bell.

— Et aux dernières nouvelles tu n'es pas non plus facteur, Joseph Earnshaw, alors donne-moi ça, exigea Charlotte.

Mais le chenapan n'en démordait pas. Voilà pourquoi elle refusait toujours d'enseigner aux garçons, se rappela-t-elle, pour le cas où la tentation se représenterait : ils étaient parfaitement irritants à tous égards. Ajustant son expression, elle tenta une autre approche, moins sévère.

— Au fait, Joseph, « complication » est un excellent mot. J'ai ouï dire que tu travaillais très bien à l'école, je suis sûre que tu iras loin si tu continues sur cette voie. Maintenant, dis-moi : si tu ne voulais pas que quelqu'un du presbytère récupère cette lettre, pourquoi l'as-tu apportée ici ?

Au tout dernier moment, Charlotte pensa à ponctuer sa question d'un sourire encourageant.

Joseph avait l'air très mal à l'aise.

— Parce que... Parce que quand elle a été remise à mon maître, il a dit qu'il n'avait jamais entendu parler d'un M. Bell à Haworth. Et celui qui la portait a répondu que deux vieilles filles autoritaires et fouineuses avaient donné les instructions de livraison, alors mon maître m'a ordonné de l'apporter ici et de vous demander ce qu'il en était.

Il la regardait fixement, les yeux écarquillés, comme s'il s'attendait à être rôti vivant par une flamme de fureur. Au lieu de quoi, Charlotte se contenta de hausser les épaules. Après tout, Emily et elle correspondaient parfaitement à cette description.

— Je vois, dit-elle. « Deux femmes insistantes et curieuses » aurait été une meilleure façon de l'exprimer, Joseph. Et, bien que je ne sache pas à qui cette lettre est destinée, je vais la prendre et l'apporter à Père sans l'ouvrir. Il nous aidera ainsi certainement à retrouver ses destinataires. Allons, remets-la-moi et libère-toi de ce fardeau.

Joseph Earnshaw n'eut pas besoin de se le faire répéter. Il lui fourra le pli froissé entre les mains et dévala la colline à toutes jambes. Charlotte se rua à l'intérieur, tout en déchirant l'enveloppe.

Anne et Emily ne revinrent que juste avant l'heure du dîner, le lendemain. Ce qui laissa Charlotte bien trop longtemps seule avec la lettre et son contenu : les heures d'une longue soirée solitaire et d'une nuit agitée durant laquelle elle n'avait pas trouvé le repos, tant elle tournait et retournait chaque pièce du puzzle dans son esprit, sans toutefois parvenir à former un tableau complet.

— Enfin ! lança-t-elle sitôt que ses sœurs entrèrent, délaçant leur bonnette en riant. Nous avons beaucoup de points à discuter.

— Ne sommes-nous pas même autorisées à enlever nos bottines ?

Charlotte coupa court à la plainte d'Emily en portant son index à ses lèvres et en décochant un regard entendu vers le bureau de Patrick. En silence, elle précéda ses sœurs dans la salle à manger, dont elle referma la porte derrière elles.

— Charlotte, nous avons voyagé toute la journée, marmonna Emily avec humeur tandis que leur aînée leur signifiait de s'asseoir. Nous sommes fatiguées, nous avons eu chaud, et j'apprécierais à tout le moins une tasse de thé.

— Accorde-moi quelques minutes, et je te l'apporterai moi-même, ton précieux thé, rétorqua Charlotte, exaspérée. Mais d'abord, je dois vous montrer cette lettre qui est arrivée au *Bull* hier, adressée à MM. Bell, avocats.

Sur quoi elle brandit l'enveloppe dans un geste théâtral à souhait.

— Allez… Donne-la-moi.

Emily allait saisir la lettre, mais Charlotte la fit prestement disparaître derrière son dos et se plaqua contre le mur pour empêcher Emily de s'en emparer.

— Laisse-moi voir ! brailla Emily.

L'espace d'un instant, elles redevinrent des enfants, se disputant un livre ou un jouet.

— Je n'ai guère de patience pour vos simagrées, intervint Anne d'un ton sec. Charlotte, montre-lui la lettre. Après tout, la ruse était l'idée d'Emily.

Charlotte demeurait inflexible.

— Assieds-toi, et je te dirai ce qu'elle contient.

Levant les yeux au ciel, Emily se laissa tomber sur une chaise, et Anne prit place à côté d'elle.

— Tout cela parce que c'est moi qui ai découvert le crâne et que je suis allée à Scarborough, n'est-ce pas ? bouda Emily. Tu es verte de jalousie et tu veux ton petit moment de gloire, même si tout ce que tu as découvert, toi, c'est comment ouvrir une enveloppe.

— C'est ma vivacité d'esprit qui a permis d'éviter un désastre, rétorqua Charlotte, exagérant un peu la façon dont elle avait pris possession de la lettre. Si je n'avais pas persuadé le fils Earnshaw de me la remettre, elle serait allée à Père. Notre entreprise aurait été découverte, et tu aurais pu dire adieu à ton petit plaisir, Emily Jane.

— Bien, lis donc, lui enjoignit Emily avec un geste de la main.

— Oui, s'il te plaît, insista Anne avec lassitude.

— La lettre dit que la nouvelle de notre enquête à Arunton est parvenue aux oreilles de cette personne, il y a quelques jours, et qu'après une réflexion approfondie, elle a décidé de répondre à notre demande d'informations. La missive n'est pas signée. Son auteur explique d'ailleurs qu'une tierce personne l'a rédigée en son nom, car il n'est lui-même en mesure ni de lire ni d'écrire. Cela signifie que deux habitants de la région risquent de s'attirer les foudres de Chester en créant ce document. Vous vous souvenez combien la couturière craignait de dire du mal de lui ? Et le fait qu'il soit prompt à la violence est connu de tous.

— Nombreux sont ceux qui redoutent Chester dans la région, ajouta Anne. Et comme j'aimerais rendre publics ses méprisables secrets afin que plus personne n'ait jamais peur de lui.

— Tout à fait, convint Charlotte, un peu perturbée toutefois par l'expression de fureur qui brouillait le doux visage d'Anne. L'auteur poursuit en disant ceci : « Juste avant la date prévue pour la naissance de l'enfant, Chester lui-même, en habit de nuit, m'a réveillé en pleine nuit et m'a offert plus d'argent que j'en avais jamais vu pour que je me rende à Bradford sur-le-champ afin d'y quérir un médecin en particulier. Il m'a dit que c'était urgent, mais, lorsque j'ai proposé d'aller chercher le docteur Morley, qui habitait non loin de là, M. Chester a insisté pour que ce soit l'homme qu'il disait et pas un autre. J'ai donc obéi. Au début, le docteur en question ne voulait pas se déplacer, mais quand il a entendu le nom de M. Chester, il est venu aussitôt. » (Charlotte leva les yeux vers ses sœurs pour s'assurer de leur entière attention.) Il semble qu'une fois le médecin ramené à Chester Grange notre homme a reçu l'ordre d'attendre, ce qu'il a fait pendant plusieurs heures, longtemps après le lever du soleil. Et alors qu'il était assis là, il a cru entendre des cris et des appels au secours, « de terribles gémissements », comme il les décrit. Il a pensé que le bébé arrivait, et que la mère et l'enfant devaient être proches de la mort. Plus d'une fois, il est descendu de son chariot pour entrer se renseigner, avant de se rappeler que Chester lui avait précisé qu'il ne recevrait aucune rétribution s'il ne suivait pas ses instructions à la lettre ; il est donc resté où il était.

— Eh bien, quel triste sire pour écouter une femme hurler de douleur et penser à sa poche plutôt qu'au bien-être de la malheureuse ! commenta Emily.

— S'il croyait Elizabeth Chester en train d'accoucher, il ne pouvait pas débouler dans la pièce, tout de même ! lui fit remarquer Anne. Tu es contrariée parce que Charlotte ne t'a pas laissée lire la lettre toi-même.

— Je ne vois pas pourquoi c'est elle qui récolterait les fruits de mon génie, grogna Emily. Et nous traiter de haut comme si c'était son idée d'utiliser un pseudonyme. Nous n'aurions jamais reçu cette lettre sans mon astuce.

— Tiens, prends-la, maugréa Charlotte en lui tendant la missive comme s'il s'agissait d'un chiffon sale. Je cherchais seulement à en résumer le contenu aux faits essentiels, plutôt que de te faire perdre encore plus de temps à essayer de déchiffrer cette écriture.

— À ce propos, reprit Anne après réflexion, le fait que l'auteur de ce pli ait trouvé quelqu'un de confiance pour consigner son récit à sa place réduit considérablement le champ des possibles concernant son identité. Je n'imagine pas qu'il existe à Arunton beaucoup d'ouvriers qui aient bénéficié d'un minimum d'éducation…

— Eh bien, la veux-tu ? insista Charlotte à l'adresse d'Emily, qui ne se saisissait toujours pas de la lettre. Prends-la si tu la veux.

— Termine-la, toi, grommela Emily en croisant les bras. Et qu'on en finisse.

Charlotte reprit la lecture.

— Il continue en écrivant qu'enfin le docteur est sorti avec Chester : le médecin n'a pas accepté de paiement de la main de Chester et lui a dit devant notre informateur qu'il ne voulait plus jamais entendre parler de lui, que toutes les dettes étaient désormais remboursées en totalité, et que Chester était un démon et un monstre.

Emily se requinqua quelque peu.

— Vraiment ?

— Oh, mon Dieu ! s'exclama Anne.

— Le docteur n'a pas prononcé une seule parole pendant tout le voyage de retour à Bradford. L'auteur nous dit qu'il pleurait en silence, des larmes comme seule une femme pourrait en verser.

— Quelles horreurs la pauvre Elizabeth a-t-elle subies qui puissent bouleverser si profondément un homme de médecine, habitué à côtoyer la maladie et la mort ? demanda Anne, les yeux écarquillés par l'inquiétude.

— Lesquelles, en effet ? réfléchit Emily. Je suppose qu'il peut s'être agi de complications liées à l'accouchement. Après tout, la grossesse est une période périlleuse pour une femme.

— Cependant, s'il n'y avait rien eu de plus que cela, point n'aurait été besoin de faire autant de mystères, d'aller quérir un docteur en particulier qui exerce à Bradford, à plus de deux lieues de Chester Grange. Et de toute façon, ce n'était pas l'accouchement, puisque notre correspondant nous informe qu'Elizabeth était encore grosse quelques jours plus tard et qu'Archie n'est pas né avant une semaine encore.

— Connaissons-nous le nom du médecin ? demanda Emily. Il serait très intéressant de s'entretenir avec lui.

— Nous l'avons, répondit Charlotte. Il s'appelle docteur Charles Prescott de Bradford.

— Eh bien, voilà notre prochaine destination, déclara Emily. Et peut-être nous éclairera-t-elle sur les étranges événements de Scarborough, même si plus je découvre les acteurs de ce drame, moins je comprends cette intrigue.

— J'ai beaucoup à vous raconter concernant Mattie, ajouta Charlotte. Et pour être franche, moi non plus, je n'y vois pas plus clair.

Emily entreprit d'ôter ses pinces à cheveux qu'elle déposa sur la table.

— Ah, bien… Au moins Bradford n'est qu'à trois lieues, nous pouvons y aller à pied demain. Et cette fois, c'est moi qui dirigerai l'expédition.

— Toi ? s'insurgea Charlotte. Je suis l'aînée.

— Oui, et c'est d'ailleurs très visible, répliqua Emily.

— Je suis celle qui s'exprime le mieux, ajouta Charlotte. Les étrangers m'apprécient.

— Jusqu'à ce qu'ils apprennent à te connaître.

— Alors que toi, tu les terrifies au premier regard !

— Oh, pour l'amour de Dieu ! s'écria Anne en se levant, geste qui fit taire ses deux sœurs. La vie d'une femme est en jeu ici : nous avons besoin de justice et de décence, et tout ce que vous faites, toutes les deux, c'est vous chamailler comme des enfants. Emily, tu ne t'es même pas enquise de la santé de Branwell. Charlotte, tu n'as pas évoqué le sujet non plus.

— Il est à la maison depuis hier soir, au lit, malade de ses excès, bien sûr ! grommela Charlotte, furieuse de cette accusation voilée de négligence vis-à-vis de leur frère.

— Dans ce cas, je vais voir si je peux lui apporter quoi que ce soit pour soulager sa douleur, annonça Anne avec sévérité. Nous reparlerons et échangerons nos nouvelles après le dîner et, d'ici là, je ne veux pas entendre un mot plus haut que l'autre de votre part. Et c'est moi qui dirigerai l'expédition à Bradford, car la tâche doit être confiée à un adulte, ce que, de toute évidence, aucune de vous n'est encore.

Emily et Charlotte restèrent muettes jusqu'à ce que leur petite sœur ait quitté la pièce pour se précipiter à l'étage.

— Une vraie crise de colère, marmonna Emily.

— Oui, bébé Anne a toujours été la plus gâtée, renchérit Charlotte.

Toutefois, elles cessèrent leurs disputes.

29

Charlotte

Le docteur Prescott n'était pas chez lui lorsque les sœurs se présentèrent. Elles avaient quitté la maison ensemble de bonne heure ce matin-là pour faire le voyage jusqu'à Bradford, après avoir décidé qu'écrire au médecin en amont n'était pas la meilleure idée. Elles ne souhaitaient pas donner à leur témoin le temps de se préparer et, si elles avaient tiré un enseignement de la rencontre avec les Honeychurch, c'était que la première réaction d'une personne face à leurs préoccupations en disait souvent plus long que ce qu'elle exprimait à voix haute.

Charlotte avait vu Anne apporter quantité d'encre et de papier à Branwell avant leur départ, le priant de dire à Père qu'elles partaient encore une fois en visite et d'inventer quelque histoire pour justifier leur absence.

— De quoi devra-t-elle parler ? avait demandé Branwell, l'air passablement désespéré, avec son écharpe enroulée autour de lui, malgré la tiédeur de la journée.

— Quelque chose de palpitant, comme les récits que tu nous racontais lorsque nous étions petites, avait répondu Anne. Et tu dois rester ici jusqu'à ce qu'elle soit terminée et être là, sur ce même canapé, quand nous reviendrons, afin de me la lire. Jure-le.

— Ne crains rien, l'avait rassurée Branwell. Je ne bougerai pas un doigt avant d'avoir produit une œuvre d'un génie bouleversant.

— Bien, tu dois reprendre des forces pour le cas où nous aurions besoin de toi, avait conclu Anne en l'embrassant sur le front.

— Vous vous passez fort bien de moi, avait marmonné Branwell.

Il était bon, néanmoins, de savoir où il était, en sécurité et, sinon en pleine santé, du moins soigné et occupé pendant les quelques heures à venir.

La détermination d'Anne à prendre la tête de l'excursion paraissait avoir quelque peu diminué, tellement elle était accaparée par ses pensées ; ce fut donc Emily qui passa devant et sonna vigoureusement la cloche, à laquelle répondit bientôt une domestique d'apparence peu commode, la taille épaisse, avec des avant-bras qui semblaient capables de pétrir une quantité phénoménale de pain.

— Bonjour.

La femme esquissa une révérence et posa un regard plein de curiosité sur Emily, qui lui répondit, avec un sourire aimable :

— Bonjour. Nous avions espéré pouvoir obtenir un rendez-vous avec le docteur Prescott aujourd'hui. Nous sommes venues d'assez loin pour une affaire urgente.

— Le docteur n'exerce pas à domicile, l'informa la bonne femme, sans fournir plus de renseignements.

Elle se contenta de les observer chacune à leur tour, comme si son regard pouvait suffire à les faire fuir. En vérité, c'était presque le cas.

— Qui est là, Hattie ? appela une voix depuis l'intérieur.

Une dame rejoignit la gouvernante à la porte. Mme Prescott, devina Charlotte, était une femme de son âge, élégamment vêtue et à l'œil vif.

— Nous sommes Charlotte, Emily et Anne Brontë de Haworth. Nous espérions parler au docteur Prescott de notre père…

— S'agirait-il du révérend Patrick Brontë, par hasard ? s'enquit-elle.

Sa question ne manqua pas de déstabiliser les sœurs, qui avaient supposé que leur nom de famille ne signifierait pas grand-chose pour l'épouse du docteur.

— S'il vous plaît, entrez et venez prendre le thé. Je devrais pouvoir vous donner un rendez-vous. Hattie, veuillez vous occuper du thé, s'il vous plaît.

L'interpellée jeta sur Mme Prescott un regard plein d'une rancœur étonnante, étant donné que sa maîtresse lui demandait seulement de faire son travail, puis elle se dirigea vers ce qui devait être la cuisine.

— Mesdemoiselles Brontë de Haworth ? répéta Mme Prescott avec un grand sourire, tout en les précédant dans son salon. J'ai lu la lettre de votre père dans le *Leeds Mercury*, appelant à l'interdiction des vêtements en coton pour les enfants, afin de réduire les décès accidentels par le feu, et je dois dire que je le soutiens de tout cœur. Je crains que, l'année dernière, nous n'ayons vu périr plus d'une centaine de nourrissons dans de telles circonstances. C'est un tel gâchis, tragique et pourtant si facilement évitable.

— En effet, convint Charlotte avec un sourire.

Elle se sentit immédiatement proche de Mme Prescott, avec sa manière de parler pleine de clarté et de vigueur. Peut-être comme une sorte d'âme sœur.

Hattie arriva dans un cliquetis de vaisselle, chargée d'un plateau à thé qu'elle déposa sur une petite table en noyer, avec la même délicatesse qu'un ouvrier d'usine déchargeant une balle de laine. Mme Prescott lui adressa un sourire serein, en lançant un coup d'œil au plateau.

— Je crains que Hattie n'ait oublié le lait ainsi que le citron. Peut-être pourrions-nous boire notre thé nature ?

— Bien sûr, répondit Charlotte. C'est ainsi que nous le préférons, en l'occurrence.

— Pour ce qui est de mon mari, reprit Mme Prescott en versant le thé, je suis navrée, mais Charles ne reçoit pas chez nous, il ne fait que des visites à domicile chez ses patients habituels. Je serai ravie de lui demander de venir vous voir à Haworth, mais peut-être seriez-vous en mesure de me donner quelques indications sur l'aide qu'il pourrait vous apporter, puisque votre propre médecin ne peut le faire ?

— C'est...

Charlotte hésita. Elles n'avaient pas réfléchi aussi loin.

— Une affaire personnelle, avança Emily. Dont nous souhaitons nous entretenir avec un docteur, et non avec son épouse.

Mme Prescott se hérissa instantanément, ce qui n'échappa pas à Charlotte. Cette charmante femme manifestait en cet instant le ressentiment qu'elle-même éprouvait chaque fois qu'elle était rabrouée à cause de son sexe.

— Ce qu'Emily entend par là..., commença Anne, risquant de s'attirer les foudres de sa sœur.

— Je veux dire que nous souhaitons discuter d'une question médicale, voilà tout, expliqua Emily d'un ton quelque peu radouci. Je ne souhaitais pas vous offenser... Je vous présente mes excuses.

— Non, ne vous en faites pas, la rassura Mme Prescott, dont le sourire s'était toutefois un peu crispé. Cependant, vous serez peut-être intéressée d'apprendre que, même si je n'ai pas obtenu de titre universitaire, j'ai suivi les mêmes cours que mon mari à la faculté. Je l'ai même aidé à terminer ses études. Si les femmes y étaient autorisées, je serais moi aussi diplômée en médecine.

— L'idée est intéressante, déclara Emily. Très intéressante.

— Et je l'assiste tous les jours dans son travail. En fait, cela va peut-être vous choquer, mademoiselle Brontë, mais je crois que si je vivais dans un monde où une femme avait droit d'exercer une telle profession, je ferais un médecin aussi compétent que mon mari.

Elle s'arrêta avant d'ajouter les mots : « Si ce n'est plus », mais chaque personne présente dans la pièce les devina.

— Absolument, acquiesça Anne avec vigueur. Et laissez-moi vous assurer, madame Prescott, que si vous connaissez les lettres de notre père, alors vous nous connaissez aussi. Car il a cherché, par l'éducation qu'il nous a prodiguée, à nous encourager dans la voie de cette indépendance dont vous parlez. Nous sommes toutes des femmes de carrière, bien qu'aucune d'entre nous ne soit aussi qualifiée que vous.

— Alors peut-être que si vous me racontiez de quoi il retourne, je pourrais vous dire si Charles aura les connaissances requises pour vous venir en aide.

— Notre père est presque aveugle à cause de la cataracte, lui confia Anne. Nos médecins locaux nous affirment qu'il n'y a rien à faire, mais une connaissance, M. Chester d'Arunton, nous a recommandé votre mari.

Le visage de Mme Prescott blêmit en un instant, sa main se portant inconsciemment à sa poitrine. Et quand elle parla, sa voix était à peine plus forte qu'un souffle, ses épaules frémissantes.

—Cet homme vous a recommandé Charles ? Il a osé prononcer le nom de mon mari ?

Emily reprit prudemment les rênes, avec un regard vers ses sœurs. Jamais elles n'auraient pu imaginer une réaction aussi brutale, une expression aussi viscérale de peur et de dégoût, dans une égale mesure.

—En fait… Lors d'une visite à l'église d'Arunton, Chester nous a appris que le docteur Prescott avait soigné son épouse juste avant la naissance de son fils et qu'il était très au fait des dernières techniques médicales.

Mme Prescott déploya des efforts surhumains pour recouvrer son calme.

—Il l'est, confirma-t-elle. Il l'est absolument, et nous avons fait beaucoup de recherches sur les méthodes et les pratiques d'élimination de la cataracte, entrepris plusieurs procédures avec de bons résultats. Je crois effectivement que Charles serait heureux de rendre visite à votre père. Mais il ne rentrera pas avant ce soir, occupé comme il l'est toute la journée à l'hôpital. Donc, si vous me laissez votre adresse, je veillerai à ce qu'il vous écrive pour convenir d'un rendez-vous pour examiner votre père. Pour ma part, en tout cas, j'aimerais beaucoup qu'il vienne en aide à un homme aussi bon et aussi chrétien.

—Merci, madame. Nous ne vous dérangerons pas plus longtemps, conclut Charlotte.

—Enfin, il y a encore un point, nuança Emily. (De la poche de sa jupe, elle sortit un objet enveloppé dans du papier.) Dites-moi, que pensez-vous de ceci ?

—Emily, s'il te plaît…

Charlotte se tourna vers sa sœur, mais il était déjà trop tard. Mme Prescott ouvrait le paquet et fronçait les sourcils en découvrant son contenu. Sa réaction n'avait rien de surprenant, car être confrontée à un os noirci et à une dent humaine n'était pas chose courante pour une dame mariée et respectable.

— Cela a-t-il un rapport avec la maladie de votre père ? demanda-t-elle en relevant les yeux vers Emily.

— Non, ce sont des débris que j'ai découverts lors d'une promenade récente et, comme vous êtes une femme de médecine, j'ai pensé que vous pourriez satisfaire ma curiosité.

— Ce sont des débris troublants, convint Mme Prescott, en tenant la dent en l'air pour l'examiner attentivement. Celui-ci est certainement une dent humaine : une incisive. C'est une dent d'adulte, pas une dent de lait, et d'après sa taille et l'absence relative de carie, je dirais qu'elle appartenait à une femme âgée de quinze à vingt ans peut-être…

— Vous êtes vraiment en mesure de réduire la fenêtre à un si petit intervalle ? lui demanda Emily, impressionnée.

Mme Prescott se rengorgea un peu.

— Eh bien, voyez-vous, elle n'est pas assez pure pour provenir d'une fille plus jeune, ni assez délabrée ou usée pour appartenir à une personne plus âgée. C'est de l'observation, rien de plus.

— Vous êtes merveilleuse ! la félicita Emily.

Et elle adressa un sourire à Charlotte, qui dut admettre que sa sœur avait eu raison de dévoiler ces objets macabres, après tout.

— Et qu'en est-il de l'os ? reprit Emily. Je pensais à une côte, peut-être.

— C'est une côte, oui, confirma Mme Prescott avec un sourire. Bravo.

— J'ai lu beaucoup d'articles médicaux, lui confia Emily, mais pas assez pour déterminer si cet os est d'origine humaine. Le sauriez-vous, d'après vos observations ?

— La côte a été trouvée avec la dent, dites-vous ?

Mme Prescott faisait courir son doigt le long de la courbe noircie de l'os.

— Oui, opina Emily. De la même victime ?

Mme Prescott secoua la tête.

— Non. Voyez-vous, un os de côte humain est plus long et plus subtilement recourbé que cet os-ci. Je ne suis pas experte en zoologie, mais d'après la forme et la densité, je dirais que celui-ci provient d'un animal à quatre pattes, très probablement un cochon. En tout cas, je peux vous affirmer avec certitude qu'il n'appartient pas à un être humain.

— Avez-vous disséqué de nombreux cadavres ? s'enquit Emily avec une curiosité morbide et sans fard.

— Des dizaines, répondit Mme Prescott, le regard brillant.

— Tout à fait fascinant, commenta Emily, avant de se tourner vers Charlotte et Anne. Pas un os humain, mes sœurs. Le mystère s'épaissit ! (Elle prit les débris et les fourra dans les mains de Charlotte.) Une dent humaine et un os de porc brûlé retrouvés ensemble... Qu'est-ce que cela peut bien signifier, si ce n'est qu'il y a eu une bagarre pour un cochon, ou bien... ?

Charlotte interrompit Emily avant que son enthousiasme pour les connaissances de Mme Prescott ne l'amène à en révéler davantage.

— Dans quel hôpital votre mari travaille-t-il ?

— Il n'y en a qu'un à Bradford. (Mme Prescott garda les yeux rivés sur sa tasse de thé pendant un long moment, avant de les relever vers Charlotte.) Un détail me laisse perplexe, dit-elle en souriant. Pourquoi n'avez-vous pas simplement écrit à mon mari ? Cela aurait été tellement plus pratique que de venir jusqu'ici, sans aucune assurance de le voir. Une lettre aurait été tout aussi rapide.

Charlotte regarda Anne, qui regarda Emily, qui regarda le lustre de cristal comme si c'était l'objet le plus admirable qu'elle ait jamais vu.

— Bien sûr, répondit Charlotte au bout d'un silence embarrassant. C'est juste que notre cher père nous a appris à juger le mérite d'une personne lorsqu'on la voit en chair et en os. Et, avec un sujet aussi précieux que sa vue, nous avons estimé que le voyage se justifiait. D'ailleurs, il s'est justifié, ne serait-ce que pour nous avoir permis de faire votre connaissance, madame Prescott. Je suis sûre que si une femme comme vous a consenti à épouser le docteur Prescott, alors ce doit être un homme bien.

— S'il vous plaît, appelez-moi Celia. (Laquelle Celia sourit, la couleur revenue à ses joues, ses yeux animés par la curiosité.) Et vous avez raison, mademoiselle Brontë, je suis une femme de discernement et d'intellect. Alors que diriez-vous que je demande à Hattie de nous refaire du thé, ainsi vous pourriez m'exposer la véritable raison de votre présence ici ?

30

Anne

— La pauvre, pauvre enfant, murmura Celia, alors qu'Anne lui racontait tout ce qu'elles avaient appris jusqu'à présent sur le sort d'Elizabeth Chester. La quantité de sang que vous décrivez semble certainement indiquer une mort violente. Je vous en prie, continuez.

De manière sérieuse, calme et concise, Anne lui relata avec soin tous les détails de ce qui avait été soit découvert, soit rapporté. Sagement, elle omit de mentionner l'excursion nocturne d'Emily qui, bien que susceptible de captiver sans doute cette femme pleine de vie, n'en avait pas moins été illégale. Plus elle parlait, plus elle lisait les expressions de Celia Prescott, et plus Anne se forgeait la certitude que cette femme intelligente et fascinante leur serait une alliée.

À mesure qu'Anne relayait leur implication dans l'enquête sur Elizabeth Chester, elle remarqua que ses sœurs se mettaient à l'écart. Emily se dirigea vers un siège près de la fenêtre, d'où elle s'abîma dans la contemplation de la vie qui se déroulait dehors, comme si elle ne s'intéressait nullement à ce qui se passait à l'intérieur, sauf que, bien sûr, Anne savait qu'elle écoutait attentivement. Les gens parlaient beaucoup plus s'ils se pensaient à l'abri d'oreilles indiscrètes, lui avait confié Emily il y avait longtemps. Anne savait que, depuis toujours, les gens disaient d'Emily qu'elle était « dans les nuages », et c'était très souvent bel et bien le cas, mais il en allait aussi autrement. Comme en cet instant.

— Votre mari vous a-t-il parlé de sa visite à Chester Grange, ce soir-là ? demanda Anne à Celia, qui leur versait encore du thé d'une théière en porcelaine fine, décorée de belles roses peintes à la main.

Cette fois, une tranche de citron fut ajoutée à chaque tasse.

— Au début, il a refusé, répondit Celia. Cependant, en toute honnêteté, il n'a pas eu besoin de le faire. Je savais de quoi Chester était capable et, à bien des égards, ce qui était arrivé à Elizabeth était ma faute. Pendant un certain temps – un long moment –, Charles m'en a voulu.

— Pourquoi donc ?

Anne se pencha un peu en avant, les lèvres entrouvertes de curiosité.

Celia réfléchit un instant en remuant son thé. Puis elle reposa délicatement la tasse dans sa soucoupe, se rendit à la porte du salon et la ferma d'un geste énergique.

— Je vais vous dire ce que je sais, pour le bien d'Elizabeth Chester, annonça-t-elle très solennellement, à tel point que même le bruit de la rue sembla s'estomper puis se taire pour la laisser parler. Je vais vous le raconter parce que, en vérité, je crains que ce ne soit mon mari et moi qui ayons échoué à sauver Imogen Chester alors qu'il restait encore une chance de le faire. Toutefois, mes chères demoiselles, je dois vous demander de jurer sur votre honneur de ne pas répéter en dehors de ces quatre murs ce que je m'apprête à révéler ici, car je redoute que les conséquences n'en soient très graves pour mon époux comme pour moi.

Emily oublia aussitôt de faire semblant de ne pas écouter et, se levant de son siège à la fenêtre, elle rejoignit ses sœurs qui promettaient de garder le silence.

— Bon, poursuivit Celia, l'histoire que je vais vous narrer n'est pas une histoire de meurtre. Même si ce n'est pas faute d'avoir essayé.

Dehors, l'après-midi d'une belle fin d'août s'étiolait, le grand ciel bleu et la chaleur des derniers rayons de soleil dorés s'envolaient, et quatre femmes étaient assises dans un élégant salon devenu sombre où elles parlaient de ce que l'humanité avait de plus vil.

— Lorsque j'ai rencontré Charles pour la première fois, il y a sept ans, leur exposa Celia avec un petit sourire triste, il n'était pas l'homme qu'il est aujourd'hui. À savoir un excellent médecin qui travaille sans relâche pour améliorer le sort des pauvres gens, même si cela lui coûte les honoraires qu'il pourrait gagner s'il avait le temps de prendre en charge un plus grand nombre de patients aisés. Il est bon, gentil et doux. C'est l'homme que j'aime de tout mon cœur.

Anne acquiesça et esquissa un sourire en songeant à quelle merveille cela devait être d'aimer et d'être aimée d'égal à égale, unis par le vœu de vivre une belle relation. Peut-être Charlotte avait-elle raison de ne pas écarter la possibilité d'un tel mariage, car une union de cette nature pourrait la rendre heureuse.

Celia baissa les yeux, pour ajouter :

— Lorsque j'ai commencé à suivre les cours à l'université, cependant, il n'avait rien de commun avec mon mari actuel. Il était jeune, impétueux, avec un penchant pour l'excès. Comme beaucoup d'hommes de son âge, il avait des amis avec lesquels il étudiait, discutait de science et de médecine. Et il buvait... et il jouait.

— Vous ne pouvez pas nous choquer, lui assura Emily, voyant que Celia hésitait. Notre frère nourrit des intérêts similaires et il ne les a toujours pas dépassés avec la maturité.

— Eh bien, il y avait... il y avait aussi des femmes, compléta Celia, dont la bouche se tordit de dégoût.

— Il y en a aussi eu dans la vie de notre frère, des liaisons dont nous espérons ardemment qu'il se repentira un jour, lui confia Anne. Si seulement il rencontrait une femme telle que vous, capable de l'élever vers de plus nobles aspirations.

— Pour cela, il faudrait d'abord qu'il reste sobre pendant cinq minutes, ironisa Emily.

— Bref, j'ai tout de suite remarqué Charles, reprit Celia, dont le sourire s'étira à ce souvenir. Même s'il était un peu négligé et sauvage. Car, dans une salle remplie de jeunes hommes sérieux et impérieux, il était le seul, à part moi, qui semblait éprouver une véritable joie à ce que nous apprenions. Et il me parlait, à moi. Parmi mes camarades de classe, il était e seul à me saluer poliment. Les autres préféraient se comporter comme si je n'existais pas, ce dont d'ailleurs je ne me plaignais pas. Mais, après un certain temps, j'ai remarqué qu'il était souvent en compagnie d'un homme plus âgé, qui n'était pas étudiant. Cet homme n'était autre que Robert Chester. Lequel participait à nombre de ces événements, il en était même l'instigateur, alors qu'il était pour sa part récemment marié à sa première épouse, Imogen. À mesure que l'association de mon mari avec Chester s'est développée, il en est allé de même pour notre relation, conformément aux bons conseils de ma mère, bien sûr. C'était comme s'il avait deux vies : celle avec moi, où il prenait le thé l'après-midi et se promenait dans le parc sous mon ombrelle, et sa vie avec Chester, une vie dangereuse où la consommation d'alcool et d'opium était monnaie courante, et où intervenaient souvent des femmes de petite vertu.

Le front de Celia se plissa à l'évocation de cette époque. Une expression de douleur apparut dans le froncement de ses sourcils couleur corbeau.

— En une occasion – un récital –, j'ai rencontré Imogen Chester. Son mari l'avait laissée avec ma famille et moi pendant qu'il se retirait au bar avec Charles. Elle était encore jeune mariée et, honnêtement, je n'ai jamais vu femme plus superbe : grande et élégante, cheveux bruns et peau claire, et des yeux qui avaient le bleu agité de la mer, toujours changeant. Je m'en souviens très bien, parce qu'une fois que j'ai eu croisé son regard je me suis retrouvée dans l'impossibilité de la quitter des yeux. Un peu comme avec vous, Charlotte. (Elle sourit à Charlotte.) Comme Imogen était récemment mariée, je lui ai demandé ce qu'elle pensait de la vie de couple. Sa réponse a été si curieuse que j'aurais dû deviner qu'elle était très malheureuse. « Je comparerais le mariage à une navigation à l'aveugle, m'a-t-elle expliqué d'une voix presque lointaine, comme si elle émanait d'une autre personne. On s'y sent perdu, sans boussole, en territoire inconnu. » C'était un commentaire fort singulier, et je pense que je l'ai pris à la légère, quc je suis passée outre sur le moment, mais maintenant… maintenant, je ne peux qu'imaginer combien la vie de femme mariée a dû être effrayante pour elle. Toutefois, ses paroles me sont restées en mémoire, et j'y ai souvent repensé lorsque je mettais en balance mon amour pour Charles et ses activités plus sauvages. Une après-midi, dans le jardin de ma mère, il m'a confessé son souhait d'en finir avec cette autre vie et de se dévouer corps et âme à moi. Les joues baignées de larmes, il m'a avoué son désir de m'épouser, mais il ne pouvait le faire en toute bonne conscience tant qu'il ne se serait pas libéré de tous ses péchés et que son esprit ne serait pas soulagé. Il a juré sur mon petit livre de prières que si j'acceptais de l'épouser, il renoncerait à l'influence néfaste de Chester et à la débauche liée à lui, qu'il serait un époux bon et fidèle pour moi et un homme bon et fidèle devant Dieu. Il m'a suppliée de l'empêcher de devenir un être aussi sombre et tourmenté que son « ami ».

— J'aurais refusé, déclara Anne, qui s'empressa d'ajouter, devant le regard surpris de Charlotte : Eh bien, quoi, un homme ne devrait pas avoir besoin d'être sauvé pour devenir un bon chrétien. Il doit être capable de suivre la voie du Seigneur par ses propres moyens. Et celui qui en serait incapable ne serait pas digne que je l'épouse.

— Il ne se trouvera jamais aucun homme à ta hauteur, commenta Emily avec un sourire. Tu es trop bonne pour ce monde, Anne.

Charlotte reporta son attention sur Celia.

— Si j'aimais un homme qui me demandait la même chose, je serais heureuse de le guider vers le droit chemin. N'est-ce pas le devoir d'une épouse de devenir la meilleure partie de son mari ?

— La vérité, c'est qu'à ce moment-là j'étais tellement amoureuse de Charles que je me savais incapable de supporter l'idée de vivre sans lui, concéda Celia. Je comprenais le risque qui me menaçait, cette solitude perdue qui semblait être le sort d'Imogen, et pourtant j'étais prête à le courir. Même s'il n'avait pas été fidèle à son serment, même si le reste de mon existence avait été aussi sombre et misérable qu'il aurait facilement pu l'être, je l'aurais quand même épousé, car mon cœur ne pouvait pas renoncer à lui.

— Oh oui ! acquiesça Charlotte avec ferveur. On ne peut pas choisir qui on aime !

— Elle, en tout cas, ne le peut pas, murmura Emily à Anne, qui réprima un sourire.

— Par bonheur, Charles a tenu parole. Il est venu à moi sain de corps et d'esprit, et les premières semaines de notre vie conjugale ont été aussi parfaites et béates que n'importe quelle jeune femme peut l'espérer. Et puis, une nuit, peu après notre retour d'Italie, Chester est venu frapper à notre porte.

Le sourire de Celia disparut. Son dos se raidit alors qu'elle se remémorait cette horrible nuit.

— Charles m'a dit de rester couchée, mais, de tous mes vœux de mariage, l'obéissance est celui qui me met le plus à l'épreuve. Je me suis donc glissée hors de ma chambre et j'ai regardé depuis le palier de l'étage. Dès que j'ai vu qui était notre visiteur, j'ai eu peur que mon mari ne soit sur le point de briser ses vœux envers moi.

— Que voulait Chester ? demanda Anne.

— Il avait dans les bras le corps ensanglanté d'une femme, répondit Celia, dont la voix n'était plus qu'un murmure. La pauvre créature était à peine vivante, mais je discernais à la couleur de ses cheveux que ce n'était pas Imogen. Chester l'a lâchée plus ou moins sur le carrelage du vestibule, et je l'ai entendu dire, avec des mots que je ne peux pas répéter ici, qu'il l'avait gardée un certain temps, mais s'était lassé de ses geignements et que, lorsqu'il lui avait annoncé qu'il la mettait à la rue, elle était entrée dans une rage noire, au point qu'il avait dû se défendre. Seulement, il ne portait pas une seule trace de lutte, alors qu'elle… (Elle secoua la tête et déglutit péniblement en se rappelant la scène.) Elle était gravement blessée. Chester a demandé à Charles de voir s'il pouvait la sauver, en lui spécifiant de ne pas mentionner son nom. Au début, Charles a refusé, mais, à ce moment-là, je ne pouvais plus me taire. J'ai dévalé l'escalier et je l'ai supplié de prendre la pauvre fille en charge. Finalement, Charles a cédé et renvoyé Chester. Cette nuit-là, j'ai joué le rôle d'infirmière de Charles pour la première fois. Pendant qu'il suturait et réparait les os, je baignais et apaisais la pauvre femme, soulageant sa douleur du mieux que je pouvais. À mesure que nous l'examinions, nous découvrions toujours plus de plaies et nous en sommes venus à la conclusion qu'elle avait subi une agression bien pire que ce que nous avions imaginé.

— Oh, Seigneur, chuchota Anne en pivotant vers Emily, qui était devenue très pâle à l'écoute de ce récit.

— Comme il est terrible de penser que de tels démons évoluent parmi nous, murmura Charlotte en tendant la main à Anne.

Plus elles en entendaient, moins il semblait subsister d'espoir pour la pauvre Elizabeth Chester.

— Notre patiente est restée aux portes de la mort pendant plusieurs jours, mais je n'ai pas quitté son chevet et, avec beaucoup de soins, Charles et moi avons éloigné Hattie du bord du précipice.

— Hattie ?

Anne tourna les yeux vers la porte par laquelle elle avait vu pour la dernière fois passer la domestique.

— Oui, confirma Celia. J'ai refusé de la laisser retourner à son ancienne occupation, ni même à l'hospice. Alors je l'ai gardée avec nous. Notre cuisinière aussi a été sauvée de la rue. Bien que nous ne puissions pas en prendre davantage ici, mon ambition est de trouver un emploi utile à toutes les femmes de Bradford qui sont forcées de…

— Se prostituer, termina Emily avec un signe de tête approbateur. Je pense que vous êtes la meilleure personne que j'aie jamais rencontrée.

Le sourire de Celia se fit un peu perplexe.

— Merci, mais je crains que votre opinion ne change quand vous entendrez la dernière partie de mon histoire. Charles était si écœuré et si horrifié par ce qui s'était passé qu'il a voulu aller trouver les autorités et dénoncer Chester. C'est moi qui l'ai supplié de n'en rien faire.

Les sœurs se turent et, pendant un moment, l'on n'entendit plus un bruit dans la pièce, à l'exception du tic-tac de l'horloge. Anne se demanda s'il symbolisait ce qui restait de vie à Elizabeth Chester, ou si ce temps était déjà écoulé.

— Nous venions de nous marier, expliqua Celia. Charles n'avait commencé à exercer que récemment. Si nous devions réussir les bonnes œuvres dont nous rêvions tous les deux, mon mari avait besoin d'une réputation sans tache pour se constituer aussi une patientèle en mesure de payer ses traitements. Chester était – il est – un homme d'influence. S'opposer à lui, tenter de dévoiler la vie qu'il menait et ses terribles actions représentait un risque que j'ai été trop lâche pour courir. Je savais que Chester avait le pouvoir de nous ruiner. Je me disais que, comme nous avions sauvé Hattie, nous avions redressé les torts de Chester, et que cela suffisait. À force de suppliques, Charles a cédé. Mais ce silence a été une erreur, car Chester le considérait désormais comme un complice. Peu de temps après, j'ai écrit à Imogen. Je lui ai offert un endroit où aller si elle avait besoin d'un refuge pour elle et son bébé. Mais elle ne m'a jamais répondu. Puis la nouvelle de sa mort est tombée. Chester affirmait qu'elle était malade, mais Chester mentait, et moi, je continuais de penser à elle, si seule, si isolée. Je me répétais que j'aurais dû insister pour que Charles me conduise auprès d'elle, seulement j'avais trop peur de ce que je découvrirais. Puis les années ont passé, et nous avons coupé tout lien avec lui : je n'ai même pas su qu'il s'était remarié. Et puis… et puis est arrivée la nuit où Charles s'est occupé d'Elizabeth Chester.

— Chester l'avait battue elle aussi ? demanda Anne, les yeux remplis de larmes. Alors même qu'elle était grosse de son enfant ?

— Pire encore, acquiesça Celia. Ce matin-là, quand il est revenu, Charles ne pouvait pas soutenir mon regard, tellement il était furieux que nous ayons caché aussi longtemps la vraie nature de Chester. Pendant un moment, j'ai cru avoir perdu son amour. C'était une période terrible, j'ai craint de devoir passer le reste de ma vie mariée à un homme qui me haïssait, sans pouvoir le blâmer pour cette haine. Enfin, peu à peu, il m'a pardonnée. Et mon mari m'a appris qu'il est un devoir sacré : celui de ne jamais détourner les yeux du mal. Au contraire, nous avons fait le vœu de toujours le mettre en lumière, de le révéler au monde, quoi qu'il puisse nous en coûter personnellement.

— C'est exactement ce que nous cherchons à faire, renchérit Charlotte. Et désormais avec un besoin plus pressant que jamais.

— Le lendemain, Charles est allé voir le gendarme, et une visite a été rendue à Elizabeth Chester. Seulement, en dépit de ses graves blessures, elle a prétendu qu'elle s'était évanouie et avait chuté dans l'escalier. Le gendarme n'a pas souhaité la questionner davantage. Et, en repensant à mes lettres à Imogen, j'ai compris que Chester effrayait ses épouses, qu'il les menaçait suffisamment pour les dissuader d'appeler à l'aide. Alors je me suis dit qu'il n'y avait rien de plus à faire, rien que je puisse entreprendre.

— La terroriser au point de la museler, conclut Anne, malheureuse. Voilà l'emprise qu'il avait sur elle.

— S'il le faut, je parlerai et Charles aussi. Nous ne laisserons pas Chester s'en tirer ainsi, leur affirma Celia. Parce que si Elizabeth Chester est blessée, si elle a été assassinée, mesdemoiselles Brontë, ne vous méprenez pas : tout comme celui d'Imogen, son sang restera sur mes mains.

31

Emily

Emily s'arrêta un instant sur la crête de la colline escarpée qui les conduirait au pied de Haworth.

— Quelle est la réponse ? demanda-t-elle. Quand nous la trouverons, la reconnaîtrons-nous ? Peut-être avons-nous déjà la solution sans le savoir.

Anne se retourna vers sa sœur.

— De quoi parles-tu, Emily ?

— Il nous faut passer en revue tout ce que nous avons recueilli, déclara Emily en accélérant le pas. Depuis le début, nous cherchons quelque chose comme un panneau indicateur, un élément qui nous dise exactement ce qui s'est passé, mais ça n'est pas cela, la détection, mes sœurs. Détecter, c'est lire entre les lignes, c'est voir ce qui n'est pas là.

— Parfois, je pense que toutes ces fois où tu as insisté pour sortir par tous les temps sans ta bonnette ont changé ton esprit en bouillie, cria Anne derrière Emily, qui s'était mise à trotter.

Le corps tendu vers la pente, Emily poussa un cri de joie, les bras écartés, le vent transformant ses manches en ailes, tandis qu'elle embrassait la fraîcheur du soir comme s'il s'agissait d'un baume qui la purifierait de la terrible histoire que Mme Prescott leur avait racontée. Et l'espace d'un instant, elle volait, elle planait comme une alouette, plongeait comme un courlis. L'espace d'un instant, elle était libérée de la gravité et de tous les devoirs terrestres. La seconde d'après, elle se mit à rouler dans la douceur moelleuse de la bruyère, un rocher accrochant ses bas, la terre brûlant sa peau tandis qu'elle s'immobilisait dans une glissade. Emily pivota sur le flanc et goûta le sang sur sa lèvre, mais alors qu'elle levait les yeux vers le dôme du ciel qui s'étendait sans fin au-dessus de sa tête, elle ne put qu'éclater de rire, s'émerveillant devant la beauté de toute la création.

Le visage de sa sœur cadette, encadré par sa bonnette, apparut au-dessus d'elle, et Emily rit encore plus fort tandis que les premières gouttes de pluie rafraîchissaient ses joues.

— Cervelle réduite en bouillie, répéta Anne. En bouillie.

Lorsqu'elles arrivèrent enfin à la maison, Emily saignait au genou, son visage était encore couvert de traces de tourbe malgré les soins que Charlotte lui avait prodigués avec son mouchoir imbibé de salive. Leur père les attendait, dans un état de grande agitation.

Sitôt la porte franchie, Charlotte se précipita près de lui.

— Père ! S'il vous plaît, dites-moi ce qui se passe. Ce sont vos yeux ? Ou avez-vous mal quelque part ?

— Charlotte, commença-t-il d'un ton grave, s'adressant d'abord à elle, puis à chacune de ses sœurs. Mes filles, toutes autant que vous êtes, allez-vous enfin m'expliquer vos pérégrinations de ces derniers temps ? La vérité, cette fois. Je vous autorise à vaguer à votre guise, vous êtes toutes indépendantes, mais il est de mon devoir de père de m'enquérir de votre bien-être, physique et… moral. Vous m'avez donné votre parole que vous vous conduisiez avec l'intégrité que j'exige de vous, seulement vous n'êtes jamais à la maison, vous ne me dites pas où vous allez, ni ce que vous faites. Dois-je vous traiter comme des enfants, finalement, et vous cloîtrer ici en vous privant de souper ?

Le fait qu'Emily réprime malhabilement un rire, telle une écolière prise en flagrant délit de bêtise, n'aida guère à plaider leur cause.

— Tu ris, Emily Jane, constata Patrick avec une sévérité qui suffit à étouffer le gloussement de sa fille. Et pourtant, si faible que soit ma vue, je te vois, aussi indisciplinée qu'une écolière. J'ai une réputation à préserver, vous savez. Notre position ici est basée uniquement sur ma bonne réputation, votre avenir sur la vôtre.

— Eh bien, si Branwell ne parvient pas à vous déloger de votre poste avec son comportement scandaleux, je ne vois pas comment un genou écorché et quelques brins de bruyère dans mes cheveux pourraient y arriver, marmonna Emily.

— Tu es allée dans la lande où tu as rencontré un homme que tu ne connaissais pas, la gronda Patrick. (Emily baissa le menton.) Branwell m'a tout raconté.

— Tout ? sursauta Charlotte, qui jeta un regard en direction d'Anne.

— Oui, comme je l'ai trouvé en train d'écrire dans la salle à manger, je l'ai emmené dans mon bureau pour travailler avec moi. Je l'ai interrogé sur vos absences. Et il m'a révélé tout ce qu'il savait.

— Père, reprit Emily, malheureuse cette fois, combien de fois nous surprenez-vous en train d'écrire et jamais vous ne nous invitez dans votre bureau pour travailler avec vous !

— Vous êtes des jeunes femmes ! s'écria leur père, dont l'exclamation coïncida avec un coup de tonnerre dans le ciel. Votre écriture n'est pas un labeur au même titre que celle de votre frère. En Branwell, nous pouvons peut-être encore trouver la voie qui permettra de révéler son vrai talent au monde entier !

Il fallut à Emily toute sa volonté pour garder la bouche close. Seule la crainte de bouleverser encore plus son père lui permit d'y réussir.

— D'ailleurs, je ne suis pas en train de vous parler de vos écrits, continua-t-il. Je vous parle de vos actes !

— Que vous a dit Branwell, Père ? demanda Charlotte, si bas que sa voix s'entendait à peine par-dessus le battement de la pluie contre la fenêtre.

— J'ai dit à Père quelle part de l'héritage de tante Branwell vous aviez dépensée à la recherche d'écoles potentielles. Je lui ai expliqué que vous n'aviez abouti à aucun résultat et que je craignais que nous ne surestimions votre perspicacité. Il ne faudrait peut-être pas vous confier cet argent, et je serais heureux de m'en occuper à votre place, déclara Branwell, qui arrivait de la salle à manger.

Au moins, une journée devant le feu avec Père avait-elle fait du bien à son frère, pensa Emily. Il avait meilleure mine, il était lavé, vêtu de propre, et paraissait enfin complètement sobre. Malgré ce constat, elle fut prise à cet instant précis d'une envie de fratricide à coups de tisonnier.

— Et un jeune homme du nom de M. Purbeck est venu demander après toi au presbytère, Emily, ajouta Branwell. Il semble que tu lui aies fait forte impression quand tu l'as rencontré dans la bruyère.

— Absolument pas ! s'exclama Emily. Je n'ai jamais entendu de telles absurdités. Tout ce qui s'est passé, c'est que je lui ai souhaité une bonne journée quand nous nous sommes croisés dans la lande, Père. Vous me connaissez mieux que quiconque ! Je ne suis pas du genre à faire des cabrioles avec un jeune homme. C'est bien plus le genre de Charlotte.

— Emily ! siffla la susmentionnée.

— Je crois comprendre quel est le problème, intervint Anne.

S'avançant, elle passa son bras sous celui de son père et l'entraîna vers leur confortable salle à manger, repoussant au passage Branwell sur le canapé. Emily et Charlotte suivirent, l'aînée allant immédiatement se réchauffer près du feu.

— Nous avons été beaucoup absentes de la maison, concéda Anne. Toutefois, Branwell, qui n'était pas bien du tout, a mal interprété l'ampleur de nos dépenses. Après tout, Père, il n'est guère versé dans les mathématiques, n'est-ce pas ? Vous souvenez-vous de l'histoire des fonds manquants à Luddenden Foot ?

Pendant qu'Anne parlait, Emily haussa un sourcil à l'intention de Branwell qui, en retour, plissa les paupières. Sa petite sœur était l'exemple même du proverbe : « Méfiez-vous de l'eau qui dort. »

— Et vous, très cher Père, vous vous inquiétez là où il n'y a pas lieu, poursuivait Anne de sa voix apaisante, tout en désignant ses sœurs. Vous pouvez constater de vos propres yeux que nous sommes telles que nous avons toujours été : Charlotte, bonne et intelligente, moi-même, obéissante et douce, et Emily… fidèle à elle-même.

Patrick observa ses filles tour à tour, et Emily vit les rides de son front se lisser un peu, à mesure qu'il semblait se persuader du bien-fondé des assertions de sa benjamine : elles étaient exactement comme elles avaient toujours été.

— Et l'excursion d'aujourd'hui ? demanda-t-il en se tournant vers Charlotte, qui prit aussitôt un air coupable.

— Eh bien, nous…, commença-t-elle, incapable d'aller au bout de sa phrase.

— Branwell a raison, nous pensions à nouveau à notre projet d'école, reprit Anne. Scarborough ne convenait pas, alors nous sommes allées à Bradford, pour visiter un endroit qu'Ellen Nussey nous avait suggéré comme étant à la fois économique et convenable. (Elle sourit à son père et posa la main sur son épaule.) C'est tout, Père. Nous ne voulions pas vous ennuyer avant d'avoir une perspective de réussite.

Obéissant à son geste, Père s'assit à la table à côté d'elle.

— Regardez, intervint Emily, n'est-ce pas charmant ? Nous voilà tous ensemble, au chaud et en sécurité dans notre petite maison, pendant que la tempête fait rage au-dehors. Cela faisait bien longtemps, n'est-ce pas ?

— En effet, cela m'a paru une éternité, convint leur père en souriant, alors qu'Anne prenait sa main dans la sienne.

Tabby aidait Emily à leur préparer un dîner composé de viande froide, de pain et de thé sur deux plateaux, au son du crépitement régulier de la pluie, qui s'infiltrait par le toit de la cuisine et qui tambourinait dans la marmite en cuivre que Martha avait placée en dessous. Le vent grondait dans leur dos, soufflant de fortes rafales à travers la lande.

— Vous pouvez bien duper M. Brontë, marmonna Tabby, mais je vous connais, mes enfants, ne vous méprenez pas. Quoi que vous prépariez, méfiez-vous. Votre père a eu son lot de chagrin, n'allez pas lui en rajouter. Martha, ici, a plus de bon sens que vous quatre réunis, n'est-ce pas, ma fille ?

— Ça, j'en sais rien, avoua l'intéressée en souriant à Emily. Les demoiselles Brontë sont les personnes les plus intelligentes que je connaisse, alors je ne prétends pas les juger.

— Vous voyez ? renchérit Tabby, comme si Martha venait d'appuyer sa démonstration. Plus sensée que n'importe lequel d'entre vous. Vous oubliez, mademoiselle Emily, que je vous ai élevés tous les quatre. Votre bonne et chère tante, paix à son âme, a peut-être veillé à vos manières et à vos leçons, mais c'est moi qui vous avais à mes genoux au coin du feu, moi qui vous ai raconté des histoires, soignés quand vous étiez malades, nourris et appris à cuisiner…

Le sourire d'Emily s'effaça lorsqu'elle vit les larmes dans les yeux de Tabby, qui reflétaient la lumière vacillante des bougies de la cuisine. Elle perçut aussi l'inquiétude dans sa voix. Tabby, qui n'avait jamais peur de rien, ni des fantômes, ni des *gytrash*[1] errant dans les landes de ses récits du soir, ni même du diable en personne. Tabby, qui avait été si gravement blessée lorsqu'elle s'était cassé la jambe, des années plus tôt, que tout le monde l'avait crue perdue, mais qui avait refusé de mourir, et qui refusait aujourd'hui de rester tranquille alors qu'elle était boiteuse et percluse de douleurs, cette Tabby avait peur pour elle. L'espace d'un instant, l'angoisse de Tabby effraya aussi Emily.

— Faites attention à vous pendant qu'un monstre rôde en liberté, ajouta-t-elle en tournant le dos à Emily et en repoussant la main que Martha lui avait posée sur l'épaule. C'est tout ce que je dis.

1. Créature légendaire du nord de l'Angleterre, prenant la forme d'un énorme chien noir, connue pour attaquer les voyageurs isolés sur les routes désertes. (*NdlT*)

— Ne te tracasse pas pour nous, Tabby, murmura Emily, recouvrant son courage. Je te jure que nous serons toujours en sécurité. Aucun d'entre nous, jamais, ne fera rien pour apporter plus de chagrin à cette famille, à Père ou à toi.

Tandis qu'Emily se saisissait du premier plateau de leur repas, un fracas se fit entendre à travers toute la maison, se mêlant au tonnerre qui gronda une fois de plus. Leur petite demeure semblait trembler sur ses fondations.

Quelqu'un frappait des coups pressants à la porte. Reposant le plateau, Emily se précipita dans le couloir, où Charlotte et Anne avaient déjà atteint la porte. Au moment où Charlotte l'ouvrait à la volée, un éclair zébra le ciel, révélant une image saisissante : Matilda French, trempée par la pluie et terrorisée.

— Laissez-moi entrer, je vous en supplie ! hurla-t-elle. Laissez-moi entrer avant que je ne sois tuée !

32

Charlotte

— Qu'est-ce que c'est ? demanda Père alors que Charlotte faisait entrer dans le couloir une Mattie qui dégoulinait d'eau glacée. Que s'est-il passé ?

— Je ne peux pas le dire, Père, répondit Charlotte d'un ton feutré, alors qu'Anne enveloppait leur visiteuse d'une cape, en lui frottant vigoureusement les bras. Mais je connais cette personne, c'est une ancienne amie d'école, Matilda French. Peut-être feriez-vous mieux de prendre votre dîner dans votre bureau pendant que nous nous occupons d'elle ?

Père rivait sur la jeune femme hystérique un regard très inquiet.

— Cela vaudrait peut-être mieux, en effet. Quand elle sera plus calme et que tu auras découvert ce qui l'afflige, viens me dire comment je peux vous aider. Je peux envoyer chercher le médecin ou sa famille, nous allons lui offrir le gîte et le couvert bien sûr.

— Merci, cher Père, dit Charlotte tandis qu'Anne emmenait Matilda tout emmaillotée dans la salle à manger, suivie de près par Emily.

— Charlotte… J'ai toujours cru à vos histoires, car je ne veux pas douter de mes propres enfants, que j'ai élevés dans la connaissance des conséquences de la duperie…

— Père…

Il leva un index pour la faire taire.

— Je sais que tes sœurs et toi vous êtes engagées dans une affaire que vous jugez préférable de ne pas partager avec moi et je sais que cette jeune femme en fait partie, je soupçonne d'ailleurs que tout cela a un rapport avec ce terrible événement survenu à Arunton. En voyant sa détresse, je ne peux que saluer votre détermination à assister votre amie et je choisis de partir du principe qu'il s'agit d'une affaire délicate qu'elle souhaite garder privée. Mais je t'en conjure, sache que j'apporterai mon aide sans jugement chaque fois qu'on me la demandera, comme le Seigneur me l'ordonne. Et je t'en prie, ma chère enfant, méfiez-vous du danger, tes sœurs et toi.

— Vous êtes le meilleur des hommes, Père, dit Charlotte, qui lui prit la main et l'embrassa. Le meilleur des hommes.

Elle attendit que la porte du bureau de son père soit fermée et qu'Anne ait également fermé celle de la salle à manger, avant de s'adresser à son amie.

— Mattie !

Charlotte la guida jusqu'au canapé ; la pauvre avait le visage froissé et rougi, mouillé de larmes, ses jupes détrempées étaient maculées de boue, et ses cheveux retombaient dans tous les sens. Avec un sentiment d'effroi, Charlotte remarqua que la dentelle du col de Mattie, déchirée, avait été arrachée à la laine de sa robe avec une telle force qu'elle avait décousu le vêtement lui-même.

— Oh, ma pauvre, pauvre amie, raconte-nous tout de suite ce qui se passe.

À la vue de trois visages bienveillants, Mattie fut reprise d'une crise de larmes et, pendant plusieurs minutes, trop submergée par l'émotion pour pouvoir parler : elle semblait vraiment inconsolable. Appuyée contre l'épaule de Charlotte, elle pleura et pleura tant et si bien que cette dernière sentit l'humidité s'infiltrer à travers sa propre robe.

— Tiens, chère Mattie, prends mon mouchoir, proposa Anne, qui s'agenouilla devant la jeune femme éplorée. Emily, va à la cuisine, trouve des serviettes et le cognac que nous avons bu à Noël pour accompagner notre pudding. Cela pourrait aider à la calmer.

— Cela pourrait aider à *me* calmer, marmonna Emily en partant.

Elle en fut immédiatement empêchée par la présence de M. Nicholls dans le couloir, qui rôdait devant le bureau de son père. Grimaçant davantage à chaque seconde qui passait, Charlotte observa la malencontreuse rencontre par-dessus la tête de Mattie.

— Mademoiselle Emily, l'accueillit-il avec sa timidité maladroite habituelle, comme le constata Charlotte avec consternation.

— Monsieur Nicholls.

Emily inclina la tête et voulut le contourner, mais, en essayant de s'écarter de son passage, il s'y engagea au contraire, une erreur de calcul qu'ils réitérèrent encore par trois fois, jusqu'à ce que le peu de patience d'Emily s'évapore complètement.

— Seigneur, s'il vous plaît, écartez-vous de mon chemin ! s'emporta-t-elle, tout en le poussant tout à trac.

— Je vous prie humblement de m'excuser, mademoiselle Emily ! cria-t-il dans son dos.

Déjà, elle se précipitait vers la cuisine et ne prit pas la peine de répondre ; pour une fois, Charlotte ne fut pas offensée par la grossièreté de sa sœur, car elle ne pouvait imaginer personne de moins intéressant que le dernier vicaire en date de son père. Peut-être, si elle apprenait à le connaître, lui découvrirait-elle une profondeur cachée, mais en vérité, il serait sans doute mort ou disgracié dans le mois qui suivait, cela ne semblait donc guère en valoir la peine.

Lorsque Emily revint avec la bouteille de cognac, que Charlotte soupçonna d'être un peu plus légère que quand sa sœur l'avait empoignée, elle s'appuya contre la porte de la salle à manger pour empêcher une Tabby extrêmement curieuse ou son Père d'entrer et d'entendre des détails qui porteraient probablement les deux parties à la fébrilité.

Après une bonne gorgée de mauvais cognac, Mattie, un peu plus sèche qu'auparavant, se trouva suffisamment rassérénée pour s'expliquer.

— Il fallait que je parte sur-le-champ, confia-t-elle à Charlotte. À la seconde même. Je n'ai même pas pu retourner dans ma chambre pour récupérer quoi que ce soit. Je craignais... Je craignais pour ma vie.

Avec le crépitement de la grille du feu qu'Anne attisa bien haut pour contrer le vent qui combattait sa chaleur en descendant en rafales par le conduit de la cheminée, ses trois amies autour d'elle et la petite Flossy sur ses genoux, Mattie se mit à parler d'une voix feutrée, voire étrangement calme.

— Que t'a-t-il fait ? lui demanda Anne avec sa douceur habituelle.

— J'étais avec les enfants dans le jardin, commença Mattie. La matinée étant très belle, j'avais emmené Francis dehors pour lui apprendre ses lettres et je portais Archie dans mes bras. J'avais pensé que l'air et le soleil pourraient peut-être aider à apaiser le pauvre cœur brisé de Francis. Il était très sérieux et très songeur et puis, à la fin, après moult cajoleries, il m'a avoué combien ses deux mamans lui manquaient et qu'il espérait plus que tout ne pas me perdre aussi. J'ai failli… J'ai failli fondre en larmes à ce moment-là, mais j'ai dû me convaincre que tout ce que j'avais fait, c'était pour lui et pour le bébé, pour les amener dans un lieu sûr et que je ne pouvais pas me détourner de cette entreprise, pas maintenant qu'ils avaient le plus besoin de moi. Soudain, je l'ai vu – M. Chester – descendre vers moi depuis la maison. « Votre Papa est venu vous voir », ai-je annoncé aux garçons, supposant qu'il valait mieux rester où nous étions jusqu'à ce qu'il nous rejoigne. Il était assez loin, et plus il se rapprochait de nous, plus je me rendais compte de la vitesse à laquelle il marchait, presque au pas cadencé, pour ainsi dire. Et puis j'ai vu ses poings serrés et, enfin, l'expression de son visage. Rouge vif, il portait le masque de la fureur, ses yeux noirs brûlaient d'une haine indicible, et c'était moi qu'ils fixaient. Sans en comprendre la raison, j'ai aussitôt deviné qu'il avait l'intention de me faire du mal. Je le savais comme je sais que le ciel est bleu ou que je m'appelle Matilda French. J'ai pris la main de Francis et j'ai commencé à m'éloigner, aussi vite que possible. J'avais dans l'idée de faire le tour de la maison et de trouver un moyen d'entrer par la cuisine, mais, bien sûr, avec un petit garçon et un bébé, je n'étais pas de taille face à lui. Il nous avait rattrapés en quelques secondes.

—Oh, ma chère amie, comme tu as dû avoir peur ! compatit Charlotte en levant la main pour la poser sur le visage de Mattie. Comment lui as-tu échappé ?

—Attends une minute, l'interrompit Emily. Elle ne nous a pas encore raconté la partie du milieu. Que s'est-il passé quand il t'a rattrapée ?

— Elle ne souhaite peut-être pas nous en faire part, avança Charlotte sur ce ton de réprimande, calme et sensé, qu'Emily trouvait particulièrement irritant.

— Bien sûr qu'elle le souhaite, affirma Emily. C'est la partie la plus intéressante... Je veux dire la partie la plus importante de... l'incident.

— Je ne veux plus jamais y penser, dit Mattie, mais je le dois, car je crois que toute la vérité doit être révélée. Quand il est parvenu à mon niveau, il a saisi mon bras et l'a tordu vers lui, de sorte que j'ai été forcée de lâcher la main du petit Francis. « Monsieur, qu'est-ce que cela signifie ? », lui ai-je demandé, en essayant de rester calme malgré mon cœur qui battait la chamade, au point que je le croyais sur le point d'éclater dans ma poitrine. « Vous, m'a-t-il dit, les yeux plantés dans les miens, son étau sur mon bras si serré que je sentais mes os craquer sous la pression. Je sais que c'est vous. Je sais que c'est vous qui vous tenez au-dessus de mon lit, qui m'observez chaque nuit et qui disparaissez à la seconde où j'ai ouvert les yeux. Je sais que ce sont vos mains froides qui m'attrapent et me pincent. Vous cherchez à me rendre fou avec cette ruse, mais je ne vous laisserai pas faire, vous m'entendez ? Je ne vous laisserai pas faire ! »

— Il t'a accusée de poser sur lui tes mains froides ? répéta Emily, pensive. Intéressant.

— Il a levé son poing, comme pour me frapper, poursuivit Mattie, et je me suis écriée : « Monsieur, j'ai votre enfant dans mes bras ! » Avec un grognement furieux, il m'a arraché le bébé et, en me saisissant au poignet, il m'a traînée jusqu'à la maison. Je croyais vraiment que j'allais être assassinée, alors j'ai crié et hurlé, avec l'espoir que quelqu'un à l'écurie ou dans les bois m'entendrait, mais personne n'est venu. Quand nous sommes rentrés à l'intérieur, les garçons étaient tous les deux effrayés et pleuraient, et Mme Crawley était là, qui attendait.

En se remémorant les événements, Mattie contemplait le feu, dont les flammes dansantes se reflétaient dans ses prunelles.

— « Je vous en supplie, aidez-moi ! » ai-je imploré Mme Crawley, mais son visage était figé comme la pierre. Sans aucune gentillesse ni compassion, comme si elle avait décidé de ne pas me voir. Elle a simplement pris le bébé et l'enfant pour les éloigner. J'ai alors su qu'il n'y avait aucune chance d'être sauvée. Il m'a traînée dans son bureau, m'a coincée contre sa table de travail.

— Oh, grand Dieu ! hoqueta Anne, les yeux écarquillés.

Les doigts de Charlotte se crispèrent sur ceux de Mattie.

— Il avait les mains autour de mon cou, poursuivit-elle, et je percevais cette immense colère, cette haine dans ses yeux. « Dis-moi que c'est toi, m'a-t-il ordonné en serrant ma gorge si fort que tout a commencé à s'assombrir. Dis-moi ! »

— Qu'as-tu fait ? lui demanda Charlotte.

— Rien. Rien, il n'y avait rien que je puisse faire. Et je crois que, sans le tableau, je serais morte à présent.

— Le tableau ? répéta Anne, se souvenant de sa propre visite dans le bureau de Chester. Le portrait d'Imogen Chester ? En quoi cela a-t-il aidé, Mattie ?

— Il s'est envolé du mur. Du moins, c'est ce qu'il m'a semblé, dans le feu de l'action, comme s'il avait été arraché et jeté sur lui. Quoi qu'il en soit, il est tombé, avec un fracas suffisant pour le distraire, et assez violemment pour que j'entende la toile se déchirer. Il a relâché sa prise sur moi, juste assez pour que je parvienne à le repousser. Et j'ai couru. J'ai couru à perdre haleine et j'ai continué à courir, hors de la maison, hors de la propriété, et je n'ai pas regardé en arrière, pas une seule fois. Je n'ai rien : ni mes vêtements, ni mon salaire, ni mes quelques possessions. Rien du tout. Le seul asile auquel j'ai songé, c'est ici.

— Bien sûr, où que je me trouve, je t'offrirai toujours un refuge, Mattie, lui confirma Charlotte. (Anne approuva d'un hochement de tête.) Et j'ai honte de l'avouer, mais j'estime que c'est par notre faute que tu t'es retrouvée dans une situation aussi périlleuse. Plus nous en avons appris sur Chester, pire cela s'est avéré. Et même si c'est seulement aujourd'hui que nous avons vraiment découvert quel genre d'homme horrible il est, nous aurions dû te mettre hors de danger plus tôt. Je suis vraiment désolée, Mattie, nous t'avons abandonnée.

— Ce n'est pas vrai, Charlotte. Je ne souhaitais pas laisser ces pauvres enfants innocents, ni lui, si je suis honnête. Je ne veux toujours pas quitter les garçons pour tout l'or du monde. (La voix de Mattie se crispa sur un sanglot, au souvenir de la dernière fois où elle les avait vus.) J'ai peur pour ces chers petits et pour le sort qui les attend. Je ne peux pas vous dire à quel point je tremble pour eux, à la pensée de ce qu'il pourrait leur faire.

Charlotte resserra son étreinte autour de Mattie tandis que Flossy se libérait enfin, pour filer vers la porte et y gratter afin qu'on la lui ouvre.

— Cette agression ne peut pas être passée sous silence : nous devons en informer les autorités sur-le-champ, déclara Charlotte à ses sœurs, une expression déterminée sur le visage.

— Mais nous ne savons pas encore ce qui est arrivé à Elizabeth ! s'exclama Emily, frustrée. Chester a la loi dans sa poche. Il est très probable que tout l'incident sera balayé, traité comme les divagations d'une femme jalouse et hystérique. Et puis, si la vérité éclate, le mérite ne nous sera pas attribué !

— Cela a-t-il plus d'importance que la vie de deux petits enfants ? lui demanda Anne.

— Non, convint Emily au bout d'un moment, sur un ton qui indiquait qu'elle ne le pensait pas tout à fait. Mais nous parlons d'un homme qui conserve probablement les ossements de sa première épouse sous son lit. Il vaut mieux ne pas s'attirer le courroux de ce genre d'individu.

— Des… des os sous son lit ? bégaya Mattie.

— Emily ! s'exclama sèchement Charlotte, alors que les larmes de Mattie recommençaient à couler. Je pense que nous avons eu notre compte d'horreurs pour aujourd'hui. Nous avons fait tout ce qui était en notre pouvoir, tout ce que l'on pouvait attendre de trois filles de pasteur, et même plus. L'enquête est terminée : ce terrible incident a mis un terme à la partie. Je vais aller voir Père et lui demander comment on s'y prend pour signaler une telle agression.

Emily se redressa brusquement.

— Eh bien, tu as tort. Tu as sacrément tort, Charlotte.

Anne tourna vers sa sœur un regard atterré.

— Emily ! Comment peux-tu t'adresser à notre aînée de cette façon ? Et oser utiliser un tel langage dans la maison de notre père ? Je suis d'accord avec Charlotte : nous devons mettre les enfants hors de danger le plus vite possible.

— Je ne parlais pas de cela, reprit Emily, sans aucune contrition, mais de son affirmation selon laquelle nous avons tenté tout ce que nous pouvions, que nous ne sommes rien de plus que trois filles de pasteur. Nous sommes plus que cela, beaucoup plus que cela. Nous avons un intellect mille fois supérieur à n'importe quel agent de police, et quelque chose de bien plus important et plus utile que de simples faits. (Emily abattit ses paumes sur la table.) Nous avons de l'imagination. Trois imaginations fertiles et puissantes, qui nous permettent de lire dans la tête de n'importe qui, même des monstres comme Chester. Nous pouvons évoluer sans être vues parmi eux, dans cette masse grouillante d'humanité en dehors de notre maison, et savoir ce qu'ils pensent et ressentent, ce qu'ils veulent et ce qu'ils feront pour l'obtenir. Je crois, oui, je crois que si nous réfléchissons un instant, si nous rassemblons ce que nous savons de Chester, nous pourrions dresser une sorte de portrait de lui qui nous aidera à prévoir ses actions à venir : un profil de sa psyché, son esprit et son comportement, si vous préférez.

Anne et Charlotte échangèrent un regard, et l'aînée dut admettre que sa sœur l'avait presque convaincue, car si quelqu'un connaissait le pouvoir de l'imagination pour interpréter le monde, c'était bien Emily. Et elle savait que ses sœurs voulaient percer à jour ce mystère. Seulement, Anne et elle se sentaient beaucoup plus liées par les conventions qu'Emily. Elles avaient souvent l'impression que leurs tentatives pour se conduire de la bonne manière, la manière attendue, ne faisaient que les entraver. Sans compter qu'elles y échouaient sans cesse, de toute façon. Peut-être le destin ne souhaitait tout simplement pas qu'elles soient respectables. Et pourtant... Et pourtant, Charlotte ne désirait rien de plus au monde que l'approbation. L'acclamation. Et être l'auteure de son propre avenir. Une femme peu honorable ne serait jamais autorisée à atteindre de tels sommets.

—Emily, je comprends ta passion, crois-moi, j'ai aussi un besoin brûlant de plus que... cela, commença-t-elle en désignant de la main leur petite salle à manger. Mais nous ne pouvons pas continuer, pas tant que les enfants sont en danger. Si tu me demandais de prédire ce que Chester pourrait faire, eh bien, je dirais que c'est un fou, un homme dont nous savons qu'il a commis des actes d'une grande violence, un homme qui, en voyant autour de lui son univers s'effondrer, pourrait être capable du pire. Mais cela est distinct du mystère de l'épouse disparue.

— Comment pourrions-nous le savoir tant que nous n'avons pas résolu cette énigme ? Nous ne savons pas si Chester a tué sa femme, s'il l'a emprisonnée quelque part, ou si une autre personne est responsable. S'il te plaît, attends encore quelques minutes. Accorde-nous le temps de passer en revue tout ce que nous avons recueilli et de voir si nous ne pouvons pas essayer de discerner la vérité avant d'abandonner complètement. (Emily se tourna vers Mattie et tomba à genoux pour prendre ses mains dans les siennes.) Mattie, tu dois être épuisée. Pourquoi ne te trouverions-nous pas des vêtements de rechange, tu es assez proche d'Anne par la taille, ainsi tu pourras t'allonger sur mon lit dans la petite chambre à l'avant de la maison et te reposer les yeux un moment ? Charlotte, Anne et moi avons juste besoin d'un peu plus de temps pour décider de ce qu'il faut faire ensuite et agir au mieux. Est-ce que cela te conviendrait ?

Mattie se tourna vers Charlotte, qui réfléchit un instant.

— Je crois que cela te ferait du bien, chère Mattie. Je vais te conduire à l'étage. Emily et Anne, peut-être pourriez-vous aller réunir toutes les données, que nous puissions les examiner une fois de plus.

— Très bien, Charlotte, acquiesça Mattie, se laissant guider hors de la pièce.

— C'est la bonne voie, chuchota Emily à son aînée, qui emmenait Mattie.

— Prions pour qu'il en soit ainsi, répondit Charlotte, en tournant vers sa sœur une mine très sombre. Car prendre la mauvaise décision maintenant pourrait avoir de très graves conséquences.

33

Emily

Une fois toutes les preuves matérielles étalées sous leurs yeux, elles apparaissaient disparates et dérisoires. Soudain, Emily craignait d'avoir commis une erreur en surestimant leurs compétences de détectrices. Que pouvait-il bien y avoir sur cette table qui puisse leur apprendre quelque chose de nouveau ?

Le salon semblait minuscule, tout renfermé, la pluie battante, le vent si fort que, de temps en temps, il soufflait des rafales de fumée par le conduit de la cheminée, qui refoulaient jusque dans la pièce, donnant à Emily l'impression que la brume de la lande s'infiltrait par chaque fissure, chaque crevasse de la maison.

— Tu as compulsé les papiers que tu as emportés, n'est-ce pas ? demanda Anne à Emily.

Ce faisant, elle approcha le petit tas de correspondance froissée, les doigts posés sur l'étrange assortiment comme si elle pouvait y détecter une information par le seul toucher.

Emily tendit la main vers le galet souvenir, dont elle soupesa le poids froid au creux de sa paume. Si seulement elle pouvait discerner le moment qu'il marquait par le seul fait de le tenir, en convoquant d'une manière ou d'une autre une image de ce précieux souvenir, elle était certaine qu'il serait la clé pour tout comprendre.

— Oui, répondit-elle à sa cadette. Rien d'intéressant : des affaires de succession, à ce que j'en vois.

— Et il n'est rien d'autre que tu te rappelles avoir vu ou entendu, lors de ton excursion nocturne à Chester Grange, susceptible de donner une indication sur ce qui est arrivé à Elizabeth ? insista Charlotte en l'examinant de près.

— Rien, mentit Emily.

Elle avait choisi de ne pas leur raconter les aspects les plus curieux de son aventure – comment le bouton s'était matérialisé dans l'ombre, ou la main glacée qui avait saisi la sienne dans le bureau de Chester –, car elle savait que ses sœurs les rejetteraient, les taxant de fantaisies, ce dont elle ne pouvait les blâmer. Car enfin, oui, cela paraissait incroyable. Mais son silence était aussi motivé par une raison autre que la simple peur du ridicule : cet instant, de quoi qu'il se soit agi, était le sien, et la promesse qu'elle avait faite là-bas, son secret. Et ce serait une promesse qu'elle tiendrait aussi seule, car elle prenait son vœu envers les morts de Chester Grange aussi sérieusement qu'elle considérait ceux faits aux vivants.

Emily frissonna, avec la sensation que quelqu'un venait de marcher sur sa tombe, et elle dut attendre un moment que passe ce contact du monde de l'au-delà avant de pouvoir parler à nouveau.

— On tient quelque chose ici, je le sens, murmura-t-elle. Je n'arrive juste pas encore à mettre le doigt dessus, mais je réussirai.

— Eh bien, Emily, je crois effectivement que les documents ennuyeux que tu as compulsés contiennent beaucoup d'informations pertinentes, renchérit Anne sagement, en réarrangeant les papiers en une pile. En fait, j'ai découvert deux choses qui pourraient s'avérer utiles.

Emily se cala contre le dossier de sa chaise.

— Vraiment ? Il y aurait donc une confession signée parmi les factures et les feuilles de comptes ?

— Vraiment, confirma Anne, en se délectant de sa sagacité. N'est-ce pas toi, Emily, qui as affirmé que nous devions lire entre les lignes ?

— Eh bien, explique-nous, lui enjoignit Charlotte. Ce n'est pas le moment de faire du théâtre, Anne.

— Ah, je vois : quand c'est Emily ou toi qui dramatisez, c'est justifié, mais si c'est moi, c'est du « théâtre », soupira Anne. Eh bien, tout d'abord, j'ai découvert que Chester avait beaucoup de dettes, des dettes énormes en fait. Pas étonnant qu'il ait voulu d'une jeune épouse riche pour renflouer ses coffres, plutôt que d'aller au bout de ses avances à une pauvre Mattie sans le sou. De plus, si l'on apprenait ce qui est arrivé à Elizabeth, les revenus essentiels qu'il perçoit mensuellement de la part de son beau-père cesseraient de lui être alloués, le laissant dans le dénuement le plus total. Au moins, nous comprenons maintenant pourquoi Chester n'était pas pressé d'informer M. Honeychurch de la disparition de sa fille. Il avait peur qu'on lui coupe les vivres.

— Quel vil profiteur, commenta sèchement Emily. Excellente découverte, Anne.

— Je n'ai pas vraiment eu besoin de le « découvrir », répliqua Anne, un subtil sourire aux lèvres. Tout était déjà là. Il m'a suffi de regarder attentivement. Parfois, regarder est plus efficace que de batifoler.

— Mais moitié moins amusant, ironisa Emily.

Charlotte remonta ses lunettes sur son nez et se pinça le front, comme elle le faisait souvent quand ses yeux étaient fatigués.

— Qu'en est-il des loyers que ses fermiers lui versent ? Cela doit représenter une somme considérable.

— Je ne peux en déterminer tous les détails avec ce que j'ai ici, répondit Anne, qui étala les papiers sur la table afin que sa sœur les inspecte à son tour. Toutefois, il me semble qu'il a soit vendu des terres en secret, soit perdu une grande partie de ses biens au jeu. En conséquence, si les gens du village pensent que c'est à Chester qu'ils paient un loyer, devant lui qu'ils doivent se prosterner pour garder leur maison, ce n'est qu'une façade destinée à sauver les apparences. En réalité, ce sont ses créanciers qui possèdent désormais la majeure partie d'Arunton.

— Dans ce cas… (Emily avait fait basculer sa chaise sur ses deux pieds arrière, exactement de la manière qui rendait Charlotte folle, mais lorsque l'idée lui vint, elle se leva brusquement, et le siège se renversa pour tomber dans un claquement sec.) Il n'a aucun motif pour tuer Elizabeth, aucun motif du tout ! Ne voyez-vous pas que si elle meurt, il perd tout ce qu'il a… À moins que sa folie soit persuasive au point de l'avoir poussé à l'assassiner alors même qu'il en pâtirait lui aussi ?

— Il y a autre chose, reprit Anne, en sortant un fragment de papier brun froissé. Un objet que je crois être un élément clé : cette enveloppe vide. Elle est adressée à Mme Elizabeth Chester, et le cachet de la poste indique le jour de la disparition d'Elizabeth.

Emily se pencha par-dessus la table pour prendre l'enveloppe marron des mains d'Anne et l'examina en secouant la tête.

— Et donc ?

Elle leva les yeux vers sa sœur, pas peu agacée par la délectation d'Anne face à sa découverte.

— Ne t'inquiète donc pas, Major, dit justement celle-ci avec une lueur malicieuse dans le regard. Ce n'est pas ta faute si tu ne comprends pas. En effet, j'ai aussi cru que cette enveloppe était inutile, jusqu'à ce que je voie la lettre que Mme Honeychurch avait donnée à Charlotte et que je les compare. Regardez l'écriture sur les deux.

Charlotte poussa la lettre vers Emily et tint côte à côte les deux adresses tracées sur les enveloppes. Les écritures étaient manifestement de la même main, celle-là même que Mme Honeychurch avait catégoriquement établie comme appartenant à sa fille.

— Elizabeth était chez elle et avait passé la journée entière alitée avant de disparaître, Mattie nous l'a affirmé, dit Charlotte en fronçant les sourcils. Et voici une lettre de sa main qu'elle s'est envoyée à elle-même de... (Elle loucha sur le cachet de la poste.) Hebden Bridge ?

— Ou bien s'agit-il d'une lettre écrite avant, apportée à Hebden Bridge et renvoyée par une tierce partie ? suggéra Emily.

— Dans quel but ? demanda Anne. C'est ce que je ne parviens pas à déterminer.

Là, Emily resta sans voix, car rien de ce qui se rapportait aux deux documents n'avait de sens. Et puis, ce fut comme si un éclair l'avait foudroyée.

— Bien sûr ! hoqueta-t-elle. Bien sûr, je vois tout très clairement maintenant ! Si bien cachée qu'elle ait été, je crois avoir découvert la vérité, ou du moins en partie, grâce à notre détection, bien sûr.

— Que veux-tu dire, Emily ? s'enquit Charlotte.

Emily prit son temps pour marquer son effet théâtral.

— Si le jeune homme que Mme Hardy a aperçu avec Elizabeth dans les bois n'était pas le délicieux M. Walters, il fallait bien cependant que cela soit quelqu'un. Peut-être la vraie personne qui avait séduit Elizabeth à l'âge de quinze ans. La liaison d'Elizabeth avec cet individu mystérieux était suffisamment honteuse pour que son père accepte de la couvrir par une liaison un peu moins scandaleuse... Cet homme, quel qu'il soit, est forcément la clé de ce qui est arrivé à Elizabeth. Car c'est lui qui a entrepris d'enlever la jeune fille qu'il aimait et de faire porter le blâme au suspect le plus évident. Ne voyez-vous pas ? La mise en scène d'un meurtre sanglant, l'introduction d'une variété de pistes, le chemin qui nous a conduites à la dent, au feu dans les bois et aux ossements brûlés. Tout cela n'est qu'habillages et décors, une illusion faite d'écrans de fumée et de jeux de miroirs pour jeter l'opprobre sur l'homme le plus coupable qui soit : Chester. Alors qu'en réalité, si un crime terrible a été commis, ce n'était pas là ni cette nuit-là : tout a juste été organisé pour détourner l'attention et nous offrir un suspect parfait ! Dans la confusion, Elizabeth Chester a été emmenée ailleurs. Et, à ce moment-là, elle était encore en vie.

34

Anne

— Laissez-moi vous expliquer, lança joyeusement Emily en tapant dans ses mains. (*Pas de temps pour le théâtre, en effet*, songea Anne.) Si je ne peux être sûre qu'Elizabeth Chester soit toujours en vie, je suis certaine en revanche qu'elle n'a pas été tuée à Chester Grange…

— Oui, nous comprenons cela, dit Charlotte, qui tapait impatiemment son index sur le dessus de la table.

Pas du genre à se laisser presser, Emily se dirigea vers la fenêtre et s'abîma dans la contemplation de la colline descendant en pente douce vers le petit groupe de maisons.

— Quelqu'un voulait imiter un meurtre pour dissimuler l'enlèvement d'Elizabeth. Bien sûr, le suspect idéal à impliquer dans un tel crime est l'homme que beaucoup savent être un monstre, cet homme dont la première femme s'est suicidée plutôt que de rester mariée avec lui. Ma théorie serait d'autant plus logique si le véritable coupable était l'ancien amant d'Elizabeth. Cependant, sachant que Robert Chester aurait très probablement la loi de son côté, les Gitans occupant illégalement les bois de Chester feraient un second choix tout à fait convenable. Les classes respectables aiment tellement avoir peur des Tsiganes qu'il n'y a presque pas besoin de preuves pour les condamner…

— Ou bien, l'interrompit Charlotte, les yeux écarquillés, ce groupe de voyageurs en colère l'ont bel et bien enlevée pour la marier à leur roi voluptueux !

— Oh, Charlotte chérie, soupira Anne en secouant la tête. Tu devrais lire plus de textes réalistes, ma sœur. Toute cette fiction t'est montée à la tête. Mais… (Elle se retourna vers Emily.) C'est Chester qui a parlé au gendarme des Gitans errant sur ses terres et… c'est tout près de leur campement que nous avons trouvé le deuxième feu, l'os et la dent. Chester n'aurait-il pas pu rejeter la faute sur ces étrangers afin de dissimuler ses propres méfaits ?

— Il l'aurait pu, et je pense que, d'une certaine manière, c'est peut-être ce qu'il a tenté de faire, mais pas parce qu'il a tué sa deuxième épouse, déclara Emily. Laissez-moi vous expliquer mon raisonnement.

— Tu aimes tant nous expliquer, Emily, marmonna sèchement Anne, qui haussa un sourcil à l'intention de Charlotte, laquelle lui répondit par un sourire. Continue donc.

— Un cochon est un animal assez facile à se procurer sur n'importe quel marché hebdomadaire, et j'ose dire que si vous l'apportez à un boucher, il vous rendra votre porc et le sang qu'il en aura prélevé sur simple demande. J'ai l'intuition que le sang qui a été si généreusement répandu partout dans la chambre d'Elizabeth provient du même malheureux animal que la côte, brûlée sur la propriété afin de jeter la suspicion sur les résidents de Chester Grange, légaux ou intrus. Vous vous souvenez du membre du clan gitan que nous avons rencontré dans les bois ?

— Difficile de l'oublier, commenta Anne avec un frémissement.

— Alors vous vous rappelez ce qu'il a dit à propos de saigner l'une d'entre nous comme une truie ? Cela pourrait faire référence à un détail dont seul un coupable, ou un complice, aurait connaissance. Et, pendant ce temps, Chester était si occupé à contrôler ce que fabriquait le gendarme, inquiet qu'il était d'être accusé, que c'est nous qui avons trouvé la fausse preuve au lieu de cet idiot de gendarme.

— Mais si Chester n'a effectivement pas fait de mal à Elizabeth, pourquoi aurait-il essayé de détourner l'attention du gendarme ? s'enquit Charlotte. Un homme innocent n'a rien à cacher !

— Parce qu'il n'a pas moyen de savoir s'il est coupable ou non ! conclut Anne, ses yeux ronds posés sur Emily. Quand Branwell et moi sommes allés lui rendre visite et qu'il a pris Branwell pour un docteur, il lui a demandé si un homme pouvait se saouler au point d'oublier tout ce qu'il avait fait sous l'emprise de l'alcool. C'est pourquoi il a l'air si hanté, si tourmenté et si éprouvé. Il était ivre mort la nuit où Elizabeth a disparu, Mattie nous l'a dit. Et il connaît sa propre nature, terrible, il sait qu'il peut lui avoir fait du mal, qu'il peut être le meurtrier, même s'il ne s'en souvient pas. Cela peut faire de lui un homme très dangereux, s'il sent qu'il n'a plus rien à perdre.

— Oui, acquiesça Emily, c'est tout à fait possible.

— Se pourrait-il même, suggéra Charlotte, hésitante, que l'auteur du crime ait d'une façon ou d'une autre fait en sorte que Chester boive au-delà de ce à quoi il est habitué, dans le but d'induire précisément cette confusion dans son esprit ?

— Oui, convint encore Emily. Oui, peut-être.

— Cependant, reprit lentement Anne, qui repassait en revue toutes les pièces du puzzle, si le sang et l'os brûlé peuvent tous deux provenir d'un animal, la dent, également carbonisée, non. Nous savons que cette incisive appartenait à une jeune femme, une humaine – Mme Prescott l'a confirmé –, et elle a été prélevée avec racine et tout. Nous pouvons supposer de cette information qu'elle a été arrachée ou qu'elle est tombée suite à un coup. Cela ne peut tout simplement pas être une supercherie.

— Non, admit Emily avec un signe de tête grave. Je ne vois pas non plus d'explication au fait que des inconnus postent à Elizabeth une lettre qu'elle s'est écrite à elle-même la veille de sa disparition, hormis qu'il s'agit d'une forme d'erreur de destinataire, dont le but est peut-être même de nous entraîner, nous ou les autorités qui devraient enquêter sur la disparition d'Elizabeth, dans cette joyeuse danse. La dent… la dent m'amène à penser que celui qui a emmené Elizabeth l'a fait contre la volonté de la jeune femme. En même temps, je ne crois pas que Chester soit coupable de lui avoir infligé pareille cruauté cette fois-ci. Ce qui nous laisse avec la question : qui est l'abominable cerveau de l'affaire ? Qui est l'homme qui a enlevé Elizabeth ?

— Oh, oh, peut-être Elizabeth est-elle tombée amoureuse d'un Gitan quand elle était jeune fille, dit Charlotte, le souffle court. Imaginez plutôt : faire courir le mensonge selon lequel votre fille aurait été séduite par un professeur serait certainement moins scandaleux que de risquer qu'on lui découvre une liaison avec une créature aussi sauvage ! Et peut-être, toujours follement amoureux d'elle, le Gitan l'a-t-il cherchée jusqu'à la retrouver à Chester Grange. Il l'aura suppliée de fuir avec lui, de partir pour une vie simple mais pleine de passion sur les routes. Cependant, Elizabeth – caractère amendé et épouse nouvellement mariée – s'y est refusée. Incapable de renoncer à la femme qu'il aimait, il l'a tout de même enlevée dans la nuit !

Les joues de Charlotte rosirent à la simple pensée de cette aventure.

— Des livres réalistes, répéta Anne à Charlotte. Lis plus d'histoires qui dépeignent la réalité, Charlotte. Si nous pouvions retrouver les Gitans, nous serions en mesure de leur demander ce qu'ils savent du sang de porc, seulement impossible de deviner où ils campent maintenant.

— Tabby pourrait être au courant, suggéra Emily après réflexion. Elle connaît toutes les anciennes coutumes du pays. Je suis certaine que si elle sait où se trouvaient les Tziganes il y a quelques jours, elle saura où ils se sont rendus ensuite en fonction de la saison. Ce sont des gens d'habitudes, même si la civilisation tente de se mettre en travers de leur chemin. Je vais la questionner. Peu importe qu'elle ait peur pour nous et doive être traitée avec douceur.

— Anne, va la questionner, toi, dit Charlotte.

— Je vous avoue que je ne suis guère pressée de rencontrer encore un Gitan toute seule, avoua Anne.

— Eh bien, c'est justement pour cela que nous avons Branwell, répliqua Emily. Ou du moins, c'est ce que nous pouvons lui dire. Je crains qu'une conversation avec les gens du voyage ne s'impose ; soit ils sont coupables, soit, si ce n'est pas eux, nous pourrons peut-être les persuader de nous confier ce qu'ils savent, en particulier qui pourrait être l'homme mystérieux avec lequel Elizabeth a été vue.

— Je crois que ça, c'est le point fort de Charlotte, dit Anne en baissant les yeux.

— Je vois ! s'exclama l'intéressée. C'est donc moi que l'on envoie converser avec les voyous, moi, la plus petite et la plus vulnérable d'entre nous.

Charlotte ne goûtait pas les sarcasmes de ses sœurs.

— Bon, si Tabby parvient à les localiser, essaie de les considérer davantage comme des vagabonds romantiques qui pourraient tomber amoureux de toi à tout moment, ma chère Charlotte, lui conseilla Emily une fois leurs gloussements calmés. En attendant, je continue de m'interroger sur la véritable signification de cette pierre.

Elle plaça ladite pierre au centre de la table et la fixa pendant un long moment.

— C'est peut-être… juste un caillou ? hasarda Anne tout bas, incapable de comprendre la fascination d'Emily pour ce quelconque galet. Quoi qu'il en soit, il semblerait que, pour autant que nous sachions, Elizabeth Chester se soit écrit à elle-même depuis Hebden Bridge, le jour où elle était alitée car malade. Je suppose donc qu'il s'agit désormais pour nous de découvrir si elle y a ou non une relation personnelle qui puisse nous mener à la prochaine étape de notre voyage.

— Mais c'est le cas ! s'écria Mattie, apparaissant à la porte, ses yeux rougis et gonflés. Pardonnez-moi, j'ai essayé de me reposer, mais si épuisée que je sois, mon esprit refuse de m'accorder le repos, tant je m'inquiète pour les garçons. Je connais un lien entre Mme Chester et Hebden Bridge.

— Viens t'asseoir, Mattie, lui enjoignit Anne en tapotant l'assise d'une chaise. Et, s'il te plaît, dis-nous ce que tu sais.

Mattie s'installa à côté d'elle, le visage lavé de ses couleurs à force de larmes. Elle affichait le type particulier d'épuisement qui accompagne une grande frayeur.

— Quand elle est venue habiter dans cette demeure, au début et pendant un certain temps, je l'ai détestée, commença-t-elle avec hésitation. Oui, je détestais Mme Chester, j'ai honte de l'admettre. Je pensais qu'elle m'avait volé M. Chester. (Mattie tourna vers Charlotte son regard triste.) Je me rends compte à quel point cela semble stupide maintenant, mais à l'époque j'étais folle, folle de chagrin… de l'avoir perdu. Je ne nourrissais aucune illusion de pouvoir me débarrasser d'elle pour de bon, toutefois je pensais trouver un moyen de les séparer si je parvenais à en apprendre plus sur ma rivale.

— Oh, ma chère Matilda, chuchota Charlotte.

— S'il te plaît, supplia Mattie, ne me juge pas trop sévèrement. D'ailleurs, il est impossible que tu me méprises plus que je ne me méprise moi-même. Je… J'ai décidé de la surveiller, de chercher un indice qui pourrait détourner M. Chester de sa femme. C'était très mal de ma part, et j'aurais été renvoyée si l'on m'avait découverte ; pourtant, même alors, je sentais que quelque chose n'allait pas, n'allait pas du tout, sans toutefois savoir exactement quoi. J'ai pris un livre, l'*Emma* de Jane Austen, qu'elle avait sur sa table de chevet, et la dernière page d'une lettre, cachée à l'abri des regards, en est tombée. J'ai honte de l'avouer, mais j'ai lu le passage. Il était écrit par une certaine Mlle Isabelle Lucas et datait du temps où Elizabeth était encore fiancée à Chester. En poursuivant ma lecture, je me suis rendu compte que Mlle Lucas avait été son professeur d'art avant qu'Elizabeth ne soit envoyée à l'école, et qu'un fort attachement s'était tissé entre elles deux. Au bout de quelques mois, en apprenant à connaître Elizabeth et à comprendre ce que cela signifiait d'être mariée à Robert Chester, je suis revenue à la raison, et mes projets se sont évanouis. Je n'ai donc plus jamais repensé à cette lettre jusqu'à aujourd'hui. Je ne me souviens pas de l'adresse exacte, mais je suis certaine que c'était quelque part à Hebden Bridge. (Mattie serra les mains de Charlotte dans les siennes.) Est-ce utile ? Cela pourrait s'avérer important, n'est-ce pas ? Oh, j'aimerais pouvoir me rappeler mieux maintenant, mais quand j'ai entendu Mme Crawley approcher, je l'ai remise à sa place et je me suis retirée immédiatement.

— C'est effectivement très utile, confirma doucement Charlotte, qui prit le visage de Mattie entre ses paumes.

Chère Mattie, essaie de dormir, je t'en prie, ou tu vas te rendre malade d'inquiétude.

— C'est donc réglé. Si Tabby peut nous aider, Charlotte et Branwell iront parler aux Gitans ce soir ; et Anne, toi et moi, nous nous rendrons à Hebden Bridge aux premières lueurs du jour, décréta Emily en regardant son aînée, sitôt que Mattie se fut une fois de plus retirée. Es-tu d'accord ?

— Je suis d'accord pour dire que j'espère les Gitans partis depuis longtemps, répondit Charlotte sans joie. Une excursion de jour à Hebden Bridge, voilà qui m'apparaît de loin plus attrayant qu'une aventure nocturne avec des criminels et des bons à rien.

— Préférerais-tu y envoyer Emily ? demanda Anne, toute en innocence.

— Certainement pas, rétorqua Charlotte. Même si je pense que je devrais aussi venir à Hebden Bridge, afin de maintenir l'ordre.

— Bien, parce que si nous trouvons Mlle Lucas et lui demandons ce qu'elle sait de son amie, il se peut qu'elle nous indique un chemin à suivre qui nous conduirait à découvrir le sort d'Elizabeth, déclara Anne. Et qu'entreprendrons-nous pour les enfants ? Je suis fort inquiète pour eux, à la merci de ce fou. Ne pourrions-nous dire aux autorités que nous croyons Chester dangereux et aller tout de même à Hebden Bridge ? demanda Anne à Emily. Pourquoi faut-il que ce soit l'un ou l'autre ?

— Parce que si la personne qui a enlevé Elizabeth surveille Chester Grange, toute perturbation de l'illusion créée autour de Chester et qui éveillerait des soupçons sur un rayon plus large que Chester lui-même pourrait déstabiliser le coupable, l'amener à paniquer et, si Elizabeth vit encore, peut-être même lui causer encore plus de tort. Par ailleurs, si Chester lui-même sent qu'il est proche d'être arrêté pour un crime qu'il n'est pas sûr d'avoir commis, eh bien, qui sait ce qu'un homme qui n'a plus rien à perdre pourrait entreprendre ? (Emily se tourna vers Anne.) C'est le jugement du roi Salomon, j'en conviens, impossible de trancher, et pourtant nous le devons. Chercher Elizabeth et risquer la sécurité des enfants, ou protéger les enfants et risquer celle d'Elizabeth ? Je propose que nous nous accordions un jour supplémentaire pour retrouver Elizabeth. Chester n'a jamais fait de mal qu'aux femmes, pas aux garçons. Pour autant que nous sachions, tel n'est pas son *modus operandi*. Ils sont son héritage. Je crois qu'ils sont plus en sécurité qu'Elizabeth, et si je me trompe, alors… l'erreur sera mienne.

Anne regarda anxieusement Charlotte, qui réfléchit un instant.

— Nous nous dépêchons, décida enfin leur aînée avec détermination. Nous partons avant l'aube et nous terminons nos affaires aussi vite que possible. Car, une fois que nous serons en pleine possession de tous les faits, nous saurons quelle conduite adopter et comment procéder.

— Et si quelque chose arrivait aux enfants pendant que nous sommes embarquées dans notre aventure ? demanda Anne à sa sœur.

— Prions pour que ce ne soit pas le cas, dit Charlotte avec beaucoup de gravité. Oui, prions très fort.

35

Charlotte

Comment Charlotte se retrouva-t-elle coincée entre Tabitha d'un côté et son frère de l'autre, qui conduisait maladroitement la charrette « empruntée » au *Black Bull*? Elle ne le savait pas trop. Elle savait seulement que peu lui importait.

Au moins, la pluie s'était arrêtée, la nuit était douce, et la lune décroissante jetait une lumière assez vive sur la route. Et il n'était pas si tard qu'il aurait pu l'être : la cloche de l'église sonnait 22 heures lorsque Branwell avait démarré de Haworth, suivant les indications revêches de Tabby.

Une fois Mattie installée, toutes les trois étaient allées quérir Branwell dans sa chambre, où il était réellement occupé à écrire. En vérité, Charlotte avait été désolée de le détourner d'une activité qu'elle approuvait ; c'était un événement si rare.

— Je requiers ta protection, mon frère, lui avait-elle annoncé. Pour une aventure dans la nuit traîtresse, afin de nous aider dans notre enquête. Je crains que cela puisse impliquer un grand danger et un certain désordre.

Branwell n'avait même pas levé la tête de son bureau.

— Pas maintenant, Charlotte, avait-il répondu avec un geste de la main pour chasser ses sœurs. Après de nombreuses semaines de recherches inutiles, la muse est enfin sur moi, et on n'interrompt pas le génie quand il vous honore de ses caresses.

— Ah... je dois donc affronter seule une mort presque certaine, c'est cela ? répliqua Charlotte.

— Oui, ce serait préférable si tu n'y vois pas d'inconvénient, répondit distraitement Branwell.

Sur quoi, Emily lui avait asséné une tape sur l'oreille, et Anne s'était emparée du premier feuillet de son histoire, qu'elle avait louée abondamment jusqu'à ce qu'il accepte de venir juste pour les faire taire.

Comme il était après 21 heures, Tabby était déjà au lit avec son bonnet de nuit, l'édredon remonté jusque sous le menton, Martha sommeillant à ses côtés.

— Qu'est-ce que c'est ? s'était-elle exclamée en se redressant en sursaut, quand Anne l'avait réveillée aussi délicatement que possible. Votre père est-il malade ? avait-elle ajouté, inquiète de découvrir les trois sœurs pressées autour de son lit pendant que Branwell patientait dehors.

Dès qu'Anne lui eut expliqué leur requête, Tabby s'était agitée, presque plus furieuse que Charlotte ne l'avait jamais vue, bien qu'elle communique par une série de chuchotements rageurs afin de ne pas réveiller leur père. Finalement, Anne avait renvoyé Emily et Charlotte au rez-de-chaussée, où elles avaient attendu avec Branwell. Enfin, ils avaient tous été bouche bée de voir Tabby descendre l'escalier en boitillant. D'une manière ou d'une autre, Anne l'avait persuadée de partager sa connaissance des déplacements des gens du voyage, mais à une condition.

Tabby ne leur révélerait pas où se trouvaient les Gitans, conformément à une ancienne loi tzigane tacite, que leur gouvernante refusait d'enfreindre.

— Je vous montrerai et rien d'autre, avait-elle prévenu. Et il faudra aller me chercher un chariot, car je ne peux plus marcher sur de longues distances avec ma patte folle. De plus, je suis vieille et je me méfie de vous, les enfants, ainsi que de vos idées farfelues.

— Nous ne sommes plus des enfants, Tabby, lui avait rappelé Branwell.

— Vous êtes bien placé pour parler, vous, avait répliqué Tabby.

Et, même quand Branwell l'avait hissée sur la charrette, elle n'en démordait toujours pas.

— Vous, les jeunes Brontë, avec votre manie d'inventer toutes sortes de fantaisies et de baguenauder ici et là, j'ai connu des agneaux de printemps plus sensés que vous. J'ai un peu de sang tsigane du côté de mon père, je sais dans quoi je m'embarque.

— Et une circonférence tsigane au niveau du postérieur, chuchota Branwell à Charlotte lorsqu'il souleva la vieille dame.

Sa sœur dut se couvrir la bouche pour étouffer un rire.

— Je sais comment leur parler, à ces gens, continua Tabby alors qu'ils étaient sur la route. Il y a certaines façons de les traiter pour ne pas les offenser. Écoutez bien ce que je vous dis, et si quelqu'un doit poser des questions, ce sera moi et moi seule. Vous... (Elle tendit le doigt vers Branwell, emmitouflé dans son cache-nez, un chapeau défraîchi enfoncé jusqu'aux sourcils.) Tâchez d'avoir l'air féroce, et vous, mademoiselle Charlotte, vous ne dites rien du tout, si pareille chose s'avère possible. Vous avez le genre de visage à vous les mettre à dos dès qu'ils vous verront.

Quelle grossièreté, songea Charlotte, mais étant donné les circonstances et l'effort conséquent auquel Tabby consentait pour les aider, elle garda cette pensée pour elle.

Leur voyage, en l'occurrence, ne fut pas bien long. Tabby instruisit Branwell de les conduire à un peu plus d'une demi-lieue de Haworth, jusqu'au hameau de Stanbury, et encore un peu plus loin jusqu'à ce qu'ils arrivent au pied de la vallée en dessous de la maison des Heaton, des amis de Branwell, au lieu dit « Ponden Hall », où un ruisseau coulait du haut de la lande et à travers une prairie luxuriante entourée d'une épaisse forêt.

— Les Heaton sont d'accord pour que les Gitans campent ici pendant une semaine ou deux, expliqua Tabby à Charlotte alors que Branwell l'aidait à descendre en grimaçant tandis que sa carcasse affaiblie supportait le poids de la gironde gouvernante. Après tout, la plupart des membres de cette famille sont de pires crapules que les Tsiganes eux-mêmes.

— Tu parles de mes amis, lui fit remarquer Branwell.

— Je le sais bien, répliqua Tabby en s'agrippant à son bras.

Sa respiration était laborieuse, sa claudication lui rendait la progression deux fois plus difficile.

Quelle vieille femme impressionnante ! pensa Charlotte avec un regain d'affection.

Elle-même avait déjà du mal avec ses deux bonnes jambes, dérapant à moitié sur la pente raide qui menait au camp, dans l'herbe longue et humide, glissante comme la glace. Pour Tabby, la pénibilité devait être décuplée, et pourtant, elle ne se plaignait pas du tout… Enfin, pas beaucoup en tout cas.

En arrivant au campement paisible, Charlotte vit quatre chariots stationnés autour d'un feu, dont l'un était éclairé par la lueur d'une lanterne. Deux chiens aboyèrent à leur approche, et un groupe de chevaux à l'apparence robuste, enveloppés dans des couvertures pour la nuit, se mirent à hennir.

Il n'y avait qu'une seule silhouette assise devant le feu, une forme courbée qui ne prit allure humaine qu'à mesure qu'ils s'avançaient. Charlotte fut rassurée de constater qu'il s'agissait d'une femme, bien que ce soulagement s'avère de courte durée. L'aïeule avait l'air très âgée et très redoutable à la lumière du feu, avec la petite pipe qu'elle fumait et un chapeau à large bord attaché sous le menton par une écharpe rayée. Même dans l'obscurité, un reflet acier était perceptible dans son regard.

— Tiens, Kezia, lança Tabby en boitillant péniblement. Je suis venue te voir pour bénéficier de ta sagesse.

— Viens donc te réchauffer près du feu, dans c'cas, marmonna la vieille femme sans détourner les yeux du brasier.

Affolée, Charlotte vit alors trois, puis quatre silhouettes sombres sortir du chariot et s'avancer vers leur petit groupe vulnérable, suffisamment près pour être menaçantes mais pas assez pour être clairement visibles.

— Nous ne vous voulons pas de mal, Kezia, ajouta Tabby.

— On verra, répondit Kezia sur un ton sans appel.

Charlotte comprit que ses compagnons et elle avaient plus à craindre que cette femme.

Dans l'obscurité, elle chercha la main de Branwell et sentit ses doigts agripper les siens.

— Qu'est-ce que tu veux de moi, Tabby, pour venir ici au milieu de la nuit, avec ces fantômes autour de toi ? Je crois pas que ces gens bien habillés veuillent qu'on leur dise la bonne aventure. Tu as apporté de l'argent ?

— Oui, on en a, lui assura Tabby en s'approchant du feu, mais sans prendre la peine de s'asseoir sur l'une des souches basses qui avaient été disposées là en guise de sièges. Nous ne cherchons pas à connaître l'avenir, seulement quelques informations.

Tout doucement, Kezia tourna le dos au feu pour mieux observer Charlotte et son frère. Bien que son visage soit complètement dans l'ombre, Charlotte sentit les yeux de la femme s'attarder sur elle. Malgré la chaleur des flammes, elle frissonna. Car, en dépit de son penchant pour la rationalité, il lui semblait que la Gitane pouvait voir jusqu'au fond de son âme.

— Bien, lâcha enfin l'affreuse bonne femme. Car je ne prédirai pas leur destin. Je suis trop vieille maintenant pour raconter des mensonges, or parfois le vrai est trop dur à entendre.

— Qu'insinuez-vous par là ? demanda Charlotte, poussée par la peur avant de pouvoir se refréner. Pourquoi dites-vous cela ? Dans le but de nous inciter à vous presser davantage pour que vous lisiez notre avenir et à dépenser plus d'argent, c'est cela ? Autant vous l'avouer tout de suite, nous n'en avons pas !

Sur quoi, Charlotte recula derrière son frère tandis que les silhouettes sombres s'approchaient un peu plus.

— Mademoiselle Charlotte, restez tranquille, lui ordonna fermement Tabby. Ne posez pas de questions à Kezia sur ce qu'elle fera ou pas, elle est à la tête de ce camp, et vous lui devez votre respect.

— Je vous présente mes excuses, murmura docilement Charlotte, derrière l'épaule de Branwell.

— Hmpff. (Kezia fixa son regard sur Tabby.) Donne-moi ton argent, et je vais voir si je sais ce que tu veux.

Tabby tendit la main, où Branwell lâcha deux shillings sans rechigner. Elle les tendit à la vieille femme, qui les fourra dans ce qui ressemblait au pied d'un vieux bas qu'elle avait sorti d'entre les plis de sa jupe.

— Sais-tu qui est l'homme avec lequel Mme Elizabeth Chester a été vue dans les bois ce printemps ? Nous savons que ce n'était pas son mari. Est-ce que quelqu'un vous a payés pour avoir du sang et des os de porc ? demanda Tabby qui, manifestement, ne ressentait pas le besoin de tourner autour du pot.

Puis elle ajouta à la hâte :

— Ou bien avez-vous eu recours à ce genre de matériel en guise de ruse pour enlever la femme de Chester ou pour aider un individu à le faire ?

Kezia resta longtemps sans répondre, à sucer sa pipe en observant Tabby. Charlotte supposa qu'elle cherchait à décider comment réagir.

— Une autre que toi, je l'aurais passée au fil de mon long couteau pour avoir osé me poser une telle question, Tabitha Aykroyd, lâcha-t-elle enfin, si froidement que Charlotte n'en douta pas.

— Je le sais.

Tabby fit un signe de tête sinistre et, soudain, Charlotte comprit pourquoi la vieille dame avait tant insisté pour les accompagner. Oh, comme elle aimait cette chère Tabby, et comme elle s'occuperait d'elle avec dévotion dès que toute cette histoire serait réglée !

— Je n'ai pas de fille cachée ici, reprit Kezia avec une telle assurance que Charlotte la crut immédiatement. Un représentant de la loi et une bande de voyous sont déjà venus et nous ont fouillés plus d'une fois. Ils n'ont rien trouvé, parce qu'il n'y a rien à trouver. Nous, les Gitans, nous ne tuons pas. Ni pour le plaisir ni pour l'argent. (Elle regarda Branwell de la tête aux pieds.) Il nous arrive parfois de tuer par vengeance, peut-être.

— C'est ce que je pensais, acquiesça Tabby avec un hochement de tête. Mais mademoiselle a insisté pour qu'on vienne vous poser la question.

— Ça me surprend pas, marmotta Kezia.

Une fois de plus, Charlotte ne put empêcher sa bouche de parler.

— Pourquoi ? Pourquoi cela ne vous surprend-il pas ? Que pouvez-vous discerner de mon caractère, après m'avoir seulement vue quelques minutes ?

— Plein de choses, répliqua sèchement Tabby, suscitant un rire sifflant chez Kezia. Et le type dans la forêt, et le sang dont je t'ai parlé, Kezia, et les os ? Tu sais quoi que ce soit à ce sujet ?

— Je vais te donner une information, dit enfin la Gitane. Une seulement. Et tu ne me demanderas rien de plus. (Tabby lança à Charlotte un regard de sévère mise en garde.) On a rempli un tonneau avec le sang d'un cochon qu'on a égorgé et un sac avec ses os, pour un monsieur qui nous a offert une coquette somme. Est-ce que c'est l'homme dont tu parles ? Je ne peux pas le dire. La transaction s'est faite de nuit, il n'a pas prononcé deux mots. Je ne sais rien de ce qu'il en a fait, ni qui il était, car je ne le connaissais pas. J'ignore d'où il venait et où il est allé ensuite. Et si je le savais, je ne te le dirais pas.

— Alors notre affaire est close, conclut Tabby. Nous ne te dérangerons pas plus longtemps, Kezia.

— Attends ! aboya Kezia d'un ton de commandement. La fille de la taille d'une fée, je veux qu'elle vienne s'asseoir avec moi un moment.

— Eh bien, moi, je ne le désire pas, lança Charlotte en se cachant un peu plus derrière Branwell. Je suis une chrétienne, je ne crois pas en votre magie !

— Vous n'avez pas besoin d'y croire pour qu'elle soit réelle, siffla Tabby. Allez donc vous asseoir, ma fille !

Sous la contrainte et se rappelant que, quelques instants plus tôt, elle avait été emplie d'un immense amour pour Tabby, Charlotte obéit à contrecœur et s'installa sur la souche, avant de lever la tête pour rencontrer le regard de Kezia. De près, elle découvrit une femme majestueuse, dont la vie dure était profondément gravée dans sa chair, mais qui la dévisageait avec un calme et une forme d'assurance que Charlotte trouvait enviables.

— Peu importe ce que vous me direz, l'avertit-elle en offrant sa paume à Kezia. Je n'en tiendrai pas compte.

— Tu peux garder ta petite main, répliqua Kezia. Ce n'est pas là que je vois ton destin, mais sur ton visage, dans les lignes autour de tes yeux, la tristesse dans le pli de ta bouche. Reste tranquille pendant que je t'observe.

Charlotte s'efforça de soutenir le regard de la vieille femme jusqu'à ce que cette dernière rompe enfin le lien en redirigeant son visage vers la lumière du feu, ce qui fit bondir et danser les ombres sur ses traits.

— Il y a une flamme en toi, lâcha finalement Kezia. Je n'ai jamais rien vu d'aussi intense, avec une lumière qui pourrait briller éternellement, si seulement tu avais le courage de la laisser brûler.

— Je n'ai pas la moindre idée de ce que vous entendez par ces remarques, commenta Charlotte.

— Oh, que si. Moi, je ne sais pas, mais toi, tu en comprends très bien le sens.

Charlotte se leva et s'écarta du feu hâtivement, pour se précipiter vers le refuge que constituait Tabby.

— Tu veux regarder mon visage aussi, l'aïeule ? demanda Branwell, qui se courba dans l'espoir qu'elle veuille le contempler. Je souhaite connaître ma bonne fortune. Est-ce que mon amour sera un jour ma femme ? Trouverai-je le chemin de mes talents, celui qui me conduira au succès ?

Mais Kezia ne se détourna pas du feu.

— Partez maintenant, ordonna-t-elle à Tabby. Mes garçons s'agitent.

— Je te remercie, mon amie, répondit la gouvernante, qui fit signe à Branwell de venir la soutenir.

— Sois prudente, petite fée, lança Kezia. Le danger est tout près, et il te trouvera.

Sa voix retentissait dans l'obscurité alors qu'ils s'éloignaient à grands pas.

36

Anne

Hebden Bridge était une petite ville animée dont il émanait une atmosphère positive qui bourdonnait dans l'air, constata Anne, alors qu'elles descendaient du coche.

Pour un étranger – et même pour un habitant du cru –, le village de Haworth paraissait plutôt délabré, une poignée de maisons imbriquées les unes dans les autres, comme par accident, affalées contre le flanc de la colline.

La ville d'Hebden Bridge, par contraste et bien que tout aussi vallonnée, semblait se frayer un chemin triomphal jusqu'au sommet. L'industrie textile avait transformé et enrichi la région, et la gare ferroviaire avait encore amélioré sa situation, en ouvrant au monde entier ce coin autrefois tranquille du Yorkshire.

Aux yeux d'Anne, le paysage lui-même avait en quelque sorte pris conscience de sa prospérité bourgeonnante, et il lissait et secouait ses plumes avec fierté. Elle aimait bien l'énergie et le modernisme de cet endroit. Une ville qui paraissait fourmiller de possibilités et d'opportunités.

Elle était également très peuplée, ce qui compliquait leur tâche : par où commencer pour trouver une certaine Mlle Isabelle Lucas ?

— Notre premier rendez-vous devrait être l'église, bien sûr, déclara Charlotte, en s'accrochant à sa bonnette alors que la brise d'été se levait dans la rue pavée.

Branwell était encore couché lorsque Charlotte avait rejoint ses sœurs, ce matin-là, pour leur raconter sa découverte extraordinaire de la veille, tout en conservant le sentiment que l'excursion de la nuit passée tenait du rêve éveillé. Cependant, les informations qu'ils avaient recueillies avec Tabby et Branwell auprès de la reine tzigane étaient vitales. Un étranger avait orchestré la scène sanglante de la disparition d'Elizabeth. Un individu qui n'était pas Chester, car cette femme, Kezia, le connaissait certainement, puisqu'il s'était fait un devoir de persécuter son peuple. Qui que soit cet homme, c'était forcément lui qui avait emmené Elizabeth, lui avait arraché une dent et, espérait-on, la retenait toujours captive et vivante. Le temps filait à toute allure désormais. Pourvu qu'elles puissent découvrir ici et maintenant une indication sur l'identité de cet individu.

— Le révérend connaît certainement très bien sa congrégation, poursuivit Charlotte en réprimant un petit bâillement. Et, même s'il rechigne à nous communiquer une adresse précise, il pourrait envoyer quelqu'un chercher Mlle Lucas et nous la ramener.

— À moins, bien sûr, qu'elle ne soit méthodiste, voire catholique, lui fit remarquer Emily avec malice, juste pour voir sa sœur frissonner.

Car personne d'autre au monde qu'Emily, sans doute, ne savait qu'une fois, vers la fin de son séjour à Bruxelles, alors que Charlotte était très déprimée et très esseulée, elle était entrée dans une église catholique et s'était confessée. Par la suite, elle avait rapidement détaillé toute cette surprenante affaire à sa cadette dans une lettre qui tentait de la lui raconter sur un ton léger. Emily l'avait répété à Anne, en la menaçant de mort si jamais elle laissait échapper ce secret. Anne fronça les sourcils à l'intention d'Emily : elle devait savoir combien Charlotte était honteuse d'avoir flirté avec une autre foi que celle prêchée par son propre père.

— De plus, ajouta Anne, afin de camoufler le moment de gêne, le pasteur Sutcliffe Sowden est une très bonne connaissance de ton M. Nicholls, Charlotte.

— Ce n'est pas *mon* M. Nicholls !

Charlotte était agréablement consternée à cette idée.

— Quoi qu'il en soit, à moins que nous ne voulions inventer une autre histoire à raconter à notre cher Père, mieux vaut éviter les établissements religieux, lui rappela encore Anne. Oh, Dieu ce que je m'inquiète de tous les mensonges qu'induit la détection ! Cette activité ne me semble pas pieuse du tout.

— Mais tu as raison, je suppose, de dire que c'est toutefois un mal nécessaire, commenta Charlotte, encore un peu irritée par son allusion à M. Nicholls. Alors où ?

Anne fit un signe de tête en direction du bâtiment qui se trouvait juste de l'autre côté de la rue.

— Le bureau de poste.

— Cela ne marchera certainement pas, argua Emily alors qu'elles commençaient à se frayer un chemin à travers la foule de chariots et de citadins. Ils ne transmettront pas une adresse personnelle à trois inconnues. Nous pourrions être n'importe qui : des meurtrières ou même des voleuses.

— Nous verrons bien, répliqua Anne.

Et en effet, quelques minutes après qu'elle avait mentionné le nom de Mlle Lucas et raconté au receveur des postes comment elle avait perdu le contact avec son amie d'enfance, il annonça fièrement à qui voulait bien l'entendre qu'il connaissait par cœur l'adresse de chaque citoyen de la ville, la lui nota même sur un papier en lui fournissant des indications complètes sur la manière de s'y rendre.

— Cela n'aurait jamais dû fonctionner, grommela Emily, souriant face à la satisfaction d'Anne. Tu ne ressembles tout simplement pas à une meurtrière ni à une voleuse. Cela dit, je suppose qu'une attitude aussi innocente pourrait parfaitement signifier des intentions criminelles chez n'importe quel individu.

La maison où le receveur des postes les avait envoyées était une bâtisse mitoyenne de taille appréciable. Plus petite que le presbytère, toutefois, elle comportait trois étages et se nichait contre la falaise qui dominait de façon impressionnante l'alignement des demeures. Toutes étaient bien entretenues, mais celle-ci était la plus jolie, car une jardinière remplie d'énormes marguerites ornait chacune des six fenêtres de devant.

Oui, c'était décidément une maison charmante, songea Anne avec envie, car bien que bâtie dans la même pierre gris acier que tous les autres bâtiments du quartier, elle avait des rebords de fenêtre repeints en blanc et une porte d'entrée d'un bleu très profond qui rappelait les vagues de l'océan à Scarborough.

Une jeune fille d'environ treize ans, avec une constellation de taches de rousseur sur l'arête du nez et un trou entre les dents, leur ouvrit la porte. En dépit de sa robe de bonne, elle avait de longs cheveux roux lâchés en désordre dans son dos, et l'expression de ses yeux pâles était résolument méfiante.

— Quoi ? lança-t-elle sans autre forme de politesse, en zieutant les sœurs.

— Bonjour, répondit Charlotte. Nous sommes venues rendre visite à Mlle Isabelle Lucas.

— Ah oui ? rétorqua la gamine, dont l'accent peu familier, à la fois plat et aiguisé aux oreilles d'Anne, donnait l'impression qu'elle avait été découverte dans un taudis de l'East End de Londres.

Anne s'efforça de ne pas montrer qu'elle était amusée de voir Charlotte, qui se considérait toujours parée à toute éventualité, manifestement prise au dépourvu par cette réponse-là.

— S'il vous plaît, dites à votre maîtresse que les demoiselles Brontë de Haworth sont venues la voir, insista Charlotte, en essayant de regarder par-dessus l'épaule de la fille dans l'espoir de repérer quelqu'un de plus civilisé à l'intérieur.

— Non, refusa sèchement leur interlocutrice, avant de se ressaisir et d'adopter une intonation vaguement raffinée : Je veux dire, non, désolée, madame, je ne peux pas. Ma maîtresse n'est pas à la maison en ce moment. Alors partez.

Charlotte s'approcha un peu plus et, bien qu'elle soit d'une bonne tête plus petite que l'étrange créature qui lui barrait la porte, elle sembla se gonfler de l'autorité bien exercée d'une institutrice d'école.

— Écoutez, nous sommes ici pour une affaire importante, et votre impudence ne sera pas du goût de Mlle Lucas lorsqu'elle en entendra parler.

— Ah non ? répliqua la fille, très sceptique. Alors vous l'avez jamais rencontrée. De toute façon, ma maîtresse m'a dit de laisser entrer personne dans la maison, or la seule personne dont je reçois des ordres, c'est ma maîtresse.

Sur cette tirade, la gamine leva le menton, comme pour mettre Charlotte au défi d'insister davantage.

— Dans ce cas, quand sera-t-elle de retour ? demanda Charlotte, assez dépitée par une défense aussi fougueuse.

— J'sais pas.

La rouquine haussa les épaules et allait refermer la porte. Cette fois, ce fut Anne qui s'avança, pour bloquer le battant à la force de sa main.

— Eh ! Lâchez ça ! exigea la fille.

Derrière le ton bravache, Anne perçut une forme de vulnérabilité enfantine.

— Calme-toi, lui dit-elle gentiment. Tu n'as pas à avoir peur de nous. Nous ne sommes pas des policiers ni… d'autres fonctionnaires.

— Vous êtes des professeures ? lui demanda la jeune fille en plissant les paupières. Vous ressemblez à des professeures.

— Nous n'en sommes pas, lui assura Anne et, à ce moment-là du moins, c'était la vérité. Nous sommes des détectrices. Sais-tu ce qu'est un détecteur… ? Quel est ton nom ?

— Kitty. Je sais pas, et je m'en fiche de ce que c'est.

— Nous élucidons des mystères, poursuivit doucement Anne. Afin d'aider les bons et les innocents, et d'arrêter les méchants et les mauvais, puis de les traduire en justice. Que penses-tu de cela ?

Kitty inclina la tête sur le côté, le temps d'évaluer ses interlocutrices. Anne lui adressa un sourire encourageant.

— Comment trois vieilles dames peuvent faire ça ? s'enquit la gamine. Vous êtes pas Robin des Bois ou Dick Turpin.

— Non, en effet. Nous ne sommes que trois *jeunes* femmes à l'allure de professeures, et tu sais quoi, Kitty ? (Anne lui lança un clin d'œil.) Cela s'avère le déguisement parfait.

Kitty sourit presque et, derrière l'expression fragile d'une jeune fille déjà endurcie par la réalité de la vie, il y avait l'infime trace encore présente de l'enfant curieuse qu'elle avait été.

— Si vous connaissez vraiment ma maîtresse, vous devez savoir où elle se trouve, de toute façon. Ses plus proches savent tout, comme moi. Mais je le dirai jamais. Elle m'a donné ses instructions, et je lui obéirai quoi qu'il en coûte. Vous comprenez ?

— Tu es très loyale et très courageuse, la félicita Anne avec sa bienveillance habituelle. Mlle Lucas a dû se montrer très gentille avec toi, non ? Peut-être t'a-t-elle secourue d'un endroit où tu avais très peur et t'a-t-elle offert un foyer ? Je pense qu'elle serait très fière de la façon dont tu cherches à la protéger.

— C'est pourquoi je vous dirai rien, conclut vivement Kitty. Peu importe combien de temps vous essaierez de me convaincre.

— Très bien, convint Anne, qui agita la main pour faire taire Charlotte avant qu'elle ne puisse l'interrompre. Cependant, je dois t'avouer que nous déployons de gros efforts pour venir en aide à une amie de ta maîtresse. Nous ne connaissons pas Mlle Lucas, sur ce point tu as raison, mais nous pensons qu'elle aimerait que nous retrouvions cette personne chère à son cœur. Nous pensons qu'elle ne voudrait pas manquer une occasion de la sauver comme elle t'a sauvée, toi.

Kitty se pencha vers Anne pour chuchoter :

— Qui est cette personne ?

— Elle s'appelle Elizabeth, répondit Anne.

Les yeux de la jeune fille s'arrondirent un bref instant, avant le retour de son air renfrogné habituel. Anne comprit que la pauvre enfant avait peur.

— Vous êtes des amies ou des ennemies ? finit-elle par demander, en regardant à tour de rôle chacune des sœurs dans les yeux.

— Nous sommes des amies, affirma Anne. (Ôtant son gant, elle tendit sa main à la petite.) Nous cherchons seulement à aider Elizabeth et ses garçons.

Quelque chose, dans les propos d'Anne, provoqua un déclic, et la jeune fille, qui s'accrocha à ses doigts un moment encore, l'attira vers elle, jusqu'à ce que son oreille soit à portée de lèvres.

Anne l'écouta murmurer, puis :

— Merci, répondit-elle avec un hochement de tête. Je te promets que ta maîtresse ne sera pas fâchée contre toi.

— Il vaut mieux pas, sinon je viendrai vous trouver dans la nuit et je vous trancherai la gorge, cracha la gamine, avant de leur claquer la porte bleue au nez.

— Je l'aime bien, commenta Emily.

Charlotte regarda Anne d'un air interrogateur.

— Eh bien, où allons-nous désormais ?

— Tu le découvriras bientôt, répondit sa benjamine.

Mon âme s'éveille, mon esprit s'élève
Et s'envole sur les ailes de la brise ;
Tout autour de moi, rugit le vent sauvage,
Entraînant terre et mer dans son ravissement.

« Vers composés dans un bois un jour de grand vent »,
Anne Brontë

37

Charlotte

La voiture s'arrêta sur le côté de la Lancashire Moor Road, et les sœurs émergèrent dans un lieu qui paraissait complètement isolé du reste du monde.

— Où allons-nous, déjà ? demanda Charlotte à Anne. Car j'ai l'impression de n'être nulle part.

— Wycoller, dit Anne, en regardant autour d'elle ce pays sauvage et beau apparemment vide de toute présence humaine. J'ai demandé au chauffeur de nous conduire à Wycoller, comme Kitty me l'avait indiqué. Elle m'a précisé que je ne devais rien vous révéler avant notre arrivée sur place. Cela semblait important, mais maintenant que j'y songe, j'ignore pourquoi. Oh Seigneur, nous a-t-elle prises pour des sottes et envoyées ici afin de nous mettre en garde, comme pour nous signifier de rester à l'écart ?

— Eh bien, au moins, nous ne sommes qu'à deux heures de marche de Haworth, ironisa Emily. Et ne t'inquiète pas, Anne : Kitty nous a envoyées exactement au bon endroit, bien que peut-être pour une vaine entreprise. Nous sommes bien à Wycoller, ou du moins aussi près de Wycoller que l'on peut s'y rendre par la route.

— Qu'est-ce que Wycoller alors ? s'enquit Charlotte. Là-bas, est-ce un arbre ou un mouton ?

— Si tu avais écouté les histoires de Tabby aussi attentivement que moi lorsque nous étions enfants, tu connaîtrais la réponse à cette question, lui lança Emily. Wycoller est un village, un village ancien qui existe depuis l'époque païenne. Jusqu'à il y a vingt ans, il était prospère. Il y avait là une belle demeure, Wycoller Hall, et un certain nombre d'habitats modestes qui constituaient le village, dont la majorité des occupants étaient tisserands. Puis la grande bâtisse de maître est passée aux mains de quelque imbécile qui ne pouvait pas payer ses dettes et a commencé à vendre progressivement des parties de la maison, jusqu'à ce qu'elle ne soit plus qu'une ruine. Puis les moulins sont arrivés, et les usines remplies de machines à tisser, et famille après famille les gens de Wycoller sont partis chercher du travail dans les villes. Il fallait bien survivre. (Emily prit la main de son aînée pour la guider au bord de la route.) Ne te souviens-tu pas, Charlotte, quand Tabby nous racontait comment, étant petite, elle descendait à Wycoller et suivait le cours du ruisseau, dans l'espoir d'apercevoir les fées ? Et comment les nouvelles usines et le bruit qui les accompagnait avaient chassé toutes les créatures magiques, qui avaient disparu partout sauf ici, là où les gens ne viennent jamais ?

— Je me rappelle, confirma Charlotte, soudain envahie par le souvenir d'une après-midi sombre et des récits de Tabby, inventés pour distraire les enfants malheureux. Je me rappelle que Tabby nous a raconté cette histoire et que, cette après-midi-là, malgré la pluie incessante, toi et moi avons couru chercher les fées dans le jardin. Anne était bébé, et Mère… était malade. Oui, je me rappelle.

Emily serra un peu plus fort sa main, avant de reprendre :

— Aujourd'hui, il ne reste plus âme qui vive à Wycoller, hormis, selon certains, une dame en noir qui hante les ruines de la grande maison les nuits de pleine lune.

— Mais si nous sommes bien à Wycoller, alors… (Anne contempla les collines, parsemées d'arbres et de quelques moutons.) Alors, où est-elle, cette demeure ?

Emily désigna le terrain densément boisé de la vallée.

— Là-bas, cachée parmi les arbres. Et le seul moyen d'y accéder est de traverser les champs et la forêt à pied. À moins d'être l'un des anciens habitants, comme Tabby, nul ne songe jamais à y aller, car nul ne peut savoir qu'elle est là. Quand on y pense, c'est vraiment l'endroit parfait pour se cacher.

Un profond sentiment d'apaisement, s'empara de Charlotte, la dernière de leur petite troupe, alors qu'elle suivait ses sœurs à travers les herbes longues et dorées de la prairie. Les doigts tendus, elle effleurait la pointe des épis avec ses paumes, cueillant un brin de campanule puis d'épilobe, et coinçant le petit bouquet de fleurs sauvages dans les boutons de son chemisier. Qu'avait voulu dire cette vieille Gitane, en évoquant une flamme en elle qui, si elle s'allumait, pourrait brûler éternellement ? Elle ne voyait pas comment une telle prédiction pourrait être exacte la concernant, et pourtant quelque chose résonnait en elle. Comme si l'éventail des possibles s'était déployé sous scs yeux.

Pour descendre vers le cœur de la vallée, elles empruntèrent le sentier à peine visible sous un épais tunnel d'arbres, où le soleil de midi apparaissait par taches comme un banc de vairons, et où les racines exposées des arbres semblaient se tendre comme des mains pour attraper les intrus qui passaient. Charlotte avait la sensation que plus elles s'enfonçaient, plus le temps ralentissait autour d'elles… et que peut-être, à mesure qu'elles avançaient, il commençait même à s'écouler à l'envers.

Au bout d'un bref moment, elles sortirent du bois pour atterrir dans une autre prairie et elles découvrirent, au milieu de l'herbe, de l'eupatoire et de l'agripaume, des pierres usées plantées là comme des dents, dont aucune n'était plus haute que Charlotte elle-même. Certaines étaient disposées en groupes, telle une foule de spectateurs curieux, mais la plupart se dressaient en alignements qui menaient vers la vallée, au moins trois ou quatre rangées à ce que Charlotte distinguait, zébrant la clairière à l'endroit où elle émergeait des arbres.

— Comme c'est étrange… Cette construction ne ressemble en rien aux murs de pierres sèches qui entourent Haworth, remarqua-t-elle.

— C'est parce que personne ne sait qui les a mises là, répliqua Emily, qui alla poser la main sur l'une des pierres, tachée de lichen jaune vif. Tabby disait que les anciennes peuplades de partout sur la lande venaient jusqu'ici une fois l'an pour se rencontrer et pratiquer des sacrifices humains.

— Je ne me souviens pas que Tabby ait raconté des horreurs pareilles, déclara Charlotte.

— Eh bien si, mais pas d'inquiétude : les païens sont tous morts depuis longtemps maintenant.

Bizarrement, cette certitude ne diminuait en rien le trouble qui avait saisi Charlotte à la vue de ces énigmatiques spectateurs spectraux alignés le long de la dernière partie de leur trajet vers le cœur du village. Enfin, elles descendirent un escalier de pierre parsemé de feuillages, l'air se refroidissant autour d'elles alors que la canopée s'épaississait. Tout était silencieux, à l'exception du chant des oiseaux et du doux murmure du vent dans les arbres.

On se serait cru dans un rêve, songea Charlotte, un rêve étrange et beau où rien n'avait vraiment le sens attendu.

Tout à trac, elles se retrouvèrent face à la ruine de Wycoller Hall, qui apparut au milieu des arbres comme un navire abandonné émergeant du brouillard.

— Extraordinaire ! s'exclama Anne en courant aussitôt vers l'arcade où se trouvait jadis une porte.

— N'est-ce pas ?

Emily la suivit sur-le-champ, mais Charlotte restait enracinée au sol, alors que ses yeux examinaient chaque cadre de fenêtre vide, chaque conduit de cheminée détruit. Elle avait beau connaître la vérité prosaïque qui se cachait derrière la ruine, il lui était impossible de ne pas l'imaginer comme une sorte de château de la Belle au bois dormant, endormi par un tour de magie maléfique depuis plus de mille ans.

— Charlotte, viens à l'intérieur, l'appela Anne.

Au bout d'un moment, Charlotte pénétra dans la sombre bâtisse. Il manquait la moitié des planches de l'étage supérieur et une bonne partie du toit, mais pas la totalité. De nombreuses dalles, jadis posées sur le sol, avaient disparu, et des herbes folles et luxuriantes avaient poussé dans les intervalles. Plantée devant ce qui avait dû être une cheminée monumentale, Charlotte se demanda à quoi pouvait bien servir la petite alcôve en forme de clé située à droite de celle-ci. Un mouvement d'ailes la fit sursauter, si bien qu'elle dut étouffer un cri dans son poing ganté quand un petit oiseau s'envola de cet étrange nid pour s'échapper par la fenêtre sans vitre.

— Et si nous bravions l'ascension de l'escalier ? cria Emily depuis ce qui avait autrefois dû être le vestibule. Peut-être Mlle Lucas se cache-t-elle à l'étage.

— Ce serait franchement ridicule ! ironisa une voix derrière elle. C'est terriblement dangereux, là-haut, voyez-vous… Vous vous y briseriez le cou.

Alors qu'Emily se tournait vers l'interlocutrice inconnue, Charlotte dévisageait déjà une jeune femme aux pieds nus dans une ample robe de soie violette, avec des boucles noires qui lui cascadaient jusqu'à la taille et les yeux les plus verts qu'elle ait jamais vus. Des yeux pétillants de curiosité.

— Bonjour. Je suis Isabelle Lucas. Veuillez pardonner ma tenue, nous ne recevons pas beaucoup de visiteurs ici à Wycoller, j'ai donc tendance à ne pas m'habiller pour accueillir de la compagnie.

38

Emily

Isabelle leur sourit.

— Vous êtes égarées, peut-être ? Puis-je vous remettre sur le bon chemin pour regagner la route ?

— Nous ne sommes pas égarées, répondit Emily en faisant un pas vers l'étrange créature, comme si elle était une curiosité de foire. Nous sommes venues ici pour vous parler, mademoiselle Lucas.

— À moi ? Que diable pourriez-vous avoir à me dire ? Et comment saviez-vous que vous me trouveriez ici ? Personne ne sait que je fréquente cet endroit, c'est justement pourquoi je l'aime tant.

Le sourire d'Isabelle Lucas restait tout aussi radieux, ses yeux tout aussi pétillants, toutefois Emily remarqua un durcissement dans le ton de sa voix, qui bien sûr pouvait n'être dû à rien d'autre qu'à l'immense désagrément de recevoir une visite inattendue, réaction qu'elle ne comprenait que trop bien. Elle décida aussitôt qu'elle appréciait Isabelle Lucas.

— Nous avons persuadé votre bonne de nous renseigner, expliqua-t-elle d'un air contrit. Et oui, je vois tout à fait pourquoi vous vous plaisez ici : on a l'impression d'entrer dans un autre monde, un monde débarrassé du reste de l'humanité.

— Kitty vous a dit que j'étais ici ? (Isabelle semblait surprise, voire impressionnée.) Vous avez dû vous montrer persuasives, alors, pour lui soutirer cette information. Depuis que je l'ai tirée d'un endroit très sombre et très dangereux, elle m'est d'une loyauté farouche… et parfois se montre même un peu féroce.

— Ce n'était pas la faute de Kitty, se hâta d'intervenir Anne, inquiète que la petite puisse avoir des ennuis. Elle a vu que nous avions un besoin urgent de vous trouver.

— Urgent ? (Dans un gloussement, Isabelle commença à s'éloigner du manoir en ruine, les sœurs sur ses talons.) Mesdames, je ne peux imaginer en quoi une artiste ermite comme moi pourrait être utile à qui que ce soit, hormis à qui serait animé du désir d'acheter un de mes tableaux. Êtes-vous amatrices de peinture ? Car, si tel est le cas, je crains que vous ne deviez attendre un peu. Je passe un été très productif, recluse ici, mais rien n'est encore prêt à la vente.

— Vous êtes artiste ? lui demanda Anne. De métier, je veux dire, pas seulement comme professeure ?

— En effet, je suis artiste, répondit Isabelle avec un sourire. Et plutôt douée, d'ailleurs. J'ai commandé à Kitty de ne révéler à personne où j'étais, parce qu'il se trouve toujours quelqu'un pour s'immiscer dans mes affaires ; généralement un monsieur, pressé de m'expliquer comment les choses doivent être faites, ce que je peux ou ne peux pas peindre, comment je dois ou ne dois pas vivre. C'est comme si les mâles de notre espèce ne supportaient pas que j'aie la main sur l'organisation de ma propre vie, et qu'ils insistaient pour se mêler de ce à quoi ils n'ont été ni invités ni requis. Si vous saviez combien sont nombreux ceux qui s'obstinent à vouloir m'épouser. C'est assez tragique, vraiment. Venez, leur dit-elle pour leur enjoindre à la suivre. Entrez dans mon humble demeure. J'ai élu domicile à Chapel Cottage. Je vais vous préparer du thé, ainsi vous pourrez m'exposer ce en quoi vous pensez que je peux vous aider, même si je dois avouer me trouver à ce sujet dans la plus grande perplexité.

Emily et ses sœurs suivirent leur hôtesse sans chaussures ni bas dans l'herbe haute jusqu'à la jolie maisonnette, dont la porte était encadrée de roses sauvages. Elle devinait que ses sœurs pensaient et ressentaient exactement la même chose qu'elle : un émerveillement enivrant à l'idée qu'une existence aussi indépendante soit possible pour une femme. Et pourtant, c'était bel et bien le cas. Elles avaient sous les yeux la preuve que, dans les bonnes circonstances, n'importe qui pouvait être autorisé à vivre la vie qu'il ou elle avait choisie.

Isabelle versait du thé dans un service dépareillé pendant qu'Anne passait d'un tableau inachevé à l'autre.

— Ils sont vraiment magnifiques, lança-t-elle par-dessus son épaule, ravie. Je ne suis pas critique, bien sûr, mais chacune de ces toiles me remplit d'un immense sentiment de joie et de liberté !

— Alors vous êtes la meilleure critique qui ait jamais existé, commenta Isabelle, tout sourire, en tendant à Emily une tasse sans soucoupe.

— Elles sont si différentes, continuait de s'enthousiasmer Anne. Par le style et le sujet, l'une par rapport à l'autre. Presque comme si elles provenaient de plusieurs artistes.

— Absolument. Si vous avez étudié l'art, vous savez que copier le style d'un autre est une bonne façon d'apprendre et, restant désireuse de m'améliorer, encore maintenant, j'ai imité un artiste du nom de Landseer. Peut-être avez-vous entendu parler de lui ?

Mais Anne était perdue dans la contemplation d'un autre tableau.

—Alors, dites-moi, Emily, pourquoi trois dames – trois sœurs, qui plus est – ont-elles entrepris tout ce chemin pour retrouver Isabelle Lucas ?

—C'est au sujet de votre amie, Elizabeth Chester, répondit Emily. Vous lui avez enseigné la peinture et le dessin alors qu'elle était encore jeune fille : Elizabeth Honeychurch.

Isabelle se raidit sur son siège, son sourire se figea.

—Elizabeth ? Oui, ma chère Elizabeth. Une élève adorable et pleine de vie ; un peu trop, selon son père. Je ne l'ai pas revue depuis un certain temps. Elle ne m'a pas non plus répondu depuis des mois, bien que je n'aie cessé de lui écrire. Je me suis inquiétée, puis j'ai supposé que son mariage et son bébé occupaient tout son temps. J'espère qu'elle finira par revenir vers nous, comme elle le fait toujours. S'il vous plaît, ne me dites pas qu'elle est malade ?

—Pas à notre connaissance, déclara Emily, après avoir jeté un coup d'œil vers ses sœurs qui les rejoignaient, chacune choisissant un siège dépareillé pour s'y asseoir. En revanche, nous avons des nouvelles qui risquent de vous bouleverser, alors pardonnez-moi par avance.

Le sourire d'Isabelle disparut complètement, son teint vira au blême.

—Oh non. Qu'est-il arrivé à mon Elizabeth, cette fois ?

Ne voyant pas l'intérêt de camoufler les détails de l'affaire, tant il semblait qu'Isabelle Lucas était une femme de forte personnalité, Emily lui raconta toute l'histoire, depuis leur première visite à Chester Grange jusqu'au moment où, sur le pas de sa porte, elles avaient exhorté Kitty à révéler où se trouvait sa maîtresse. Et, en dépit de l'attention absolue qu'Isabelle accorda à son récit, Emily se sentit assez frustrée.

Elle avait été certaine qu'Isabelle Lucas leur fournirait la clé de ce mystère, peut-être même avait-elle escompté trouver Elizabeth ici, dans cette cachette des plus parfaites. Et pourtant, rien dans la réaction d'Isabelle, rien dans son expression d'horreur ne pouvait laisser croire qu'elle leur dissimulait quelque chose. Emily ne voyait chez elle que détresse et peur croissantes pour son amie.

— Et donc, conclut Emily, nous avons suivi la suggestion de Mattie de venir vous chercher à Hebden Bridge, et ensuite celle de Kitty de pousser jusqu'ici. Sauriez-vous comment ces lettres auraient pu être envoyées de la main d'Elizabeth ?

Elle tendit la missive et l'enveloppe vide à leur hôtesse, dont la paume recouvrit sa bouche à la vue de l'écriture de son amie. Elle prit un instant pour se ressaisir, enroula un ruban de ses cheveux noirs autour de son poignet pour le fixer à l'arrière de sa tête à l'aide d'un crayon.

— Je suis désolée, cela fait si longtemps que je n'ai pas vu des mots tracés de sa main. Je… Je ne suis pas sûre de savoir quoi vous répondre… (Emily la regarda se mordiller la lèvre : son inquiétude pour Elizabeth était inscrite dans le froncement de ses sourcils et le tremblement de ses doigts.) Quand j'étais la tutrice d'Elizabeth, son père était très strict sur ce qu'il considérait comme les bonnes manières et il l'obligeait à écrire chaque semaine des lettres à sa grand-mère du côté maternel, ainsi qu'à toute une kyrielle de tantes fortunées. Il espérait qu'ainsi elles favoriseraient Elizabeth dans leur testament. Mais elle détestait ces simagrées, elle se plaignait de ce que toutes les lettres étaient les mêmes, qu'il ne se passait jamais rien dans sa vie qui soit digne d'intérêt. Alors elle les rédigeait par lots, l'équivalent d'un mois en une seule fournée, chaque missive variant à peine de la précédente. Elle datait chaque courrier du jour auquel il devait être envoyé et me chargeait de les poster le moment venu. Son père n'a jamais découvert son stratagème, et elle était ravie de parvenir non seulement à le duper, mais à s'octroyer ainsi une heure secrète chaque semaine, dont elle pouvait jouir à sa guise. Même si ce à quoi elle s'occupait pendant ces heures-là, c'était une autre affaire… Bref, il se peut qu'elle ait continué à utiliser cette technique avec les lettres qu'elle envoyait à ses parents. Je me souviens que, dans la dernière que j'ai reçue, elle regrettait que toutes ses journées soient identiques, égayées seulement par les enfants.

— Mais aurait-elle dupliqué une telle lettre à sa propre mère, même en étant effrayée et bouleversée ? s'enquit Emily. Ou se serait-elle envoyé des lettres à sa propre intention depuis Hebden Bridge ?

Isabelle secoua la tête, l'air perplexe.

— Peut-être. Elizabeth est une personnalité complexe, aussi forte qu'elle est faible, aussi déterminée que changeante. Je sais en revanche qu'elle a toujours exécré l'idée que son père puisse se rendre compte un jour qu'il la faisait pleurer quand il la réprimandait, ce qui arrivait pourtant très souvent. Elle détestait trahir la moindre faille. Au lieu de quoi, elle commettait de petits actes de rébellion qu'elle était la seule à connaître. (Isabelle esquissa un sourire.) En fait, nous nous traitions souvent de « Rebelle » l'une l'autre, une sorte de surnom affectueux, plus comme des sœurs que comme une élève et son professeur. Souvent, elle me racontait les petites blagues et les secrets qu'elle glissait dans les lettres, et que personne ne pouvait deviner, sauf elle… et parfois moi, bien sûr.

— Ou sa mère, intervint Charlotte. Souviens-toi, Anne, quand Mme Honeychurch nous a dit qu'elle voyait dans la mention de la lavande par Elizabeth un appel au secours à son intention.

— Oui, je me rappelle. Pauvre Elizabeth… Mais ne vous aurait-elle pas avoué à vous, son amie, sa confidente, la vérité sur son mariage ? Frederick Walters nous a dit que vous étiez très proches.

— Vous avez parlé à Freddie ? s'étonna Isabelle. Vous êtes vraiment de très, très bonnes détectrices. Et je suppose qu'il vous a raconté l'étrange situation dans laquelle M. Honeychurch l'a acculé.

— En effet, acquiesça Emily, et nous avons du mal à comprendre comment la rumeur d'une telle liaison pourrait être préférable à une autre.

— Oh, mon Dieu. (Isabelle détourna le visage pendant quelques secondes, et les trois sœurs attendirent que les soubresauts de ses épaules se calment et que sa respiration redevienne normale.) J'ai peur d'être la dernière personne à qui Lizzie se confierait au sujet de son mariage. Car, voyez-vous, j'ai déployé de gros efforts pour la dissuader d'épouser Robert Chester. J'avais entendu de telles horreurs à son propos… et je savais qu'Elizabeth serait plus heureuse non mariée.

— Vraiment ? lança Anne, qui se pencha vers l'avant. Croyez-vous cela parce que vous-même êtes célibataire ?

— En partie, convint Isabelle. Je suis l'agent de ma propre destinée et je préfère cela au mariage avec n'importe quel homme. Mais aussi parce que Lizzie est une personne qui avait un avenir, elle devait accomplir *quelque chose*, quelque chose qui aille au-delà de ce que la vie d'épouse permet. Je décelais tant de potentiel en elle. Elizabeth ne partageait pas mon point de vue, néanmoins.

Isabelle se leva, s'approcha d'une malle à tiroirs adossée contre le mur. Songeuse, elle y plaqua les paumes et, quand elle reprit la parole, ce fut en pesant soigneusement ses mots.

— Voyez-vous, Elizabeth avait vécu un grand amour une fois dans sa vie. Elle en connaissait les effets, ce besoin insatiable de l'autre, et elle brûlait de l'éprouver à nouveau. La cour de Chester lui a donné l'espoir d'une nouvelle passion éperdue, d'un mariage qui serait une belle et éternelle histoire. Malgré tous mes efforts, je n'ai pas réussi à la détourner de cette voie, elle était déterminée. Voilà pourquoi Elizabeth aurait détesté m'avouer, à moi en particulier, qu'elle était malheureuse : elle n'aurait jamais concédé que j'avais raison.

Pendant un instant, il n'y eut plus rien qu'un silence presque parfait, interrompu seulement par les tintements de la porcelaine et le chant des oiseaux par la fenêtre ouverte. Plus elles en apprenaient sur Elizabeth Chester, pensait Emily, moins elle la comprenait, elle et même le cœur humain plus généralement. Qu'est-ce qui pourrait pousser une personne à s'engager délibérément sur le chemin de la destruction, n'était-ce une sorte d'optimisme débridé... ou peut-être autre chose, comme un besoin de souffrir, d'expier un péché secret ?

— Maman. (Une voix juvénile fit sursauter Emily, en même temps qu'une petite fille apparaissait derrière le fauteuil d'Isabelle.) Qui sont ces gens ?

— Ce sont les demoiselles Brontë, Celeste, ma chérie, chuchota Isabelle à l'enfant, qui semblait avoir dans les cinq ans. Des amies de maman. Mesdemoiselles Brontë, voici Celeste, ma fille.

— Bonjour, mademoiselle Celeste, lança Anne avec un sourire plein de douceur. Mes sœurs et moi sommes ravies de te rencontrer.

— Dis bonjour comme je te l'ai appris, ma chérie. (La fillette esquissa une révérence hésitante, dont Emily dut reconnaître qu'elle était fort charmante.) Es-tu déjà réveillée de ta sieste ? J'imagine que tu voudrais du lait avec du pain et de la confiture, n'est-ce pas ?

— Oui, maman, répondit l'enfant, en posant sur Emily ses prunelles d'un marron velouté à travers sa cascade de cheveux bruns et sauvages.

Emily remarqua ses pommettes hautes et songea qu'elle était une très belle enfant. Il avait dû falloir un homme d'une rare beauté pour la concevoir, car elle ne ressemblait en rien à sa maman.

— Alors viens t'asseoir un instant sur mes genoux, que je te câline, ma chère petite douceur.

Isabelle gloussa et couvrit le visage de sa fille de baisers, puis sa joie s'estompa, et elle tint l'enfant sur sa poitrine, serrée contre elle comme si elle avait peur de la laisser partir.

— Celeste est un bien joli prénom, constata Anne en souriant à l'enfant intimidée. Oh, et tu es une très belle petite fille.

Isabelle embrassa sa fille sur chaque joue.

— Celeste, va donc à l'office chercher la confiture et du pain frais, je te rejoins dans une minute.

— Très bien, maman, obtempéra la fillette avec un dernier et long regard aux trois inconnues, avant de disparaître à l'arrière de la maison.

— Quelle délicieuse enfant ! commenta Anne. Je suis terriblement désolée que vous ayez perdu votre époux.

— Oh, ne soyez pas désolée, répliqua Isabelle avec un sourire moqueur. Car je n'ai jamais été mariée.

39

EMILY

— Je… Oh.

Anne vira au cramoisi et se mit aussitôt à triturer l'ourlet de ses manches.

Ce fut Emily qui rompit le silence, submergée par sa curiosité.

— Le père de Celeste… (Elle fit de son mieux pour formuler ce qui allait suivre aussi délicatement que possible.) Ce devait être un homme à l'allure remarquable.

— En effet, convint Isabelle, qui ajouta sèchement : Et fort astucieux. Né à l'étranger, de parents inconnus. Tout jeune, il avait été envoyé travailler sur un bateau, mais sa vie était dure et cruelle. Pourtant, son intelligence, son assiduité lui avaient permis de s'élever jusqu'au grade de second de navire, et c'est ainsi qu'il se retrouva à Liverpool, puis à Leeds, à conduire des affaires à la place de son maître. (Isabelle esquissa un sourire triste et ouvrit enfin le tiroir supérieur de sa malle, dont elle tira un portrait dessiné.) Voici George, dit-elle, en jetant un long regard sur l'œuvre, avant de la tourner vers les sœurs pour qu'elles la contemplent à leur tour.

George était en effet d'une beauté peu commune, avec une lumière que l'artiste avait capturée dans ses yeux et qui, selon Emily, exprimait sans aucun doute une âme profonde et douce.

— Comment l'avez-vous rencontré ? demanda Charlotte dans un souffle.

— Une après-midi où Elizabeth et moi y étions en visite, il est venu au moulin faire commerce avec Honeychurch. Il s'est produit comme un coup de foudre lorsqu'ils se sont vus, une attirance palpable. Ils se sont aimés au premier regard.

— Ils ? s'étonna Emily.

— Vous me faites l'effet d'être des femmes bien, mesdemoiselles Brontë, dit-elle en pivotant vers elles. Je vais donc vous confier un secret très important, que vous ne devez jamais répéter à personne, car ce n'est pas à moi de le révéler.

— Nous le jurons, affirma aussitôt Emily, avec un coup d'œil à chacune de ses sœurs, qui hochèrent aussi la tête.

— Le scandale que le pauvre Frederick a accepté de couvrir pour Honeychurch vient de ce que le père de Lizzie n'a pas supporté l'idée que sa fille ait pris comme amant un matelot, un homme sans naissance, apparemment originaire d'une région très éloignée du monde. Rien de plus que cela. Qu'elle l'ait aimé de tout son cœur et de toute son âme, et réciproquement, ne signifiait rien pour le père. Pour moi, en revanche, c'était un spectacle merveilleux, qui m'a même fait entrevoir un instant la possibilité que l'amour puisse tout surmonter. (Elle poussa un profond soupir, retourna le portrait vers elle, le berçant tendrement contre sa poitrine.) Ils prévoyaient de partir ensemble, de trouver un endroit reculé où ils pourraient vivre heureux. Ils étaient tous les deux jeunes et naïfs, pensaient qu'un tel rêve était possible, et je l'espérais moi aussi de tout mon cœur. Hélas, avant qu'ils puissent mettre leur plan à exécution, leur liaison a été découverte, et il y a eu plus grave encore. Il m'est bientôt apparu que Lizzie portait un enfant. Je l'ai aidée à camoufler les signes de sa grossesse à sa mère. Et j'ai épaulé son père dans son projet de l'emmener loin des regards.

— Oh mon Dieu, murmura Charlotte. Oh, ça alors !

— Ce cher George, ce cher, doux et courageux George aurait dû s'enfuir. Lizzie l'en a supplié, mais il a refusé. Au lieu de quoi, il est venu demander la main d'Elizabeth à Honeychurch. Je ne sais pas ce qui a été dit, ni ce qui s'est passé ensuite ; en tout cas, deux jours plus tard, on l'a retrouvé mort dans le canal. Sans que la cause de sa noyade ne soit jamais élucidée.

— Oh, Seigneur ! chuchota Anne. Pauvre George, pauvre Lizzie.

Isabelle secoua la tête, des larmes coulaient désormais sur ses joues pâles.

— J'ai vraiment cru qu'elle allait mourir, et peut-être serait-ce arrivé si Celeste n'avait pas été là. Lizzie était déterminée à mettre au monde l'enfant de George. Ses parents ont annoncé publiquement qu'ils l'avaient envoyée dans un pensionnat et se sont servi des rumeurs d'un badinage avec Frederick comme d'un écran de fumée pour masquer la vérité. En réalité, Lizzie et moi étions venues ici, à Wycoller, dans cette même maison, où nous avons passé le reste de son emprisonnement, juste nous deux. Elle a donné naissance à Celeste, une enfant qu'elle adorait, elle a supplié d'être autorisée à l'élever comme sa propre fille. Malheureusement, son père n'a rien voulu entendre, il a menacé de l'enfermer à l'asile si elle n'acceptait pas de renoncer à l'enfant. Et je savais qu'il mettrait sa menace à exécution, car il est le pire des hommes, de ceux qui se considèrent comme justes détenteurs de l'autorité et dans leur bon droit, alors même qu'ils commettent les actes les plus cruels. Elizabeth était si bouleversée, si désespérée à la perspective d'être séparée de son enfant, qu'elle m'a implorée de l'adopter, de l'aimer comme ma fille, en lui permettant de la voir quand elle le souhaiterait. Je lui ai promis que Celeste connaîtrait un jour la vérité sur sa vraie maman, qu'elle aurait toujours deux mères. La solution n'était pas parfaite, toutefois Elizabeth m'a rendu visite et m'a écrit jusqu'à son mariage. Je n'ai jamais compris pourquoi ses lettres ont soudain cessé, car jusqu'à sa dernière visite, elle s'est toujours enquise de Celeste. La dernière fois que je l'ai vue, elle m'a avoué que son vœu le plus cher était d'avoir les trois enfants réunis sous un même toit, et moi avec. Pourtant, elle a arrêté d'écrire et mes lettres sont restées sans réponse… J'ai attendu son retour. Jamais, pas un seul instant, je n'ai imaginé qu'elle puisse ne pas revenir.

— Si elle était si malheureuse, si elle vivait dans la peur à Chester Grange, peut-être souhaitait-elle simplement vous protéger, toutes les deux, suggéra Emily. Vous tenir loin de cet endroit cruel. Il est certain que Chester aurait été furieux de découvrir qu'elle avait déjà porté un enfant.

— Peut-être, concéda Isabelle avec tristesse. Il est une chose que je peux vous affirmer et que je tiens pour certaine et vraie à propos d'Elizabeth : ses enfants comptent plus que tout, les siens comme son beau-fils. Et je peux vous promettre que jamais, au grand jamais, elle ne les quitterait de son plein gré, pas tant qu'il y aura un souffle de vie dans son corps. Elle se battrait jusqu'à la mort pour ses petits, elle tuerait pour eux. Je le sais. Ses enfants sont tout pour elle. Quoi qu'elle ait fait, c'était pour leur bien.

Emily se surprit à tendre la main vers Isabelle, à couvrir celle de l'artiste, à pleurer avec elle cette femme qui avait vécu tant de choses en si peu de temps, puis qui s'était volatilisée. Peut-être était-ce là le prix à payer pour exister vraiment en ce bas monde ? Peut-être le prix à payer était-il toujours la mort.

— J'avais tellement espéré que nous la trouverions ici, se désola-t-elle, sentant le poids de l'absence d'Elizabeth. J'étais persuadée que vous la cachiez, qu'elle était en sécurité et que nous pourrions la sauver. Maintenant, nous voilà dans une impasse.

— Nous avons toujours l'autre papier, intervint Charlotte. Celui envoyé depuis Hebden Bridge. Ce document nous a conduites ici jusqu'à vous, Isabelle, et je pense qu'il doit recéler une signification autre, plus vaste.

— Peut-être est-elle venue à Hebden Bridge pour me voir, et Kitty aura refusé de lui révéler où j'étais ? Mais non, elle aurait su me trouver ici, et je ne vois pas pourquoi elle aurait posté une lettre à sa propre adresse, réfléchit Isabelle, malheureuse. Mon Dieu, si je pensais avoir une possibilité de l'aider… J'ai échoué…

À cet instant, Celeste réapparut, les joues barbouillées de confiture, portant une assiette de tartines.

— Maman ! Ne soyez pas triste, maman. Vous pouvez manger mon goûter, si vous voulez.

— Je ne pense pas que ce soit le cas, reprit gentiment Emily. Quelle que soit la façon dont cette enveloppe a été envoyée, elle n'a pas pu l'être par Elizabeth, qui était souffrante et alitée toute la journée, la veille de sa disparition. Un témoin nous l'a certifié.

— Un témoin. (Isabelle hocha la tête.) Ma vie n'a pas été conventionnelle, et peut-être suis-je un peu plus lasse du monde et l'ai-je plus côtoyé que des dames telles que vous. Les êtres humains sont faillibles, ils sont faibles. Alors, si c'est la déclaration d'un témoin qui rend cette énigme impossible à résoudre, puis-je suggérer que votre témoin ment forcément ?

Emily se tourna vers Charlotte, leurs regards se croisèrent.

La réponse était non, bien sûr : non, car leur témoin était quelqu'un qu'elles pensaient connaître, la personne même pour qui elles s'étaient embarquées dans cette mission périlleuse.

Matilda French les avait-elle entraînées dans un piège depuis le début ?

40

Anne

— Des nouvelles ?

Mattie les attendait en haut des marches, sur le pas de la porte d'entrée ouverte du presbytère, Branwell posté derrière elle, lorsque les trois sœurs revinrent, un peu avant 15 heures.

Anne était heureuse de voir son frère debout, habillé de façon convenable et apparemment sobre, après son aventure de la nuit passée. Toutefois, son esprit tourbillonnait encore de tout ce qu'elles avaient vu et découvert lors de leur rencontre avec Isabelle. Aussi, son plaisir de voir Branwell en bonne santé était-il assombri par les questions qu'elles allaient devoir poser à Mattie.

— Les inquiétudes de Père concernant l'arrivée de Mlle French et votre absence à toutes les trois l'ont poussé à me demander de veiller sur vous toutes, annonça Branwell alors que ses sœurs s'empressaient d'entrer, d'ôter leur bonnette et de secouer leurs longues jupes salies par la poussière des routes. Il m'a prié de vous accompagner partout où vous iriez jusqu'à ce que ce vagabondage soit terminé. (Branwell sourit.) Mes sœurs, je suis le chef désormais.

— Mais bien entendu, commenta Charlotte. Et, dans ce cas, tu ferais mieux de poursuivre sur ta lancée de ces deux derniers jours et de rester présentable, chef Branwell, si tu veux nous être utile.

— Je crains que notre bon navire, le *Respectable*, n'ait déjà pris la mer, ironisa Emily, en s'arrêtant pour embrasser Branwell sur la joue. Espérons que son navire jumeau, le *Sobre*, arrivera à bon port, mon frère.

Branwell fit claquer ses talons et s'inclina, suscitant à la fois rougeur et sourire chez Matilda.

— Je vous mènerai à la victoire. Dès l'instant où vous m'aurez indiqué la voie.

Quel adorable idiot! songea Anne en réprimant un sourire.

Le trajet du retour avait été long et harassant, car elles étaient fatiguées et pas qu'un peu découragées. Emily avait été persuadée qu'elles trouveraient Elizabeth à Wycoller auprès d'Isabelle, et son absence là-bas avait considérablement ébranlé sa confiance dans ses capacités de détection. « Et si tous les mystères ne pouvaient être résolus ? avait-elle demandé alors qu'elles cheminaient, tête baissée. Et si parfois l'univers avalait simplement une personne pour ne jamais la rendre ? » Chacune d'elles trouvait la perspective particulièrement terrifiante et, Anne au moins, assez séduisante aussi. Car elle avait découvert ce jour quelque chose d'inattendu, quelque chose d'autant plus exaltant qu'elle ne l'avait jamais envisagé avant de rencontrer Isabelle : l'idée que sa vie pourrait être meilleure, plus riche et plus libre, sans époux. Auparavant, elle n'avait jamais considéré que deux possibilités : le mariage ou une vie de vieille fille insatisfaite. Que le célibat puisse être une existence bien vécue – non, même une version améliorée de sa vie – ne s'était jamais présenté à son esprit jusqu'alors et, d'une certaine manière, elle trouvait cette perspective à la fois réconfortante et enthousiasmante, élargissant soudain ses horizons vers des destinations qu'elle ne s'était jamais permis d'imaginer auparavant.

— Martha, où est cette chère Tabby ? s'enquit Charlotte.

— Elle sommeille près du poêle, mademoiselle, répondit Martha. Elle semblait affreusement fatiguée aujourd'hui, alors je lui ai dit de lever le pied, que je m'occuperais de tout. Dois-je la réveiller ?

— Non, laisse-la se reposer. Aurais-tu l'amabilité de nous apporter du thé, s'il te plaît ?

Martha acquiesça immédiatement.

Emily suivit Matilda dans la salle à manger, Branwell sur ses talons, et la petite pièce ne tarda pas à devenir étouffante et exiguë. Anne et Matilda prirent chacune un siège, et Branwell se tint debout dans le coin près de la porte, tel l'un de ses soldats de plomb d'autrefois. Charlotte se posta à la fenêtre, et Emily dans l'espace intermédiaire.

— Qu'avez-vous découvert auprès de Mlle Lucas ? leur demanda Mattie. Sait-elle quoi que ce soit de ce qui s'est passé ?

— Elle nous a raconté beaucoup de choses utiles sur la personne d'Elizabeth… mais rien du tout susceptible de nous indiquer où elle pourrait se trouver en ce moment.

L'expression de Mattie s'obscurcit, rongée par l'inquiétude.

— Oh, mon Dieu ! Alors nous devons retourner à Chester Grange sur-le-champ, envoyer un agent de police et emmener les enfants loin de là d'une manière ou d'une autre. Je n'ai pas fermé l'œil, à force de me tracasser pour eux.

— Je suis d'accord, convint Anne, qui rencontra Charlotte des yeux.

Sa sœur hocha la tête, un mouvement auquel Emily fit chorus.

— Mattie… (Anne se pencha un peu vers leur amie, sans se départir de sa voix douce et gentille.) Tu as bien dit qu'Elizabeth Chester avait gardé le lit pendant la journée précédant sa disparition ?

— Oui, en effet, opina la pauvre fille. Oui, elle n'a pas quitté sa chambre.

— Et pourtant nous avons cette lettre. (Anne sortit l'enveloppe de son portefeuille et la tendit à Matilda.) De la main d'Elizabeth, adressée à elle-même. Et, d'après le cachet de la poste, elle a été postée à Hebden Bridge, la veille de sa disparition, soit le jour où elle était alitée, enfermée chez elle. Comment cela peut-il avoir un sens ?

Leur amie observa l'écriture.

— Je… Je ne sais pas. Vous pensez que c'est important ?

— C'est important si tu nous as menti, Mattie, déclara Emily. Si tu nous as caché la vérité, alors c'est très grave. Nous avons des preuves, une enveloppe qui indique qu'Elizabeth Chester a pu se rendre à Hebden Bridge le jour où tu affirmes qu'elle était souffrante, le jour où tu lui as apporté du thé et de la soupe. As-tu menti à ce sujet, Mattie, pour brouiller les pistes ? As-tu menti sur l'endroit où se trouvait réellement Elizabeth Chester ce jour-là ?

— Mais certainement pas ! protesta vivement Mattie. Je n'ai pas menti, parce que je ne vous ai pas dit que je lui avais monté du thé et de la soupe. Je vous ai dit que je lui ai préparé du thé et de la soupe, et c'est la vérité ! Seulement, je ne les lui ai pas apportés, c'est Mme Crawley qui s'est chargée de tous ses repas ce jour-là, elle a insisté pour le faire, sous prétexte que Mme Chester n'était pas en état de recevoir des visites en dehors d'elle-même.

— Mattie, si tu nous caches quelque chose…, s'obstina Anne.

— Anne, je t'en prie, intervint Branwell, se rappelant ainsi à leur bon souvenir. Souviens-toi que Matilda n'est pas la suspecte ici, mais une jeune femme et une amie. Sois plus gentille, s'il te plaît. Il est inconvenant de te voir la sermonner ainsi.

Anne pinça les lèvres de se voir sévèrement rappeler à l'ordre par son frère ; toutefois, dans le cas présent, il avait probablement raison.

— Je veux dire…, reprit Mattie avec hésitation, tendant la main vers le bout de papier. Mme Chester écrivait toujours l'adresse de l'expéditeur sur son courrier. Il se pourrait qu'elle ait envoyé cette lettre à Hebden Bridge et que la missive lui ait été retournée à cette date par erreur ?

— Erreur, répéta Anne en regardant ses sœurs. Tu veux dire que ce n'est peut-être pas du tout un indice ?

— Peut-être que si, nuança Matilda, désireuse de complaire à ses amies. Ou bien… ou bien, c'est juste une lettre. Mais, même dans ce cas, même si elle a été retournée à Mme Chester, elle s'est retrouvée dans le bureau de son mari… Peut-être même a-t-elle été interceptée. Et si elle contenait des secrets…

Emily abattit les deux paumes sur la table, avec une telle violence que les plumes qu'elles y avaient laissées s'entrechoquèrent et roulèrent sur la surface.

— Si… Si ! Aucune d'entre nous n'a imaginé une explication simple pour cette lettre. Du moment que nous l'avons découverte, nous avons pensé qu'elle signifiait forcément quelque chose. Nous sommes de bien mauvaises détectrices, si nous sommes incapables de discerner ce qui compte de ce qui est sans intérêt, et si nous perdons notre temps à poursuivre un fantôme.

— Non, nous n'avons pas démérité, rectifia Anne. La lettre nous a menées à Isabelle Lucas. Elle nous a rapprochées de la vérité sur Elizabeth, et je suis certaine que, d'ici peu, elle nous conduira à démêler un autre aspect de ce mystère. Tout ce que nous découvrons n'est pas nécessairement une pièce du puzzle, capable de nous guider vers une conclusion. Pour atteindre la compréhension globale, nous devons rassembler un maximum d'éléments, que cela nous semble pertinent au départ ou non, comme ta pierre, Emily.

Cette dernière se laissa tomber sur une chaise et prit la main de Charlotte lorsque sa sœur vint se placer derrière elle.

— Seulement, pendant que nous apprenons de nos erreurs, dit Emily, la vie d'une femme est en jeu.

— Il y a quelque chose, cependant… Une hypothèse qui vient de me venir à l'esprit et qui n'aurait pas germé si nous n'avions pas interrogé Mattie à ce sujet, poursuivit Anne. Nous sommes toujours parties du principe qu'Elizabeth avait été enlevée pendant la nuit, mais si elle était confinée dans sa chambre la veille et que la seule à l'avoir vue a été Mme Crawley, alors il est possible que ce qui lui est arrivé se soit produit ce jour-là, en plein jour. Et cela pourrait expliquer pourquoi personne n'a entendu les chiens aboyer pendant la nuit, pourquoi nul n'a été aperçu en train d'entrer ni de sortir de sa chambre. Parce que son enlèvement avait déjà eu lieu et que tout le reste, comme l'a dit Emily, était du théâtre. (Anne hésita, produisant un effort déterminé pour rester ferme dans sa ligne de pensées.) Je n'ai pas de preuve que ce soit le cas, mais c'est une théorie.

— Mme Crawley aurait aidé Chester à faire du mal à sa femme ? lança Emily. Pourtant, nous ne croyons plus que Chester soit coupable.

— Emily a raison, j'en ai peur, Anne, acquiesça Charlotte. Si Chester n'est pas l'auteur de ce crime, je ne vois pas une seule raison pour laquelle Mme Crawley aurait menti sur l'endroit où se trouvait Elizabeth, la veille de sa disparition.

— À moins que…, commença Emily.

Son air songeur tira un sourire à Anne. C'était toujours un spectacle, de voir Emily sur le point d'avoir une idée. La cadette de leur fratrie se tourna justement vers Matilda, la faisant sursauter.

— Mattie, dis-moi, y a-t-il, chez les enfants, un détail qui sorte de l'ordinaire ?

Mattie paraissait perplexe.

— Ils sont un vrai bonheur à tous points de vue, dit-elle.

— Je ne cherche pas à les insulter, précisa Emily. Je veux seulement essayer de faire la lumière sur ce qui se trame à Chester Grange. Rien d'inhabituel d'un point de vue physique ?

Mattie fronça les sourcils, tordant l'un des mouchoirs de Branwell entre ses mains.

— Cela ne change rien à l'amour que j'éprouve pour lui, mais M. Chester m'a dit que je ne devais jamais laisser quiconque voir les pieds d'Archie, avoua-t-elle tristement. Il a de si jolis petits petons… À ceci près que Chester en a honte, parce qu'ils ont des palmures entre les orteils, vraiment très prononcées. Même si cela n'entravera en rien sa vie, d'après les médecins. Cependant, je ne vois pas vraiment quelle incidence cela pourrait avoir.

— Oh, c'est important, la corrigea Emily en se redressant sur sa chaise, triomphante. Ainsi, mes sœurs, mon frère, Matilda, nous avons fait un pas supplémentaire. Nous savons quelque chose de plus que précédemment.

— Que savons-nous donc ? la pressa Anne, intriguée par l'expression sur le visage d'Emily.

— La nuit où je me suis introduite dans leur demeure, j'ai vu Mme Crawley en chemise de nuit rôder dans les couloirs pour veiller sur M. Chester. Pour une fois, elle ne portait pas ses étranges gants. Quand elle a ouvert la porte de la bibliothèque, j'ai vu ses mains nues : il y avait des palmures entre ses doigts.

— Comme sur les pieds d'Archie ? voulut préciser Anne. Cela pourrait-il être une maladie contagieuse ?

— Pas du tout, répliqua Emily à l'intention de tous les occupants de la pièce. Après avoir vu la malformation de Mme Crawley, je me suis posé la même question et j'ai cherché cette anomalie dans le dictionnaire médical de Père. En fait, elle est héréditaire.

— Ce qui veut dire… (Charlotte écarquilla les yeux et regarda Anne, puis Emily de nouveau.) Cela signifie soit que nous sommes en présence d'une énorme coïncidence, soit que, d'une manière ou d'une autre, Mme Crawley est liée par le sang à Archie.

— Sa grand-mère, je parie, lança Emily en acquiesçant. Et, bien que je ne puisse encore déterminer comment, je dirais aussi qu'elle est presque certainement la vraie mère de Chester. Or, d'après Isabelle, qu'est-ce qu'une mère serait capable de faire pour son enfant ?

— De mourir pour lui, répondit Charlotte, hochant gravement la tête. Et peut-être même de tuer.

41

Charlotte

Lorsque le coche les déposa non loin de Chester Grange, Charlotte paya le chauffeur afin qu'il les attende et, pour la première fois, elle s'interrogea sur la sagesse de leur entreprise, à savoir approcher de la maison incognito, avec ce qui se montait à une petite armée de cinq personnes. Contrairement à la précédente visite secrète d'Emily, il faisait encore jour, cette fois, en dépit de l'heure avancée, et le crépuscule prenait son temps pour se transformer en nuit.

Il était donc peu probable, en conclut Charlotte, qu'un groupe aussi important que le leur puisse passer inaperçu très longtemps. D'un regard rapide, elle évalua ses troupes et décida qui emmener avec elle.

— Mattie, dit-elle en écartant son amie de Branwell, qui lui chuchotait quelque chose à l'oreille. (Dans le même temps, ses mains semblaient parties dans quelque mission secrète.) Tu viens avec moi. Et toi aussi, Emily. Tu as réussi à repousser les chiens une première fois, et s'ils ressortent pour nous pister, je suis sûre qu'ils t'obéiront. Anne et Branwell, vous resterez ici pour monter la garde.

— Monter la garde ? s'offusqua Branwell. À quoi servira ma force virile si je me contente de monter la garde ?

Charlotte réfléchit un instant avant de lui donner sa réponse :

— Eh bien, si nous sommes découvertes et que nous avons besoin d'aide, tu pourras intervenir et nous sauver.

— Et comment suis-je censé deviner le moment exact où vous aurez besoin d'être secourues ? s'enquit Branwell.

— Il y aura un signe, répliqua Emily avec confiance.

— Quel signe ? insista Branwell.

— Je ne sais pas, mais tu le sauras quand tu le verras. Par ailleurs, il vaut mieux que tu restes ici, dehors, cher chef. Envisage-toi comme un général campé sur une éminence, qui supervise les opérations. Nous menons peut-être la charge, mais toi, tu es à la tête de la campagne intellectuelle.

— J'aurais mieux fait d'aller à la taverne, conclut Branwell en s'affalant contre un arbre.

— Et pourquoi moi ? intervint Anne. Pourquoi dois-je rester derrière et m'occuper de Branwell ?

— Quelle insulte ! protesta ce dernier en sortant une flasque de son manteau.

— Parce que, Anne… (Charlotte se rendit compte en parlant qu'elle n'avait pas de raison légitime à offrir à sa benjamine, autre que la nécessité de garder un œil sur Branwell.) Eh bien, parce que tu es la plus jeune, et puis nous essayons de passer inaperçus, un exploit qui sera d'autant plus difficile à accomplir si nous nous déplaçons en masse.

— Mais… mais… (Pendant un moment, la colère rendit Anne muette ; toutefois, quand elle trouva ses mots, ils étaient furieux.) Je ne vois pas en quoi mon âge importe dans l'affaire. C'est moi qui suis déjà entrée dans la maison avec Branwell, moi qui ai visité l'intégralité de Chester Grange, et moi qui ai découvert des indices…

beaucoup d'indices. Si quelqu'un doit rester derrière, c'est toi, Charlotte. Tout ce que tu as fait, c'est distribuer des ordres et ennuyer les gens.

— Elle a raison, approuva Emily avec un haussement d'épaules.

— Pas question que je reste derrière, s'agaça Charlotte. Parce que, eh bien, parce que je… enfin, il n'en est pas question, et c'est la fin de la discussion.

— Oh, bon Dieu, voulez-vous bien partir toutes et laisser un homme boire en paix, s'il vous plaît ? plaida Branwell. Charlotte, tu es si petite que tu ne comptes que pour une demi-personne de toute façon, et Emily est si peu sociable qu'elle est pratiquement invisible. Et si vous y allez ensemble, eh bien, au moins je n'aurai pas à vous entendre parler.

— Très bien, concéda Charlotte avec une exaspération certaine. Alors venez. Nous n'avons pas toute la nuit devant nous. Et toi, Branwell, essaie de rester sobre.

— Trop tard…

Sur ces mots, Branwell leva sa flasque en guise de salut alors qu'elles s'enfonçaient dans la pénombre.

Bien sûr, la porte de l'office grinça lorsque Mattie les fit entrer, un gémissement des charnières qui leur sembla aussi fort que le grognement d'un fantôme dans la cuisine silencieuse. Le feu était presque mort dans l'âtre, seules quelques braises rougeoyaient dans l'obscurité. Au premier abord, tout avait l'air paisible.

Et puis elles les entendirent : les cris et les pleurs d'un homme résonnant à travers la maison. Sans en avoir rien laissé paraître, Charlotte avait jugé extrêmement probable qu'Emily avait exagéré lorsqu'elle leur avait décrit, avec un plaisir macabre, les activités nocturnes de Robert Chester à

Chester Grange. En l'occurrence, il semblait plutôt qu'elle les ait minimisées, car à chaque braillement, les petits cheveux dans la nuque de Charlotte se hérissaient, et l'instinct primaire de fuir dans la direction opposée était vraiment très fort.

— Chester, chuchota Emily. Il est encore ivre et il tourmente sa pauvre femme morte.

— Conduis-nous d'abord aux enfants, murmura Charlotte, qui n'avait pas du tout envie d'assister à ce spectacle. Une fois qu'ils seront en sécurité, nous trouverons Mme Crawley et lui détaillerons tout ce que nous avons découvert.

— Ce que *j'ai* découvert, corrigea Emily.

— Ciel, Emily, nous sommes en plein milieu d'une expédition totalement illégale, grommela Charlotte. Ce n'est pas le moment d'ergoter.

— Je ne sais pas ce que nous fabriquons, s'entêta Emily. En revanche, je sais que j'ai découvert le truc des pieds palmés, alors…

— Par ici, l'interrompit Mattie. Et peut-être un peu plus de calme ?

Éviter Chester s'avéra peu compliqué : la porte de la bibliothèque était grande ouverte cette fois, la lumière du feu inondait le vestibule, dansant en volutes brillantes sur les murs lambrissés. Heureusement, la position centrale du grand escalier évita aux intruses de devoir passer en vitesse et en silence devant Chester, et leur permit de gagner l'étage sans être les témoins des actes contre nature auxquels il devait s'adonner.

Retenant leur souffle, elles montèrent les marches sur la pointe des pieds, effectuant chaque pas aussi délicatement qu'elles le pouvaient, jupes relevées et ramassées afin de ne pas produire le moindre bruit, pas même celui du frottement de la laine contre un mur. Sur le premier palier, le couloir était comme figé et plein d'ombres, plongé dans les ténèbres, à l'exception de l'infime lueur qui filtrait sous la porte qu'Anne reconnut comme étant la chambre des enfants.

Accélérant l'allure, Mattie se précipita vers la porte, les sœurs à sa suite.

Au moins, tout semblait bien aller dans la nursery.

Le feu brûlait vivement derrière le garde-feu, et la petite pièce était aussi bien chauffée et confortable qu'elle l'avait toujours été.

Mattie se rua vers le lit de Francis, dont elle caressa les cheveux pour les écarter de son visage pendant un moment, avant de se tourner vers le berceau.

— Le bébé, chuchota-t-elle à Anne. Le petit Archie : il n'est pas dans son berceau.

— Sais-tu où il peut se trouver dans ce cas ? demanda Anne.

— Non, sanglota Mattie. Je n'en ai aucune idée.

Elles entendirent alors un mouvement dans la chambre attenante, qui avait été celle de Matilda. Courant vers la porte, Anne l'ouvrit d'un coup sec.

Là, dans l'obscurité, Mme Crawley, le bébé sur un bras, rangeait des vêtements d'enfant dans une petite malle.

— Qu'est-ce que c'est ? s'exclama-t-elle en voyant quatre visages féminins l'observer fixement. Que fichez-vous ici ?

— S'il vous plaît, donnez-moi le bébé, l'implora Mattie en avançant dans la pièce, les bras tendus.

En la reconnaissant, Archie cria et tendit en retour ses petites mains vers elle. Dehors, le vent se leva soudain, qui fit craquer les loquets de la fenêtre et éteignit le feu dans l'âtre en une seule rafale.

— Hors de question ! cracha Mme Crawley, malgré le frémissement d'incertitude et de peur que Charlotte décela dans sa voix. Qu'essayez-vous de faire, espèce de catin ? Vous ne devriez même pas vous trouver dans cette maison. J'ai vu la façon dont vous avez couru après mon maître. M. Chester vous abattra, s'il vous surprend chez lui, et aucun tribunal ne le condamnera.

— Il est très doué pour échapper à la justice, c'est vrai, intervint Emily.

Le vent hurla dans la cheminée, et Mme Crawley serra le bébé encore plus fort contre elle.

— Prévoyez-vous de partir en voyage, madame Crawley ? s'enquit Charlotte d'un ton aimable. (Si ses manières impeccables contribuèrent un peu à désamorcer la tension, Mme Crawley n'en continuait pas moins à reculer vers la fenêtre, tandis que la seule bougie restante vacillait et faillit s'éteindre.) Vous sauvez-vous ? Parce que vous savez maintenant que personne n'est à l'abri de lui et que vous voulez les protéger ? Est-ce pour cela que vous fuyez avec les enfants ?

Mme Crawley peinait à garder Archie dans ses bras, tant le bébé pleurnichait et se débattait pour être libre de gagner ceux de sa Mattie.

— Fadaises, asséna la vieille femme. Il se trouve juste que nous n'avons plus d'aide avec les enfants depuis que *madame* a décidé de s'enfuir, après que M. Chester a refusé ses avances. Je suis donc obligée de rester debout jusqu'à une heure indue pour trier le linge.

— C'est un mensonge méprisable ! protesta Mattie. Et je vous connais, madame Crawley. Je sais que vous ne gaspilleriez pas votre temps à plier du linge sale. S'il vous plaît, laissez-moi prendre Archie, vous lui faites peur. S'il vous plaît.

Mais Mme Crawley le tenait plus fermement encore et se détourna de Mattie tout en s'approchant peu à peu de la fenêtre.

— Oh, je connais votre petit jeu, gronda-t-elle par-dessus son épaule. Je l'ai vu des centaines de fois avant vous. Vous pensez le faire tomber amoureux de vous, l'épouser et vous retrouver avec une famille sur mesure et une fortune en prime. Mais vous ne savez rien, mademoiselle French. Une gouvernante n'aurait jamais été assez bien pour M. Chester. Il vous aurait utilisée et jetée comme les autres.

Sans perdre contenance, Matilda avança encore de deux pas vers Archie et Mme Crawley.

— C'est peut-être une idée ridicule qui m'a traversé l'esprit jadis, admit-elle doucement, les larmes aux yeux. Mais il y a bien longtemps que je ne me soucie plus que du bien-être des enfants. S'il vous plaît, laissez-moi prendre Archie : il a peur, et aucun bébé ne devrait jamais avoir peur, madame Crawley.

— Je m'occuperai de lui, s'entêta la vieille femme. Il sera très bien avec moi, une fois qu'il sera habitué à ma présence. Les bébés veulent juste aimer et être aimés, pas vrai, mon petit ?

Se détournant de la nuit qui les observait par la fenêtre, Mme Crawley balaya la pièce du regard. Pendant que Charlotte et Mattie lui parlaient, Emily avait refermé la porte entre cette pièce et la nursery. Mme Crawley était désormais cernée, pourtant elle ne semblait pas être le genre de femme à se laisser facilement intimider par quoi que ce soit.

— Mais vous partez, n'est-ce pas ? insista Anne. Vous les conduisez loin de cet endroit ?

— Bien que cela ne vous regarde en rien, mais si l'information peut vous renvoyer chez vous, alors oui, j'emmène les enfants en voyage, lâcha Mme Crawley d'un air de défi. Où ils seront en sécurité et heureux.

— C'est donc là que vous fixez la limite, commenta Emily, cinglante. Vous le soutenez, vous cachez ses crimes, peut-être même les commettez-vous pour lui. Je suppose que telle est la nature de la maternité, vous feriez n'importe quoi pour votre fils... Nous savons que vous êtes la mère de Chester, madame Crawley.

— Comment osez-vous dire une chose pareille ? sanglota l'interpellée. Je suis sa gouvernante, j'étais sa nourrice. C'est tout. Et j'emmène les enfants loin de ce chaos pendant quelque temps. Veuillez vous écarter de mon chemin, sinon j'appelle mon maître.

— Non, vous n'en ferez rien, répliqua Emily. Car, quelle que soit la force de votre amour pour lui, vous en avez peur. Vous ne voulez pas qu'il découvre que vous partez avec les enfants. Vous cherchez à les protéger. Sans doute une certaine dose de morale vaut-elle mieux que pas de morale du tout.

— Emily, ma chère, ne présume rien, nuança Charlotte. Nous ne sommes pas certaines de ce que Mme Crawley a fait pour son fils. Peut-être aimeriez-vous nous le dire, madame Crawley ? Car nous pourrions être en mesure de vous aider à trouver un endroit sûr pour les enfants.

Mme Crawley se dirigea vers la porte et, voyant qu'Emily lui barrait le passage, elle recula contre la pierre dure de l'encadrement.

— Je ne sais pas de quoi vous parlez. En revanche, vous allez toutes quitter cette maison sur-le-champ, cracha-t-elle, dans un ultime effort pour affirmer son autorité. Ou j'appelle M. Chester et je le laisse s'occuper de vous. Et au diable les conséquences !

— Je ne crois pas que vous iriez jusque-là, murmura Charlotte avec un doux sourire aux lèvres, de sorte que Mme Crawley dut se pencher en avant pour l'entendre. Parce que vous aimez ces enfants et que vous ne voulez pas les rendre témoins d'une minute de violence supplémentaire ni les voir subir un quelconque préjudice. Dans le cas contraire, vous n'essayeriez pas de les soustraire à son emprise, n'est-ce pas ? Laissez-nous les prendre.

— Vous ne comprenez pas, vous ne savez rien de ce que j'ai vu ! s'écria Mme Crawley en se détournant, le bébé dans les bras.

Juste à cet instant, la fenêtre s'ouvrit à la volée et, l'espace d'une terrible seconde, on eût dit qu'elle allait jeter Archie dans le vide et s'élancer à sa suite.

— Non ! hurla Mattie en se ruant sur elle.

Mais Mme Crawley s'effondra au sol, le bébé pleurnichant de plus belle. Au bout de quelques secondes, alors que Mattie s'agenouillait à côté d'elle, il devint clair que la vieille femme pleurait sans bruit. Lui prenant Archie des bras, la gouvernante l'emporta à l'autre bout de la pièce tout en le berçant contre son sein.

Anne referma la fenêtre.

— Dites-nous, madame Crawley, reprit-elle avec douceur. Libérez-vous de votre fardeau et laissez-nous vous aider. Qu'est-ce que nous ne comprenons pas ?

— Que je ramène les enfants à leur mère. Je les emmène enfin auprès d'Elizabeth. Ne voyez-vous pas que c'est moi qui l'ai aidée à se libérer de mon fils ? Moi qui lui ai permis de s'évader de cette maison et qui ai semé des indices pour suggérer que c'était lui le coupable, même si personne n'a voulu les voir ? J'ai beau l'aimer de tout mon cœur, je ne pouvais pas le regarder assassiner une autre femme sans réagir.

42

Anne

— Elizabeth est vivante ? hoqueta Anne. Elle est en sécurité ? Saine et sauve ?

— Oui, confirma Mme Crawley. Nous devions attendre pour déplacer les enfants. Je pensais qu'ils arrêteraient immédiatement Chester, et que les petits et leur mère seraient réunis, mais vous trois êtes les seules à avoir vraiment vu tout ce que j'ai mis en scène pour qu'il soit découvert. Le gendarme a suivi la mauvaise piste, et mon fils est resté libre. Plus il était effrayé et en colère, plus je craignais pour mes petits chéris. Car, bien qu'ils aient traversé une telle pénombre, ils peuvent encore être sauvés, et je ne connaîtrai de repos que lorsque cela sera le cas.

— Elizabeth est en sécurité, répéta Anne en se tournant vers Charlotte, prête à rire tant elle était soulagée. Elle est vivante.

— Je le savais ! s'exclama Emily, et bien que cette affirmation soit presque entièrement fausse, elles étaient toutes tellement soulagées que même Charlotte ne songea pas à protester.

— Mais vous êtes en train de nous dire que Robert Chester a tué sa première femme ? (Anne s'assit sur le lit, repensant au gant déchiré et taché de sang, à l'appel à l'aide.) La pauvre Imogen Chester ne se serait pas suicidée finalement ?

L'atmosphère dans la pièce se fit soudain immobile et crispée. Il semblait que chaque latte du parquet se tendait pour écouter et, même si elle n'en montrait rien, Anne était sûre de sentir la présence d'une autre personne assise à côté d'elle sur le lit, ainsi qu'un refroidissement de l'air qui frôlait son seul flanc droit.

— C'est cela, confirma Mme Crawley avec un long et lourd soupir qui parut libérer ses épaules d'un gros poids. Robert est mon fils, que Dieu me pardonne. Toute ma vie, j'ai fait de mon mieux pour m'occuper de lui. Je me suis toujours efforcée de prendre soin de lui, quand personne d'autre ne le faisait. Et je l'ai aimé de tout mon cœur. Chaque jour de ma vie, je l'ai soutenu, quoi qu'il advienne. L'homme qu'il est devenu, c'est à cause de moi, vous voyez. Tout est ma faute. Mais quand il a manqué de tuer Elizabeth, j'ai su qu'il ne pouvait être sauvé, ni échapper à la ruine. J'ai vu Robert Chester perpétrer des actes terribles par le passé, et j'ai détourné le regard parce que je l'aimais. Cette fois, je ne pouvais plus fermer les yeux. J'ai pensé que si je parvenais à trouver un moyen, un moyen de l'arrêter, je pourrais protéger Elizabeth et mes petits-enfants en même temps. Alors j'ai élaboré ce plan, ce demi-meurtre. Je savais que les gendarmes ne redoubleraient pas d'efforts pour retrouver Elizabeth, pas si mon maître leur intimait de n'en rien faire ou s'il les envoyait sur une fausse piste. Et je savais que Robert Chester croirait tout ce que je lui dirais : je suis la seule personne en qui il peut se fier, vous comprenez ? Oui, il me fait assez confiance pour me permettre de l'enfermer dans un piège.

— Toute cette mise en scène, le sang, la dent, etc., c'était vous ? s'enquit Anne en secouant la tête, incrédule. Vous vouliez le faire pendre pour un meurtre qu'il n'avait pas commis afin qu'Elizabeth et les enfants soient débarrassés de lui ?

Mme Crawley hocha le menton.

— J'ai fini par accepter l'affreuse réalité : c'était le seul moyen de nous libérer tous de la douleur qu'il causait. Et puis, il n'a jamais payé pour Imogen, j'ai fait en sorte qu'il s'en tire, et c'est mon fardeau. (Mme Crawley se prit le visage entre les mains, dont les palmures cachaient les traits.) Et il doit payer. Il ne sera jamais en paix s'il ne s'acquitte pas de sa dette. Peut-être sera-t-il pendu. Mais je suis toujours sa mère et je dois m'efforcer de sauver son âme, parce que tout est ma faute, vous voyez, tout est ma faute. Je dois sauver son âme, quitte à ce que cela me coûte la mienne.

Les sœurs secouaient la tête avec sidération, tout en essayant de remonter le fil des bienfaits et des méfaits dont Mme Crawley avait cru qu'ils corrigeraient le mal commis par son fils.

Il était une question, toutefois, à laquelle Anne éprouvait le besoin d'entendre une réponse certaine.

— Et Elizabeth vous a suivie de son plein gré ?

— Oui, nous avons conçu le plan ensemble, toutes les trois, acquiesça Mme Crawley.

— Trois ? s'étonna Anne.

— Moi, Elizabeth et cette étrange jeune femme appelée Rebelle, qui nous rendait visite la nuit, habillée en homme de la tête aux pieds.

— Isabelle Lucas. C'est elle, l'homme des bois, le mystérieux inconnu à qui les Gitans ont vendu du sang de porc, comprit Anne, qui se tourna vers Emily, médusée. Isabelle Lucas est Rebelle !

— Et Elizabeth est à Wycoller, ajouta Emily. C'est pour cela que les œuvres sur le mur avaient l'air peintes par deux personnes différentes : parce que c'était bel et bien le cas. Elizabeth aime peindre et dessiner, elle aussi. Je parie que le portrait de George était d'elle. Elizabeth était cachée à Wycoller quand nous nous y sommes rendues, et Isabelle nous a dupées. Cela me conforte dans ma première impression d'elle : je l'aime bien.

— Je dois les conduire à leur maman ce soir, reprit Mme Crawley. J'aurais prétendu que Mattie s'était enfuie avec eux.

— Mais… c'est faux ! s'exclama tristement Mattie. Et la vérité n'aurait pas tardé à être découverte.

— Cela aurait toutefois donné à Elizabeth et à son amie Rebelle le temps de trouver un bateau, déclara Mme Crawley. Elles souhaitent se rendre en Nouvelle-Zélande et prendre un nouveau départ loin d'ici. Maintenant que me voilà acculée, je dois faire face à mon destin. Alors vous lui amènerez les enfants, n'est-ce pas ? Et vous enverrez les représentants de la loi ici. J'avouerai tout, tout ce qui concerne Imogen et plus encore, et je dirai que j'ai tué Elizabeth et les enfants. Qu'ils me pendent, cela ne me dérangera pas si je sais que ces gentilles âmes sont en sécurité. Et peut-être, peut-être que le Seigneur me pardonnera.

— Madame Crawley, le Seigneur ne veut pas vous voir pendue pour des crimes que vous n'avez pas commis, dit Anne.

— Non, mais j'aurais dû l'être pour ma complicité, argua-t-elle. Il a gardé Imogen enfermée dans le grenier pendant des jours avant de finir par la tuer, à force de la tourmenter inlassablement, et je savais ce qu'il faisait, tout comme elle. Elle savait qu'elle ne sortirait pas vivante de ce grenier, qu'elle ne reverrait jamais le petit Francis. (Sa voix se brisa sur ses sanglots.) Quand Robert est venu me voir et m'a annoncé qu'elle était morte, je n'ai ni hurlé ni pleuré, je n'ai pas pensé à elle ou à son petit garçon. J'ai aidé Robert à transporter son corps meurtri jusqu'aux remparts et à le jeter en bas. Cette pauvre, pauvre fille brisée. Il l'aimait autant qu'il la détestait, et il me haïssait de l'avoir aidé à s'en débarrasser. C'est moi qui ai éprouvé sa colère cette nuit-là : il m'a donné cette cicatrice en guise de remerciement, précisa-t-elle en portant les doigts à la bande de peau épaissie sur sa joue. Mais ce n'est pas une punition suffisante, je mérite d'être pendue pour ce que nous avons fait à Imogen, et lui aussi.

Anne ne savait quoi dire, tant il était étrange de ressentir de la compassion pour cette femme… Comment cela se pouvait-il ? Il lui semblait que son univers avait changé depuis qu'elles s'étaient lancées dans leur entreprise de détection, qu'elle avait vu le cœur de ténèbres dont elle avait toujours supposé la présence, et qu'elle n'avait pas bronché ni détourné le regard. D'une certaine manière, elle trouvait du courage dans ce constat et quelque chose de plus profond aussi : une détermination tranquille à montrer au monde entier la cruauté et l'injustice qu'il déployait tellement d'efforts à nier l'existence.

— Je crois que nous devrions emmener les enfants auprès de leur mère maintenant, déclara-t-elle solennellement à Emily et Charlotte, qui acquiescèrent toutes deux. Mattie, tu veux bien m'aider ?

Aussitôt, Mattie et Anne se rendirent dans la nursery et revinrent quelques instants plus tard avec un Francis encore endormi dans les bras d'Anne.

— Prenez l'escalier des domestiques et sortez par-derrière. Il est trop avancé dans la boisson pour remarquer votre départ, leur indiqua Mme Crawley, en pleurs. Et veillez sur eux, je vous en supplie.

— Ne craignez rien, madame Crawley, lui promit Charlotte avec gentillesse. Nous ferons en sorte que vos petits-enfants soient bientôt en sécurité avec leur mère.

43

Emily

Emily se tenait sur le seuil de la porte tandis que Mattie et Anne emmenaient discrètement les enfants jusqu'au vestibule, avant de disparaître par une porte dérobée dans les boiseries, sans que Chester se rende compte de la manœuvre. Une partie d'Emily aurait aimé les suivre et explorer tous les passages cachés de Chester Grange, imaginant quels autres secrets elle y trouverait, mais quelqu'un devait rester et protéger sa sœur.

Elle entendait Charlotte et Mme Crawley s'entretenir à voix basse dans la chambre, comme de vieilles connaissances échangeant des souvenirs discrets. Comment Charlotte pouvait-elle converser si tranquillement avec une femme qui avait été témoin de telles monstruosités sans réagir, Emily l'ignorait. C'était une curieuse caractéristique de son aînée que de voir l'humanité dans chaque personne qu'elle rencontrait, de la plus vile à la plus noble. Charlotte comprenait sans doute le chemin qui avait conduit Mme Crawley à cet instant, alors qu'Emily ne le pourrait jamais.

Robert Chester était peut-être le fils de Mme Crawley, mais ce lien était-il suffisant pour justifier sa complicité ? Emily songea à Branwell, sans doute assoupi par le gin qu'il avait ingurgité, étendu sous l'arbre où elles l'avaient laissé, rendu imperméable au froid et au vent par l'alcool.

Il fut un temps, lorsqu'ils étaient enfants, où Branwell avait vraiment été la figure de proue de leur petite bande, le point de départ et d'arrivée de tout ce qu'ils entreprenaient. Branwell avait l'intelligence et l'esprit – il était pétri de qualités –, et pourtant rien de tout cela ne suffisait à lui apporter bonheur ou satisfaction. À croire que toute sa vie il avait attendu que son génie soit découvert, ses talents loués, sans qu'il ait à bouger le petit doigt. Branwell se considérait comme destiné à accomplir de grandes choses, cependant il ne faisait rien pour mériter cette distinction. Il les décevait sans cesse et se décevait lui-même à chaque seconde. Et, en effet, Emily l'en aimait moins : elle lui en voulait de ne pas être devenu l'homme qu'il aurait pu être et surtout de ne même pas essayer.

Osant s'aventurer un peu plus loin de son poste à l'abri, elle se glissa sur le palier jusqu'à la fenêtre du fond : les bruits que produisait Chester, ses cris et ses heurts dans le mobilier du rez-de-chaussée, lui apparaissaient comme le signe de sa sécurité relative. Tant qu'il était en bas, nul ne serait découvert ici.

L'épaisse couverture nuageuse se déchira soudain et, la nuit étant vraiment tombée désormais, le clair de lune s'insinua suffisamment pour qu'Emily puisse apercevoir le petit groupe constitué d'Anne et de Mattie portant les deux enfants. Leurs ombres formaient des bêtes étranges alors qu'elles se dirigeaient vers la ligne des arbres. Elle sourit, car dans cette image elle voyait de l'espoir : la promesse d'un avenir retrouvé pour les deux petits.

Si seulement il existait un moyen de remonter le temps pour leur frère, de le ramener vers ce garçon aux cheveux en bataille qui jadis leur montrait la voie.

En se retournant, Emily fut arrêtée dans son élan par une vision tout à fait extraordinaire. À l'autre bout du palier brillait une lumière, argentée et blanche, comme si un rayon de lune avait trouvé son chemin jusqu'à l'intérieur et s'était enroulé sur lui-même pour se transformer en orbe. Cela s'apparentait un peu aux feux follets qui apparaissaient parfois dans la lande, des flammes féeriques qui, selon la légende, entraînaient les esprits faibles et impurs à leur perte. Cependant, cette sphère de lumière ne vacillait ni ne clignotait comme les feux follets. Non, elle flottait là, projetant une lueur métallique autour d'elle.

Il y avait eu des moments dans sa vie où les hommes et les femmes de son imagination s'étaient infiltrés dans le monde qui l'entourait, avaient marché d'une pièce à l'autre de la maison à ses côtés ou l'avaient accompagnée avec Keeper sur la lande, mais là, c'était différent. Comme la main froide qui s'était posée sur elle dans le bureau, cette présence venait de l'extérieur et non de l'intérieur, ce qui la rendait d'autant plus fascinante. Avec le sourire d'un enfant curieux, elle tendit les doigts vers cette lumière, attirée comme un papillon de nuit vers une flamme.

Et pourtant, avant qu'elle ne puisse la toucher, la lueur se dissipa. Au même instant, Emily sentit une bouffée d'air glacé. Elle pivota pour regarder derrière elle, mais la chose, quelle qu'elle ait été, s'était évanouie sans laisser la moindre trace. Pourtant, dans son esprit, Emily voyait un mot, aussi clairement que s'il était gravé dans du verre : « Merci ».

Lorsqu'elle retourna dans la chambre, Charlotte était assise sur le lit à côté de Mme Crawley, les mains croisées sur ses genoux et la tête inclinée d'un côté, qui écoutait parler la vieille femme : les mots se déversaient d'elle comme s'ils affluaient de derrière un barrage de silence enfin écroulé.

Emily était heureuse que les enfants, au moins, soient bientôt en sécurité, toutefois le danger n'était pas entièrement écarté, car si Chester découvrait que Charlotte et elle intriguaient afin que Mme Crawley avoue tout ce qu'elle savait et aide à le conduire à la potence, alors sa fureur destructrice se déchaînerait contre eux tous.

—Je n'étais qu'une jeune fille, voyez-vous, à peine plus qu'une enfant, racontait Mme Crawley à Charlotte. Quand ils m'ont enlevée de la maison de travail pour les indigents alors que j'avais tout juste dépassé mes quinze ans, je n'en revenais pas de ma chance : un toit, un lit, de la nourriture et même un salaire. Il semblait que le Seigneur posait enfin sa lumière sur moi, car mes débuts dans la vie avaient été très durs et pleins de chagrin. C'était une demeure beaucoup plus animée, à l'époque : tout le personnel, des cuisiniers, des servantes, un majordome même. (Ses yeux s'illuminaient avec ses souvenirs.) La maîtresse de maison ne m'adressait presque jamais la parole. Je me rappelle l'avoir trouvée très élégante et très belle, mais elle paraissait toujours froide, comme si elle était faite de marbre. Et, bien qu'ils soient mariés depuis longtemps, ils n'avaient pas d'enfants. J'étais là depuis moins d'un an quand M. Chester, feu M. Chester… (Elle soupira.) Il s'arrêtait toujours pour me demander comment j'allais, m'apportait une friandise qu'il avait gardée juste à mon intention. Il était gentil avec moi, la seule personne qui l'ait jamais été. Puis un jour, alors que je rentrais d'une course au jardin, il est venu vers moi et m'a soulevée dans ses bras. Il m'a dit qu'il avait essayé très fort de ne pas m'aimer, mais qu'il m'aimait en dépit de tout. Il m'a parlé, m'a regardée, m'a touchée comme personne d'autre ne l'avait fait auparavant. J'étais jeune et je suis tombée amoureuse. (Mme Crawley passa les mains sur son visage rougi.) Il ne s'est écoulé que quelques mois avant que je me découvre grosse. Je n'en avais aucune idée moi-même, c'est une cuisinière qui me l'a dit, et elle m'a fort réprimandée pour cela, croyez bien. Je suis allée le voir, et toute sa gentillesse avait disparu. Il m'a dit que je serais renvoyée sur-le-champ, à moins que je n'accepte de leur donner le bébé, à lui et à sa femme, pour qu'il soit élevé comme leur propre fils. Si je me pliais à cet ordre, a-t-il précisé, je pourrais rester comme nourrice et nounou. À ce moment-là, je n'avais toujours pas deviné que c'était leur plan depuis le début, que ce fameux jour où ils étaient venus à la maison de travail ils cherchaient une candidate adéquate. Bref, je n'avais pas le choix : je ne pouvais pas retourner au foyer avec un bébé, ce serait la mort assurée pour nous deux. Alors je leur ai donné mon bébé, et ils m'ont gardée comme nourrice. Au début, cela n'importait guère que je n'aie pas le droit de l'appeler mon fils, puisque nous étions ensemble tous les jours. Ma maîtresse s'intéressait très peu à lui. Mais, en grandissant, il a moins eu besoin de moi. Et, surtout, il a compris qu'il avait un père cruel et incapable d'aimer. Quant à sa mère, elle ne supportait pas de le regarder et refusait de rester dans la même pièce que lui plus longtemps qu'elle n'y était obligée. Alors lentement, très lentement, ce qu'il y avait de bon en lui a pourri, s'est infecté à coups d'opium et de boisson. J'ai vu mon cher et tendre garçon devenir féroce et vicieux. Je l'ai vu se transformer en monstre. Quand il a eu vingt ans, son père est mort, suivi de peu par sa mère. Mais je suis toujours restée à ses côtés, dans l'espoir de trouver peut-être un moyen de le sortir des ténèbres et de le ramener vers le Seigneur. Et puis, un jour, je l'ai vu traiter une jeune fille comme son père m'avait traitée. Je l'ai pris à part et lui ai avoué la vérité – toute la vérité –, et combien je l'aimais et veillais sur lui chaque seconde, qu'il était aimé et l'avait toujours été, quoi qu'il fasse.

— Et vous n'avez eu aucun effet sur sa conscience ? demanda Charlotte, même si, pour Emily, la réponse était plus qu'évidente.

— Aucun. Il disait que, si j'étais sa mère, je devais lui obéir et garder ses secrets, que c'était moi qui l'avais conçu et moi seule qui devais assister au résultat de ce que j'avais créé. Il s'endormait en suçant son pouce, assis sur mes genoux, ajouta-t-elle presque rêveuse. Ce furent les moments les plus heureux de ma vie : le poids de son corps contre le mien, les battements de mon cœur en écho aux siens. J'ai juré de le protéger toujours. Je l'ai juré à ce cher petit garçon qui n'avait jamais fait de mal à personne.

Emily sursauta en entendant un mouvement soudain venu de l'extérieur de la pièce. Se dirigeant vers la porte, elle y colla l'oreille et écouta, mais ne perçut que le silence. Pourtant, quelques instants plus tôt, elle avait entendu le craquement d'une latte de plancher et, du coin de l'œil, entrevu une ombre sous la porte, elle en était certaine.

— Madame… Quel est votre prénom ? s'enquit Charlotte, avec une telle patience qu'Emily eut des envies de se joindre aux hurlements du vent.

— Alice, répondit Mme Crawley, comme en goûtant un mot inconnu. Cependant, celle qui portait ce nom ne vit plus, elle arpente les couloirs de cet endroit comme un spectre, au même titre qu'Imogen.

— Vous avez vu son fantôme ? lui demanda aussitôt Emily.

— Si je l'ai vu ? répéta Mme Crawley, avant de secouer la tête. Non, je n'ai pas besoin de voir une apparition pour savoir que son âme est piégée ici. Après sa mort, il était malade de chagrin et se languissait de la femme qu'il avait détruite. Alors il est retourné au cimetière et il a déterré ses os. Il la garde ici avec lui, tout comme il avait l'habitude de l'emprisonner dans le grenier quand elle le contrariait. Elle est son esclave, incapable de reposer en paix.

— Il y a une voie vers la rédemption pour vous, j'en suis sûre, lui affirma Charlotte. Venez avec nous, madame Crawley. Venez avec nous et révélez aux autorités ce que vous savez sur la première épouse de Chester. Vous seule détenez le pouvoir de l'arrêter à présent. Permettez que ses enfants et sa femme soient libérés de lui sans avoir à fuir à l'autre bout du monde. Venez avec nous et avouez tout. Nous serons à vos côtés, je le jure.

Emily ressentit ensuite une douleur fulgurante et, sans savoir comment, elle se retrouva affalée au sol, avec dans la bouche le goût de son propre sang.

Et, soudain, la pièce était remplie de Robert Chester, mugissant avec une telle rage qu'il aurait tout aussi bien pu être le diable en personne.

44

Emily

La pièce vacilla et bascula tandis qu'Emily se remettait péniblement sur ses pieds, essayait de recouvrer son équilibre tout en évaluant la situation. Son cœur battait à tout rompre dans sa poitrine, et d'un seul coup elle se sentait vivante, emplie d'une force surhumaine née de la terreur.

Chester se jeta sur Mme Crawley, qui hurla tandis qu'il la frappait avec le crâne qu'il tenait à la main, renversant dans la mêlée la bougie contre les rideaux qui encadraient le lit, lesquels s'embrasèrent aussitôt.

Il se peut qu'Emily ait lâché un juron à mi-voix en tirant sa sœur effrayée du lit où elle était assise et en s'efforçant de la pousser vers la porte, mais Charlotte, pétrifiée, ne bougeait pas. Elle fixait des yeux Chester en train d'attaquer Mme Crawley et les flammes gagnaient en intensité à chaque seconde.

— Lâche-la, espèce de brute ! intervint Emily en saisissant le bras de Chester, mais elle n'était pas en mesure de lutter contre lui. Charlotte ! s'époumona-t-elle à nouveau. Dépêche-toi ! Il faut sortir tout de suite !

Pourtant, son aînée restait figée, fascinée par la trajectoire du feu qui bondissait sur le plafond avec une grâce arachnéenne. Emily comprit qu'elle devait prendre une décision : soit elle sauvait sa sœur du brasier, soit elle tentait une fois de plus d'empêcher Chester de tuer Mme Crawley. C'était un choix qu'elle refusait de faire.

— Lâche-la, espèce de diable ! cria-t-elle comme une banshee[1].

Et de se jeter de tout son poids sur Chester. Elle réussit à le déséquilibrer juste assez pour que Mme Crawley puisse rouler de sous lui. Instinctivement, la vieille femme attrapa le bougeoir en laiton qui était tombé, et Emily la vit frapper Chester avec ce qui semblait être toute la force dont elle était capable, l'assommant tandis que les flammes envahissaient désormais presque entièrement la pièce.

Mme Crawley se pencha ensuite sur le corps de son fils, pleurant et caressant son visage. Emily comprit alors qu'il n'y avait plus de choix à faire : ni la mère ni le fils ne quitteraient la pièce vivants.

En revanche, sa sœur et elle, si, elle était bien déterminée à y veiller. Même si le feu bloquait toutes les issues, elles ne pouvaient pas connaître leur fin ici et maintenant. En plus de tout le reste, Père serait ravagé par le chagrin.

Elle empoigna sa sœur par le coude et la secoua pour l'extraire de sa stupeur.

— Charlotte, il faut sortir tout de suite ! Essayons la fenêtre !

Mais le lit, à présent complètement enflammé, leur interdisait de traverser la pièce par là. Au désespoir, Emily fonça vers la porte de la nursery, sans lâcher sa sœur. La poignée lui brûla la paume. La fumée noire épaississait l'air, et la chaleur semblait suffire à lui brûler les cils et les cheveux.

1. Fée des légendes irlandaises dont les plaintes présagent la mort d'un proche parent.

— Emily ! s'écria Charlotte. Je crois que nous sommes perdues.

— Pas question, répliqua fermement Emily. Ce n'est pas ainsi que je veux finir. Je refuse d'abandonner. Je ne veux pas mourir, Charlotte. Je veux vivre. Et, par Dieu, je vivrai.

En quelques mouvements rapides, Emily déchira des bandes de ses jupons, qu'elle jeta dans un pichet d'eau qui se trouvait sur la commode. Ayant bien imbibé les morceaux de tissu, elle en tendit un à Charlotte et lui montra comment procéder en nouant l'autre autour de son nez et de sa bouche. Puis elle utilisa le reste de l'eau pour mouiller une petite bande, qu'elle enroula autour de sa main blessée.

À ce stade, l'air était devenu quasi irrespirable. Non seulement il était plein de fumée, mais il était si chaud qu'Emily était sûre d'avoir les poumons en feu, et les flammes léchaient le bas de leurs jupes. Encore un instant, et elles étaient perdues.

— Maintenant ! ordonna Emily, ouvrant la porte de sa main bandée, entraînant Charlotte derrière elle.

Les deux sœurs s'élancèrent dans le couloir, suivies par les flammes qui dansaient sur les tableaux et les rideaux, ainsi que les tapis bordant le palier.

— Emily, tes jupes ! cria Charlotte.

Quand Emily baissa les yeux, elle découvrit que le tissu de sa robe était en feu. Ensemble, les sœurs tapèrent dessus avec leurs mains, puis Emily se roula sur le sol jusqu'à ce que les flammes soient éteintes. Alors elle se releva et, sans regarder en arrière, elle prit la main de Charlotte, et toutes deux coururent.

Elles avaient beau courir à toute vitesse, l'incendie les poursuivait, impitoyable. Malgré ses jambes qui menaçaient d'être réduites en cendres, Emily refusait de s'arrêter et continuait de tirer Charlotte à travers la maison, vers leur faible espoir de salut.

Elles étaient presque dehors quand elle entendit les aboiements frénétiques des chiens de Chester et leurs corps qui cognaient contre la porte fermée de son bureau.

— Emily, non ! hurla Charlotte, voyant sa sœur se ruer dans la mauvaise direction, vers la pièce aux animaux.

Emily libéra les bêtes qui lui emboîtèrent aussitôt le pas pendant qu'elle courait vers Charlotte, puis femmes et chiens émergèrent dans l'air béni et froid de la nuit, où ils continuèrent de courir, encore, encore, même lorsque le danger fut relégué loin derrière eux.

Ce fut seulement lorsqu'elles se trouvèrent à bonne distance de la maison et en sécurité que les deux sœurs s'effondrèrent dans l'herbe haute. Tournant la tête, elles regardèrent le brasier qui faisait rage, là où elles s'étaient tenues quelques minutes auparavant.

— Grand Dieu ! souffla Charlotte, dans un mélange de sifflement chuintant et de sanglot soulagé. C'est plus que ce qu'une femme tranquille comme moi peut en supporter, Emily. Nous aurions pu mourir ! C'en est bel et bien fini de la détection pour moi.

Les flammes s'étaient emparées du bâtiment, dont elles illuminaient chaque pièce. La toux d'Emily secoua ses épaules avant qu'elle ne remplisse ses poumons de l'air frais du Yorkshire… et tousse une fois de plus.

— C'est absurde. Nous sommes en vie, Charlotte, haleta-t-elle. Et, qui plus est, ne vois-tu pas à quel point nous vivons ? Nous vivons aussi brillamment que chacune de ces flammes, et avec autant d'ardeur. Remarquable. Comme il est remarquable que la proximité de la mort réussisse à nous montrer ce que signifie d'être en vie.

— Les hommes du village ne tarderont pas à arriver, dit Charlotte. Et beaucoup de questions seront posées. Je pense que toi, moi et les enfants Chester ferions bien d'être loin d'ici là. Quoi qu'il advienne ensuite, au moins une forme de justice aura-t-elle été rendue.

— Et Imogen Chester est enfin libre, conclut Emily en souriant.

Car c'étaient peut-être ses yeux qui lui jouaient des tours, mais l'espace d'un instant, Emily crut voir une silhouette argentée éclairée par la lune à la fenêtre, qui la regarda de là-haut, avant de disparaître dans le feu.

— Je suis là pour vous sauver !

Branwell, arrivé sur ces entrefaites, leva sa flasque à l'intention de ses sœurs, avant de s'affaler dans l'herbe à côté d'elles.

— Et juste un tout petit peu trop tard pour être utile, commenta Emily, heureuse de sentir son cœur se gonfler de tendresse pour son frère, quand elle découvrit l'expression déconcertée de Branwell. Mais, dis-moi, qu'est-ce qui a bien pu t'alerter quant au besoin que nous avions de toi ?

— Vous aviez dit qu'il y aurait un signal, répondit Branwell, qui désigna d'un hochement de tête l'incendie devant eux. C'est un peu extrême, de mettre le feu à la plus vaste demeure à quinze lieues à la ronde. Mais rien ne m'étonne venant de toi, ma chère Emily.

45

Charlotte

Les premières lueurs de l'automne se devinaient dans le ciel maintenant que le mois d'août touchait à sa fin, et les Brontë étaient heureux d'emprunter le chemin aux teintes cuivrées qui menait au havre de Wycoller.

— Salutations ! leur cria Isabelle en ouvrant la porte d'entrée de son cottage, le petit Archie trottant pieds nus, comme elle, à ses côtés.

Emily sourit.

— Le bébé marche. C'est merveilleux !

— Oui, c'était la même chose avec Celeste : il a suffi qu'elle pose ses orteils dans l'herbe ou dans l'eau froide du ruisseau se mettre à trottiner en un clin d'œil.

— C'est fabuleux ! gloussa Anne.

Tombant à genoux, elle tendit les bras et souleva Archie dans les airs sitôt qu'il eut rejoint son étreinte, moitié en marchant, moitié en trébuchant. Charlotte passa délicatement un doigt sur la joue souriante du bébé.

— Quel petit ange parfait ! roucoula-t-elle. Et quelle joie !

— Venez, entrez dans la maison, les invita Isabelle.

Elle tendit la main à Branwell qui fut surpris, alors qu'il s'apprêtait à l'embrasser, de la sentir serrer fermement la sienne.

— Mes sœurs m'ont dit que vous étiez peintre, mademoiselle Lucas, dit-il tandis qu'ils la suivaient à l'intérieur. Je suis peintre aussi, voyez-vous. Je dois partir étudier au…

Il s'interrompit de lui-même en pénétrant dans le jardin d'hiver, inondé par la lumière de septembre, et regarda autour de lui les œuvres entreposées sur les chevalets, qui surpassaient de loin ses propres efforts d'artiste.

— Mais ce n'est qu'un intérêt passager pour moi, reprit-il. Mon véritable talent réside dans l'écriture de romans, dont un dans lequel je viens de m'embarquer.

— Des romans ? C'est formidable.

Isabelle sourit à Elizabeth, qui venait de se lever d'une petite table où elle était assise avec Francis et Celeste pour leur apprendre l'alphabet. Charlotte s'émut de voir leur posture, les bras d'Elizabeth autour de chacun d'eux, la tête de Celeste contre son épaule. Les trois enfants finalement réunis sous le même toit. Elizabeth portait la robe de deuil d'une veuve, ce qui était approprié, car après la mort de Chester, elle retournait dans le monde en racontant à tous comment elle s'était égarée dans un état de fièvre intense, mais qu'un révérend anonyme et ses filles l'avaient recueillie et soignée jusqu'à ce qu'elle ait recouvré la santé. Elle poursuivait en louant le ciel de ce que leur gouvernante avait justement emmené les enfants voir leur marraine la nuit de l'incendie. Et quand son père avait exigé qu'elle et les enfants viennent vivre sous son toit, c'était Mme Honeychurch qui s'était interposée, arguant que leur fille était désormais libre de ses propres choix. En effet, son sourire radieux et le rose de ses joues montraient quelqu'un qui avait trouvé une vie, au lieu d'en perdre une.

— Ce sont vos sœurs qui devraient écrire des romans ; j'imagine que les dernières semaines ont été source de beaucoup d'inspiration.

— En effet, acquiesça Emily en fixant son regard sur Isabelle. Elizabeth était cachée dans la maison en ruine lorsque nous sommes venues, mais comment aviez-vous prévu notre visite ?

— J'ai un télescope à l'étage. Par chance, Celeste jouait avec quand elle vous a vues descendre la colline.

— Un télescope ? répéta Anne avec intérêt. J'aimerais beaucoup le voir.

— Kitty, ma chère ? appela Elizabeth.

La jeune fille sortit de la cuisine, saluant les sœurs Brontë avec un sourire qui indiquait que l'hostilité et la méfiance manifestées lors de leur première rencontre s'étaient dissipées. L'heure était à l'apaisement et la joie était revenue.

— Tu veux bien emmener Anne à l'étage ? demanda Elizabeth. Et Celeste, veux-tu montrer à cette gentille dame comment regarder dans ton télescope ?

La petite applaudit de joie à cette perspective.

— Oui, maman. Venez, mademoiselle Anne.

— Vous êtes une très bonne actrice, confia Charlotte à Isabelle, tandis qu'Anne et Celeste partaient, main dans la main. Aucune d'entre nous n'a deviné qu'Elizabeth se trouvait ici.

— Disons juste que j'ai dû dissimuler mes véritables sentiments pendant la majeure partie de mon existence, répondit Isabelle. Plus je me cache, plus je suis libre de vivre ma vie du mieux que je peux. Vous devriez essayer d'avoir quelques secrets, Charlotte : c'est bon pour vous.

L'espace d'un instant, celle-ci se remémora une soirée à Bruxelles avec M. Héger et laissa son cœur se refermer autour de cette pensée, pour la garder au plus profond d'elle.

— S'il vous plaît, voulez-vous bien nous dire ? questionna Emily. Les lettres ? L'enveloppe qu'Elizabeth s'est envoyée ? Étaient-ce des indices ou pas ?

Isabelle sourit.

— Francis ? Veux-tu emmener Archie dans le jardin pour me cueillir un bouquet ?

L'enfant se leva d'un bond, ravi d'être libéré de sa leçon. Il prit la main d'Archie et le guida lentement jusqu'au jardinet magnifié par les dernières salves des fleurs de l'été.

— Chester a dû trouver les lettres déjà écrites d'Elizabeth et envoyer celle datée de ce mardi-là dans l'espoir de tenir sa famille à distance, commença Isabelle. Quant à l'autre…

Elle tourna les yeux vers Elizabeth, qui prit le relais :

— Ma mère avait ouvert un compte à mon intention à la banque de Hebden Bridge. Elle n'en avait rien dit à mon père, mais l'une de mes tantes m'a laissé un petit revenu, et elle souhaitait que je l'aie, moi, plutôt qu'il aille à mon mari. Ne pouvant me rendre à la banque moi-même, je leur ai envoyé un paquet d'enveloppes préaffranchies à mon adresse, afin qu'ils me postent des informations sur le solde de ce compte une fois par mois. Le fonds était tout près d'atteindre une somme suffisante pour un voyage jusqu'en Nouvelle-Zélande, mais Robert a dû trouver le récépissé. Il a retiré l'argent sur-le-champ, comme c'était son droit. Enfin, cela n'a plus d'importance maintenant.

— Quelle résolution bien décevante pour un mystère qui nous a laissées si perplexes ! commenta Emily. Je remarque qu'Elizabeth semble avoir toutes ses dents… Nous nous sommes beaucoup inquiétées pour cette incisive, d'où provenait-elle ?

— Oh, la dent, j'étais tellement contente de mon idée ! s'enthousiasma Isabelle. C'est une dent qui appartenait autrefois à Kitty, mais qu'elle avait perdue lors d'une bagarre avec un gars du coin. Bagarre qu'elle avait remportée, je me dois de le préciser. Je la lui ai grassement payée, à condition qu'elle s'abstienne de se battre à l'avenir.

— Et enfin, poursuivit Emily, qu'en est-il du caillou ?

— Oh, Emily, s'il te plaît, fais-toi à l'idée qu'il s'agit d'un simple galet ! se moqua Charlotte.

Mais Elizabeth s'en saisit et le porta à sa poitrine.

— Oh, mon Dieu ! Je pensais avoir perdu ces objets pour toujours. Oh, Emily, merci. Vous ne savez pas ce qu'ils représentent pour moi.

Emily adressa un sourire à Charlotte.

— Éclairez notre lanterne, je vous en prie.

— On m'a autorisée à passer quelques jours avec Celeste après sa naissance. Comme je voulais être la première à lui montrer la mer, nous sommes allées à Whitby, Rebelle et moi. C'était un long voyage, et je n'étais guère en état, mais j'étais déterminée, jeune et fort peu raisonnable. Rebelle et moi avons convenu que, le moment venu, elle resterait à Whitby avec le bébé et que je retournerais à Leeds avec une infirmière que Père avait engagée. Je l'ai supplié de m'envoyer Mère, mais il a prétendu que si elle apprenait l'existence de Celeste, elle n'y survivrait pas.

Elizabeth inclina la tête un instant.

— Au moment où Elizabeth m'a confié Celeste, je lui ai donné une poignée de galets en retour, termina Isabelle. Je lui ai dit : « Ces galets sont ma promesse qu'un jour tu seras libre d'être avec ta fille. Je ne te l'enlève pas, je l'échange contre ce serment. »

— Quelle belle idée ! s'extasia Charlotte. Quelle merveilleuse, magnifique amitié vous avez nouée toutes les deux. Vous êtes aussi proches que des sœurs, peut-être même plus.

Isabelle sourit à Elizabeth.

— En effet. Peut-être plus proches.

Charlotte prit la main d'Elizabeth.

— Et maintenant, tout va bien.

— Tout va bien.

Au moment où elles partaient, Charlotte s'arrêta dans l'embrasure de la porte, à côté d'Isabelle.

— Je comprends à présent que le message que nous avons découvert dans la chambre de Mattie ne provenait pas de Chester et ne lui était pas destiné, n'est-ce pas ? (Elle sourit.) Elle l'a peut-être trouvé dans la chambre d'Elizabeth et l'aura subtilisé, en espérant qu'un tel mot lui serait adressé, mais en réalité il était rédigé par vos soins à l'intention d'Elizabeth, n'est-ce pas, Rebelle ?

Isabelle Lucas rendit son sourire à Charlotte et la serra un instant dans ses bras.

— Je crois tout compte fait que vous êtes assez douée pour garder les secrets, mademoiselle Brontë, dit-elle. Maintenant que les enfants et moi sommes enfin réunis, aucun homme ne pourra jamais nous séparer.

46

Anne

Toutes les trois réunies en cercle autour de la table, elles écoutaient Charlotte leur lire la dernière lettre de Mattie.

Chères Charlotte, Emily et Anne,

Je vous écris pour vous remercier une fois de plus, ainsi que M. Brontë, de m'avoir aidée à obtenir ce nouveau poste. La famille est très bonne et très gentille, on me traite de la meilleure des façons. Les enfants sont bien élevés et fort agréables à côtoyer et, pendant mes demi-journées, je peux me promener en ville, où il se trouve toutes sortes de curiosités intéressantes pour retenir mon attention. Je vous écrirai encore bientôt, mais en attendant sachez, je vous en prie, combien ma gratitude est profonde. Car, sans votre amitié et votre courage, je suis certaine que jamais je n'aurais recouvré un tel sentiment d'aise dans le cœur comme dans l'esprit.

Sincèrement vôtre,
Matilda French

— Et maintenant... (Charlotte s'arrêta près du canapé et sortit un objet de sous l'un des coussins.) Il y a autre chose dont je souhaite te faire part, Emily. Cela ne va pas te plaire, mais je te prie de m'écouter jusqu'au bout.

Elle agita l'un des cahiers d'Emily, rempli à ras bord de sa poésie.

— C'est à moi ! s'écria l'intéressée, tendant la main pour attraper le carnet, que sa sœur lui laissa. Comment oses-tu, Charlotte ? Comment oses-tu prendre quelque chose d'aussi personnel et le tripoter avec tes petites mains sales ? Ce cahier est à moi !

Emily serra le carnet contre sa poitrine, surprenant ses sœurs par la force de sa colère.

— S'il te plaît, Emily, laisse-moi t'expliquer... Ces dernières semaines ont été riches en événements, et l'une des pensées qui m'est venue à l'esprit depuis que nous avons rencontré des femmes comme Isabelle Lucas et Mme Prescott, c'est qu'il existe pour nous d'autres moyens que l'enseignement pour assurer notre indépendance. Je suis tombée sur ton cahier qui traînait là à la vue de tous...

— Pfff !

Emily plissa les paupières.

— Je savais que tu écrivais de la poésie, poursuivit Charlotte avec prudence. En revanche, j'ignorais à quel point tes vers étaient merveilleux. Vraiment. À la hauteur de ceux des plus grands poètes. Tes poèmes sont dignes d'être publiés, je le crois sincèrement. Tu sais que je ne suis pas du genre à te faire des compliments à moins d'y être obligée.

— Cette poésie est destinée à moi et à moi seule, s'insurgea Emily, furieuse. Personne d'autre ne sera intéressé par ces mots, ce ne sont que mes pensées couchées sur le papier.

— Je crois que tu as tort.

Charlotte tendit les mains à Emily et à Anne. Celle-ci en prit une, mais Emily se dirigea vers la fenêtre, où elle continua de serrer son cahier contre sa poitrine, en regardant Charlotte d'un air qui, si le baromètre avait pu le lire, aurait annoncé des orages. Mais leur aînée n'en avait pas terminé :

— Mes chères sœurs, nous devons gagner notre vie, nous le savons. Et nous avons toutes envisagé d'enseigner ou de travailler comme gouvernantes, mais ces derniers jours m'ont amenée à prendre conscience qu'avec simplement un peu de courage d'autres possibilités peuvent s'ouvrir à nous. Nous vivons avec une passion puissante, et pourquoi nos mots n'auraient-ils pas autant de sens et de force dans le monde de la littérature que ceux d'un homme ? Car nous sommes aussi talentueuses, aussi audacieuses, aussi déterminées que n'importe lequel d'entre eux. Je propose donc que nous composions un recueil de nos poèmes et que nous cherchions un éditeur.

Anne lâcha un petit hoquet et se tourna vers Emily.

— Imagine, Emily : nos propres revenus, notre liberté. Tout comme Rebelle !

— Plutôt me passer sur le corps.

Et, décochant un regard noir à ses sœurs, Emily sortit de la maison en trombe. La porte claqua bruyamment derrière elle.

— Eh bien, dit Anne, songeuse, que penses-tu de la réaction d'Emily, ma chère Charlotte ?

— Je pense que l'idée fera son chemin.

Les deux sœurs furent surprises lorsque, quelques secondes plus tard, Emily reparut dans la salle à manger et referma la porte derrière elle.

— As-tu déjà changé d'avis ? lui demanda Charlotte.

— J'ai croisé le garçon du *Bull*, qui traînait derrière la maison comme un idiot, répondit Emily en extrayant une enveloppe de la manche de sa robe. Il semblerait que les frères Bell doivent s'embarquer dans une autre affaire.

Aussitôt, les sœurs se rassemblèrent autour de la lettre. Leur curiosité était déjà à son comble à la perspective d'une nouvelle aventure.

Remerciements

L'écriture de *La Mariée disparue* a été pour moi un moment délicieux, mais je n'y serais pas arrivée sans le soutien de mon agent, Lizzy Kremer, ni sans toute l'équipe de David Higham, en particulier Maddalena Cavaciuti, Georgina Ruffhead et Alice Howe. Merci à eux qui ont cru en ce projet, mais aussi à ma brillante éditrice, Melissa Cox, avec qui j'ai hâte de travailler sur le prochain tome des *Enquêtes des sœurs Brontë*. Merci à toute l'équipe de Hodder, notamment à Lily Cooper, qui m'a accompagnée à travers chaque étape avec beaucoup de gentillesse. Enfin, merci à ma chère amie, Julie Akehurst, qui n'a cessé de parler « Brontë » avec moi, ainsi qu'à mon mari et mes enfants, qui me supportent même si j'ai souvent la tête dans les nuages, perdue que je suis dans les vastes et lointaines étendues de la lande.

Vous avez aimé enquêter avec les sœurs Brontë ?
Retrouvez-les dans leur prochaine aventure…

Parfois, on tombe sur un os…

Haworth, février 1846. Une macabre découverte pique la curiosité des sœurs Brontë : des ossements ont été retrouvés dans la cheminée de Top Withens Hall. La domestique, superstitieuse, est persuadée que cette affaire est de mauvais augure pour toute la maisonnée. Elle met en garde les trois sœurs : une rumeur glaçante court au sujet de la famille Bradshaw. On raconte que Clifton Bradshaw, au bord de la ruine, aurait vendu son âme au diable en échange d'une immense fortune. Ce pacte maléfique aurait-il un rapport avec les os cachés dans l'âtre ? Anne, Emily et Charlotte vont apprendre à leurs dépens que le diable en personne a tendu un piège meurtrier et qu'elles sont tombées dedans…

« Brillant, divertissant et original. »
C.L. Taylor

« Un mystère captivant. »
Angela Clarke

« Bella Ellis excelle à déployer une atmosphère gothique dans ce roman qui ressuscite avec brio les sœurs Brontë. » *Kirkus*

Achevé d'imprimer en décembre 2023
Par CPI Brodard & Taupin à La Flèche
N° d'impression : 3055120
Dépôt légal : janvier 2024
Imprimé en France
38122643-1